»Ich schwebe. Von hier oben habe ich einen guten Überblick, kann die ganze Kreuzung sehen, die Straße, die Bürgersteige. Unten liege ich.« Thomas Linde, Jahrgang 1945, ehemaliger Achtundsechziger, ist Jazzkritiker und Beerdigungsredner, schreibt an einer Arbeit über die Farbe Rot und hat eine Geliebte – die zwanzig Jahre jüngere Lichtdesignerin Iris. Seit Tagen bereitet er sich auf einen Auftrag vor, der ihn mehr als sonst berührt und den ein im wahrsten Sinne des Wortes explosives Geheimnis umgibt. – »Anspruchsvoller kann ein Roman kaum sein: Er bündelt die jüngsten dreißig Jahre deutscher Geschichte, er handelt vom Scheitern der großen Utopien, von Revolution und Resignation, er stellt die Frage nach dem Sinn des Lebens, er erzählt von Liebe und Tod.« (Ulrich Greiner in der ›Zeit‹)

Uwe Timm wurde am 30. März 1940 in Hamburg geboren. Er studierte Philosophie und Germanistik in München und Paris. Seit 1971 lebt er als freier Schriftsteller in München. Weitere Werke u. a.: ›Heißer Sommer‹ (1974), ›Morenga‹ (1978), ›Kerbels Flucht‹ (1980), ›Der Mann auf dem Hochrad‹ (1984), ›Der Schlangenbaum‹ (1986), ›Rennschwein Rudi Rüssel‹ (1989), ›Kopfjäger‹ (1991), ›Die Entdeckung der Currywurst‹ (1993), ›Johannisnacht‹ (1996), ›Nicht morgen, nicht gestern‹ (1999), ›Am Beispiel meines Bruders‹ (2003), ›Der Freund und der Fremde‹ (2005).

Uwe Timm

Rot

Roman

Deutscher Taschenbuch Verlag

Ungekürzte, vom Autor neu durchgesehene Ausgabe
Oktober 2003
6. Auflage Mai 2006
Deutscher Taschenbuch Verlag GmbH & Co. KG,
München
www.dtv.de
© 2001 Verlag Kiepenheuer & Witsch, Köln
Umschlagkonzept: Balk & Brumshagen
Umschlaggestaltung: Stephanie Weischer unter Verwendung
einer Fotografie von Corbis/Dr. Mueller
Gesetzt aus der Stempel Garamond 10,5/12,5· (3B2)
Gesamtherstellung: Druckerei C. H. Beck, Nördlingen
Gedruckt auf säurefreiem, chlorfrei gebleichtem Papier
Printed in Germany
ISBN-13: 978-3-423-13125-4
ISBN-10: 3-423-13125-X

GRAVE-DIGGER *(sings):*

But age with his stealing steps
Hath claw'd me in his clutch,
And hath shipp'd me intil the land,
As if I had never been such.
He throws up a skull

William Shakespeare, Hamlet

Ich schwebe. Von hier oben habe ich einen guten Überblick, kann die ganze Kreuzung sehen, die Straße, die Bürgersteige. Unten liege ich. Der Verkehr steht. Die meisten Autofahrer sind ausgestiegen. Neugierige haben sich versammelt, einige stehen um mich herum, jemand hält meinen Kopf, sehr behutsam, eine Frau, sie kniet neben mir. Ein Auto ist in die Fensterscheibe eines Uhrengeschäfts gefahren, die Marke kann ich von hier oben nicht erkennen, bin aber in Automarken auch nicht sonderlich bewandert. Eine große Schaufensterscheibe, die wie eine glitzernde Wolke aufflog und jetzt am Boden liegt, bruchstückhaft spiegeln sich Häuser, Bäume, Wolken, Menschen, Himmel, von hier oben ein großes Puzzle, aber alles in Schwarzweiß. Seltsamerweise gibt es keine Farbe, seltsam auch das, der da unten spürt keinen Schmerz. Er hält die Augen offen.

Ich höre Stimmen, die nach einem Krankenwagen rufen, Neugierige, die nach dem Hergang fragen, jemand sagt: Er ist bei Rot über die Straße gelaufen. Ein anderer sagt: Der Fahrer wollte noch ausweichen.

Der Fahrer sitzt auf dem Kantstein, er hält den Kopf in beiden Händen, er zittert, zittert am ganzen Leib, während ich daliege, ruhig, kein Schmerz, sonderbar, aber die Gedanken flitzen hin und her, und alles, was ich denke, spricht eine innere Stimme deutlich aus. Das ist gut, denn das Reden gehört zu meinem Beruf. Meine Tasche liegt drei, vier Meter entfernt von mir auf der Straße, und natürlich ist sie aufgesprungen, eine alte Ledertasche. Das kleine Päckchen mit dem Sprengstoff ist herausgeflogen, auch die Zettel, Karteikarten, die Blätter mit den Notizen, niemand kümmert sich darum, sie wehen über die Fahrbahn. Und ich denke, hoffentlich sind sie vorsichtig. Will auch sagen: Vorsicht, das ist Sprengstoff. Aber es gelingt mir nicht. Das Sprechen macht mir Mühe, große Mühe, gerade dieses Wort, sonderbar, da ich es leicht denken und hören kann. Also nichts sagen. Schweigen. In Ihrem Leben ist der Teufel los. Was einem so alles durch den Kopf geht. Wir bringen Ihr Unternehmen auf Vordermann durch privates Coaching. Wenn man jetzt die Augen schließen könnte, denke ich, es wäre der Frieden. Und noch etwas, ich höre Charlie Parker spielen, sehr deutlich, den Einsatz seines Solos in *Confirmation*.

Ich kam von ihr und war, vielleicht ist das später wichtig für die Versicherung, auf dem Weg zu meinem Klienten. Sie hatte mich im Café angerufen. Die Sonne stand knapp über den Hausdächern, und die Tische lagen noch im Schatten der Bäume. Es war schon warm, ja heiß. Über Nacht hatte es kaum abgekühlt. Ich rauchte, trank Kaffee und wollte wenigstens einen Anfang finden für die Rede, die ich morgen halten muß. Noch nie habe ich eine Rede so lange hinausgeschoben. Die Zeit drängt. Oft ist es ein Satz, der alle anderen nach sich zieht, ein Anfang, der alles trägt. Ich hatte mir ein paar Stichworte notiert. Der Engel der Geschichte. Das Rot als Einsprengsel im Weiß der Blüten ist eine Ankündigung der Frucht. Der Namenswechsel. Jonas im Wal. Die Siegessäule. Bekennerschreiben.
    Dann kam der Anruf. Das Handy fiepte.
    Ihre Stimme war durch das elektronische Knistern hindurch nur schwer zu hören: Du mußt kommen.

Ich sitz an der Rede. Du weißt.
Ja. Aber du mußt kommen, bitte.
Wohin?
Zu mir. Gleich.
Ich rauchte die Zigarette zu Ende, zahlte, packte die Blätter und Karteikarten mit berühmten letzten Worten in die Tasche und ging zur Bushaltestelle. Was wollte sie? Warum diese Eile? Meine Befürchtung, ja Angst war: Ben könne alles erfahren haben. Vielleicht war ihr aber auch nur diese Geheimnistuerei, dieses Verstecken, Verschweigen, Verbergen, einfach unerträglich geworden. Oft sind es ja ganz belanglose Anlässe, die Geständnisse mit unabsehbaren Folgen auslösen. Lügen ist, sagt sie, widerlich – und in den letzten Wochen mußte sie viel lügen. Vielleicht ist Ben aber auch etwas gesteckt worden, vielleicht hat uns einer seiner Bekannten, der kleine Kinder hat, im Zoo gesehen, ja, im Zoo, da haben wir uns oft getroffen. Oder aber Ben ist nachträglich ein Verdacht gekommen wegen unseres Zusammentreffens in der Wohnung.
Wir haben nur einmal, kurz nachdem wir uns kennengelernt hatten, in ihrer Wohnung miteinander geschlafen, und bei dieser Gelegenheit wäre beinahe alles aufgeflogen. Danach war ich nur noch in Gegenwart anderer bei ihr, zum sonntäglichen Brunch, zum Nachmittags-Cocktail, bei einem der Abendessen, die sie einmal im Monat gibt, und natürlich anläßlich der letzten Vernissage. Ein Hauseingang wie in Versailles, Spiegel an den Wänden, Elfen, Blüten streuend, Gipsschmetterlinge, bronzene Lotosblütenlampen, man schließt das eiserne Liliengitter hinter sich und der Mahagonifahrstuhl hebt einen mit leisem Ächzen in die zweite Etage, eine Wohnungstür so groß wie ein Scheunentor, hölzerne Engelsköpfe jubilie-

ren dem Besucher entgegen, ein Korridor, eine Vier-Zimmerflucht, Flügeltüren, dahinter Unsägliches, nichts von kühler Stille und strenger weißer Leere. Ich dachte, ich trete ins Atelier von Makart. Ein purpurnes Troddelsofa mit goldbesticktem Meanderfries, zwei tigergeflammte Sessel, am Boden ein Eisbärenfell mit einem ausgestopften Kopf, gierig nach oben gerichteten Glasaugen, aufgestellten Rundohren, weißen Zähnen, schwarzlackierten Lefzen, so grinst er lüstern den Frauenbeinen, die ihm über das Fell gehen, nach. Eine präparatorische Meisterleistung, dieser geile, von unten kommende Eisbärenblick. Auf zwei Konsolen stehen bombastische Vasen, an denen Wilhelm Zwo seine Freude gehabt hätte, blau, mit dickbusigen rosa Grazien, neu hingegen dieses Teil, eine Anrichte, nein, ein Buffet, nein, eine Installation, eine das TV-Gerät und die Hi-Fi-Anlage integrierende Plastik aus Stahl, Glas, Kunststoff, Rosenholz, die Wand ist mit tropischem Grün tapeziert, zwei Spiegel in wulstigen Goldrahmen, zwei Ölschinken, auf dem einen grasen Schafe, auf dem anderen blickt eine junge Heilige brünstig himmelwärts, das alles auch noch dramatisch ausgeleuchtet von kleinen Punktstrahlern, das übergroße, grasgrün bezogene Sportplatzbett, das Bibliothekszimmer mit Samtcouch im Rotlicht, das Bad wie eine Ludwig-Zwei-Grotte. Ich bin in den letzten Jahren durch viele Wohnungen gekommen, aber Vergleichbares habe ich zuletzt bei einer Großtante gesehen. Ich mußte mir Mühe geben, nicht wie ein Spießer staunend herumzulaufen, mit albernen Ohs und Ahs, nicht etwa aus Bewunderung, sondern weil ich diesen verquasten Bombast in ihrer Wohnung am allerwenigsten vermutet hätte. Sie ist der Zeit voraus.

Ich lebe in weißen leeren Räumen, ohne Ballast, etwas altmodisch, wie sie gleich sagte. Zwei leere Zimmer in einer Dachwohnung, alles weiß. Ansonsten viel Grau und Schwarz, meine Dienstkleidung, altgetragen, aber gute Ware, Sachen, die man auch ausgefranst und mit Löchern tragen kann: Kaschmir, Baumwolle, Seide.

Keine Bücher, mit Ausnahme des Buchs der Bücher. Man kann von der Konkurrenz nur lernen. Ich kaufe immer nur ein Buch, lese es, verschenke es oder lasse es auf dem Postamt liegen. Mein Hausstand bleibt leicht transportabel, wie die Reiseschreibmaschine, eine Adler Viktoria. Ich bin einer der letzten, der sich an einer mechanischen Maschine abmüht. Aber ich muß ja auch keine Romane schreiben. Ich habe meine verlängerten Finger als schmale Stahlgelenke vor Augen und die Mechanik im Ohr, den satten Anschlag. Es macht mir Spaß, schreibend die Typenhebel zuschlagen zu sehen. Die Notizen schreibe ich mit dem Füller, zuweilen mit dem bestimmten Gefühl, Geist fließe aus den Fingern. All die Karten sind mit der Hand ausgefüllt, die letzten Worte, die wichtigen Sentenzen. Das Festhalten an dieser altertümlichen Schreibform geschieht, wenn ich mich selbst prüfe, nicht aus Trotz, nicht aus Angst vor Computern, es macht mir einfach mehr Spaß, die Mechanik zu hören, oder, wenn ich mit dem Füllfederhalter schreibe, im zögernden Nachdenken zu beobachten, wie sich das feuchtglänzende Tiefschwarz in ein mattes Grauschwarz verwandelt.

Ein Koffer und eine Tasche, das ist mein Hausstand. Ich kann jederzeit weiterziehen.

Sie wollte es nicht glauben, und sie ist darum einmal, was zu tun sie sich sonst strikt weigert, mit mir nach Hause gegangen, in diese Dachwohnung, zwei Zimmer, ein Bad, Küche, ein Tisch, zwei alte Küchenstühle vom Sperrmüll, ein japanischer Futon auf dem Boden, als Überdecke ein Kelim, ausgeblichen das rote Muster, ein Stück aus dem letzten Jahrhundert, das Geschenk eines Klienten, dem ich das Weinen erspart habe, sodann ein Sessel: Leder, Stahlrohr, Schweizer Fabrikat. An der Wand eine japanische Schriftrolle, ein paar schwarz getuschte Zeichen auf hellbraunem Reispapier, eine Kalligraphie, die mir ein Japanologe übersetzt hat: Wörter sinnen über Wörter.

Müßte ich für eine plötzliche Flucht meine Sachen pakken, ich würde nur drei Dingen, die ich dann zurücklassen müßte, nachtrauern: dem Sessel, dem in feinen Abstufungen von karmin- bis feuerrot gewebten Kelim und der Schriftrolle. Ich würde versuchen, den Kelim und den Sessel bei dem jungen Autor unterzustellen. Er ist vor zwei Monaten in die gegenüberliegende Dachwohnung eingezogen. Manchmal höre ich ihn mit seinen Möbeln reden. Ein Zwiegespräch. Wenn er sie anredet und wenn er schweigt. Ich höre deutlich heraus, wann er ihren Antworten, die ich leider nicht verstehen kann, lauscht. Komm, du kannst mich gar nicht kitzeln, sagt er und spricht wahrscheinlich zum Stuhl, und du stehst jetzt ruhig, verdammt, sagt er zum Tisch, vermute ich.

Auch sie hörte ihn an jenem Tag reden, meinte aber, das sei ein ganz normales Selbstgespräch.

Nein. Man muß nur durch die Wand hören.

Aber wer kann das schon?

Ich.

Da lachte sie, und wenn Iris lacht, leuchtet der Himmel über Berlin. Sie fängt leise an, als würde man sie ein wenig kitzeln, öffnet die Lippen, volle Lippen, die das Öffnen noch betonen, umranden, sie benutzt einen tiefroten Lippenstift, ihre Zähne, gleichmäßige weiße Zähne, bis auf einen Schneidezahn, der aus der Reihe tanzt und ein bißchen schräg steht, das rosig schimmernde und, wie ich weiß, feste Zahnfleisch, dieser zartrot geriffelte Rachen – sie lacht, ihr Eyeliner verschmiert, sie lacht, wie andere weinen. Die Gespräche um sie herum verstummen, die Leute blicken hoch, irritiert zunächst, dann grinsend, schließlich lachen sie mit, ohne die leiseste Ahnung zu haben, warum sie lachen. Ich liebe an ihr am meisten dieses Lachen. Es wischt jede Traurigkeit weg, und das ist wohl auch der tiefere Grund für ihren Erfolg. Natürlich spielen dabei auch andere Dinge eine Rolle: die Beine, die Haare, vor allem aber ihre Augen, vielmehr deren Lichtempfindlichkeit. Darum trägt sie auch meist die Audrey-Hepburn-Sonnenbrillen. Und nur wenn sie den Schatten genau bestimmen will, nimmt sie die Brille ab, den Halb-, Schlag-, Streu-, Kernschatten. Sie kann dann sagen, da ist zuviel Weiß drin, das müßte etwas, ein Hauch nur, Rosa haben, das sagte sie in meiner Dachwohnung. Sie fand die Räume so leer, so weiß, so kalt. Zuletzt hatte sie die Wohnung eines Lyrikers gesehen, grausig, so leer wie langweilig. Steril. Und so schreibt der natürlich auch. Sie ist überzeugt, daß die unmittelbare Umgebung, die Räume, vor allem deren Beleuchtung, zutiefst einwirkt auf unser Unterbewußtsein, und das heißt natürlich auch auf unser Denken und Handeln, auf – ja – unsere Phantasie. Phantastisch, sagt sie, ist etwas erst dann, wenn es im richtigen Licht erscheint, in Erscheinung tritt. Wie dieser Walzahn, ein Skrimshaw, den ich auf dem Tisch liegen habe. Überraschend schwer liegt das Elfenbein in der Hand, und blankpoliert läßt die Oberfläche etwas von den tieferen Schichten des Wachstums aufscheinen. Ein Segelschiff und ein Frauenporträt sind in das Elfenbein geritzt, umrahmt von einem stilisierten Tau, darunter steht in einer eigenwilligen Schreibweise der Name: Rebekah. 1851. Vielleicht ist eine Frau in der Ferne gemeint, vielleicht ein Schiff.

Ich wußte gar nicht, daß Wale Zähne haben.

Pottwale ja.

Auch das Bild, das ich in der Küche hängen habe, gefiel ihr, das einzige Bild in der Wohnung.

Schön, ein Horch. Der hat doch ein Vermögen gekostet.

Nein. Ich habe das Bild für eine Rede bekommen. In meinem Beruf gibt es immer noch Reste von Naturalwirtschaft.

Der Horch ist kein Bild im herkömmlichen Sinn. Was da gerahmt und etwas erhaben unter Glas zu sehen ist, sind maschinenbeschriebene Seiten, teils sorgfältig gefaltet, teils geknüllt, den Gehirnwindungen ähnlich, sodann fixiert, und in der Mitte, auf der Papierlandschaft, liegt eine von Stiefelabdrücken verdreckte, abgestempelte Stechkarte eines Bauarbeiters, alles Trouvaillen, allerdings gezielt gesucht, und darauf kommt es an. Die Seiten, von denen man nur kleine Wortfetzen auf den Knüllkanten lesen kann, zusammenhanglos, zufällig aneinandergeschoben, bekommen erst dadurch ihren Reiz, daß Horch mit detektivischer Zähigkeit die Putzfrauen Berliner Dichter aufspürt und sie bittet, auch zuweilen besticht, für ihn Manuskriptseiten aus dem Papierkorb zu sammeln. Nachdem er sieben solcher Bilder hergestellt hatte, war das Berliner Reservoir ausgeschöpft. Die anderen Schriftsteller in Berlin fand er so miserabel, daß er ihre Manuskriptseiten nicht auch noch in Bildern fixieren wollte.

Toll, das Bild, einfach toll.

Willst du es haben?

Gern. Sehr gern. Klar. Aber wie soll ich das Ben erklären, der kennt doch den Horch, weiß auch, daß Horch seine Bilder normalerweise nicht verkauft, und wenn, dann nur für eine Irrsinnssumme. Nein, unmöglich.

Und Ben, glaubst du, hat nichts gemerkt?

Nichts.

Ich meine, er hat auch keinen, wie soll ich sagen, Verdacht?

Nein.

Das erstaunt wiederum mich, denn er ist von Beruf Controller, und zwar in einem Autokonzern. Ich dachte, diese Leute müßten mit einem feinen Dauermißtrauen ausgerüstet sein. Aber Ben hat bisher nie etwas bemerkt, auch nicht an jenem Nachmittag, als er überraschend nach Hause kam und Iris ihm mit hochrotem Kopf und linksherum angezogenem Rock entgegenkam, Nahtkanten und Saum deutlich sichtbar. Vielleicht dachte er, das sei eine dieser modischen Neuheiten, die Röcke mit den Nähten nach außen zu tragen. Und diese Röte im Gesicht? Ihre Wangen glühten. Das mußte er doch sehen, ihr Schläfenhaar, verschwitzt, verklebt, als wäre sie eine zehnstöckige Treppe hoch- und ihm entgegengerannt, in der Faust ein schwarzes Spitzentaschentuch – ihren Slip. Ben sah nichts, auch nicht meine nackten Füße in den schwarzen Halbschuhen. Ich kam aus der Gästetoilette, hatte mir das Gesicht gekühlt, die Hände gewaschen, mich angezogen, hatte aber, als ich in die Toilette flüchtete, die Socken vergessen, die lagen noch vor dem grasgrünen Ehebett.

Er hat mir, erklärte sie Ben mein Erscheinen, die Unterlagen zur Lichtphilosophie gebracht. Einen Augenblick hatte ich Angst, er könne zuschlagen. Wir standen in dem breiten Flur ausgerechnet neben seinem Golfcaddie. Aber er sagte nur: Hallo, freut mich, und gab mir die Hand.

Ihre Rede fand ich sehr gut, und wissen Sie, was ich besonders beeindruckend fand – diese Musikalität in Ihrer Rede, so gar nichts Holpriges, mal abgesehen davon, daß mir das mit den Tränen sehr gefallen hat. Ich dachte, Sie singen, müßten Sänger sein.

Nein, sagte ich, singen kann ich nicht, Klavier schon, manchmal spiele ich Jazz. Ich erzählte von der Band, die jeden Sonntagmorgen spielt, eine Altherrenband, und versuchte, damit von meinen nackten Füßen in den Schuhen abzulenken. Ich erzähle sonst nie davon, auch Bekannten nicht, obwohl wir öffentlich auftreten. Es gibt Dinge, die soll man tun, sehr geehrte Trauergemeinde, aber nicht darüber reden, damit sie für uns rein bleiben, nicht durch Renommiersucht oder kalkulierte Geselligkeit mißbraucht werden. Iris zuliebe habe ich mit diesem Vorsatz gebrochen.

Am nächsten Tag mochte ich sie nicht fragen, wer meine Socken weggeräumt hatte, sie oder er, gute anthrazitfarbene Socken, eine Farbe, die sicherlich auch der Controller bevorzugt. Sie mochte nicht daran erinnert werden, fand die ganze Szene peinlich, gräßlich, ja ekelhaft, konnte nicht, wie ich, darüber lachen.

Fürchterlich. Ich wäre am liebsten im Boden versunken, sagte sie. Unsäglich. Es verletzt seine Würde.

Ja, es ist idiotisch, und lächerlich – für uns, aber nicht für ihn, nein, im Stadium der Unschuld ist Würde nicht verletzbar.

Quatsch.

Sie war dem Weinen nah. Als sie endlich aufsah, blickte sie an mir vorbei, machte eine Kopfbewegung, als wollte sie alles abschütteln. Ich weiß nicht, warum sie in dem Moment nicht Schluß gemacht hat. Es wäre einfach und einsichtig gewesen.

Kennengelernt habe ich sie auf einer Beerdigung. Sie saß vor mir in der ersten Reihe, die Halle war voll besetzt, was meist der Fall ist, wenn junge, im Berufsleben stehende Menschen sterben.

Ich hatte mit Thomson den Ablauf besprochen. Der Sarg war unter den mächtigen Angebinden und Kränzen kaum zu sehen, es roch nach Gärtnerei, nach frischen Schnittblumen, nach Buchsbaum, darüber der Geruch von Parfüm. Auffallend viele junge Leute waren in dieser Trauergesellschaft. Die Verstorbene hatte für ein Filmbüro gearbeitet. 32 Jahre war sie alt geworden. Die Schwester hatte es übernommen, mir von ihr zu erzählen. Die Mutter konnte es nicht. Der Freund wollte es nicht, ich weiß nicht warum.

Schnell sei sie gestorben, unvorstellbar schnell, hatte ihre Schwester gesagt. Von der Diagnose, Krebs, bis zu ihrem Tod waren es nur drei Wochen.

Ich ging nochmals hinaus in diesen ersten sommerlich heißen Frühlingstag. Die Knospen der Bäume waren zu einem lichten Grün explodiert. Die Leute standen vor der Aufbahrungshalle in kleinen Gruppen zusammen, elegant gekleidet in schwarzen Anzügen und Kleidern, einige rauchten.

Hier sah ich sie zum ersten Mal, eine junge Frau, blondes, auffallend dichtes, nackenlanges Haar, in einem schwarzen Hosenanzug, der, knapp geschnitten, die Jacke auf Taille und mit tiefem Ausschnitt, nicht sofort an Trauer denken ließ. Sie stand mit anderen in einem Kreis, so als unterhielten sie sich, aber alle waren stumm und sahen vor sich hin. Die sind mir die Liebsten. Weit angenehmer als die Munteren, die schon durch Tonlage und Lautstärke mitteilen: Das Leben geht doch weiter, Leute. Das sind die Schlimmsten, schlimmer als die Melodramatischen oder die Angetrunkenen oder die Verlegenen, die mit schiefem Mund flüstern.

Ich kann mich nicht erinnern, Ben auf der Beerdigung gesehen zu haben. Aber er war da.

Thomson, der Beerdigungsunternehmer, kam und schwebte durch die Wartenden, so leicht tritt er auf, nicht mit den Hacken, sondern mit den Fußballen. Er geht unvergleichlich, und jeder, der ihn so sieht, versucht ebenfalls, leise, vorsichtig aufzutreten. Darf ich bitten! Die Leute kamen aus ihren Gesprächen heraus in die Halle, setzten sich.

Ein Quartett spielte den von dem Freund der Verstorbenen gewünschten ersten Satz aus *Fragmente – Stille* von Luigi Nono.

Ich hatte mit der Schwester gesprochen und mit ihren Kollegen, ich hatte mir Fotos angesehen und die Filme, an denen sie mitgearbeitet hatte, hatte mir auch die Arbeit einer Ausstatterin beim Film erklären lassen. Ich war gut vorbereitet, wie immer, denn ich übernehme nur Fälle, die mich interessieren. Und so lernte ich die Tote kennen: als Säugling auf dem Arm der Mutter, als Mädchen mit einem Tretroller, auf einem Fahrrad, auf einem Pferd, brünettes Haar zum Pferdeschwanz gebunden, mit Klassenkameradinnen auf Skireise, beim Baden, mit Freunden, sie steht da, Arm in Arm mit verschiedenen jungen Männern. Die Fotos verrieten nichts über die Beziehungen, nur eine allgemeine Fröhlichkeit, scheinbare Unbeschwertheit.

Die drei Fotoalben hatte die jüngere der großen Schwester zum 30. Geburtstag zusammengestellt, und schon aus der Anordnung konnte man die Bewunderung für die ältere herauslesen. Es ist für mich jedesmal wieder erstaunlich, wie aus den Erzählungen, den Fotos, den Zeugnissen langsam eine Person hervortritt, faßbarer wird und immer vertrauter, eine Person, die, am Anfang meiner Recherchen, so ist, wie man den idealen Menschen gern sehen würde, kaum ein moralischer Defekt, immer hilfreich und gut, doch dann, je mehr Fotos, Briefe und Dinge ich mir ansehe, je genauer ich bei Freunden und Verwandten nachfrage, erscheint auch das, was nicht sogleich erzählt wird. In einer Schachtel mit losen Fotos fanden sich auch andere Aufnahmen, eine zeigt die Verstorbene mit ihrem Freund in einem Gartenrestaurant, ihr trauriges Gesicht, halb abgewandt, sein aggressiver, auf sie gerichteter Blick. Eine andere Aufnahme zeigt sie bei der Dreharbeit auf einem Küchenstuhl sitzend, abgespannt, müde, ängstlich blickt sie zu einem Mann hoch – ist es der Regisseur? –, der ihr mit dem Zeigefinger vor der Nase herumfuchtelt. Langsam, annäherungsweise machte ich mir mein Bild von dem Leben dieser Frau.

Ich ging nach vorn zu diesem schmalen hölzernen Rednerpult, legte mein Manuskript darauf, sagte, sehr verehrte Trauernde, nannte die Namen ihrer nächsten Verwandten, ihrer Mutter, ihres Bruders, ihrer Schwester, ihres Freundes, hob erst dann kurz den Kopf und blickte in die dicht besetzte Halle, entdeckte sie, die junge Frau, sie saß in der ersten Reihe neben dem Freund der Verstorbenen, genau in meiner Blickrichtung. Ich stutzte einen Moment, weil sie mich mit einem derart distanziert abschätzenden, ja feindseligen Blick musterte.

Für all die Trauergäste, die nur entfernt mit der Frau bekannt gewesen waren, zählte ich kurz die Lebensstationen auf, Kindheit, Schulzeit, Besuch der Kunsthochschule, dann ihre Arbeit als Ausstatterin in einer Filmproduktion. Ich hatte mich bei dem Produzenten erkundigt, mir erzählen lassen, was er an ihrer Arbeit besonders geschätzt hatte, die Akribie ihrer Entwürfe und die Strenge, mit der sie deren Ausführung überwachte. Ich erwähnte ihre Leidenschaft zu reisen und zu fotografieren. Mehrmals war sie nach Namibia gefahren und hatte dort die Felsmalerei der Buschleute studiert und fotografiert, Fotos, sehr verehrte Trauernde, die ich mit Staunen gesehen habe, diesen Versuch, eine so ferne, räumlich wie zeitlich ferne Kultur ins Bild zu rücken. Dabei war ihr ganz offensichtlich das Licht wichtig, denn sie hatte mit unterschiedlichen Lichtquellen in der Höhle fotografiert, unter anderem wohl auch mit Fackellicht. Die mit einer rötlichen Erde hingetupften Figuren, Tiere und Menschen, leuchten uns jetzt in diesem warmen Ton entgegen, Jäger und Gejagte, farbige Schatten auf einem Felshintergrund, ein Abbild, das mit so eigentümlicher magischer Kraft das festhält, was draußen vor Tausenden von Jahren zerstreut und zufällig stattgefunden hat. In den zahlreichen Fotos, es sind meist Dias, teilt sich ein bewundernswertes Staunen über ein Fernes mit, das zu verstehen sie sich immer wieder bemüht hat und das, jedenfalls erschien es mir so, mit ihrer Arbeit als Ausstatterin sich verbündet hatte, als eine Suche nach dem Hintergrund, der die Handelnden, diese bewegten Schatten, freiläßt und sie doch in einer ganz besonderen Situation versammelt.

Ich blickte an dieser Stelle in den Saal und traf, obwohl ich das vermeiden wollte, sofort den Blick der jungen Frau, neugierig, ja gespannt sah sie mich an. Sie machte eine eigentümliche, mir inzwischen so vertraute Kopfbewegung, sie schüttelte sich das Haar ins Gesicht, was ich in diesem Moment aber als Abwehr, als Verneinung deutete.

Ich blickte verwirrt in das Manuskript, setzte übergangslos einen Absatz tiefer an: Der Status des Todes ist paradox. Er verkörpert eben das, die Anwesenheit der

Abwesenheit. Das ist das Unbegreifliche, der Schock für uns, noch ist er da, der vertraute, geliebte Mensch, der Tote, und doch nicht mehr. Diese junge Frau, deren Lachen, deren Ernst, deren Nachdenklichkeit ich so angerührt auf den Fotos gesehen habe, ist in all ihren Möglichkeiten, in ihren Wünschen, Ängsten, ihren Handlungen, Tätigkeiten, plötzlich nur noch in der Erinnerung gegenwärtig. Das, was im Andenken bleibt. Tot ist nur, wer vergessen wird, darum dieser schöne Brauch der Juden, kleine Steine auf die Gräber zu legen, als ein sichtbares und bleibendes Zeichen des Gedenkens.

Als sie bemerkte, daß ich wieder zu ihr hin sprach, schüttelte sie abermals das Haar ins Gesicht, aber nur leicht, so als hätte sie vorhin meine Irritation bemerkt. Ich kam nochmals auf die Arbeit der Verstorbenen zu sprechen, die Vorbereitung für einen Film, der in wenigen Wochen gedreht werden sollte, eine Arbeit, die sie fast abgeschlossen hatte, wunderbare Entwürfe, die ich gesehen und bestaunt habe, einige bleiben nun unausgeführt, so wie dieses Leben, das so jung sein Ende gefunden hat. An dieser Stelle wurde das Weinen in der Halle lauter, ein unterdrücktes Schluchzen kam von der ersten Bank, es war der Freund der Verstorbenen.

Lassen Sie mich noch etwas über die Trauer sagen, die nach dem ersten, wortlosen, unmäßigen Schmerz folgt. Der Schmerz ist blind, die Trauer hingegen sehend, sie ist bestimmt durch das Erinnern, das Sich-Vergegenwärtigen des Menschen, dessen Nähe man wünschte, suchte, behalten wollte, dem man sich ganz geöffnet hat, den man liebte. Liebe, wenn sie nicht eigensüchtig, berechnend, geltungssüchtig ist, sieht den anderen in seiner Einmaligkeit, Besonderheit, die man, oft ohne sich genau über das Warum Rechenschaft geben zu können, liebt. Liebe kann man nicht kommandieren, es ist etwas, was sich schenken muß, auch verschenken muß, man kann nicht einmal auf Gegenliebe rechnen. Und wenn ich dich liebhabe, was geht's dich an? sagt Philine, diese wunderbare Frauengestalt im *Wilhelm Meister*. Und zur Liebe gehört eben darum auch die schöne Geste des Loslassens, das zu wissen ist die Würde des Liebenden. Dennoch, Loslassenmüssen kennt keinen Trost, man ist in seinem Verlust untröstlich, erst in der Trauer beginnt ein wissendes Erinnern, in dem wir uns selber und des anderen innewerden.

Das schien mir plötzlich ein falscher Ton zu sein, vielleicht etwas zu getragen gesprochen, ich hätte sagen müssen: Nein, der Tod ist eine Bestialität. Basta. Ich fuhr mit der Hand über das Manuskript, und dabei fiel die letzte Seite herunter, segelte langsam zu Boden und kam unter einen der Kränze zu liegen. Ich sah hoch, blickte in die Halle, blickte in ihr Gesicht. Einen Moment zögerte ich, ob ich die Seite aufheben sollte, aber jetzt auf dem Boden herumzukriechen, das Blatt unter den Kränzen hervorzuziehen, wäre höchst unpassend gewesen. Die Momente angespannter Trauer laufen immer auch Gefahr, in ihr Gegenteil umzukippen, ins Gelächter. Also sprach ich, erstmals seit drei Jahren, frei weiter: Der körperliche Ausdruck dieses Loslassens ist das Weinen. In einer Gesellschaft, die sich, aufgrund der kargen Natur, über Jahrhunderte durch Sparsamkeit behaupten mußte, geizt man auch mit Tränen. Ich bewundere die südlichen Länder, in denen man den Tränen freien Lauf läßt. Sie sind das körperliche Zeichen der Klage. Sie lassen unseren Schmerz zur Ader. Sittlichkeit ist mit der Fähigkeit zu weinen untrennbar verbunden. Es ist die Form der reinen Verständigung über all das, wohin Sprache nicht reicht. Warum Tod ist, warum Leiden, warum wir darum wissen, ist eine

Frage, auf die wir keine Antwort finden. Das macht das Bewegende dieser Frage aus. Es ist die Frage aller Fragen, sie erst gibt den Dingen und uns ihr Gewicht. Dieses Unaussprechliche kann im Gerede, im Bereden, Besprechen des Unbegreiflichen nur herabgewürdigt werden. So muß denn das Schweigen beredt sein – lassen Sie uns der Verstorbenen gedenken.

Nach der Beerdigung, nachdem die Blumen, viele Blumen, in das Grab geworfen worden waren, so viele, daß sie die Grube ausfüllten, gingen wir nebeneinander zum Restaurant. Ihre Rede hat mir gefallen, sagte sie. Machen Sie das öfter?

Ja, hin und wieder.

Und sonst?

Ich schreibe Kritiken, für den Rundfunk, aber auch nur hin und wieder.

Worüber?

Jazz. Ich sagte nicht, daß ich auch hin und wieder in einer Band spiele, Klavier. Weder vom Spielen noch vom Schreiben könnte ich leben. Immerhin, wenn man mich fragt, womit ich mein Geld verdiene, muß ich nicht sagen: mit Grabreden. Obwohl Beerdigungsredner auch nur ein Beruf ist wie jeder andere. Und die vielen Pfuscher und Alkoholiker, die es unter den Kolleginnen und Kollegen gibt, findet man sicherlich auch in anderen Berufen, in Redaktionen, Pressestellen, Verlagen, überall dort, wo es um Meinungen geht, die nicht immer die eigenen sein dürfen.

Und Sie? Was machen Sie?

Ich verkaufe Licht.

Licht?

Ja.

Im *Schwan*, dem Restaurant, in dem sich die betuchteren Trauergesellschaften nach den Beerdigungen zum Essen treffen, konnte ich mich neben sie setzen. Wir saßen an einem langen Tisch, mir gegenüber der Professor, von dem niemand weiß, ob er tatsächlich Professor ist. Er kommt zu allen gut besuchten Beerdigungen. Er nickte mir wie einem entfernten Bekannten kurz zu.

Unter größere Trauergesellschaften, die sich zu einem kleinen Imbiß oder aber zu einem Essen mit mehreren Gängen versammeln, mischen sich oft die Traueresser. Einige kenne ich. Thomson informiert zuvor die Hinterbliebenen, die das Essen zahlen, daß man es steuerlich absetzen kann. Das zwingt regelrecht zu Großzügigkeit. Und gerade bei größeren Begräbnissen, wie diesem, fällt der eine oder andere Mitesser nicht auf. Thomson greift nur dann ein, wenn sich mehr als drei unter die Trauergesellschaft mischen wollen, oder aber, wenn einer nach Pisse stinkt oder betrunken ist. Den Professor läßt Thomson jedesmal zu. Er kommt, im Gegensatz zu den anderen vor dem Restaurant lungernden Mitessern, stets schon zur Trauerfeier, sitzt in der Halle ziemlich weit vorn, konzentriert, ernst folgt er der Rede. Ein alter Mann, weißhaarig, mit einer randlosen Brille, er trägt einen gepflegten, wenn auch abgewetzten schwarzen Anzug, am Revers eine kleine Rosette, vielleicht die Ehrenlegion, vielleicht ist es ein ähnlich aussehender finnischer Orden, vielleicht auch nur das Zeichen eines Ruderclubs. Thomson nennt ihn den Professor, aber niemand weiß, was der Mann früher einmal war, vielleicht nur ein verkrachter Student, vielleicht ein abgewickelter Professor für den historischen Materialismus.

Er weiß, daß ich weiß, wer er ist, aber er hat nie, nie auch nur das geringste um Einvernehmlichkeit buhlende Zeichen gegeben.

Einmal am Anfang habe ich die Taktlosigkeit begangen und ihn gefragt, in welcher Beziehung er zu dem Verstorbenen stehe, und er antwortete mit großer Ruhe, er sei nur ein entfernter Verwandter. Er stellt sich auch so vor, wenn er von jemandem aus der Trauergemeinde gefragt wird: Großonkel, sagt er dann oder, wenn der Tote älter ist: Cousin, aber weit entfernt und um einige Ecken. Er spricht das nasal und gut betont aus, kondoliert den Hinterbliebenen mit einer feinen Delikatesse. Die Trauernden sagen dann: Ah, und sehen ihn fragend an, er sagt, Onkel Christian, ich bin der Onkel Christian, genaugenommen Großonkel. Und man sieht ihren Gesichtern an, wie sie nachdenken, den Großonkel Christian in der Erinnerung suchen, von der Tante Mimi der Bruder, raten sie. Nein, der Bruder von ihrem Mann. Er sieht so durchgeistigt aus, blitzt mit der ovalen Brille, lächelt, sagt, im Deutschen sind die Verwandtschaftsgrade nicht so bestimmt benennbar wie beispielsweise im Usbekischen oder Tamilischen. Und schon sagen sie: Ja natürlich, richtig, schlagen sich theatralisch an die Stirn, natürlich. Niemand will diesem freundlichen älteren Herrn zu verstehen geben, daß man ihn nicht kennt, noch nie von ihm gehört hat.

Tante Alma ist ja nun auch schon gestorben, sagen sie verlegen.

Ja, leider, sagt der Großonkel Christian.

Er setzt sich an den eingedeckten Tisch, nicht in die Nähe derer, mit denen er über seinen Verwandtschaftsgrad gesprochen hat. Er setzt sich und ißt schnell, aber nicht zu schnell, den Kopf hält er leicht über den Teller gebeugt, so ist der Weg der Gabel nicht weit zum Mund, er kann schnell essen, und doch sieht es nie gierig aus. Die Serviette hat er sich in den Hemdkragen gesteckt, etwas altertümlich vornehm wirkt das. Fisch oder Hirschgulasch? Hirschgulasch bitte, und die Kronsbeeren bitte getrennt auf einen Teller. Er prüft die Weinkarte. Den Bordeaux bitte, den *Château le Thil Comte Clary*. Welches Jahr, fragt er, und er ist der einzige der Trauergesellschaft, der nach dem Jahrgang fragt. 1997. Hm. Gut, wenn Sie den bitte bringen.

Er saß neben einer jungen Frau, die als Regieassistentin beim Film arbeitete. Er hörte zu, nickte, erzählte eine Anekdote von Lil Dagover, die er einmal in Berlin, kurz nach dem Krieg, getroffen hatte. Der Wein kam, der Ober zeigte ihm das Etikett, ja, *Château le Thil Comte Clary* las er in guter französischer Betonung. Die Unterhaltung stockte, als er den Wein probierte. Die anderen hatten Weißwein bestellt. Er roch, schmeckte, und dann kräuselte sich ein wenig die Stirn oben an der Nasenwurzel. Mit einem sanften Bedauern blickte er den Kellner an. Kaum daß er den Kopf schüttelte, eine Andeutung nur. Er ließ die Flasche zurückgehen. Der Ober trug sie ohne zu murren weg. Da das auch schon bei anderen Essen vorgekommen war, vermute ich, daß er die Flasche den Kellnern zukommen lassen wollte. Der Ober brachte eine neue. Wieder schmeckte er, alle blickten ihn erwartungsvoll, ja ängstlich an – er nickte. Der Ober schenkte ein. Ich trank, damit er nicht allein den Rotwein trinken mußte, ein Glas mit. Der Wein war wirklich gut. Er prostete mir zu: Eine sehr beeindruckende Rede.

Und schon prosteten mir und ihm auch die Angehörigen der Verstorbenen zu.

Beeindruckend, weil Sie so gar nicht versucht haben, etwas zu glätten, sagte er. Besonders gefallen hat mir, wie Sie diese Entsprechung von archaischer Felsenzeichnung und Filmhintergrund herausgearbeitet haben.

Ich weiß, wenn er mich lobt, ist er nie anbiedernd, nie taktisch, er ist ein Kenner, und er kann vergleichen. Er hört die evangelischen und die katholischen Pastoren, die Freiredner, die Moslems, hinduistische und buddhistische Redner. Wenn er sagt, heute waren Sie gut, dann weiß ich, ich war wirklich gut. Er kann die Besonderheiten hervorheben, erkennt die in der Rede verborgene Arbeit. Er ist ein Beerdigungsästhet, nicht zu vergleichen mit diesen anderen verlumpten Leichenschmausmitessern.

Es ist doch immer am schwierigsten, etwas über Menschen zu sagen, die jung gestorben sind, sagte er.

Ja, sagte sie, ich hatte richtig Angst davor, diese Heuchelei, diese Allgemeinplätze. Einfach gräßlich. Ihre Rede, die hat mich überrascht. Was Sie über die Trauer und die Tränen gesagt haben, hat mir sehr gefallen. Sie erzählte von der verstorbenen Freundin, die sie seit ihrer Schulzeit kannte. Das Unerwartete, das Plötzliche, damit kommt man nicht zurecht. Ich habe gestern Rolf angerufen, ihren Freund, wollte ihn fragen, ob ich ihn abholen soll, heute zur Beerdigung. Das Telefon klingelt und klingelt, und plötzlich meldet sie sich, ihre Stimme, es war wie ein Schock: Wir sind zur Zeit nicht da, melden uns aber gern, wenn Sie Ihre Telefonnummer hinterlassen, danke und tschüs. Dieses Tschüs, verstehen Sie. Nein. Ich war völlig geschafft.

Die junge Frau hatte nur wenig von ihrer Seezunge gegessen, legte Messer und Gabel zusammen. Am Tisch kamen die ersten Lacher auf. Das ist bei jedem Essen so, die gedrückte Stimmung am Anfang weicht auf, jedenfalls dann, wenn Wein getrunken wird wie an diesem Tag, diesem warmen Frühlingstag, der wie ein Vorgriff war auf den kommenden Sommer mit seinen ungewöhnlich heißen Tagen.

Ist das nicht sehr, wie soll ich sagen, niederziehend, wenn man über Verstorbene reden muß?

Es hängt davon ab, was das für ein Leben gewesen war und in welchem Licht man es zeigt.

Wir kamen wieder auf ihre Tätigkeit zu sprechen. Sie erklärte, wie sehr sich das Verständnis von Licht im vorletzten Jahrhundert verändert habe, durch das künstliche Licht, durch die Öllampe, dann durch das Aufkommen der elektrischen Beleuchtung. Sie können das am besten daran sehen, wie Dämmerung und Dunkelheit gemalt wurden. In der Zeit von 1820 bis 1850 sind mehr Nachtstücke entstanden als in allen anderen Perioden. Die Dunkelheit wird entdeckt mit dem Aufkommen der Gasbeleuchtung.

Ich konnte sie ein wenig damit blenden – wenigstens dafür ist das Studium gut –, daß ich Hegel zitierte: Das Licht sei das existierende allgemeine Selbst der Materie, das unendlich den Raum erst erzeugt.

Ein schöner Satz, sagte sie und kramte in ihrem kleinen schwarzlackierten Korbtäschchen, zog heraus: einen blau irisierenden *Waterman,* eine Visitenkarte, die sie mir gab, einen winzigen Notizblock, gebunden in Schlangenleder, sagte, während sie sich den Satz notierte, wenn Sie noch andere lichtvolle Sätze haben.

Ja. Thomas von Aquin, die Differenz zwischen dem lumen naturale und dem lumen supra naturale zum Beispiel. Wenn Sie mir Zeit geben, kann ich sicher noch den einen oder anderen Satz aus dem Gedächtnis fördern.

Von soviel Bildung muß man profitieren, lachte sie und schlug vor – weil ihr vermutlich weitere Fragen inmitten der essenden Trauergesellschaft unpassend erschienen –, wir sollten uns einmal nachmittags treffen: Rufen Sie mich an, nächste Woche, vielleicht Dienstag, wenn Sie Zeit haben, nachmittags, betonte sie.

Es ist erstaunlich, wie sie das verbindet, das, wozu sie Lust hat, mit dem, was ihr Nutzen bringt, und so ist ihre Lust immer nützlich und das Nützliche immer lustvoll. Das war mein erster Eindruck. Eines ihrer Geheimnisse ist, daß sie aus diesem Geheimnis kein Geheimnis macht, denn sie muß, wo sie mit Licht und Schatten arbeitet, auch das Bewußtsein von deren Wichtigkeit schärfen. Es geht ums Geld, ihre Honorare sind, gemessen an meinen, enorm. Aber nicht allein darum. Man muß das Absurde, das aus den dunklen Ecken der Wohnungen kriecht, durch gut gesetztes Licht zurückdrängen, nein aufhellen, sagte sie, wobei das nicht durch direktes Licht geschehen soll, weil das, absichtsvoll, grell, letztendlich abweisend wirkt und nur vorübergehend dunkle Stimmungen aufheitern kann, sondern durch kunstvoll gesetztes, indirektes, am besten durch ein gegen die Decke geworfenes Licht, von wo es reflektiert wird, und vor allem durch die Lichttönung, die Lichtöffnung, die Schattengröße, den Schattenübergang, Schattenverlauf, nein, es geht vor allem darum, das ins Bewußtsein zu heben, es kommt immer auch auf das Wissen an. Die Leute sollen nicht nur spüren, daß sie sich wohl fühlen, sondern sie müssen wissen, warum sie sich wohl fühlen, erst das Wissen gibt die Argumente, mit denen sich ihre Arbeit weiterempfehlen läßt, es ist eine Licht-Schatten-Kunst, sagte sie.

Und ich sagte, interessant, das ist ja fast eine Lebensphilosophie. Dieses Wissen, wo Licht ist, ist Wachstum, Erfolg. Wo Licht ist, ist das Werden, auch ein Satz, den sie sich notiert hat, das Werden, die Produktivität selbst, sagt Schelling.

So etwas gefällt ihr. Sie ist mit einer osmotischen Auffassungsgabe begabt, trägt, was man ihr darlegt, dann so selbstsicher vor, als habe sie gerade mal den *Ersten Ent-*

wurf eines Systems der Naturphilosophie durchgearbeitet. Nein, sie hat sie sich anverwandelt, diese Prints der Ideen. Ich hingegen gehöre noch zu der Generation, die erst alles umständlich ganz lesen muß. Sie verabschiedete sich, und ich blickte ihr nach, sie ging in diesem strengen Schwarz hinaus mit anderen jungen Leuten, denen ich anzusehen glaubte, so wie sie standen, sprachen, gingen, in einer lokkeren Beiläufigkeit, daß sie Erfolg hatten, daß sie sich selbst als performativ begabt bezeichnen würden.

Zu Hause sah ich dann staunend auf der Visitenkarte ihren Namen leuchten, Iris, natürlich ein Künstlername – ihr Taufname ist Helga –, Straße, Telefonnummer, Faxnummer, Handy, E-Mail – das leuchtete im Dunkeln auf meinem Schreibtisch.

So begann es.

Und jetzt, vorhin: Schluß. Ich habe Ben alles gesagt. Sie sah mich an, Augen wie nach einer Narkose, die Pupillen weit geöffnet. Sag was!

Ja.

Es mußte sein.

Im Lift stehend, der mich langsam in die zweite Etage hob, hatte ich noch überlegt, was ich ihr sagen sollte, um es ihr leichter zu machen: Ich kann dich verstehen. Ich habe es geahnt. Es war wunderbar. Oder: Es wird uns bleiben, so etwas. Eine schöne Erinnerung. Und ab jetzt eine wunderbare Freundschaft. All die abgelutschten Sätze.

Und dann kam ich in ihre Wohnung, sie stand an der Tür, die Augen gerötet und sagte: Schluß. Ich habe Ben alles gesagt. Und es brach aus ihr heraus: Heute, die ganze Nacht hab ich mit ihm geredet, ich hab es ihm gesagt, keine Geheimnisse mehr, ich konnte einfach nicht mehr, ja. Und sie schwieg und schüttelte die blonde Mähne. Und dann – ich hielt den Atem an – begann sie zu weinen. Erst war ein Glänzen in den Augen zu sehen, dann stürzten die Tränen heraus.

Ben ist zusammengebrochen, er ist doch sonst immer so ruhig, so gefaßt, es war, nein, sie stockte, als müsse sie das alles bezeichnende Wort finden: fürchterlich. Aber ich konnte nicht, ich wollte nicht mehr. Ich mußte einfach. Ben hat geweint, er weinte, schluchzte, heute morgen ist er gegangen, erst mal ins Hotel, ins *Kempinski*.

Ausgerechnet ins *Kempinski*, dachte ich, wo wir, Iris und ich, uns in der letzten Zeit getroffen haben.

Und ich muß dir noch etwas sagen.

Wieder einmal habe ich feststellen können, daß bestimmte Redewendungen einer genauen Beobachtung entspringen: die zusammengeschnürte Kehle, das Luftwegbleiben, oder: Mir bleibt das Herz stehen. Ja, mir blieb das Herz stehen. Ich atmete unordentlich, und so wie ich fragte, klang es undeutlich.

Zum Glück fragte sie nicht, ob ich mich freue. Eine ehrliche Antwort wäre gewesen: Nein und ja.

Bleib bitte heute hier.

Unmöglich, ganz unmöglich, ich muß die Rede schreiben. Morgen um elf muß ich sie halten. Der kann nicht warten.

Schreib sie doch hier.

Nein, es geht nicht, ich, nein, ich kann nur an meinem Schreibtisch schreiben, ich brauch diesen Schreibtisch. Was gelogen war. Ich brauche mein Zimmer, was auch gelogen war. Nein, in ihrer Nähe, jetzt, würde ich keinen klaren Gedanken fassen können, ich würde morgen ohne Rede dastehen.

Hör mal, da ist noch etwas.

Es geht nicht. Bitte. Ich muß heute fertig werden. Spätestens heute nacht. Der liegt in seinem Eisfach und wartet. Ich muß noch seinen Sohn treffen, muß den Ablauf besprechen. Ich komm nachher vorbei.

In meinem Kopf war ein wirres Durcheinander, ich mußte unbedingt, sofort, an die frische Luft, mußte ein Stück gehen, um einen klaren Gedanken zu fassen, den Anfang finden, den Anfang für meine Rede, ich mußte sie heute schreiben.

Da ist noch etwas.

Ich nahm die Aktentasche, vorsichtig, wegen des Sprengstoffs, den ich eingepackt hatte, denn heute kam Vera, die Polin, die bei mir putzt, nachdem sie jahrelang bei einem Architekten in Hamburg und dann hier, in Berlin, bei einem Professor geputzt hatte, bis sie wegen Zollvergehens verurteilt worden war. Diese Frau ist von einer triebhaften Neugier und einem enormen Tatendrang. Sie hat sich vorgenommen, Millionärin zu werden. Ich bin überzeugt, sie wird es schaffen. Irgendwann.

Eine Frau, die mir Horch empfohlen hatte. Horch hatte sich an die Frau herangemacht, aber nicht, um sie ins Bett zu kriegen, sondern weil sie damals bei einem Dramatiker putzte. Sie arbeitete wie eine Agentin, durchsuchte den Papierkorb nach weggeworfenen Manuskriptseiten. Wobei sich aber herausstellte, daß der Dramatiker alles aufhob, nichts von seinen Konzepten und Notizen wegwarf. So konnte sie nur mit einigen Einkaufsnotizen aufwarten. Inzwischen holt sie auch bei mir die Entwürfe meiner Reden aus dem Papierkorb. Ich schmeiße die Entwürfe weg, die Reden, die gutbezahlten, sammle ich natürlich, weil sie für spätere, ähnlich gelagerte Fälle wiederverwendbar sind. Ich habe zwei Obergattungen: Feucht und Trocken, und dann die Untergattungen:

1. philosophisch, 2. ökonomisch, 3. ökologisch, 4. ästhetisch.

Du bist ein Zyniker, hatte Iris gesagt, als sie bei ihrem einzigen Besuch in dem sonst leeren Raum herumging und die Aufschriften der beiden auf dem Tisch liegenden Schnellhefter las, in denen ich die Reden verwahre.

Seit wann ist Systematik zynisch?

Nein, die nicht, aber das mit dem Trocken und dem Feucht.

Ist genau der Unterschied. Hätte ich gewußt, daß du ausgerechnet heute mitkommst, hätte ich Comédie humaine und Tragödie draufgeschrieben. Wobei beides zusammengehört und Humor ursprünglich feucht bedeutet, der Körpersaft, der zur Gesundung führt, woraus du ersiehst, daß Vereinfachung nicht gleichbedeutend mit Einfachheit ist, sondern nur das Destillat eines Begriffs, und da ich das lachend sagte, gefiel es Iris, die Bildung so hoch schätzt, weil sie aus dem bildungshungrigen Haushalt einer Kosmetikerin und eines Immobilienhändlers kommt, Eltern, die sie vollgestopft haben mit dem Wunsch, nach oben zu kommen, wie sie selbst sagt.

Ich nahm ihr die beiden Schnellhefter mit meinen Musterreden aus der Hand. Hefter, die ich, müßte ich flüchten, mitnehmen würde, natürlich, sie sind mein Kapital.

In dem Moment kam Vera, die polnische Putzfrau, aus dem Bad, wieder einmal waren ihr bei der Arbeit die drei oberen Knöpfe der Bluse aufgesprungen. Kaum, daß sie sich einmal bückt, drängt alles ins Freie. Ich gab ihr 120 Mark, und sie sagte: Danke, zog sich den Regenmantel an und ging.

Du könntest es mir ruhig sagen. Iris sah mich forschend an.

Da ist nichts. Wirklich. Denk an Henry Miller, was der sagt: Unmöglich, mit einer Frau intim zu werden, die einen Wohnungsschlüssel hat. Nein, außerdem will die auch gar nicht – glaub ich. Sie kommt einmal die Woche, arbeitet schnell und sauber, ganz prima.

Klar, sagte Iris, sie putzt und legt mal kurz den Metallschwamm zur Seite und bläst dir einen.

Ich merke es ihr schon vorher an, welche Anstrengung es sie kostet, so etwas auszusprechen, sie nimmt innerlich einen Anlauf wie eine Hochspringerin beim Fosbury-Flop. Sie bekommt einen starren Blick, die Oberlippe versteift sich, und dann sagt sie es, endlich, aber viel zu laut und seltsam betont, das Ä so überdeutlich und spitz ausgesprochen, so peinlich berührt, immer noch, daß man spürt, welche Gewalt sie sich innerlich antut, das ihr eingebleute Schickliche zu überwinden.

Sie will nicht, daß wir zu ihr gehen, nach dem Vorfall damals, was ich verstehe – und zu mir will sie auch nicht, weil sie sagt, es störe sie, daß ich in demselben Zimmer mit anderen Frauen zusammen war, womöglich Ähnliches gesagt habe, Ähnliches getan habe, und tatsächlich ist die Variationsbreite, sprachlich und körperlich gesehen, doch sehr begrenzt, einschließlich des Kopfstandes des einen Partners, nur acht Grundpositionen und bewegungstechnisch sogar nur zwei Varianten. Man darf nicht darüber nachdenken und schon gar nicht beim Akt selbst. Also blieben die Hotelbesuche, und zuerst, drei Sommermonate lang, die Zoobesuche.

Als Kind war ich mit meinem Onkel in Hagenbecks Tierpark, wo er mir Löwen und Elefanten zeigen wollte, auch einen zahmen, auf einem Balken sitzenden Affen, der ein Halsband mit Kette trug. Man konnte sich mit dem Tier fotografieren lassen. Aber ich wollte nicht, ich hatte Angst. Das Tier zeigte die Zähne, ein wenig nur und ganz kurz. Unsinn, sagte der Onkel und hielt mich für das Muttersöhnchen, das ich war. Der ist zahm, sagte der Onkel, der strenge, tapfere, der schon als Siebzehnjähriger Granaten für die Flak geschleppt hatte, und er hielt dem Affen den Finger hin, siehst du. Der Affe biß sofort zu, und der Onkel, der große, brüllte auf, hob den blutenden Finger hoch. Eine große Aufregung entstand, jemand von der Zooverwaltung kam und sogar ein Sanitäter. Der Onkel hielt immer noch den blutenden Finger hoch, drohte mit Klage, er war ja Rechtsanwalt, verlangte Schmerzensgeld. Ich bekam einen Lolly, obwohl mir gar nichts passiert war.

Kein Wunder, daß ich mich jedesmal gern mit Iris im Zoo getroffen habe.

Bei gutem Wetter haben wir uns draußen getroffen, bei schlechtem Wetter sind wir in das Reptilienhaus oder ins Aquarium gegangen. Wir haben dort gesessen und geredet, sie von ihrer Arbeit, von Ben, von früheren Freunden, und ich über mich, danach sind wir in unsere Heugrotte am Steinbockgehege gegangen.

Das erste Mal haben wir uns, es war ihr Vorschlag, am Käfig der Pandabären getroffen, an einem heißen Tag im Mai. Am Himmel schwebten ein paar gebauschte weiße Wölkchen. Es ist der Monat, in dem die Stadt am erträglichsten ist. Ich war viel zu früh gekommen und hörte schon von weitem ein Kreischen. Eine Gruppe Behinderter stand vor dem Käfig. Yan Yan, eine Leihgabe vom Pekinger Zoo, lag am Boden auf dem Rücken und streifte geschickt mit dem evolutionstechnisch eigens dafür herausgebildeten Daumen die Bambusblätter ab, fraß, ohne sich um die schreienden Zuschauer zu kümmern. Bao Bao lag weit entfernt und war, statt sich um den zweckmäßigen Einsatz des Genpools zu kümmern, mit sich selbst beschäftigt. Was genau er da mit seinen Vorderpfoten am Penis trieb, war durch den zottigen Pelz nicht zu erkennen, aber es sah so aus, als hole er sich einen runter. Die Behinderten waren außer Rand und Band, sie lachten, klatschten. Dann zogen sie weiter. Ich folgte ihnen zum Affenfelsen. Gleichmütig stumm, was mich überraschte, beobachteten sie die Affen. Auch die Elefanten ließen sie kalt, was ich verstand, die Tiere, bei denen die Kraftgestalt der Masse hervortritt, wirkten aus der Ferne wie bewegte Felsbrocken, über die der Wind ging, Staubfahnen, wenn sie sich mit einer Rüsselbewegung Sand über den Rücken warfen. Dann aber, vor einem Luchskäfig, geriet die Gruppe außer sich, mit schrillen Schreien wich sie zurück, rannte weg, die Betreuer versuchten sie zurückzuhalten, liefen hinter einem Jungen her, der dann hinfiel und brüllte, worauf auch all die anderen zu schreien und weinen begannen. Als ich zum Käfig ging, sah ich die Ursache ihres Schreckens, einen Luchs. Er lief am Gitter hin und her, im Maul einen Hahn in vollem Federschmuck. Es war nicht ersichtlich, welcher Instinkt den Luchs antrieb, was er suchte, möglicherweise einen sicheren Freßplatz, dabei war der hier, im Käfig, gar nicht gefährdet. Ein bloßer Reflex aus der Entwicklungsgeschichte, vermutete ich, so wie unser Fragen nach Ursachen, nach dem Sinn, ebenfalls ein Reflex ist, ein genetisch bedingtes: Warum. Wobei heute die Frage schon von der Werbung übernommen und konsequenterweise umgebogen wird: Woher komme ich? Wohin gehe ich? Mein Golf weiß darauf die Antwort. Ach, der liebe Gott, den darf ich von Berufs wegen nie erwähnen. Philosophen, Dichter, ja. Die Rose, sie ist, weil sie ist, sie fragt nicht ihr Warum.

Das Gehege, in dem die Steinböcke gehalten werden, ist ein aus Zement gegossenes Gebirge, innen hohl, und bemüht sich nach außen um Ähnlichkeit mit Tirol. Sogar ein Holzstadel ist errichtet worden. Ein tiefer Graben verhindert, daß brünstige Steinbockwidder aus dem Gehege springen, denn nicht weit entfernt stehen die Gabelantilopen, die eine besondere exotische Attraktion für Steinböcke sein müssen. Steht der Wind günstig, erzählte uns einer der Tierpfleger, nehmen die Widder in Richtung des Antilopengeheges Aufstellung.

Die Antilopen sind für die Steinböcke das, was die kubanischen Frauen für die deutschen Männer sind, behauptete Iris.

Daß wir uns ausgerechnet an diesem Gehege treffen, hat einen einfachen Grund. Sehr verehrte Trauergemeinde, wenn jemand von Ihnen einmal bei einem Rendezvous ungestört sein will, der sollte sich am besten dort treffen, es gibt nämlich, wenn Sie am Gehege rechts vorbeigehen, einen Eingang wie zu einer Höhle, einer kleinen Grotte. Diese Grotte ist vom Gehweg aus zu erreichen. Kaum jemand geht diesen Weg hoch, der wie ein Paß über die Zementalpen führt, und wenn, kommt der Zoobesucher nicht auf die Idee, über diese Eisenkette zu steigen, die den Zugang zu der künstlichen Höhle versperrt. Was wir, auf der Suche nach einem Ort, wo wir uns ungestört küssen konnten, getan hatten. In dieser Höhle, unserer Grotte, stehen ganz profane Gerätschaften, Harken, Schaufeln, eine Schubkarre, und – das war die Überraschung – es liegen immer mehrere Ballen Heu herum, auch Strohballen. So hat Ben, als wir uns im *Schleusenkrug* trafen, Iris einmal einen Strohhalm aus dem Haar gezupft und gesagt: Wo hast du dich rumgetrieben? Du riechst ja richtig nach Landwirtschaft.

Ja, es ist ein bukolischer Ort, den hier niemand vermutet, mitten in der Stadt, man denkt an Gessners Idyllen, nicht an den nur wenige hundert Meter entfernten Drogenstrich am Bahnhof Zoo. Und wenn Sie einmal diesen Ort gesehen haben, werden Sie verstehen, daß unsere Treffen so gar nichts Schmuddeliges hatten, nichts Eiliges, nichts Hektisches, keine Quickies im Stehen waren, von denen ältere Herren träumen. Nein, es ist wie in der Sommerfrische, nach einer Gebirgswanderung, wir liegen auf der Kaschmirdecke, die Iris mitbringt, im Heu. Hin und wieder hören wir das Meckern einer Ziege oder den Brunftruf eines Steinbockwidders, der mal wieder zu den Antilopen rübergiert. Und manchmal dieses Orgeln der Wasserbüffel, wie aus einem Traum.

Was ich an Iris am meisten mag? Jugend? Klar, geschenkt. Nein, ihr Lachen, ihre Trauer, ihre Keuschheit, ihre verbalen Ausfälle, ihre Lichtbegeisterung, ihre Gesten (das Abwinken mit Zeige- und Mittelfinger), wie sie mich auf ihren Knien abstützt, ihre Fragen, ihre Schlagfertigkeit. Wir lagen im Heu, Iris einen Strohhalm im Mund, wie auf einem Bild von Hans Thoma. Nur einmal wurden wir gestört. Wir hörten ein Kratzen, Knirschen, sie konnte noch ihr Kleid herunterziehen. Sie verstehen, warum sie, treffen wir uns im Zoo, nie Hosen trägt. Ich konnte gerade noch das Jackett vor mich halten. Der Gärtner starrte uns an, wie wir dastanden, verschwitzt, die Köpfe rot, und dann nach einem langen Augenblick sagte er, was haben Sie denn hier verloren?

Meine Unschuld, sagte sie. Gerade eben.

Der Mann stutzte, sagte, wat denn, wat denn, det jeht aber nich, ick meene, hier, also hier haben nur Zooanjestellte Zutritt.

Sie ist wunderbar schlagfertig, und zwar nicht bemüht, sondern ganz unvermutet und unangestrengt, und dann, wie gesagt, ihr Lachen. Ein erstaunliches Lachen, wenn man bedenkt, wie zielstrebig, wie geschäftstüchtig sie ist. Denn auch das lehrt mich meine Erfahrung, die meisten geschäftstüchtigen Menschen können kaum lachen, schon gar nicht über sich selbst.

Aber es gibt auch die andere Seite, ihre Nachtseite, wie sie selbst sagte, als sie mich anrief, das erste Mal, wir kannten uns erst zwei, höchstens drei Wochen, mit dieser eigentümlich stumpfen, plötzlich fremd klingenden Stimme, und mich bat, ob wir uns sehen könnten. Wo? Weiß nicht. Im Zoo? Nein. Wo dann? *Café Rost.* Dort treffen wir uns öfter, und als ich hinkam, fand ich sie draußen sitzend, inmitten dieser redenden und lachenden Leute, in dieser sommerwarmen Nacht saß sie wie von allen anderen isoliert, ja sie schien mir kleiner, in sich eingesunken, mit einem völlig veränderten Ausdruck, einer tiefen Verzweiflung, niedergeschlagen, mit einem Seufzen, das ganz wortlos blieb, nur immer wieder dieses: Ich weiß nicht, und erst nach langem vorsichtigem Nachfragen sagte sie, sie glaube nicht, daß sie diesen Bühnenentwurf schaffe, diese Lichtinstallation für eine Tasso-Inszenierung. Kaum war ihr zu entlocken, was sie bestellen wollte, essen nicht, trinken auch nicht, vielleicht, nein doch nicht, bleiben, nicht, gehen, vielleicht. Du mußt mich gräßlich finden, sagte sie, so wie ich mich jetzt finde, einfach gräßlich. Nein, gar nicht. Ich bestellte ihr eine Weinschorle und saß in dieser Sommernacht, hatte den Arm um sie gelegt, derart, daß, wer sie kannte, hätte denken können, ich hätte nur den Arm auf ihre Stuhllehne gestützt. Ich sah sie wie durch eine Zeitmaschine gefallen, alt sah sie aus, nein, alterslos und tief verzweifelt. Sag, was dich drückt. Sie schüttelte nur den Kopf. So saßen wir, zwei Stunden, haben kaum geredet. Dann stand sie auf, sagte, ich will dich nicht länger aufhalten. Aufhalten, was soll denn das? Du hast zu tun. Nein. Ich habe Zeit, alle Zeit der Welt. Nein, sagte sie, ich muß gehen. Danke.

Ich wollte sie begleiten, aber eben das wollte sie nicht. Ich sah sie weggehen, nicht wie sonst mit durchgedrückten Knien, dieser gleichmäßige, selbstverständliche, zügige Gang, nein in ihrem Schritt lag ein Zögern, langsam, eine winzige Unsicherheit.

Natürlich habe ich mich oft gefragt, was sie an mir findet. Nicht daß ich an übertriebenen Selbstzweifeln leide, nein, aber ich bin Realist, ich muß es sein, schon von Berufs wegen. Sie: einundzwanzig Jahre jünger, ihr Haar, ein Irrsinnsblond, allerdings etwas nachgebleicht, eine Figur, die, wo wir hinkommen, Kommentare nach sich zieht, Mann, höre ich, wenn wir uns nachmittags im Freibad Halensee treffen, was für Beine, Mensch, Alter, he, geil, was. Das sind die Sechzehn-, die Siebzehnjährigen. Für diese Jugendlichen bin ich vom Alter her schon außer Sicht. Aber der Gedanke, sie könnten durch die laute Taxierung der Tochter meine väterlichen Gefühle verletzen, kommt denen gar nicht in den Sinn. In Szene-Cafés werde ich von den bedienenden Studentinnen gesiezt, während sie geduzt wird. Manchmal, überraschend, sehe ich mich in den Spiegeln einer Boutique, einer Parfümerie, eines Schuhgeschäfts. Meist kann ich das Bild, das in einem Augenblick vorbeigeht, nicht mit dem zusammenbringen, das ich von mir im Kopf habe. Meine innere Zeit hinkt gute acht Jahre hinterher. Ich vermute, es sind eben jene Jahre, in denen ich – in denen wir alle –

noch nicht wissen, was Tod ist. Vielleicht ist das, verehrte Trauergemeinde, der Rabatt, den wir auf unser Zeitempfinden bekommen. Aber auch so höre ich immer wieder: Sie haben sich ja gut gehalten. Wobei meine Augen, finde ich, noch das Beste sind, blitzblau, wie sie sagt. Und ich muß nur richtig braun sein, was ich, obwohl blond, jetzt graublond, tatsächlich werde, um alles andere ein wenig zu überdecken, die Falten und die Niederlagen.

Vor zwölf Tagen rief mich das Beerdigungsinstitut Thomson an, mit dem ich oft zusammenarbeite, ein kleines Institut, das noch selbständig agiert und nicht zur Grieneisenkette gehört. Kommt der Tod, krieg keinen Schreck, Grieneisen schafft die Leiche weg.

Thomson sagte, da hat jemand testamentarisch verfügt, daß Sie die Leichenrede halten.

Wer fühlt sich da nicht einen Augenblick erhoben. Natürlich habe ich sofort nach dem Namen gefragt.

Lüders, Vorname, warten Sie mal, hier, Peter Lüders. Kennen Sie den?

Nein. Nie gehört. Kann mich jedenfalls nicht erinnern.

Ich gebe Ihnen mal die Adresse. Der Sohn kommt aus Köln, ein Arzt.

Ich rief den Mann in Köln an, und er bestätigte mir den väterlichen Wunsch.

Wissen Sie, wie Ihr Vater auf mich gekommen ist?

Keine Ahnung. Im Testament ist kein Grund angegeben. Wir haben uns in den letzten Jahren nur hin und wieder gesehen, mein Vater und ich, sagte er. Ich fliege morgen nach Berlin, wenn es Ihnen recht ist, treffen wir uns in der Wohnung meines Vaters, Eschenstraße, morgen nachmittag 15 Uhr.

Die Wohnung lag im Souterrain, war dunkel, aber nicht feucht, und das lag sicherlich auch daran, daß sie mit Büchern und Papier vollgestopft war. Schon im Gang roch es nach altem Papier. Der junge Mann führte mich durch einen schmalen Korridor in einen Raum, der offensichtlich Wohn- und Arbeitszimmer war, hier waren die Wände bis oben mit Büchern vollgestellt, sogar die Fläche über den Türen war mit Regalbrettern genutzt, nur rechts vom Schreibtisch, der vor das tiefreichende Fenster gestellt war, hingen mehrere Graphiken, verschiedene Querschnitte der Siegessäule, das Fundament und die Sockelmauern mit exakten Angaben über die Mauerstärke. Am Boden stand ein gut ein Meter hohes, maßstabgetreues Modell der Säule. Auf einem größeren Tisch in der Mitte des Raums, auf zwei Stühlen, auf dem Schreibtisch, auf dem Boden lagen Bücher, Marx, Marcuse, Benjamin, Adorno, Althusser, Bourdieu, Dirk Baecker, Bücher, Bücher, Zeitschriften, Zettel. Ein schallschluckender Raum. Der junge Mann räumte von einem massiven Ledersessel die vergilbten, zerfledderten Zeitschriften weg, hob ein darunter liegendes Taschenbuch auf, las: *Henri Lefèbvre, Probleme des Marxismus, heute,* nein auch, sagte er und ließ das Buch fallen. So, bitte. Er bot mir den Sessel an. Wenn es Sie nicht stört, such ich weiter, in drei Stunden geht mein Flugzeug.

Ich war in dem durchgesessenen Ledersessel regelrecht versunken, die Arme lagen fast in Schulterhöhe auf den abgeschabten Lehnen, ich saß wie in meiner eigenen verstaubten Lektürevergangenheit.

Der junge Mann war wieder zum Schreibtisch gegangen und zog eine Schublade heraus, zwei standen schon auf den aufgestapelten Büchern neben dem Schreibtisch, er wühlte in den Papieren, hob hin und wieder einen Hefter heraus, blätterte kurz darin, legte ihn beiseite, wobei er, wie schon andere vor ihm, herunterrutschte und auf den Boden fiel. Sie müssen nicht denken, daß ich nach Aktien suche, nach geheimen Konten, Goldbarren, mein Vater haßte Geld, tatsächlich, so etwas gibt es. Und es wäre eine liebenswürdige Eigenart gewesen, wenn er nicht so viele andere, weniger liebenswürdige gehabt hätte.

Man muß in diesem Beruf gut zuhören können, und ich weiß aus Erfahrung, bei diesen Geständnissen ist Vorsicht angesagt, man darf nicht sofort nachbohren, es sind meist die Erzählungen, die in die Beerdigungsreden kaum Eingang finden, die ich unterschlagen muß, die aber die eigentlich spannende Grundierung liefern, nein, man muß es konstruktiv sagen, sie, diese Geheimnisse, sind das Fundament, man sieht es nicht, und doch trägt es das ganze Gebäude einer Grabrede, die sich nicht anbiedert oder gar schlicht lügt. Beides hinterläßt bei den Hinterbliebenen, selbst wenn sie dem Toten keine Träne nachweinen, ein schales Gefühl, sie müssen ja für die Rede zahlen.

Der gute Familienvater, den ich neulich hatte, ein kreuzbraver Mann, gelobt, geachtet von Nachbarn und Kollegen, arbeitete in der Qualitätskontrolle einer großen Elektrofirma, und ich wußte sofort, wie ich die Rede aufbauen würde, denn dazu gehört immer auch das befreiende Lachen, natürlich nicht zu laut, nicht zu heftig, aber beides, die Tränen und das Lachen, das Feuchte und das Trockene, wohldosiert, gehören zusammen. Ich hätte die Geschichte von jenem Oskar Krause erzählt, einem Mechanikermeister aus Sachsen, der 1878 nach Amerika ausgewandert war und dort in einem Betrieb, eine verantwortungsvolle Arbeit, die fertiggestellten Wickelmaschinen prüfte und, wenn sie in Ordnung waren, mit Kreide seine Initialen anschrieb: O. K. So bringt ein einfaches

Leben, wenn es denn in der Arbeit, durch Ehrlichkeit, Genauigkeit, Fleiß, zu sich selbst kommt, etwas hervor, was schließlich um die Welt geht. Okay?

Die Geschichte stimmt nicht, dafür aber die Geschichte von der Witwe, die, als ich sie anläßlich meines Vorbereitungsgesprächs besuchte, nachdem sie alles Lobende über ihren Mann erzählt hatte, plötzlich aus dem ihren Bericht begleitenden Schluchzen in ein hemmungsloses Weinen verfiel. Ich fragte nach einer langen, langen Pause, mögen Sie mir sagen, was Sie so erschüttert.

Ja, ihr Mann hatte eine Geliebte, seit drei Jahren, ohne daß sie etwas wußte, ohne daß sie auch nur die geringste Ahnung davon gehabt hatte. Man merkt das ja nicht mehr so, ich mein, wird ja alles ein bißchen ruhiger, im Alter. Und jetzt, jetzt hat die andere Frau sich gemeldet. War hier, hat dagesessen und erzählt, sie habe sich nie in die Ehe drängen wollen, aber den Anspruch auf Glück, den hat man einfach, es gibt ja nur ein Leben, und dann sagt die, sie hätte mir den Mann ja nicht weggenommen. So eine Frechheit. Und nun, nun will die zur Beerdigung kommen. Die kommt, die kennt doch keiner. Fragen mich doch alle, wer is das? Fällt doch auf, is noch jung, so um die fünfzig, dann noch so eine, lackierte Fingernägel, die Haare gefärbt, ein Rot sag ich Ihnen, und so einen silbernen Pullover, mit nem Hund drauf.

Ein Hund?

Ja. In Schwarz. Ein Pudel. Nein, was soll ich nur machen?

Kommen lassen, sagte ich.

Wirklich? Sie sah mich erleichtert an.

Natürlich.

Und die Verwandten, ich mein, wenn die fragen? Kommen doch immer entfernte Verwandte oder einfach Be-

kannte. Die fällt doch auf, so aufgedonnert, wie die rumläuft.
Na ja, sagen Sie eben, ist eine aus dem Hundesalon.
Was?
Sie haben doch einen Hund?
Ja.
Sie sagen, wenn Sie gefragt werden, das ist die Frau, die Ihren Hund schert.
Da lachte die Frau, fing leise an, sagte, eigentlich soll man ja nicht lachen, und sie lachte, lachte befreit.
Wie wichtig solche Geständnisse und Geheimnisse sind, zeigte sich wieder einmal bei dieser Frau. Hätte ich die ganze Rede auf dieser Genauigkeit und Aufrichtigkeit ihres Mannes, des Qualitätsprüfers, aufgebaut, also allein vom Beruf her gedacht, nach dem Motto: Üb immer Treu und Redlichkeit, oder: Ehrlichkeit währt am längsten, die Frau wäre mir in der Beerdigungshalle gar nicht mehr aus dem Weinen herausgekommen. So habe ich die Rede immerhin grundieren können, diesen Widerspruch, dem wir uns alle stellen müssen, etwas perfekt zu machen, unsere Arbeit, unser Wissen und unsere Gefühle, alles strebt dem Ideal nach, während die Wirklichkeit stets unrein ist. Das Vollkommene kann man nur bewundern, das Unvollkommene muß man erst verstehen lernen, und dann kann es Gegenstand unserer Liebe werden.
Das war etwas undeutlich, etwas dunkel formuliert, aber auch das gehörte zur Rede. Es sind diese Blindstellen des Verstehens in einer Rede, die das Publikum, die Trauergemeinde zum Nachdenken zwingen, sie unterbrechen meist den Tränenfluß. Dann der Wechsel ins Philosophische: Das zu erkennen, der Idee nachzustreben, ohne daß sie erreicht werden kann, das ist Größe und befreit uns mit einem Flügelschlag. Auch da macht sich das Studium be-

zahlt, selbst wenn der Name Platon nie fällt und natürlich erst recht nicht der Name des Dialogs. Der *Phaidon*. Gräßlich. Die Amateure hantieren immer mit Namen, die Profis lösen die Inhalte auf, die muß man kennen, und zwar nicht nur aus dem Feuilleton, man muß sie verstanden haben, auch wenn dann nur sehr wenige, möglicherweise nur einer, der in der Aussegnungshalle sitzt, weiß, warum Sokrates, nachdem er den Schierlingsbecher getrunken hat, den Kriton bittet, dem Äskulap einen Hahn zu opfern.

Wissen Sie, warum Sokrates, nachdem er den Schierlingsbecher getrunken hat, sagt, man solle dem Äskulap einen Hahn opfern?

Keine Ahnung, sagte der Sohn, der doch berufsmäßig damit zu tun hat, und er suchte, nein wühlte weiter in den Schubladen, zog wieder eine heraus, stellte sie auf den Bücherstapel, grub das Papier regelrecht um. Ich, sagte er schließlich, sichtlich durch meine Frage irritiert, suche die Geburtsurkunde, die brauche ich für die Sterbeurkunde.

Das ist der Kreislauf der Bürokratie. Ohne die eine kann man die andere nicht haben, so wird man unsterblich.

Gott, was mein Vater alles aufgehoben hat, sagte der junge Mann und hielt einen größeren Umschlag hoch, las die Aufschrift. Er hielt alles, was er sagte und schrieb, für explosiv, und damit warf er einen dicken Umschlag in die Schublade zurück.

Es klingelte, und er sagte, das ist der Auflöser, und ging hinaus. Ich hörte dumpf und von fern die Stimmen, dann kam er mit einem Typen herein: Der Kopf kahlrasiert, die Sonnenbrille kreiste in der Hand, ein Hallo, er kam zu mir, der ich versunken in dem Ledersessel saß, gab mir die Hand, sagte: Zunächst mein aufrichtiges Beileid. Aber er hatte schon die Bücherregale im Blick.

Ich bin nicht der Angehörige des Verstorbenen, sagte ich.

Ach, 'tschuldigung, dann Ihnen, mein Beileid. Er ging an den Bücherborden entlang, und ich mußte an den Luchs denken, der ähnlich unruhig suchend am Gitter entlanggelaufen war, nur daß der schon seine Beute zwischen den Zähnen gehabt hatte.

Der Auflöser klopfte an den Schrank, ging zum Schreibtisch, klopfte auf die Platte, sagte, fünfziger Jahre, furniert, nix wert, können Sie gleich auf den Müll geben, dann kehrte er zu den Regalen zurück, bückte sich, reckte sich, ging nochmals hin und her: Gott, sagte er, alles blau, die Marx-Engels-Gesamtausgabe, Theorie des Realismus, Lukács, Wirtschaftstheorie, Erkenntnistheorie, Rubinstein. Das Zeug gibt's jetzt auf jedem Flohmarkt zwischen Stralsund und Gotha, auch für ne Mark, nimmt Ihnen niemand ab, also nee, die ganze linke Theorie ist hier im Osten wie bei einer Diarrhöe abgeprotzt worden. Der Auflöser blickte einen Moment nachdenklich zur Decke. Die Marx-Engels-Werke können Sie nicht mal ins Altpapier stecken, die DDR-Schinken sind ja auch noch in Plaste eingebunden.

Der junge Mann zeigte keine Regung, keine Empörung, er sagte nur: In der Küche gibt es noch Geschirr.

Mit der Sonnenbrille schraubte sich der Typ aus dem Zimmer.

Mein Vater ist wie ein Fisch an Land geschleudert worden, 89, die Wende, das war für ihn das Ende. Reimt sich sogar, sagte er.

Woran, wenn ich fragen darf, ist er gestorben?

Er tippte sich kurz an die Schläfe: Aneurysma. Er wußte, daß er gefährdet war.

Und beruflich? Was hat er gemacht?

Stadtführungen, alternative. Ich war nie dabei, hab aber einen Kollegen, einen Internisten, der hat mal auf einem Berlinbesuch eine Führung mitgemacht. Brechts Weg durch das Berlin von 48, Anna Seghers, Dorotheenstädtischer Friedhof und so. Der Kollege war richtig begeistert, obwohl er mit den Kommunisten wahrlich nix am Hut hat.

Die rotierende Sonnenbrille kam ins Zimmer, sagte, also gut, das Geschirr, okay, und dann, gestatten Sie. Er zeigte auf den Sessel, in dem ich saß.

Ich stand auf. Der Auflöser befühlte das Leder, wuchtete den Sessel auf die Seite, untersuchte die Sprungfedern, den Holzrahmen. Also, sagte der Auflöser, wenn Sie die Teller, Tassen, das Besteck, ist zwar nur versilbert, also wenn Sie mir das lassen und den Sessel da, dann entsorg ich Ihnen das Altpapier kostenlos.

Der junge Mann überlegte einen Augenblick, sagte dann: Okay.

Der Entsorger griff ein Buch aus dem Regal: Frantz Fanon, nein auch, also in zwei Wochen und besenrein. Ich brauch bloß den Schlüssel.

Er zögerte.

Der Auflöser lachte: Jeder, der hier was klaut, ist uns hochwillkommen. Die können mitnehmen, was sie wollen. Vom Geschirr abgesehen und dem Sessel. Muß meine Leute auch bezahlen, und er drehte die Sonnenbrille und setzte sie sich mit einem Schwung auf die Nase, sah aus wie einer der Hells Angels. Tausend Mark, die brauch ich. Dann schaff ich Ihnen den ganzen Krempel weg.

Der junge Mann stand da, ein wenig ratlos, ja hilfesuchend sah er zu mir herüber.

Er hat ja recht, sagte ich, wir denken immer, die Dinge hängen an uns, geben uns Dauer, aber wir sind ihnen gleichgültig.

Stimmt, sagte der Auflöser.
Gut.
Der Auflöser hob den rechten Finger. Spätestens in zwei Wochen, besenrein. Und damit ging er hinaus.
Es ist alles ein wenig, wie soll ich sagen, fremd.
Und Sie wissen nicht, wie Ihr Vater auf mich gekommen ist?
Nein.
Haben Sie ein Foto von ihm?
Warten Sie, hier ist sein Ausweis.
Schmal, asketisch, grau das Haar. Das Erinnern, das Erkennen, wie und was wird in der Erinnerung angerufen, es war ein Gesicht, das ich kannte, aber ich konnte nicht sagen, woher, jemand aus den grauen Vorzeiten.

Die Kreuzung, die Straße, die Menschen, alles ist nur schwarzweiß, wie in einem alten Film. Nur im Helligkeitsgrad heben sich die Gegenstände voneinander ab, auch diese dunkle Flüssigkeit auf dem helleren staubigen Asphalt, ein wenig, ein klein wenig und sehr langsam hat sie sich weiter ausgebreitet, eine Bucht gebildet, vorn glänzend, und für einen Augenblick blinkt die Sonne darin auf, kurz nur, dahinter verwandelt sich die Oberfläche in ein dunkleres stumpfes Grau.

Verrückt, sagte ich zu Iris.
Was?
Dieser Fall, dieser Mann, über den ich reden soll.
Aber da wurde sie von Ben weggezogen, Hellbich wartet. Ein großer schlanker Mann, graumeliert, in einer schwarzen weitfallenden Hose, einem schwarzen Seidenjackett mit Stehkragen. Wahrscheinlich ein Innenarchitekt oder Architekt. An diesem Abend stellte sie den gelade-

nen Freunden und Bekannten (sie unterscheidet da sehr genau) eine neue Lichtinstallation vor, zwei geschliffene Bergkristalle hatte sie mit einem Kugelgelenk verbunden, so daß sie je nach Drehung Spektralfarben erzeugten, mal mehr ins Rote oder mal mehr ins Blaue gehend.

Später kam sie zurück, brachte mir ein Glas Champagner. Laß uns anstoßen. Auf das da, sie zeigte auf ihre Lichtinstallation. Hellbich will das Patent kaufen. Etwas für die weißen Wände, die öden, nur so ist sie erträglich, die Moderne, die uns alle zu Krankenhausbewohnern machen wollte.

Aber erst mal muß man den weißen Hintergrund haben, um die Farben leuchten zu sehen.

Nicht, wenn man ein Prisma hat.

Was meinst du, welche Farbe die meisten Attribute hat?

Müßte ich eigentlich wissen, sagte sie. Grün?

Nein, Rot. Scharlachrot, purpurrot, rubinrot, karminrot, dunkelrot, tiefrot, weinrot, blutrot, rostrot, hochrot, knapprot, blaßrot und so weiter. Sechsunddreißig sind es im Wehrle-Eggers, dem Wegweiser zum treffenden Ausdruck. Grün hat nur vierundzwanzig, und darin enthalten ist auch das Hoffnungsgrün.

Rot wie der Osten. Rot wie das Blut. Rotwerden vor Scham. Rotsehen vor Wut. Es ist genau die Ambivalenz der Farbe Rot. Sie ist die dialektische Farbe. Schwarz ist so eindeutig wie Weiß. Das Weiß trägt alle Farben in sich, das Schwarz löscht sie aus. Und doch sind sie auch im Schwarz als hoffendes Wissen – es braucht nur das Licht.

Regen wühlte in den Bäumen, Dächer wanderten unter dem Grau, die Straße mit Ästen übersät, an den Fenstern die fast waagrechten Regenspuren.

Was für ein Fall, fragte Iris, die sich ein Stück Apfeltorte bestellt hatte. Ein gewaltiges Stück, das seitlich umgekippt war.

Das Erinnern steckt in den Zellen der Großhirnrinde, und das ist alles – was der Fall ist. Es arbeitet wie ein Scheinwerfer, einer dieser schnellbeweglichen Scheinwerfer auf Polizeiwagen, die von innen gedreht werden können, es soll ja etwas aufgehellt, entdeckt werden, hier strahlt er in die Vergangenheit, erfaßt immer wieder Orte, Situationen, erhellt die sich darin bewegenden Menschen, ihre Eigenarten, Besonderheiten, dann werden sie mit anderen wie bei einer Gegenüberstellung konfrontiert, werden auf Details untersucht: Geruch, Bewegung, Stimme, Sprache. Schablonen werden übereinandergeschoben und verglichen, und da, da ist es.

Na, hast du es vor Augen.

Nein. Das Foto brachte es nicht. Es kommt mir bekannt vor, das Gesicht, sehr, ja, aber nein, ich habe nicht den Ort gefunden, wo es sich von selbst erklären würde. Und nicht die Sprache. Aber ich habe einen Schlüssel.

Einen Schlüssel?

Ja, ich kann in die Wohnung. Der Sohn hat mir angeboten, daß ich mir Bücher aussuchen kann.

Sie lachte. Ausgerechnet dir. Hast du ihm gesagt, daß du keine Bücher zu Hause hast?

Ich habe ihm nichts gesagt. Gar nichts. Ich habe nur ein paar Fragen gestellt.

Was hat der gemacht, also der, sie stockte, der Tote wollte sie nicht sagen, auch die grammatische Zeit stimmte nicht, wie übrigens fast nie, wenn über eben Verstorbene gesprochen wird, es ist – grammatikalisch gesehen – ein Zeit-Limbus, in dem sich die Zurückgebliebenen bis zur Beerdigung des Verstorbenen bewegen. Iris löste es gestisch, mit einem kleinen Winken der Hand nach rückwärts: also der.

Stadtführungen, alternative.

Das fand sie interessant, den hätte sie gern kennengelernt.

Der Korridor, das Schlafzimmer, das Arbeitszimmer, alles vollgestopft mit Büchern, Zeitschriften, Flugblättern. Ein Altpapierlager linker Literatur. Wie der da drin gelebt hat. Glaubst du nicht. Ein Grottenolm der Revolution.

Sie lachte, nahm meine Hand, was sie in letzter Zeit immer häufiger tut und was mich immer wieder rührt, küßt die Knöchel, und ich freue mich dann jedesmal, daß ich noch keine Altersflecken habe. Wär ich ein Dieb, würde ich dir stehlen: die Augen, die Stimme, die Hände, du all mein Lieb.

Wann, wann, fragt sie – und sie fragt mich das oft –, hast du gemerkt, daß es etwas Ernstes ist, ich meine, mit uns? Wann hast du dich verliebt? Verliebt, was für ein Wort, denke ich, und nach einer kleinen Pause, die ich länger werden lasse als nötig – schon bald. Es ging ja alles so schnell.

Ja. Also wann? Das erste Mal, als wir uns getroffen haben? Bei mir in der Wohnung? Im Zoo, bei den Steinböcken?

Ich glaube, sage ich, sehr bald sogar. Als wir uns das erste Mal verabredet hatten, hier, abends, im Restaurant *Reinhards*. Du warst schon da. Ich habe dich nicht gleich erkannt in dieser blaugepunkteten, weißen, kurzärmeligen Bluse. Schließlich hatte ich dich schwarz in Erinnerung, und du hast mit dem Rücken zu der verspiegelten Wand gesessen, die in irritierender Weise einen zweiten, dahinterliegenden Raum zu eröffnen schien.

Hier fiel mir ihre Narbe auf, eine Narbe, die sich an der linken Schläfenseite hinunterzieht bis zum Ohrläppchen, eine lange Narbe mit drei, vier kleinen seitlichen Zacken. Diese Narbe ist denn auch wohl der Grund, daß sie sich immer wieder die Haare ins Gesicht schüttelt, eine kleine verneinende Bewegung, die einmal entstand, um etwas zu verdecken, mit der sie jetzt aber Stellen im Gespräch markiert, in denen sie Nachdenklichkeit und manchmal – konträr zur Bewegung – auch ihre Zustimmung andeutet. Ich sah sie, aber immer wieder auch mich, nur kurz auftauchend, und ich dachte jedesmal, wer ist das, der ältere Herr da im Spiegel, denn ich sah mir nie in die Augen, die uns mit uns selbst ins Einvernehmen setzen. Man sieht sich und sieht sich beim Sich-Sehen. Aber kaum sieht man sich zufällig im Vorbeigehen, erblickt man einen Fremden, den man nur aus der Erinnerung heraus mit sich selbst identisch finden kann, das Grau der Haare, die gar nicht so grau sind, sondern immer noch gut durchmischt mit Blond, aber jetzt, in diesem gnadenlosen Licht, erschien mir das Grau derart das Gesicht zu beherrschen, daß ich mich unwillkürlich nach der Lichtquelle umsah.

Das Licht, sagte sie, und ein verständnisvolles Lächeln zeigte sich in ihrem Gesicht, das ist kein gnädiges Licht.

Auch das bezog ich auf mich, so, als habe sie meine Unruhe bemerkt.

Ich sah mich das Glas Rotwein heben. Ich sah mich trinken. Wir saßen, tranken unseren Bordeaux, und sie erzählte dann von der Lichtbrechung in einer grünen Plankonvex-Zylinderlinse, vier Strahlen kommen von oben und werden am Rand in je eine grüne, in der Mitte in zwei blaue Strahlen nach rechts reflektiert, das derart beim Durchgang fokussierte Licht bricht die blauen Strahlen stärker. So entsteht ein ganz eigentümliches grün und blau zerlegtes Strahlenbündel. Sie skizzierte die Linse, die Lichtstrahlen, schrieb an die jeweiligen blau und grün, die Brechungslinien, einer abstrakten Malerei gleich, erklärte mir die Brechungsgesetze und zeichnete mir auf, wo diese Linsen plaziert werden sollten. Dieses Strahlenbündel sollte *Tasso* bei seiner Bekränzung begleiten. Sie sprach von Lichtschnitten und Lampen, in einer ruhigen Nachdenklichkeit. Den Auftrag für die Lichtgestaltung einer Inszenierung von Tasso hatte sie gerade erst vor ein paar Wochen bekommen und dem Regisseur vorgeschlagen, das Stück wie auf einer breiten Treppe spielen zu lassen. So könne sie am wirksamsten mit Licht und Schatten arbeiten. Sie skizzierte mir die Treppe auf einer Serviette. Trank sie aus dem Glas, das sie weit unten am Stil anfaßte, sah sie mich an, so gezielt, so gerichtet, ja auch registrierend war der Blick, als wären das Trinken und das genaue Beobachten zwei aufeinander bezogene Tätigkeiten.

Sie erzählte mir von Hochdruck- und Niederdrucklampen, von Entladungslampen, die eine wesentlich höhere Lichtausbeute haben als Glühlampen und bei weitem nicht so empfindlich sind.

Ist die Lampe erst zerschlagen, liegt im Staub tot das Licht.

Das war der Moment, als sie mich mit anderen Augen ansah, ja, sie ließ mich, wie soll ich sagen, verehrte Trauergemeinde, zu sich hinein, sie sah mir in die Augen, als wolle sie weiter in mich hineinsehen, forschend, wer ich bin, und ließ mich damit zugleich auch zu sich hinein.

Schenken Sie mir das mit der zerschlagenen Lampe?

Kann ich nur weiterreichen. Kommt von Shelley.

Sie zog ihr in Schlangenleder gebundenes Notizbuch heraus und schrieb mit dem silbernen Crayon die Verszeile hinein, und ich sah erstaunt, sie kannte Shelleys Vornamen, auch den zweiten, sie schrieb: Percy Bysshe Shelley.

Ich kann behaupten, sehr verehrte Trauergemeinde, ich habe die Aufmerksamkeit, vielleicht sogar die Zuneigung dieser Frau durch zwei Zitate erworben, Shelley und Hegel, und allein damit hat sich das Studium gelohnt, wobei gesagt sein muß, beide Zitate verdanken sich einer freiwilligen Lektüre, haben nichts mit Prüfungen und Seminarscheinen zu tun. Vielleicht, wenn ich es positiv für mich wenden will, kann ich sagen, ich habe sie durch diese beiden Zitate gezwungen, über unseren Altersunterschied hinwegzusehen. Und ich habe ihre Neugierde geweckt durch meinen Geldberuf, der sonst die Leute immer ein wenig schreckt, weil er sie an das erinnert, was sie mit Geld, Reisen und Spielen zu vergessen suchen. Sie aber fand meine Arbeit interessant, sehr interessant sogar, und interessante Leute sammelt sie, weil sie neugierig ist, eine wunderbare Eigenschaft, und weil sie aparte Leute für ihre Vernissagen braucht, sicherlich, wäre ich Bestattungsunternehmer, dann wäre ich nicht ganz so präsentabel wie jemand, der die Reden hält, Abschiedsreden, wie das einige Kollegen und Kolleginnen nennen. Ein heuchlerischer Euphemismus. Und dann kamen wir auf die Farben zu sprechen, und ich habe ihr von der Farbe Rot erzählt, rotes Licht, rote Fahne, rote Laterne, rotes Tuch, alles Signale, die Farbe der Leidenschaft, die Farbe des Aufruhrs. Goethe hat in seinem Farbenkreis das Rot in den Schnittpunkt von Phantasie und Vernunft gesetzt, die attributive Bestimmung: schön.

Sie wollte wissen, wie ich darauf komme, und da habe ich ihr, was ich sonst noch niemandem erzählt habe, gesagt: Ich schreibe über die Farbe Rot.

Ihre Lieblingsfarbe?

Ja.

Nicht gesagt habe ich ihr in dem Moment, daß ich schon seit drei Jahren daran schreibe, immer wieder und wieder umschreibe, sammle, alles was mir unter die Augen – ja Augen – kommt, Erklärungen, Erläuterungen, Zitate, farbtechnische Untersuchungen, aber auch, und das vor allem, wer Rot als seine Lieblingsfarbe angibt und dann natürlich warum, wenn dieses Warum denn überhaupt beschreibbar ist, es soll, das ist meine Vorstellung, eine Art Biographie werden. Warum werde ich, wo immer ich Rot sehe, neugierig? Die Signalfarbe, aber warum. Warum empfinde ich sogleich ein neugieriges Wohlgefallen, wenn eine Frau Rot trägt, während mich Braun abstößt, ja ich muß mir die Farbe wegdenken, um die Person darin neutral zu erkennen und so meine Abneigung zu korrigieren. Natürlich habe ich auch versucht, selbst Rot zu tragen, Pullover, früher, aber sonderbarerweise irritiert die Farbe mich an mir selbst, ich werde abgelenkt von dem, was ich um mich herum sehe, weil dann immer ein Abschnitt Rot in mein Blickfeld kommt, ein Arm, der untere Brustteil. Ganz anders, wenn eine Frau Rot trägt, es ist, als wäre die Figur, das Gesicht eingerahmt von Lust und Freundlichkeit.

Sie tragen gern Schwarz.

Ja. Ich mag nach der Farbe Rot am liebsten Schwarz, wäre es denn eine Farbe und nicht die Auslöschung aller Farben. Das Weiß, als Licht, trägt potentiell alle Farben in sich, das Schwarz ist das allgegenwärtige Versprechen, daß wir sie nur sehen, solange es Augen gibt. Das meint doch: Mir wird schwarz vor Augen.

Nein, sagte ich, es ist ganz einfach, Schwarz ist die Farbe der Jakobiner. Und zu der Farbe Schwarz kann man alles tragen, von dunklem Blau einmal abgesehen. Schwarzsehen, schwarzfahren, schwarzhören. Es ist die Farbe der Verneinung, die Farbe der Anarchie, der Autonomen.

Für mich ist sie geschäftsschädigend, genaugenommen eine Unfarbe.

Wir kamen aus dem *Reinhards*, es war dunkel geworden, aber noch immer warm, Anfang Juni, ich glaube der 3. Juni, was keine Bedeutung hat, bis zu diesem Tag, sage ich, hörst du, dieser 3. Juni, erinnerst du dich, wir gingen nebeneinander auf dem Kurfürstendamm unter den Platanen, die großen hellen Blätter im Licht der Reklame, der Straßenlampen, leicht bewegt vom Wind, sehen Sie, diese so belebten Stämme, die ihre Rinde abwerfen, sich häuten, in einem steten unregelmäßigen Wechsel von hell und dunkel.

Vorsicht!

Ich berührte ihren Arm, kurz nur, so habe ich sie um eine eingebrochene Steinplatte im Bürgersteig geführt, auf eine Armlänge getrennt. Als wir nach drei, vier Schritten wieder zusammenkamen, legte sie den Arm um mich, um die Taille, zog mich an sich, ich spürte ihre Hand an den Rippen. Es war ein ganz selbstverständlicher, vertrauter Griff. Von dem sie später sagte, sie habe es selbst kaum bemerkt, ein Vorgriff also. So sind wir nebeneinanderher gegangen, ohne daß der eine oder andere etwas gesagt hätte. War dem etwas vorausgegangen, Berührungen? Nein. War etwas angesprochen worden, was Sympathie, Interesse signalisierte? Nein. Etwas über die Augen, die Stimme, die Hände, statistisch die Hauptsignale in der körperlichen Sympathieskala? Nein. Nur der Blick. Dieser forschende, dieser offene, sich öffnende Blick. Liegt im Staub tot das Licht. Und dann ein Einverständnis. Wir hatten uns nur angesehen. Ich begleitete sie zu ihrem Wagen. Sie winkte mir einzusteigen. Im Auto saßen wir einen Moment nebeneinander, sahen uns an, in dem Moment kam eine Gruppe Fußballfans vorbei, sie grölten einen Schlachtruf, unverständlich, und einer zeigte uns, die wir im Wagen saßen, das Victory-Zeichen.

Sie fuhr mich nach Hause, hielt vor meiner Tür, in dieser engen Straße, stellte den Motor ab und sagte, bis bald. Als ich sie zum Abschied umarmen wollte, etwas steif über die Handbremse hinweg, küßte sie mich auf den Mund – wir küßten uns, bis hinter uns ein Auto hupte.

Ich stieg die Treppe hoch und nahm zwei, ja drei Stufen auf einmal. Ich saß am offenen Fenster, rauchte und versuchte, mein Herz zu beruhigen. Verehrte Trauergemeinde, das war das Irritierende, das ganz und gar Ungewöhnliche, daß ich, der sich eingebunkert hatte in eine Haltung selbstverordneter interesseloser Distanz, durch eine Frau mit empfindlichen Augen, eine Frau, die meine Tochter hätte sein können, mich wiederfand in einem Aufruhr der Gedanken, der Gefühle, Sehnsucht, Zweifel, Verlangen nach Nähe, ja körperlicher Nähe, ein bis an die Atemnot gehendes Verlangen, dieser Frau nahe zu sein. Ich zwang mich, mußte mich zwingen, mich hinzusetzen, tief einzuatmen und lange auszuatmen, ich saß mit diesem Glücksgefühl, was ja nur heißt, daß Serotonin, der Glücksbotenstoff, ausgeschüttet wird, der Kreislauf sich belebt, das Herz etwas schneller schlägt, so saß ich und sah in die Berliner Nacht, es war am 3. Juni, und ich hörte mich, mein Blut, ein Rauschen in den Ohren. Verehrte Trauergemeinde, ich wollte Ihnen sagen, daß ich auch dachte: Viejo verde, Johannistrieb, und was einem sonst noch so durch den Kopf geht. Alter Bock. In Würde alt werden. Dieser Vorsatz: Bleib kalt, bleib kalt und überlegen. Behalte diese Fassung. Dieses dich schützende Maß an Gleichmut, an Überlegenheit. Nein. Ich bin, um ehrlich zu sein, sofort als ich oben war, zum Spiegel gegangen und habe mich darin betrachtet, genau, die Falten, die Haare, ich ließ die Haare durch die Finger gleiten, an den Schläfen, dort war schon viel Grau zu sehen, sonst vermischte es sich mit dem Blond. Ein ganz anderer Eindruck als in dem verspiegelten Café. Ich nahm mir vor, am nächsten Tag eine Feuchtigkeitscreme zu kaufen. Kindisch, dachte ich, lächerlich. Es war mir egal. Erst am nächsten Tag, am Morgen, brachte ich mich wieder in Fassung, sagte ich zu meinem Spiegelbild: Glotz nicht so romantisch. Ich nahm mir vor, mir nichts vorzunehmen, nur das, ich werde mich – und zwar aus reinem Selbsterhaltungstrieb – bedeckt halten, so wie der Schnee die Erde bedeckt. Liebe ist eine nervöse Angelegenheit, darum das Rauchen, das Trinken, das Lachen, Kichern, Schmatzen, Reiben, und nichts anderes heißt Ficken. Da ist der Wunsch, alles, vor allem sich selbst zu vergessen, in dem einen einzigen Moment, dieser Explosion, dieses Aus-dem-Körper-Herausdrängen, dieses Aus-sich-Herausfahren, naßgeschwitzt, außer Atem, heiser, aus der Zeit, wie im Sterben.

Ich war wieder in der Wohnung des Toten. Noch immer regnete es. Und die Souterrainwohnung war dunkel wie eine Höhle. Noch war alles so, wie es der Mann verlassen hatte, die Dinge hatten noch ihre Ordnung, nur am Schreibtisch, dort wo der Sohn die Dokumente, die Geburtsurkunde gesucht hatte, sah es aus, als sei etwas auseinandergerissen worden, wie aufgebrochen, aufgewühlt, wie eine Wunde, eine beginnende Wucherung, durchwühltes

Papier, herausgerutschte Karteikarten, Zeitungsausschnitte, Kuverts, Fotos lagen zerknickt am Boden. Der Mann muß intensiv gesammelt und geschrieben haben.

Ich blätterte in den Manuskriptseiten, braun ausgefranst, Silberfische huschten über den Tisch, ich las Karten, Notizen, eine ausführliche Arbeit, in der er offenbar beweisen wollte, daß der Kapitalismus, der ausufernde, nur durch Konsumverzicht zu bremsen sei, was, wie er selbst schrieb, aber ein ganz unsinniges Anliegen sei, da in vielen Ländern eben erst ein minimaler Lebensstandard erreicht würde, den hier vor hundert Jahren die Arbeiter bereits erreicht hatten usw. usw. Ich habe das nur überflogen, Zitate, Zitate, wenn ich sage, daß ich auch mal das *Kapital* durchgearbeitet habe, Band eins, Band zwei, Band drei, kann ich mir das heute selbst nicht mehr glauben, habe auch kaum etwas behalten, das Gedächtnis ist dadurch ausgezeichnet, daß es vergessen kann, wobei immer noch nicht erforscht ist, wie das Vergessen funktioniert, welcher Stoff, welche Zellen die Löscharbeit tun. Sie bewahren uns vor dem Delirium. Der Wahnsinn, wenn man all die unnützen Dinge behielte, andererseits auch wieder deprimierend, wenn ich an meine Gotisch-Klausur denke, auf die ich drei Wochen hingearbeitet habe, und alles, was ich davon behalten habe, ist Wamba: der Bauch, womit ich Iris ein Lachen entlocken konnte, das war's, drei Wochen Arbeit. Bisher habe ich das nie in eine meiner Reden einbauen können, wann denn auch, es sei denn, ein Altphilologe stürbe, die aber haben meist Kollegen, die ihnen die Grabrede halten und dann aus der Wulfilas-Bibel zitieren.

Einen Umschlag mit der Aufschrift BEKENNERSCHREIBEN legte ich beiseite. Ebenso ein Schriftstück, mit Versalien überschrieben: DER AUTONOME, ein anderes: PARTISANEN DES ALLTAGS. Was mich trieb, in den bereits durchwühlten Schubladen zu kramen, war die Frage, warum dieser Kauz mich gewählt hatte, sogar eine Summe veranschlagte, die ganz ungewöhnlich hoch war, 5000 Mark, bisher – von einer Ausnahme abgesehen – das beste Honorar, das ich je mit einer Rede verdient habe. Ich suchte und fand nichts, wollte schon aufgeben, als ich den Karton entdeckte, einen Schuhkarton mit Fotos. Familienfotos, der Arzt als Junge, die Frau meines toten Klienten, die Schwester des jungen Mannes und er, der Mann, der jetzt gekühlt in einem Fach der Leichenhalle lag. Und da erkannte ich ihn wieder, das Foto, gut dreißig Jahre alt, zeigt ihn, Aschenberger, nicht Lüders: Volles blondes Haar, schlank, schon damals wirkte er asketisch, er trägt auf dem Foto einen Vollbart, sieht aus wie Johannes der Täufer auf dem Fresko in Padua. Ich fand sogar ein Bild, das uns zusammen zeigt, wir stehen da, halten ein Plakat hoch. Spiegelbildlich steht darauf: Schluß mit dem Bombenterror in Vietnam.

Warum wir diese Umschrift gewählt haben, sonderbar. Aber es war wohl schon damals der Versuch, die Aussage zu verfremden, weil sie so *plakativ* war.

Ein anderes Foto zeigt uns beim Verteilen einer Zeitung.

Wir standen vor dem Fabriktor und verteilten frühmorgens eine Zeitung. Wie die uns ansahen, die da morgens reingingen zur Arbeit, und wie wir ihnen die Zeitung entgegenstreckten, die sie aufklären sollte über Kapitalakkumulation, über Armut und Reichtum, über Ausbeuter und Ausgebeutete, und wie das funktioniert, wie sehr inzwischen die einen wie die anderen alles für selbstverständlich nahmen. Naturgegeben, naturwüchsig. Rauch war die Erinnerung. Aschenberger rauchte viel, selbstgedrehte Zigaretten, mit konzentriert ruhigen Bewegungen drehte er sie, leckte am Papier, zupfte ein paar Tabakfasern ab, das war die Erinnerung, und er redete meist mit einer ähnlichen Ruhe, sprach deutlich, gut artikuliert, aber auch in größeren Diskussionen nie laut. Er zwang so zum Zuhören. Und nur selten, wenn er sich erregte, schlug er mit der rechten Faust einen Takt in die Luft, aber nur dann, wenn er etwas erklärte, das doch sonnenklar hätte sein sollen. Wenn denn einer der zur Arbeit Eilenden sich zu ein paar Worten herbeiließ.

Wißt ihr, sagte einer zu mir, warum wir euch nicht wählen?

Euch wird man nimmer los.

Und zum Erinnern gehört auch, wie sich Gefühle erinnernd wieder ausbilden, spürbar werden. Wie und wo bilden sich Gefühle, wo ist ihr Sitz, wo ist das, was das Denken begleitet, das Erkennen, das ihm Antrieb ist, dringliches Begehren, die Hartnäckigkeit, nach Zusammenhängen zu fragen, Mut, Hingabe, etwas, das alles Laue haßt, das Angepaßte, Biedere, die Freude an dem Neuen, Anderen, Einmaligen. Empörung.

Du mußt dich einfach konzentrieren, sagt Aschenberger, du denkst viel zu sehr nach außen, also: Wie stehe ich da, wie sieht mich der andere, du mußt allein an das denken, was du sagst, und du mußt daran denken, wie du es möglichst genau sagst, nichts vereinfachst, nichts verstellst. Beim Reden denken, Neues finden. Jetzt mußt du über mich reden, mein Lieber, und staunst über dieses nette Teil vor dir auf dem Tisch.

Ich saß in Aschenbergers Papiernachlaß und blätterte die Manuskripte und Fotokopien durch, auf der Suche nach Gemeinsamkeiten, auf der Suche nach mir. Ich hoffte,

Flugblätter zu finden, die wir damals zusammen geschrieben und abgezogen hatten, damals mußte man noch Matrizen einlegen, die Walzen noch mit der Hand bedienen. Ich hob die Manuskriptpacken vom Boden, blätterte sie durch, Schriftsätze, von Hand korrigiert: Gewalt im Alltag. Die nach innen verlagerte Aggression, Armut und Reichtum, Der Alltagsfaschismus. Dann ein schweres Kuvert, ein Päckchen, auf dem gepolsterten Umschlag stand in großen handschriftlichen Druckbuchstaben: Vorsicht! Explosiv! Erst jetzt verstand ich die Bemerkung des jungen Mannes, als der den Schreibtisch seines Vaters durchwühlte und sagte: Mein Vater hielt alles für explosiv, was er schrieb.

Ich öffnete den Umschlag und zog ein in eine dicke, milchtrübe Kunststoffolie eingewickeltes rechteckiges Plastikteil heraus, schwer, aber im Griff weich, und ein Aufkleber zeigte den schwarzen Totenkopf mit den gekreuzten Knochen, und darunter in leuchtendem Rot: DANGER! EXPLOSIV! Und etwas kleiner in schwarzen Versalien: CAREFULLY HANDELING. Ein etwas merkwürdiges Englisch, was sich aber aus dem Herkunftsland erklärt, in kyrillischer Schrift steht da: Rußland. Und darunter nochmals: Made in Russia. Und dann erst, und dann auch mit einem gehörigen Schreck, merkte ich, es war tatsächlich Sprengstoff.

Was ich in der Hand hielt, war Sprengstoff. Ich legte das Päckchen sehr vorsichtig auf den Tisch zurück. Und spürte, wie mir die Hände von dem Schreck kalt geworden waren. Ich saß da, wo Aschenberger gesessen hatte, der sich Lüders nannte. Und auch sein Sohn hieß Lüders. Er hatte also seinen Namen gewechselt. Und das Wort Terrorist hakte sich in meinen Gedanken fest. Ich blickte auf die gut einen Meter entfernte Mauer, die bis zur

Hälfte des Fensters reichte und das Erdreich abtrennte, darüber Farn, ein Rosenbusch, ein verwilderter Vorgarten, in der rechten Ecke ein Fliederbusch. Am Zaun zum Hauseingang hatte ich zwei Kartoffelstauden entdeckt. Wahrscheinlich kamen die noch aus der Zeit der Berlinblockade, als hier überall Selbstversorger wohnten.

Ein Verrückter. Nur ein Verrückter hantiert in diesem Land mit Sprengstoff. Was tun? Ich überlegte, soll ich die Polizei benachrichtigen, soll ich das Plastikteil nehmen und vergraben oder, da es wahrscheinlich nicht so schnell verrottet und womöglich Pilzsammler gefährden könnte – was einem da nicht alles durch den Kopf geht –, doch besser in den Wannsee werfen, ein Boot mieten und dieses Teil versenken. Zur Polizei zu gehen, das verbot sich, ich wollte einfach nicht das tun, was man damals nie getan hätte.

Ich fragte mich, wo ihm der Gedanke an Sprengstoff gekommen war, hier mit dem Blick auf den verwilderten Vorgarten oder woanders, vielleicht bei der Lektüre des Benjamin-Textes, den ich vorhin gefunden hatte. Wie kommt man darauf, mit Sprengstoff zu hantieren, zumal er damals gegen jede Form von Gewalt argumentiert hatte, keine Gewalt, weder gegen Sachen noch gegen Menschen. Das Bewußtsein, das muß geändert werden. Basisdemokratie. Ich blätterte in der Erstausgabe von Blochs *Spuren*.

Der Auflöser war ein Profi in seinem Fach, wie ich in dem meinen, er hat sofort gesehen, was da zu holen war und daß der nette Sohnemann, dieser Mediziner, nicht wußte, was der Papa noch für Schätze im Bücherschrank stehen hatte. So rächt es sich, wenn man nicht mal bis 26 Kommunist war.

Am Anfang ist die Gleichgültigkeit. Noch ist der Blick der Mörder gesenkt, noch tun sie ihren Dienst, noch trinken sie ihr Bier, noch essen sie ihr Brot, aber die da draußen stören doch sehr, die mit den Kopftüchern, die mit den Nickelbrillen.

Ich fuhr mit dem Bus nach Hause. Ich hatte mir ein von Marcuse für Aschenberger signiertes Buch mitgenommen: *Versuch über die Befreiung*. The ash is not only the rest, it's also new fertility hatte Marcuse hineingeschrieben, offensichtlich auf Aschenbergers Namen anspielend. Wann hatte er Marcuse getroffen? Ich kann mich nicht entsinnen, daß er davon erzählt hatte. Wahrscheinlich war es in der Zeit, als wir uns aus den Augen verloren hatten.

Der Gedanke, daß Glück eine objektive Bedingung ist, die mehr als subjektive Gefühle verlangt, wurde wirksam verdunkelt; seine Gültigkeit hängt von der wirklichen Solidarität der Gattung »Mensch« ab, die eine in antagonistische Klassen und Nationen aufgespaltene Gesellschaft nicht erzielen kann. Solange die Geschichte der Menschheit derart beschaffen ist, wird der »Naturzustand«, wie geläutert auch immer, vorherrschen: ein zivilisierter bellum omnium contra omnes, in dem das Glück der einen mit dem Leid der anderen zusammen bestehen muß.

Ich habe den Sohn angerufen, habe ihm von den Büchern erzählt, gesagt, vor mir liegt eine Erstausgabe des *Versuchs über die Befreiung* von Marcuse mit einer Widmung, ob er die nicht haben wolle. Ein Zögern, dann sagte er, ach nein, behalten Sie es, wenn Sie mögen.

Und dann habe ich noch einen Karton mit Fotografien gefunden, Familienfotos, Kinderfotos.

Am Telefon hörte ich ein zartes Schnaufen.

Soll ich Ihnen die Fotos zuschicken?

Ein Zögern am Telefon, dann sagte die Stimme des

jungen Mannes, nein, wenn ich jetzt damit anfange, dann nimmt das kein Ende. Ich habe die Dinge bisher nicht vermißt, also werde ich sie auch in Zukunft nicht vermissen. Nein, es bleibt dabei, wenn Sie die Sachen haben wollen, bitte. Bedienen Sie sich. Sie haben ja gehört, was der Auflöser gesagt hat. Was er nicht verscherbeln kann, kippt er weg. Nehmen Sie also, was immer Ihnen gefällt.

Noch etwas, hatte Ihr Vater früher einen anderen Namen?

Ja, er hat bei der Heirat den Namen meiner Mutter angenommen.

Einen Moment war ich enttäuscht über diesen einfachen Grund für die Namensänderung. Wir haben dann noch besprochen, wo und wann wir uns vor der Beerdigung treffen. In den nächsten Tagen müßte ich ihn noch mal anrufen, um ihm ein paar Fragen zu dem Leben seines Vaters zu stellen. Es gelang mir, das Gespräch auf das Testament zu bringen, und ich sagte, ich hätte damit begonnen, mich in die Aufzeichnungen seines Vaters einzulesen, es sei weit umfangreicher, als ich gedacht hätte.

Gott, Sie müssen doch nicht das ganze Zeug lesen, wenn Sie mögen, kann ich Ihnen ja eine Anzahlung überweisen. 1000 Mark, ist das recht?

Ja. Ja.

Ich ärgerte mich nach dem Telefonat, ärgerte mich zutiefst über das zweite, überflüssige und so gierig klingende Ja.

Draußen trieb der Westwind den Regen durch Straßen, über Plätze, schwarze Regenschirme kämpften gegen den Wind, Hüte wurden gehalten, Mäntel flatterten, eine nasse Zeitungsseite wehte mir an die Beine, blieb kleben, ich mußte mich aus dem Wind drehen, um sie loszuwerden.

Meine Güte, sagte Iris, du bist mit den Gedanken ganz woanders. Wir saßen im Schlangenhaus des Berliner Zoos. Ein mit Glas überdachtes Gebäude, rechts und links die Reptilien, ein ferner strenger Geruch, der so gar nichts Bekanntes, Vergleichbares hat und sicherlich ganz einmalig ist: Tiersekrete und modriges Wasser. Eine feuchte Wärme, die hier in den Gängen lagert, der Geruch nach Morast und Wurzelwerk, nach wucherndem Grün, einem Grün, das selbst in diesen kleinen abgegrenzten Schaukästen noch etwas von dieser fraglosen Gelassenheit hat, in der Leben und Tod ineinander übergehen.

Es war gegen drei Uhr und Fütterungszeit. In einigen Käfigen lagen, säuberlich nebeneinandergelegt, tote weiße Ratten, in anderen tote Mäuse. Ich fragte mich, wie diese Tiere, die zum Fraß bestimmt waren, vorher getötet wurden. Dabei wäre es nur fair gewesen, sie lebend in die Terrarien zu setzen, um ihnen eine Chance zu geben und dem Publikum einen wirklichkeitsnahen Eindruck davon, was sich draußen in der freien Wildbahn abspielt. Man könnte ein Kampfspiel daraus machen. Die Maus, die am nächsten Tag noch lebt, wird begnadigt, wie der Stier in der Arena. Ich hatte eine Riesenpython im Blick, die offensichtlich kurz zuvor mit einem Ferkel gefüttert worden war, jedenfalls hatte sie hinter dem Kopf eine massive Beule. Die Beule schien noch zu atmen, vielleicht waren es aber auch nur die Schlingreflexe.

Was ist? Warst du in dieser Wohnung?

Ja. Ich kenne den Mann.

Woher?

Wir haben drei Jahre lang vor einer Fabrik eine Zeitung und Flugblätter verteilt. Morgens zur Frühschicht.

Eine Zeitung, an der wir mitgearbeitet, also vor allem die Artikel geschrieben haben. Aschenberger und ich.

Wir verteilten diese Zeitung, das heißt, die meisten Arbeiter nahmen sie gar nicht erst, und diejenigen, die sie nahmen, warfen sie sofort in die eigens dafür von der Betriebsleitung hingestellten Abfalleimer.

Arbeitet erst mal. Geht doch rüber. So begrüßte man uns. Das war normal.

Wir packten die restlichen Zeitungen zusammen und gingen zu dem Fiat, eine verbeulte, verrostete Kiste, um am nächsten Donnerstag wieder um 5 Uhr zum Fabriktor zu fahren. Die Heizung in dem Fiat funktionierte nicht. Ein griesiger Schnee fiel aus dem Grau. Der Scheibenwischer war kaputt, hin und wieder mußten wir aus den heruntergedrehten Seitenfenstern langen und den Schnee mit der Hand von der Windschutzscheibe wischen.

Hast du gehört, einer hat grüß Gott gesagt. Klasse, was?

Ja. Es geht voran.

Nein.

Doch. Es geht voran.

Nein.

Kein Wunder, sagte Aschenberger, die Presse, die Medien, dieser täglich aus allen Kanälen tropfende Antikommunismus, die werden das schon noch durchschauen, ihre wirklichen Interessen entdecken. Dazu gehört Aufklärungsarbeit. Ein langer Atem. Unsere Arbeit.

Ach Scheiße. Dieser Schnee. Dieses Grau. Zum Kotzen.

Ich schrieb einen Artikel über das Kantinenessen. Die Arbeiter, befragt, waren ganz zufrieden mit der Arbeit, mit den Vorgesetzten, mehr Lohn, klar, aber miserabel, richtig miserabel fanden sie das Kantinenessen. Also galt es dort anzusetzen, die Neben-Nebenwidersprüche zu benennen, um dann auf die Nebenwidersprüche zu kommen, um dann endlich zum Hauptwiderspruch vorzudringen: dem zwischen Lohnarbeit und Kapital.

Wie lange hast du die Zeitung verteilt?

Drei Jahre, genau drei Jahre.

So lange, hätte ich dir gar nicht zugetraut.

Heute kann ich kaum noch beschreiben, was mich dazu getrieben hat, ich meine diese intellektuelle Empfindung, diese Unbedingtheit.

Wirklich nicht, fragt sie.

Nein, ich glaube nicht. Das sind die Geschichten, die Iris mag, die sie neugierig verfolgt, und durch ihr Nachfragen zwingt sie mich, die Erinnerung genauer werden zu lassen. Manchmal habe ich den Eindruck, daß sie – einmal abgesehen von den Merkwürdigkeiten, die sie interessieren – ihren Vater in einer so ganz anderen, sagen wir mal unbürgerlicheren Variante in mir wiederfindet, daß sie bei dem, den der andere verurteilt hat, dem Steinewerfer, Flugblattschreiber, Kaderarbeiter, jetzt mündlichen Geschichtsunterricht nimmt.

Ich habe ihr das gesagt, und sie hat geantwortet: Genau, wenn du mir dabei noch die Hand unter den Rock schiebst.

Nur daß er sich jetzt Lüders nennt. Steht auch im Paß. Damals nannte er sich Aschenberger.

Ein Subversiver?

Wie sich das aus ihrem Mund anhört, gefährlich, ja tückisch.

Nein, ist der Name seiner früheren Frau.

Was will der von dir?

Ich denke, er will sein Leben nochmals dargestellt haben, der will nicht einfach sang- und klanglos zugeschüttet werden, der will zum Schluß eine Demonstration, darum hat er das Geld ausgesetzt. Er muß von jemandem erfahren haben, daß ich Beerdigungsredner bin.

Was ich ihr in dem Moment nicht erzählte, war, daß ich diese Plastikmasse gefunden hatte. Was ich nicht sagte, war, daß ich glaubte, er wollte den Sprengstoff an mich weiterreichen. Es war zunächst ein Verdacht, ein naheliegender. Er kannte, sagte ich mir, seinen Sohn. Er hatte wohl einfach Angst, das Zeug könne in andere Hände kommen. Oder gar in den Verbrennungsmüll geworfen werden. Und ich habe den Verdacht, er muß auch gewußt haben, daß ich eine Zeitlang in der Presseabteilung der Reinigungsbetriebe geholfen hatte, also von den Gefahren der Entsorgung wissen mußte. Oder aber der Entsorger hätte den Sprengstoff gefunden und die Polizei benachrichtigt, die dann alles auf den Kopf gestellt hätte. Offensichtlich wollte er das seinem biederen Sohnemann und der braven Tochter ersparen. Und die andere Vermutung war – ich sollte seinen Plan ausführen.

Er hatte mich, sehr geehrte Trauergemeinde, zumindest was meine Neugier angeht, richtig eingeschätzt. Ich saß in seiner Souterrainwohnung, in diesem stockigen Geruch von altem Papier. Silberfische krochen langsam über das Papier, um dann plötzlich in einem schnellen Zickzacklauf wegzuhuschen. Wenn ich einen besonders dreisten, dicken zerdrückte, konnte ich beobachten, wie das glänzende Silber, das ihm den Namen gab, sich in einen stumpfgrauen Matsch verwandelte. Wir saßen und diskutierten, in einem Keller, das ist die Haupterinnerung: Diskussionen, Reden, Rede und Gegenrede, warum man so war, wie man war, und wie man ein anderer werden könnte, wie das, was war, geworden war, wie das, was war, besser werden könnte, das Studium, die Arbeit, das Zusammenleben, es wurde viel im Perfekt, viel im Präsens, vor allem aber im Futur gesprochen. Wo heute nur über Istzustände geredet wird, über Absicherung. Das ist heute nicht vorstellbar, auch Iris nicht zu erklären, welche Modelle entwickelt wurden, um das zu erreichen, was wir ein anderes Leben nannten, keine Polizei, keine Justiz, nur die unmittelbar Betroffenen sollten urteilen, sagte ein Jurist, Hauskollektive, Betriebskollektive, wer etwas gestohlen hatte, sollte sich frei bewegen können, aber eine grüne Armbinde tragen, Mörder sollten schwarze Armbinden tragen, verrückt, was? Ein Vorschlag von Aschenberger, keinen Knast, psychisch Gestörte in Wohnkollektive aufnehmen, sagte Aschenberger und ging mal eben pinkeln, kam zurück, saß so unruhig, griff sich immer wieder wie ein Italiener an den Sack, ich fragte ihn, was ist, er sagte, immer wenn ich ne Currywurst esse, juckt mir der Schwanz, kaum hielt es ihn noch auf dem Stuhl.

Fragte ihn jemand, haste vielleicht beim Pinkeln mit dem Curry an den Fingern den Schwanz angefaßt. Er rannte raus, kam zurück und saß ruhig, sprach davon, wie man Rentnerinnen mobilisieren müsse, radikalisieren. Und jetzt las ich seine Notizen: Gute neunzig Prozent sind aus vollem Herzen konservativ, insbesondere die Rentner, Sozialhilfeempfänger und Asylbewerber.

Das kann, denke ich, sich nur auf die damalige Situation beziehen. Was für ein Wort: Konsumterror. Inzwischen ist das aus dem Sprachgebrauch verschwunden. Sehr geehrte Trauergemeinde, versuchen Sie sich bitte diese Situation vorzustellen: Zum Weihnachtsverkauf 1967 standen wir mit Schildern in der City: Jesus war ein Leidensmann/Schulden bringt der Weihnachtsmann. Heute ist das keine Polemik mehr, allenfalls eine, die keinen erhellenden Wert mehr hätte. Und einen provokativen sowieso nicht mehr. Man würde lachen. Damals wurden uns die Schilder aus der Hand gerissen.

Wie kann man sich das vorstellen, damals, fragt Iris.

Grammatikalisch im verstärkten Gebrauch der ersten Person pluralis – wir –, und es sollte anders sein, nicht nur etwas, höhere Löhne, niedrige Steuern, es sollte ein anderes Leben sein, selbstbestimmt, frei, eigensinnig, erfahrungsreich, nicht nur dem rechnenden, kalkulierenden Verstand unterworfen, der Mut sich zu öffnen, Stolz auf die Schwächen, auch auf das Leiden, das eigene, eine andere Welt, keine laue, gleichgültige, nicht Leid und Glück nebeneinander dulden, die Welt neu aufbauen, klein schlagen und neu aufbauen, alles prüfen, nicht nur in Diskussionen, nicht nur reden, sondern die Lust in der Tat. Diese Gesellschaft, die auf einer Vernichtungslogik basiert, Vernichtung von Menschen, Tieren, Ressourcen, durch eine andere, friedliche, gerechtere zu ersetzen. Woran liegt es, daß das alles so hohl klingt? Jetzt, heute? Warum lachen Sie? Das Leben ohne Lüge, keine Kompromisse machen, das ist so weltfremd, da sich alle auf die kleinen miesen Kompromisse einlassen, eine Gesellschaft, die ständig zum Kompromiß drängt und darauf auch stolz ist. Lustgewinn hieß immer auch die Lust an der Lust der anderen. Das war am Anfang, später wurde in Kleinkadern an der Weltrevolution gearbeitet. Eine verbiesterte, trübe Zeit. Der Kampf der Gruppen gegeneinander um den rechten, den einzigen, den richtigen Weg zur Weltrevolution. 68, als die Notstandsgesetze im Parlament beschlossen werden sollten, wurde der Lehrbetrieb bestreikt und die Universität besetzt. Aber sie wurde nicht nur einfach besetzt, sondern es sollte ein Gegenmodell zum traditionellen Lehrbetrieb präsentiert werden. In den Seminarräumen und Hörsälen tagten Arbeitsgruppen. Es wurde referiert und diskutiert über die Befreiungsbewegungen in der Dritten Welt, über eine demokratische Psychiatrie, über die Möglichkeiten einer Gegenöffentlichkeit, über systemkonforme und systemkritische Wissenschaftsmethoden; es war ein ständiges Kommen und Gehen, denn draußen im Lichthof der Universität wurde die Besetzung gefeiert, mit Würstchen, Bier und Revolutionsliedern, zwischendurch wurden Reden gehalten, eine Kapelle spielte, man tanzte.

In einem Arbeitskreis über revolutionäre Strategien erwähnte irgend jemand Gramsci und redete ziemlich lang und abstrakt über dessen Hegemonialtheorie. Da stand eine Italienerin auf, sagte, sie wolle etwas erklären, und begann zu singen. Sie sang in diesem öden, mit hölzernen Klappsitzen ausgerüsteten Hörsaal ein italienisches Revolutionslied. Eine wunderbare Stimme, ein Sopran. Zunächst waren alle überrascht, dann, erst einige und leise, schließlich mehr und mehr und immer lauter, klatschten wir Zuhörer den Rhythmus mit. Die Italienerin setzte sich wieder hin. Man wartete auf eine Erklärung, aber sie sagte nichts. Eine Gesangseinlage. Das war Gramsci, sagte sie. Alle sahen sich verwundert an, dann ging man wieder zu den kategorialen Bestimmungen der Kapitalverwertung über. Wir hätten mehr singen, weniger kategorial bestimmen sollen.

Und dann?

Ja, und dann.

Und in dieses Schweigen hinein begann sie zu weinen.

Was ist?

Ben, sagte sie nur. Dieses Lügen. Auch das Schweigen ist Lügen.

Ich habe nichts gesagt, habe nicht versucht, ihr das auszureden. Sie hat ja recht.

Ich halt das nicht aus. Sie weinte, weinte in einer stillen, ganz undramatischen Haltung. Ich hielt sie im Arm, und mein weißes Hemd zeigte Spuren ihres Lidstrichs. Zoobesucher, die vorbeigingen, blickten sich nach uns um, irritiert, suchten nach einem Grund, vermuteten ihn womöglich in der Fütterung, in diesem Fressen und Gefressenwerden.

In dem uns gegenüberliegenden Terrarium hatte sich eine Schlange die weiße, auf einem Baumstamm liegende Maus geholt. Sie verschlang sie mit dem Kopf voran. Lebendig würden die reflexhaften Fluchtbewegungen die Maus noch schneller in den Magen bringen. Einen Moment noch war der Schwanz der Maus zu sehen, der dann mit einem Flutsch verschwand. Ich fragte mich, ob die Schlangen auch in der freien Wildbahn mit dieser mattmüden Bewegung Mäuse verschlingen. Ich stellte mir vor, daß es da noch diese gierige, wilde Bewegung des Zupackens, Reißens, Schlingens gibt.

Ich kann Ben nicht in diesem Unwissen lassen. Er muß sich entscheiden können. Ich hab dir dein Hemd ganz naßgeweint, sagte sie, wischte sich die Augen, und dann noch schwarz verschmiert.

Ben habe ich das zweite Mal im Garten der *Eierschale* getroffen, am Sonntag vormittag.

Ben will dich unbedingt treffen, will dich hören. Du hast ihm ja erzählt, daß du spielst.

Es war einer dieser trockenheißen Frühsommertage. Die Amseln saßen durstig erschöpft mit offenen Schnäbeln am Boden. Die Bedienungen mußten darauf achten, nicht über sie zu stolpern.

Wir spielten Jazz, zugegeben etwas alt, etwas abgeklärt, wir sind auch eine Altherrenband. Es ist die Erinnerung an die Zeit, als ich in der Schülerband spielte – der Horizont war noch weit, endlos weit und offen. In der Brust war nicht Raum genug. Und manchmal, nach einem geglückten Solo, oder wenn es einmal so ganz aufging, dieses Spiel miteinander, mußte ich tief durchatmen vor Glück, um nicht aufzuspringen, zu jubeln, ja zu jubeln. Das war damals, und die Erinnerung daran, an damals, bringt das Spiel heute wieder ganz nah.

Iris saß an einem der runden Holztische, hatte ihren mintfarbenen Rock an, weiße Stoffturnschuhe. Manchmal legte ich mich weit in die Bässe, so konnte ich zu ihr beiläufig hinübersehen, diese braunen Beine, das perlgraue Seidentop, die braunschlanken Arme. Den Büstenhalter konnte ich ihr nicht ausreden.

Ich bin doch nicht Pamela Anderson, hat sie gesagt. Und dann noch, nach einem kleinen Zögern, meine Brüste sind so klein, die rechte sogar ein wenig kleiner als die linke, die wollen geschützt sein.

Ich mag deine Brüste, nackt, Unterschiede sehe ich nicht, wunderschön sind sie, ohne ihren Käfig, wie die Amseln.

Zu den kurzen Röcken konnte ich sie überreden, deine Beine, hab ich ihr gesagt, so wie die aussehen, mußt du die der Öffentlichkeit zugänglich machen, eine soziale Pflicht, verstehst du.

Man merkt einfach, daß du aus einer anderen Zeit kommst, aber da hatte sie schon alle kurzen Röcke aus dem Schrank hervorgekramt.

Ja doch, ich bin ein Wiedergänger.

In der Pause bin ich zu ihr gegangen.
Meine Güte, bist du verschwitzt.
Ist ja auch Arbeit.
Wir müssen auch mal zusammen in die Oper. Sie sagt es belustigt, aber auch ein wenig drohend, als müsse sie einem Nein von vornherein den Weg versperren.

Gern.

Kennst du – sie greift nach meiner Hand und drückt sie mit ihren Fingerspitzen im Takt des Redens, Morsesignale – *Orpheus und Eurydike* von Gluck? Ich habe eine Aufnahme aus den 70er Jahren mit Marilyn Horne als Orpheus. Als er Eurydike gefunden hat, noch nicht weiß, daß er sie verlieren wird, frohlockt er – sie drückt stärker, das Wort freut sie –, *addio, addio i miei sospiri*. Die Horne legt los, mit phänomenalem Schwung, ein gewaltiger Anlauf, eine volle Oktave hinab, als sie vom Totenreich singt, wieder hinauf, wenn die Zuversicht, schließlich die Gewißheit wächst, vom Orchester jetzt geteilt. Eigentlich ist die Arie gar nicht von Gluck, sondern von einer Bertoni-Oper eingeschmuggelt, weil sie der Sängerin Gelegenheit bietet zu glänzen, mehr Licht – ist das nicht ein bißchen wie bei den Solos im Jazz? –, und das sah man damals nicht so verklemmt – sie sucht, drückt mit den Fingern –, so puristisch, vor allem dann, wenn es um mehr Lust ging. Wunderbar! Hier, sogar Gänsehaut vom Darüber-Reden.

Sie zeigt ihre Unterarme her, der helle Flaum gesträubt.

Wir sitzen Hand in Hand. Oper, denke ich, das paßt, paßt auch zu der Wohnung. Wir sitzen Hand in Hand.

Ben kommt etwas später, sagte sie.

Ich war, so wird sie mich Ben vorgestellt haben, vermute ich, einer dieser Leute aus dem schrägen Bekanntenkreis, den sie um sich versammelt hat: Konzeptkünstler, Architekten, die mastdarmähnliche Häuser planen, Chaostheoretiker, alles kleinschreibende dichter, Müllethnologen, mit Ikea-Möbeln arbeitende Installationskünstler, in diese Gesellschaft paßte ich, jedenfalls von meiner Tätigkeit her, sozusagen als potentieller Hagiograph.

Ich wusch mich in der Toilette, zog ein frisches T-Shirt

an und ging mit auf die Straße hinaus, ins lichtvolle Grün der Linden. Wir standen nebeneinander, so nahe, daß sich unsere Unterarme berührten. Wir standen, rauchten, und ich spürte, wie sie die Berührung suchte, zart, mit einem sachten Gegendruck. So standen wir eine Zeitlang, länger, als die Zigarette dauerte.

Da kommt Ben, sagte sie und rückte ein wenig ab.

Ein Porsche, das Verdeck heruntergeklappt, fuhr langsam auf der Gegenfahrbahn, Ben winkte, wendete, hielt. Kein spießig neu glänzendes Modell, sondern eines dieser alten Plätteisen, rot, Baujahr 58, blaulederne Sessel, abgerissen, aus denen an einer Stelle etwas grauweiße Wolle quoll, alles aufs feinste abgenutzt, abgeschabt, abgewetzt, der Porsche erinnerte mich an ein Paar auf das sorgfältigste abgetragene Schuhe, wie ich sie von meinem Onkel geerbt habe. Das Steuerrad aus Mahagoni, natürlich mit Sondergenehmigung vom TÜV, der Knauf der Gangschaltung ebenfalls Mahagoni. Ben kletterte heraus, ein durchtrainierter junger Mann, der Jeans und ein blaues Polohemd trug und mir weit jünger erschien, als er war, 36, und als ich ihn vom ersten Treffen in der Wohnung in Erinnerung hatte. Hallo, nahm die Sonnenbrille ab, setzte sich mit uns an den Gartentisch.

Er zeigte eine sympathisch kindliche Begeisterung für mein T-Shirt, ein ehemals schwarzes, ausgewaschenes T-Shirt, auf dem die kleinen Köpfe von Sartre, Schopenhauer und Platon zu sehen sind. *Wieder denken. Philosophie jetzt!*

Wo gibt es das?

Ist nicht käuflich. Hat mir ein Freund geschenkt.

Ich mußte wieder spielen und sah die beiden sitzen, Iris und ihren Mann, Ben. Ich sah ihn, den Mann, in dem Moment ohne Triumph, ohne jede Genugtuung darüber, daß ich mit seiner Frau zusammen war, empfand eher Trauer, weil der Wunsch, ja der Traum von der Beständigkeit des Gefühls bei diesen beiden sich nicht erfüllt hatte, all diese Sehnsüchte, Triebe, die dunklen Wünsche, die plötzlich, gelebt, so hell auflodern, Herz, eher bricht der Himmel entzwei, hörst du.

Ich sah sie, die beiden, lachen und dachte, noch lacht er, noch hat ihn die Nachricht vom Verhängnis nicht erreicht, noch weiß er nicht, daß du der Grund für seinen tiefen Kummer sein wirst.

Was Ben dann, als ich später wieder mit ihm und Iris zusammensaß, zu unserem Spiel sagte, wies ihn als Kenner von Thelonious Monk aus, den ich ins Gespräch brachte, nicht etwa, weil ich mich mit Monk vergleiche, so vermessen bin ich nicht, sondern als ein Beispiel für jemanden, der eigensinnig seinen Weg geht, sich auch unter ungünstigen Bedingungen nie von seinem Ziel abbringen läßt. Monk weigerte sich, gegen seinen Freund in einer Drogengeschichte auszusagen, bekam daraufhin ein Auftrittsverbot für New York, arbeitete in seinem vollgestopften Apartment sechs lange Jahre allein für sich, um dann mit dem wunderbaren Album *Brilliant Corners* herauszukommen. Und zu seinem Spiel gehörten eben auch diese langen Momente des Schweigens. Eine Stille, von der der Saxophonist John Coltrane sagte, es sei, als fiele man in einen leeren Fahrstuhlschacht.

Er bewundere eben diese Eigenwilligkeit, sagte Ben, die, wie er finde, sich auch im Spiel von Monk zeige.

Ja, diese merkwürdigen Anschläge, hart, diese Logik, die sich durch die jähen Stops und Starts ergibt und so den verwinkelten Rhythmus strukturiert.

Genau, sagte er, und darum höre ich ihn gerade dann, wenn ich kaputt bin.

Das war der Moment, als ich mit Scham an die Situation bei ihm zu Hause dachte.

Und dann sagte er noch mit einem netten offenen Lachen: Sie haben, Sie wissen es ja sicher selbst, eine große Ähnlichkeit mit Gary Cooper.

Er sagte taktvollerweise nicht, Sie haben eine Ähnlichkeit mit dem alten Gary Cooper, nämlich dem mit den Tränensäcken. Das war am Anfang, als wir aus seiner Sicht noch keine Konkurrenten waren, ja, man muß es so sagen, wir konkurrieren um sie, um Iris, auch wenn ich mich so gelassen, so kühl, so überlegen gebe.

Als ruhig und witzig hatte sie ihn beschrieben, und erfolgreich. Ich mochte ihn, allerdings mit einem Anflug von Neid. Neid worauf? Nicht auf seinen Erfolg, nicht auf seine Zwanzigtausend, die er im Monat nach Hause trägt, nein, auf seine Jugend, auf diese Offenheit, eine Zeitspanne von zwanzig Jahren, die, ist man dreißig, wie nichts scheint und doch alles ist, verehrte Trauergemeinde.

Ein prima Typ, sagte ich zu Iris, später, als wir allein waren. Und ich meinte es so, wie ich es sagte.

Ich verliere mich.

Schönes Rot, Farbe der Jugend, der Leidenschaft, der Glut. Rotsehen, darin steckt auch die Vorstellung, der Stier reagiere auf Rot, tatsächlich kann er Rot gar nicht sehen, nur das Dunkle, die Bewegung des Tuchs, der Capa. Rot ist die Farbe, die am häufigsten in den Fahnen der Staaten auftaucht, ohne Zusatz, als reines Rot, ist es die Fahne der Revolution, der Linken, der französischen Commune. Farbe des Lebens, der Veränderung. Schönes Rot. In Schwarzafrika ist es das Rot, das aus Früchten gewonnen wird, mit dem sich die Mädchen, wenn sie ihre erste Menstruation bekommen, am Abend vor der Heirat und bei der Geburt des ersten Kindes Gesicht und Körper bemalen. Kirschrot, Himbeerrot, Erdbeerrot. Das Süße, Saftige verbindet sich mit dieser Farbe, eine Synästhesie, die sich durch Versuche belegen läßt. Kirschrot wirkt speichelbildend mit dem Geschmack der Süße. Im Russischen und im Arabischen ist das Wort rot gleichbedeutend mit schön. Blau ist die Farbe des Himmels, der Distanz. Nicht zufällig hat sich Blaustrumpf durchgesetzt. Hingegen zieht Rot als Kleidung wie keine andere Farbe die Aufmerksamkeit an, insbesondere wenn die Trägerin blond oder schwarzhaarig ist. Man kann blau sein, aber nicht rot, es sei denn durch einen Sonnenbrand. Man kann ein Roter sein, aber kein Blauer, jedoch kann man blaumachen und dann dafür einen blauen Brief bekommen. Feelin' blue – das Fest ist vorüber, kein Rot in Sicht. Man kann rotsehen, aber wer blau sieht, meint nur die Farbe, anders wer schwarzsieht, was noch eine zusätzliche Bedeutung hat. Schönes Rot, das sich nicht fotokopieren läßt.

Woher wußte Aschenberger, daß ich Beerdigungsredner war? Wie war er ausgerechnet auf mich gekommen? Natürlich trieben mich auch so kindliche Wünsche wie der, er möge einmal eine meiner Reden gehört haben, und zwar eine Rede, mit der ich selbst auch zufrieden war, wie beispielsweise die vor einigen Wochen auf eine Rentnerin, eine Frau, die keinen besonders interessanten Beruf gehabt hatte, also keine Malerin, Fotografin oder Geologin, eine Rede über ein recht gewöhnliches Leben, so schien es zunächst. Die Frau war Schneiderin, hatte eine Schneiderlehre und den Meister in Berlin gemacht, mit 25 Jahren, was, so jung, damals recht ungewöhnlich war, und hatte dann, nach dem Krieg, als Direktrice in einem Modegeschäft gearbeitet, also bei den Konfektionssachen hier einen Abnäher über dem Busen abgesteckt, dort mit Schneiderkreide an der Hüfte einen zweiten Abnäher eingezeichnet, die Ärmel-, Kleid- oder Rocklängen abgemessen und mit Nadeln gekennzeichnet und die Arbeiten der Näherinnen überwacht.

Sie waren beide in Rente, die Frau und der Mann, besuchten Volkshochschulkurse, vor allem in Philosophie, und beide lernten Spanisch. Sie machten Last-Minute-Urlaubsreisen zu den Kanarischen Inseln und nach Mallorca. Er redete noch so, als sei sie gegenwärtig, wir stehen immer früh auf, wir wohnen hier seit vierzig Jahren, er hatte den Tempuswechsel noch nicht vollzogen.

Was der alte Mann erzählte, war nichts Spektakuläres, war die Alltäglichkeit zweier Menschen, die sich von einem durch Arbeit bestimmten Leben ausruhen wollten, aber dann kam er auf den Schrank zu sprechen, und ich wußte sofort, das war der Schlüssel für meine Rede, das war das, was ich sagen konnte und wollte.

Es gibt Reden, die ich in kurzer Zeit schreibe – einen Abend, eine Nacht – und die gelingen, auf eine geheimnisvolle Weise stimmen. Ich sitze und schreibe und höre meine Stimme, und dann, wenn ich merke, diese Stimme spricht nur zu mir, mit keinen Hintergedanken an andere, dann ist dieses Gelingen möglich. Und es gibt jene Reden, an denen ich eine Woche arbeite, intensiv, und immer wieder umschreibe, ebenfalls mit einer inneren Stimme, immer ihr folgend, aber gebremst durch ein Stocken, ein Zögern, und die Gründe liegen fast nie in dem Leben, das zu besprechen ist, sondern bei mir. Und immer ist ja eine bestimmte, knapp bemessene Zeit einzuhalten, mal sieben Tage, mal vierzehn Tage, wie im Fall Aschenbergers, mal noch länger, wenn die Todesursache geklärt werden muß, aber meist sind es vier bis fünf Tage, das ist wie im Journalismus, es gilt, den Termin zu wahren, schließlich muß das, was dieses Leben als Körperlichkeit getragen hat, unter die Erde kommen oder verbrannt werden.

Ich saß am Tisch, der zugleich Eß- und Schreibtisch ist, und schrieb, es war schon dunkel, und ich hörte, wie der Verkehrslärm langsam abnahm. Blickte ich hoch, sah ich, wie die erleuchteten Fenster der gegenüberliegenden Häuser nach und nach verlöschten, bis sie dunkel und blockhaft dalagen, der Stundenschlag der Kirchglocke war deutlich hörbar, und hin und wieder, selten, von der weiter entfernten Hauptstraße das Motorgeräusch eines Autos, dann morgens der erste Bus, der rote Schimmer im Osten, als ich mir in der Küche einen Kaffee machte. Ich trank ihn im Stehen am Küchenfenster und hörte Keith Jarrett, *La Scala*. Das Album ist schwarz mit einem geometrischen Rot, der Kontrastfarbe. Ich setzte mich wieder an den Schreibtisch. Von unten war kurz nach fünf das Klappen der Haustür zu hören, der Zeitungsausträger kam. Um sieben hatte ich die Rede geschrieben, ging hinunter, in den Morgen, ging ohne Ziel eine Zeitlang durch die Straßen und dann ins Bett, schlief kurz und tief, träumte von einem brennenden Busch, aus dem eine Schlange flüchtete. Sie kroch in großer Geschwindigkeit auf mich zu, mein Schreck war groß, aber dann leckte sie mir zutraulich wie ein Hund die Hand, freundlich, ja wie um Schutz bittend. Deutlich spürte ich noch im Aufwachen die gespaltene Zunge.

Zu dem Auftrag war ich durch einen Zufall gekommen, eine Kollegin war krank geworden. Und, sehr geehrte Trauergemeinde, ich kann mir die Trauerfälle aussuchen, ich gehöre nicht zu denen, die jeden und jede begraben, die alles machen. Thomson (Thomson & Söhne) rief an, sagte, er habe einen Notfall, eine Beerdigung in zwei Tagen, also übermorgen, und Tränen-Hollein sei krank geworden. Gelbsucht. Darum auch dieses wahnsinnige Jucken, die Frau kratzte sich sogar bei ihren Reden. Er lachte und sagte, eigentlich darf man darüber ja nicht lachen. Wollte sich niemand neben die setzen, hatte immer so einen Freiraum um sich. Glaubten doch alle, die hat Flöhe. Die ist ins Krankenhaus gekommen, Isolierstation, und jetzt muß da einer ran, schnell. Der Hinterbliebene is'n netter Opa, Rentner, bringt nicht viel, aber is ne gute Tat fürs Jenseits. Das war einer der Dauerwitze von Thomson, der weiß, daß ich von Leuten lebe, die nicht an ein Jenseits glauben. Thomson ist nicht der Sohn im Firmenname, sondern schon der Urenkel, und das Firmensignet wirbt nicht mit dem Kreuz oder den ewig gefalteten Händen von Dürer, sondern mit einem Jugendstilscherenschnitt, der einen Wanderer mit Schlapphut in einer Heidelandschaft zwischen Wacholderbüschen zeigt. Darunter steht in einem Lorbeerkranz eine 100 (offensichtlich ein Vorgriff, denn als Gründungsjahr ist 1901 angegeben). Ungebrochen in Familienhand, steht darunter, was wohl andeuten soll: den Tod überdauernd. Jemand, der mit der Zeitmauer sein Geschäft macht, und das Geschäft geht gut, keine Einbrüche sind zu befürchten, aber zugleich ist da doch immer wieder beharrlich die Frage, was denn danach kommt, eine Frage, die aus dem Unterbewußtsein von Thomson durch ständige witzelnde Anspielungen ihren Weg sucht, im Jenseits geht's zu wie im Diesseits.

Da nam ich ewrn Vater Abraham jenseid des Wassers, und lies ihn wandern im ganzen Land Canaan. Ich bringe Thomson immer wieder mit Bibelzitaten zum Staunen, sage, tja und leider auch Theologie, durchaus studiert.

Hin und wieder ruft er mich an, wenn wieder einer der halbgebildeten Pfarrer nach einem passenden Bibelzitat sucht. Ich bin da nicht kleinlich, habe die Kollegen von der Konkurrenz nie mit apokryphen Schriften reingelegt.

Also der Rentner ist wirklich ein netter Opa, ist philosophisch interessiert und ist ganz bewußt vor ein paar Jahren aus der Kirche ausgetreten, nicht wegen der Steuer, sagte Thomson, hat übrigens auch nen Holzsarg bestellt, zwar nur Fichte, aber mit Bronzebeschlägen. Dem Opa muß geholfen werden, tu mir den Gefallen. Ich will den nicht einer dieser phrasendreschenden Schnapsnasen überlassen. Also komm. Und dann gab er mir die Telefonnummer.

Ich rief ihn an, und eine verwirrte Stimme sagte, Hallo, wer ist da, und, noch bevor ich etwas sagen konnte: Meine Elisabeth ist gestorben.

Das tut mir sehr leid, sagte ich, und dann, mit einer kleinen Pause, ich habe Ihre Telefonnummer vom Beerdigungsinstitut Thomson & Söhne bekommen. Ich soll Sie von Frau Hollein grüßen. Sie kann leider nicht die Rede halten, sie mußte ins Krankenhaus wegen einer Gelbsucht. Ich würde gern mit Ihnen reden.

Wieso? Was denn?

Frau Hollein kann nicht kommen, sie liegt im Krankenhaus. Man hat mich gebeten, die Beerdigungsrede auf Ihre Frau zu halten. Können wir uns in einem Café treffen, oder soll ich Sie besuchen?

Kommen Sie doch zu mir.

Viele, fast alle, die zurückgeblieben sind, wollen, wenn ihr Partner gestorben ist, daß man zu ihnen nach Hause kommt, sie wollen, daß man die Welt des Verstorbenen sieht, und das meint eben all das, was sich nicht oder nur sehr schwer in Worte fassen läßt, all die Gerüche, Geräusche, das Gespür für den Raum, für die Ordnung der Dinge, die Summe einer Welt, die sich nur schwer beschreiben, besser erfassen läßt, wenn man sie sieht, riecht, ertasten kann. Eine Welt, die sich nach dem Tod zu verändern beginnt, auch wenn der Zurückgebliebene sie zu erhalten sucht, so wie die Dinge, die einmal ihre sie bestimmende Bedeutung hatten, allmählich in Gleichgültigkeit zurückfallen. Noch scheint der Tote von ihnen gehalten, getragen zu werden.

Leichter ist es, die oder den Hinterbliebenen in einem Café oder einem Restaurant zu treffen, auch wenn die meisten, nein, fast alle sich dann auch noch einladen lassen, während der Gang zu denen, die schon am Telefon weinen, am schwersten ist und am allerschwersten, wenn ein Kind gestorben ist, dann kann man nicht sagen, es hat sein Leben gelebt, heroisch, bescheiden, anständig, widerständig, lustig oder was auch immer, nein, und nicht wie die Kollegen von der Konkurrenz, Gottes Wille ist unerforschlich, oder die Engel winken im Jenseits, im Himmel, nein, dann geht durch die ganze Schöpfung ein Riß. Keine Sinnkrücke, nichts, Verzweiflung, Empörung, da hilft kein Whisky, kein Klarer, nichts, nichts, nichts.

Als ich anfing, als ich die sogenannten Hausbesuche machte, mußte ich mir vorher drei, vier Klare reinkippen, dann ein *Dr.-Hiller-Pfefferminz*. Aber auch diese Besuche verlieren ihren Schrecken. Inzwischen habe ich eine gute Routine, auch die Fassungslosen in ein sachliches Gespräch zu ziehen. Etwas, ein Detail muß gefunden werden, das die Leute zum Reden bringt, über sich, über den Verstorbenen, so wie dieser Schrank, genauer der Sprung in der Marmorplatte des Schranks.

Aber noch stieg ich das Treppenhaus hinauf, ein Altbau, die hölzernen Stufen ausgetreten, die Farbe nachgedunkelt, ein Haus, das noch nicht in Eigentumswohnungen aufgeteilt war, ich blieb am offenen Treppenhausfenster stehen und sah hinunter in den Hof, auf einen Birnbaum, der mächtig trug, offensichtlich aber dachte niemand daran, die Birnen zu ernten.

Sie lagen im Gras und faulten, ich roch diese angegorene Fäulnis, wie in dem Garten der Pension in Oldesloe, wohin meine Mutter mit mir gefahren war, in die Sommerfrische. Eine Kriegerwitwe vermietete zwei Zimmer in ihrem Haus. Die Mutter saß im Garten in einem Liegestuhl und las Zeitung. Ich durfte beim Ernten der Birnen helfen. Die Früchte wurden mit einem langen Pflücksack vorsichtig von den Ästen genommen. Und doch lagen immer ein paar Birnen im Gras, braunfleckig, dieser Geruch nach Gärung – wie hier –, und im faulenden Fruchtfleisch saßen die Wespen.

Ich stieg zum zweiten Stock hoch, klingelte, die Tür wurde geöffnet, und ein alter Mann ließ mich herein. Er ging mir voran in das Wohnzimmer, bot mir einen Platz in einem Sessel an, fragte, ob ich etwas trinken wolle, wartete aber nicht die Antwort ab, sondern begann von seiner Frau zu erzählen, die vor vier Tagen gestorben war, im Krankenhaus, 53 Jahre zusammen, sagte er, 53 Jahre, und begann zu weinen, wurde vom Weinen geschüttelt. Ich ließ ihn in Ruhe weinen. Sah mich unauffällig im Zimmer um. Der Wohnzimmerschrank war für dieses Zimmer viel zu groß, ein dunkler Eichenschrank, massiv. In den unteren Schubladen lagen wahrscheinlich Tischdecken und Servietten, in den beiden oberen, mit Glastüren verschlossenen Seitenteilen standen Weingläser, Likörgläser, ein Set mit Silbertablett, Nippes und im Mittelteil, der offen war: Fotos, Fotos, die eine Frau und den Mann zeigten, jung waren sie, lachten, der Wind fuhr ihnen in die Haare, und der junge Mann, der jetzt alt vor mir saß und weinte, zeigte nach oben in den Himmel, dort wo der Wind herkam. Die im Mittelteil des Schranks liegende Marmorplatte hatte einen Sprung. Es war der Sprung, der mich nach dem Schrank fragen ließ, ob die Platte heruntergefallen sei. Und der alte Mann sagte, nein, es war die Feuchtigkeit. Die Feuchtigkeit? Ja, im Keller. Der Schrank stand in dem Haus, in dem meine Frau als Mädchen wohnte. Kannten wir uns noch nicht. Sie hatte gerade ihre Gehilfenprüfung gemacht, wohnte bei ihren Eltern und arbeitete in so nem Schneideratelier. Da kam Frau Silberstein aus der Weißenburgstraße und brachte ihre Mäntel und Pelzinnenfutter. Da sie nix zu essen hatte, hat sie die Sachen dem Geschäft verkauft, Mäntel, Capes und Stolen. Na ja, und als die dann aus ihrer Wohnung ausziehen mußte, hat sie gefragt, ob die Elisabeth nicht einen schönen Wohnzimmerschrank haben will, würde ja doch mal heiraten, bestimmt, und Elisabeth hat ja gesagt. Geld wollte Frau Silberstein nicht haben, brauchte sie nicht, sagte sie, sie sollte ja in den Osten, wie die anderen Juden, die alle verschwanden, alle im Osten, Ghettos hieß es. Die verschwanden einfach. Im Lebensraum, da verschwanden die Juden. Der Vater von der Elisabeth war auf Urlaub und sagte, stimmt nicht, die verschwinden, Tatsache, kommen nie an, gibt Gerüchte, daß die irgendwo angesiedelt werden, aber die kommen nie an. Nirgendwo. Und jetzt soll die auch weg, hat die Elisabeth gesagt. Kann man die nicht. Also. Hm. Haben nachgedacht, haben mit den Nachbarn gesprochen, die im Keller ganz hinten den Verschlag haben, und die haben ja gesagt. Da haben sie den Schrank holen lassen, die

Möbelpacker haben geflucht, so ein Monstrum in den Keller zu zwängen, is doch Irrsinn, haben den Schrank in den Keller gebracht, mußten aber die eine Hälfte abschrauben, ist ja alles massiv, und den Schrank, den haben sie dann vor die Bretterlatten gestellt, haben Matratzen runtergebracht und einen Eimer mit Torfmull, gab ja keine Toilette da unten, aber Wasser. Na, und dann haben sie die alte Frau überredet, mitzukommen, haben gesagt, da unten is es zwar nicht so gemütlich, aber doch ganz sicher. Und da hat die alte Frau da unten gewohnt, zwei Monate, drei Monate, 43 in den Winter rein, die sind immer runter, die drei Familien, und haben ihr Essen gebracht. War nicht so einfach, Essen zu besorgen, bekam man ja nur auf Marken. Und jetzt mußte da noch eine Frau miternährt werden. Eines Tages war dann schon Essen da. Hatte ne Familie aus dem dritten Stock Essen runtergebracht. So was gab's auch. Nicht denunziert, sondern als die was merkten, haben die auch Essen runtergebracht. Ohne was zu sagen. Grüßten weiter, sagten aber nichts. Und die Elisabeth ist immer runter, hat mit ihr gesprochen und geredet, die Frau Silberstein war ganz tapfer, hat nicht geklagt, erzählte ihre Träume, ganz merkwürdige Träume, und einmal sagte sie, sie sei aufgewacht, hatte nen Riesenschreck bekommen, gab ein Knacken, nachts, dachte, da kommt jemand in den Keller sie holen, aber dann hat sie am Morgen nachgeschaut und gesehen, da war die Marmorplatte gesprungen, der Länge nach. War so feucht im Keller, im Spätherbst, das Holz hat die Platte einfach geknackt.

Der alte Mann hatte während des Erzählens aufgehört zu weinen. Das ist meine Frau, sagte er, die Elisabeth, und zeigte auf die Fotos, und er war wieder im Limbus der Zeiten.

Und Sie, was haben Sie früher gemacht?

Werkzeugmacher, sagte er, war Werkzeugmacher, aber ganz feine Sachen, schon in den dreißiger Jahren, bis in den Mikrobereich, später Trainer, Boxtrainer, hab viele groß rausgebracht, den Scholz, war der bekannteste, haben sich alle ne goldene Neese verdient. Ich hab dann später als Erzieher gearbeitet, mit schwererziehbaren Jungs, waren gar nicht so schlimm, die Jungs, hab denen das Boxen beigebracht, die meisten wurden ganz ordentlich. Kommen mich heute noch besuchen.

Und die Frau, ich meine, die alte Frau im Keller?

Die, ja, die saß im Keller, es wurde immer komplizierter, die mußten die ja mit ihren Lebensmittelmarken mitversorgen. War der Frau Silberstein auch klar. Und im Winter, im Januar 44, nachts, als es draußen so ganz klar und kalt war, ist sie rausgegangen, aus dem Keller, ist zum Landwehrkanal runter, hat sich an die Böschung gesetzt, hat sich da hingesetzt und ist eingeschlafen. Am Morgen fand die Polizei eine alte Frau, tot, erfroren.

Wir saßen einen Augenblick in diesem Wohnzimmer, ich im Sessel, er auf einem Sofa, vor uns ein Tisch, dunkelbraun lackiert, und auf dem Tisch eine Decke, geklöppelt, und ich wollte ihn fragen, ob seine Frau diese Zierdecke selbst geklöppelt habe, aber ich ließ es.

Würd mir wünschen, sagte er, ich hätt das auch gekonnt, das, was meine Frau und die anderen gemacht haben, ich mein den Mut, die Frau zu verstecken.

Ja, sagte ich, ich wünsche mir das auch.

Ich stieg die Treppe hinunter und dachte, du mußt dich ändern, du mußt Dinge wieder an dich herankommen lassen, hinsehen, genau, diese flusige Wahrnehmung, der Sprung in diesem spießigen, ja gräßlichen Schrank macht ihn zu etwas ganz Einmaligem.

Es war ein ungewöhnlich kühler Morgen, so ganz anders als die heißen Tage jetzt. Die Menschen – es war nur eine kleine Trauergemeinde – standen frierend vor der Aussegnungshalle, es waren meist ältere Menschen, und das meint, sie waren älter als ich. Sie trugen sich in das Kondolenzbuch ein. Thomson in seinem schwarzen Anzug schwebte wieder umher, sagte: Bitte! Wir gingen in die Halle, wo der Sarg aufgebahrt war, mit Blumen geschmückt, die Menschen setzten sich.

Sehr geehrte Trauernde: In der Antike wurde der Tod als Bruder des Schlafs dargestellt. In dem Bild wird deutlich, wie sehr wir mit ihm vertraut sein sollten. Der Schlafende neben uns regt sich, atmet, ein Versprechen, daß er erwacht, wir uns wieder in ihm erkennen und er sich in uns. Während sein Bruder, der Tod, der dauerhafte, endlose Schlaf ist.

In diesem Moment kam ein Mann herein, groß, grauhaarig und in einem grauen Anzug, wie abgestimmt auf das Grau der Wand, vor der er stand, und Sie wissen, Grau ist die Farbe der Auferstehung, genau das ging mir durch den Kopf, eine verrückte Assoziation, die Erscheinung eines Engels, grau war das Haar, ein Gesicht, das nicht, jedenfalls aus der Distanz nicht, genau erkennbar war, nichts Auffälliges war an ihm, ich stockte, suchte auf der Manuskriptseite, blickte wieder zu dem Mann im Hintergrund, der noch immer dastand, ich sagte, Auferstehung – hatte ich Auferstehung gesagt? –, Entschuldigung, Aufstehen, ein Erwachen gibt es nicht, und dann fügte ich ein, was ich nicht sagen wollte, auch nicht im Manuskript stehen hatte, soweit wir wissen, was wir wissen können, da wir nicht hinter die Zeitmauer blicken können. Der Mann setzte sich in die letzte Reihe, und zwar so, daß er hinter eine Frau mit einem schwarzen

Hut zu sitzen kam. Ich blickte auf mein Manuskript, konzentrierte mich auf das, was ich nachts geschrieben hatte. Aber jedesmal, wenn ich hochblickte, sah ich ihn, der sich vorbeugte, mich ansah, dann sofort seine Haltung ein wenig veränderte und wieder hinter der Frau mit dem schwarzen Hut verschwand.

Ob ein Leben geglückt ist, diese Frage können nur die Nächsten beantworten, der Mann, die Kinder, die Freunde, die nahen und die fernen Freunde, alle, die an diesem einmaligen Leben Anteil hatten. Ich blickte hoch, sah wieder diese graue Gestalt, sah, wie sie den Kopf zurück und mir aus dem Blick zog. Ich erzählte von dem gemeinsamen Lebensweg, dem Beruf, den Kindern, von der Zeit, nachdem sie in Rente gegangen waren, wie die beiden gemeinsam lasen, sich vorlasen und die Volkshochschulkurse besuchten. Und wieder sah ich beim Hochblicken die graue Gestalt, die sich erneut dem Blick entzog. Das alles sind Sinn-Momente, das ist der unsensationelle, der alltägliche Sinn, und er ermöglicht immer wieder auch den großen Sinn. Der hängt oft von einer Tat, einem Entschluß ab, nämlich für einen anderen einzutreten, wenn man sich mit anderen gegen den Tod verbündet, Glück für den anderen erst möglich macht. Ein Leben muß nicht immer glücklich sein, und doch kann es glücken, weil es die Möglichkeit zu einer Bewährung gab, die auch genützt wurde, anderen Menschen das Leid zu nehmen, anderen Menschen beizustehen, wenn sie drangsaliert wurden, besonders dann, wenn das im Namen der Mehrheit oder des Staates geschieht. Der Mann im Hintergrund zog wieder den Kopf zurück. Ich erzählte die Geschichte von der gesprungenen Marmorplatte im Wohnzimmerschrank, von der alten Frau, die in dem naßkalten Keller saß, die eines Tages, als es für sie unerträglich geworden war, die Mitwisser und Helfer zu gefährden, zum Kanal hinunterging und sich dort in den Schnee setzte. Ich wurde an dieser Stelle von dem Weinen der Trauernden und von der Vorstellung, wie diese Frau sich entscheidet, aus dem Versteck zu gehen, um zu sterben, mitgerissen, konnte einen Moment nicht weitersprechen, fing mich dann aber wieder. Das ist es, was uns dem Tod widerstehen läßt, dieses Wissen: Wir alle gehen ihm entgegen, und diese gemeinsame Haltung, uns gegen ihn zu verbrüdern. Schwestern und Brüder im Leben zu sein.

Später, am offenen Grab, sah ich, wie der graue Mann wegging, er hatte sich einen hellen, fast weißen Mantel übergezogen. Nicht der Engel der Auferstehung, sondern, wie ich damals dachte, einer dieser Begräbnisspanner, allerdings kein Nassauer, denn er verschwand vor dem Leichenschmaus. Ich wollte diesen seltsamen Besucher ansprechen, aber der alte Mann drückte mir die Hand, bedankte sich für die Rede. Ich sah den weißen Mantel den Weg entlanggehen, sah ihn noch hinter einem der kahlen Büsche, neben dem, wie ich wußte, das Grab eines Kindes lag, ein mit weißem Sand bestreutes Grab, darauf ein kleines Segelschiff, ein kleiner Leuchtturm, Muscheln, ich sah den hellen Mantel noch einen kurzen Augenblick hinter einem Taxusbusch, dann war er verschwunden.

Ich bin heute sicher, daß es Aschenberger war, zumal ich ihn später nochmals in diesem weißen Mantel sehen sollte. Und ich frage mich, wie und wann er davon gehört hat, daß ich in diesem Beruf arbeite. Er ist so gut wie jeder andere, Stadtführungen haben mit Grabreden viel gemein, es geht ja auch da hauptsächlich um Tote: Rosa Luxemburg, Bebel, Reinhardt, Benjamin und all die anderen.

In seinen Unterlagen fand ich sorgfältig ausgearbeitete Blätter und Karteikarten, offensichtlich die Unterlagen für seine Führungen durch den Berliner Osten. Das Scheunenviertel, wo früher die landwirtschaftlichen Produkte gelagert wurden, wo sich dann die Juden aus Rußland und Polen ansiedelten, ein proletarisches Viertel. Stichpunkte. Volksbühne, das Kino Babylon, Zille und Rosa Luxemburg, aber auch die Albrechtstraße, Sitz der Gestapo, Reichstag, Synagoge, die Hamburger Straße, dort, wo das jüdische Altersheim stand, von dort wurden die Juden deportiert, der Ort, wo Gedenken des Undenkbaren möglich ist. Und die Siegessäule. Immer wieder die Siegessäule. Eine Obsession, diese Säule, der Siegesengel, dachte ich, als ich an seinem Schreibtisch saß, als ich die Bauzeichnungen sah und die Daten, Unterlagen, Zitate, die er gesammelt hatte, las.

Die Siegessäule kannte ich nur vom Vorbeifahren. Es war mir unbegreiflich, wie die Leute, die man hin und wieder am Sockel oder in dem Säulenrundgang oder gar oben unter dem vergoldeten Engel sehen konnte, überhaupt auf diese Verkehrsinsel gekommen waren, denn der Stern, auf den fünf Straßen zuführen, ist wahrscheinlich der befahrenste Kreisverkehr in Berlin. Die Säule ähnelt einem Fabrikschornstein, auf den dieser vergoldete unförmige Siegesengel gesetzt wurde, die Goldelse. Es kommt einem Wunder nahe, daß gerade dieser Klops stehengeblieben ist, im Krieg nicht von Bomben, nicht von der Stalinorgel getroffen und später nicht von den Rotarmisten gesprengt wurde. Nach der Kapitulation haben die Russen dem Engel eine rote Fahne in die Hand gesteckt, das war alles. Und nun las ich die akribischen Untersuchungen von Aschenberger über die Planung und die Baugeschichte dieses Denkmals. Nach dem Deutsch-Dänischen Krieg 1864, von dem preußischen König Wilhelm in Auftrag gegeben, mußte die Säule zwei Jahre später, nach dem Preußisch-Österreichischen Krieg, vergrößert werden, fünf Jahre danach, nach dem Sieg über Frankreich, befahl König Wilhelm, inzwischen zum Kaiser aller Deutschen ausgerufen, die Säule abermals zu vergrößern, und der Bau konnte endlich beginnen. So war mit der territorialen Ausdehnung auch dieser steinerne Zeuge des neuen Deutschen Reichs gewachsen und zeigte, wie sehr die deutsche Gesellschaft unter dem Primat des Militärischen stand und das Bürgertum dem Adel nacheiferte. Eine Nation, die auf Gehorsam, auf Jawoll, auf Pflicht, Tapferkeit aufbaute, was dann später das Bärtchen (Aschenberger schreibt immer »das Bärtchen«) modernisiert so formulierte: Schnell wie die Windhunde, hart wie Kruppstahl, zäh wie Leder. Denken, Freude, Freundlichkeit, Solidarität, das alles ist da ausgeklammert, ziviles Verhalten überhaupt, und was dem Adel der Stammbaum war, sollte nun für die ganze Nation gelten, sie sollte sauber sein, reines deutsches Blut. Jus sanguinis und Blutschutzgesetz.

Wer die Säule sieht, lautet eine Notiz, die eingelagerten, vergoldeten Beutekanonen, die im Säulenumgang angebrachten Mosaike mit ihrem Schlachtengetümmel, mit der dickbusigen Germania, dem Hurra, den Uniformen, der versteht, was dann kam: die Blutpumpe Verdun im Ersten Weltkrieg, die Vernichtungslager im Zweiten Weltkrieg.

Für die jüngste deutsche Geschichte steht ein Symbol: die Siegessäule, verbrämt mit einer schwülstigen nationalen Symbolik. Im letzten Jahrhundert errichtet nach den Siegen über Dänemark, Österreich und Frankreich im

Auftrag des deutschen Kaisers. In diesem Jahrhundert von den Nazis noch durch eine Säulentrommel erhöht und an den großen Stern gestellt, wurde sie heute nacht gesprengt. Als Ruine soll sie an die ruinöse deutsche Geschichte erinnern und zugleich Mahnung sein.

Der Attentäter wird sich drei Tage nach der Sprengung der Polizei stellen.

Zur Säule führt ein unterirdischer Gang. Wir betrachteten die kriegerischen Szenen auf den Bronzetafeln.

Das kann man doch gar nicht ernst nehmen, nicht mehr heute, das ist nur komisch, sagte Iris, als wir vor der Säule standen.

Du mußt dir mal ansehen, wie der dänische Soldat, der da, der mit dem fratzenhaften Gesicht, von einem preußischen Soldaten gewürgt wird, oder die Franzosen, wie verkommen die gezeigt werden, wie sie dastehen, die Soldaten verlottert, die Hände in den Taschen, dazwischen ein Afrikaner, ein Zuave, die Franzosen hatten auch Kolonialtruppen eingesetzt, also schon damals verniggert, während die deutsch-deutschen Krieger ganz adrett aussehen. Du siehst diese Verherrlichung der Uniformen, Aufmärsche, des Gehorsams, aber da, da knickt die Ideologie ein, am äußersten rechten Rand steht der sogenannte Blousonmann. Aschenberger hat über ihn geschrieben, und gern hätte ich ihn einmal bei einer Führung begleitet, sieh ihn dir an, sagte ich zu Iris, da steht er, auf Pflastersteinen, das heißt auf der Barrikade, die Faust in der Tasche, eine Pfeife im Mund, so blickt er auf die siegreichen deutschen Truppen, die am Arc de Triomphe in der Siegesparade vorbeiziehen. Der Blousonmann. Das revolutionäre Proletariat, die Pfeife im Maul und keine Haltung, Sinnbild der Kommune, deren Aufstand haben die Preußen mit den französischen Regierungstruppen niedergeschlagen. Heute aber ist gerade er uns am nächsten, lässig steht er da, blickt voller Verachtung auf das Militär. Ein Beispiel dafür, wie im Laufe der Zeit aus einer negativ besetzten Ikone eine positive werden kann. Wahrscheinlich war dieser Blousonmann an dem Sturz einer anderen Säule beteiligt gewesen. In eben jenem Jahr der deutschen Reichsgründung, nach dem Sieg Deutschlands über Frankreich, wird am 16. Mai 1871 in Paris, auf der Place Vendôme, ein Denkmal gestürzt. Die Kommunarden reißen die Säule um, auf der die Siege der Grande Armée verherrlicht sind, samt dem daraufstehenden Napoleon. Eine bewundernswerte Aktion, die von Gustave Courbet angeregt und geleitet wurde. Auf den Denkmalsockel haben die Kommunarden eine rote Fahne gepflanzt. Eine Demonstration gegen Krieg und Völkerhaß, und zugleich war der Umsturz ein ästhetisches Happening. Ich habe, als ich in Paris studierte, ein frühes Foto gesehen. Sie haben Napoleon auf eine Fuhre Pferdemist fallen lassen. À bas ins Hühnergefieder!

Vielleicht hätte sich Joseph Beuys der Berliner Siegessäule annehmen müssen.

Iris, das teilt sie mit den meisten Berlinern, war nie auf der Siegessäule gewesen. Zunächst wollte sie nicht mitkommen, aber als ich ihr von diesem ehemaligen Bekannten – soll ich sagen Genossen? – erzählte, der diese Säule sprengen wollte, kam sie doch mit. Zu dem Zeitpunkt hatte ich noch nicht erwähnt, daß er das auch hätte verwirklichen können, sie wußte noch nichts von dem kleinen Plastikpäckchen.

Der hatte doch einen Sprung in der Schüssel.
Findest du?
Na hör mal. Diese Gewaltphantasien.

Es gibt einen genauen Plan, minutiös festgelegt, wann und wie oft die Polizei gewarnt wird, eine halbe Stunde vor der Explosion. Mit genauen Angaben, wo der Kreis abgesperrt werden soll. Und der Platz kann ja leicht abgesperrt werden. Rundum gibt es keine Wohnhäuser, nur den Tiergarten. Man hätte lediglich den Verkehr umleiten müssen. Und damit die Polizei das nicht auf die leichte Schulter nimmt, wollte er die Warnung auch zwei Zeitungen zustellen lassen, durch Fahrradboten.

Iris blickte mich an, eindringlich ernst, und dann fragte sie: Was willst du eigentlich?

Ja, was will ich eigentlich.

Wir stiegen hinauf zu der von Säulen getragenen Rotunde. Ein agitatorisches Mosaik zeigt den Erbfeind Frankreich: Napoleon schwebt von einer Wolke ein, Marianne als streitsüchtiges Weib, das aussieht wie eine syphilitische Hure, verkommen, richtig widerlich, dagegen das blonde dralle Weib, die Germania. Seuche und Hunger kommen über den Rhein. Ein kleines blondes Mädchen, einen Blumenkranz im Haar, eben noch friedlich spielend, hebt entsetzt die gefalteten Hände. Ihr Flehen wird erhört, bärtige Krieger zücken die Schwerter, Schlachtengetümmel, ein preußischer und ein bayerischer General geben sich die Hand, die deutsche Einigung besiegelnd. Barbarossa erwacht. Ein Geschichtspanorama von ästhetischer Idiotie, das war mein erster Eindruck.

Warum Aschenberger sich darüber derart erregen konnte, war mir unverständlich. Möglicherweise war er das Opfer seiner Profession geworden, der Stadtführung, dem seriellen Erklärenmüssen, was den sich wiederholenden Redner langsam anwidert und den sich ständig verstärkenden Widerwillen schließlich auf das Objekt überträgt. Wahrscheinlich wäre es nach der hundertsten, jedesmal mit ähnlichen Worten vorgetragenen Erklärung und nach den immer gleichen naiven Nachfragen der Touristen auch bei der Venus von Milo zu einer ähnlichen Reaktion gekommen. Man sieht sie dann als dicken Klops, der mit einer verklemmten Handbewegung die Möse verdeckt.

In der Wendeltreppe der Siegessäule hatte ich, während wir hochstiegen, ihre Beine vor Augen.
Paß auf!
Nee.
Sie hatte sich eben gegen die Mauer gelehnt, da hörten wir dieses Knuspern von oben.
Mäuse, hauchte sie. Iris, die, wenn sie nicht gerade der schwarze Flügelschatten streift, so souverän ist, Iris sah mich plötzlich ängstlich, ja hilfesuchend an, krallte sich in mein Hemd. Iris hat Angst vor Mäusen.
Wir stiegen weiter hoch, sie an meine Seite gepreßt, dem Knabbern entgegen, und trafen auf eine junge Frau, die in einem dieser schmalen Fenster saß und Knäckebrot aß, die Frau sagte: Tak tak, eine Dänin also. Dänen, das hatte ich schon bei Aschenberger gelesen, schien die Siegessäule besonders anzuziehen, verständlich, nach der Niederlage an den Düppeler Schanzen. Ich grüßte und stieg weiter hoch, nun wieder die souveräne Iris an meiner Seite.
Der Große Stern ist, schreibt Aschenberger, der Schnittpunkt deutscher Geschichte: Reichsgründung nach den sogenannten Einigungskriegen, Tschingdarassabumm, und dort die Paradestraße des kaiserlichen Heers, dann der Nazi-Wehrmacht, später der westlichen Alliierten, und im Hintergrund das sowjetische Ehrenmal mit den beiden Panzern.

Und heute, sagte Iris, tobt hier die Loveparade.
Noch.
Unsinn, sagte Iris.

Aschenberger war gegen den Schießbefehl, den Stechschritt, gegen die Volksarmee. Gab's das? Kommunist und Pazifist zugleich? Ja, geduldet. Eine Zeitlang. Pazifismus ist eine typisch kleinbürgerliche moralische Haltung, die nicht erkennt, daß der Klassenkampf immer auch in einen militärischen münden kann, nicht weil das friedliebende Proletariat es so wollte, sondern weil die Bourgeoisie, um ihre Macht und ihren Besitz fürchtend, letztlich zu jedem Mittel greift, bis hin zum Faschismus, so hieß es. Darum der Antifaschistische Schutzwall, so hieß er. Die Volksarmee, eine Armee des Friedens, verteidigt die Grenzen. Soldaten sind sich alle gleich, lebendig und als Leich. Darüber wurde diskutiert, in den Wohngebiets- und Hochschulgruppen. Und dann, als Biermann ausgebürgert wurde, hatten wir protestiert, eine Resolution unterschrieben. Wozu hier im Westen kein Mut gehörte. Ein Mann von der Bezirksleitung kam, sah aus wie Omar Sharif, der den Doktor Schiwago gespielt hatte, der Mann war geschickt worden, um mich umzustimmen. Die Unterschrift muß weg. Nur, dieser Mann, der rhetorisch begabt und durchaus nicht dumm war, konnte nicht reden, ein Asthmaanfall, zum ersten Mal hatte dieser Mann einen Asthmaanfall, der Körper reagierte, ganz natürlich, er hatte so viel lügen, so viel sagen müssen, was er selbst nicht glaubte, da versagte das Atemsystem, er kam nicht mehr zu Atem, weil sein Körper das einfach unaussprechlich fand. Andere aus der Bezirksleitung hatten es, waren sie nur dumm genug, leichter, sie glaubten den ganzen Quatsch. Aschenberger war aus der Partei ausgeschlossen worden, aber, man kann es kaum fassen, hatte sich auch weiterhin solidarisch verhalten, und was haben sie ihm damals nicht alles nachgesagt. Plötzlich wurde er verdächtigt, weil er angeblich eine übergroße Antenne hatte, konnte man damit nicht vielleicht auch Signale der Amerikaner empfangen, womöglich der CIA? Er hat sich nicht beirren lassen.

Und du?

Und ich. Ich ging ins Ausland. Habe einfach das Parteibuch nicht erneuert.

So einfach?

Ja, so einfach. Und ich war erleichtert.

Du verdrückst dich einfach, sagte Aschenberger, du schleichst dich weg.

Ja, hab ich gesagt. Wenn du so willst, ja. Kein Abgang wie bei Wagner.

Danach haben wir uns nicht mehr getroffen.

Die Sonne versinkt im Westen in einer Wolkenbank, dunkelgrau, kompakt. Sie soll den für morgen angekündigten und von allen Kleingärtnern so dringlich erwarteten Regen bringen. Die Stadtverwaltung hatte in den letzten Tagen die Berliner aufgerufen, Straßenbäume zu wässern, zugleich aber auch Wasser zu sparen. Vor den Restaurants stehen Näpfe für Hunde. Staub liegt in der Luft.

Die Luft?

Muß Regen her, hier die Flügel janz stumpf, müssen mal richtig jewaschen werden. Und da unten, da, da fahren sie wieder wie die Affen, dieses Reifengezwitscher, Angeber, Großkotzer, immer rum, Staub, Dreck, Regen, mußt mir mal die Flügel abwaschen. Da, siehste, wieder einer abgedrängt. Weißt du, dieser Aschenberger ist für dich so ne Art Wiedergänger, der drückt dir aufs Gewissen, mein Lieber. Na ja, und sentimental wirst du ooch. Und willst doch der Antisentimentale sein. Das ist auch nur eine andere Form von Sentimentalität, die negative. Kennste doch. Negative Dialektik.

Was?

Kann mir schon vorstellen, wie das abläuft, emotional, ist doch wahrscheinlich so, daß du überrascht bist, da hängt eener immer noch in so ner Stimmung, die man früher auch kannte, ein bißchen so, als würde man einen ehemaligen Liebhaber wiedertreffen, der noch immer ganz radikal im Gefühl der Liebe lebt, wie zu der Zeit, als man sich kennenlernte, also selbst verliebt war. Nur daß bei einem selbst das nur noch ne graue Erinnerung ist. Alles schon lange her, und man ahnt plötzlich, wie das Gefühl früher war, Irrsinn, alles, alles ohne jeden Widerspruch, ein alles durchdringendes Gefühl. Unbedingt. Man hätt sich nen Finger abhacken lassen, ach wat, durch die Brust schießen lassen. Und jetzt. Isses nur noch Sehnsucht. Det is sentimental.

Ich verliere mich.

Was? Was hast du gesagt.

Heute nacht wird es regnen, sagte ich.

Wir standen nebeneinander, blickten westwärts durch das Eisengitter, das Selbstmörder abhalten soll, sich von der Siegessäule zu stürzen. Ich schob ihr ein wenig das Haar an der linken Schläfe beiseite und küßte diese Narbe, von der ich weiß, daß sie die von einem Sturz als Kind zurückbehalten hat. Sie war mit dem Fahrrad in einen Stacheldraht gefallen. So blieben ihr diese Zacken von der Schläfe bis zum Ohr. Hier, sagte sie, ich bekomme eine Gänsehaut, die ganze linke Seite hinunter. Schau die Haare. Sie hob den linken Arm, und tatsächlich, ihr blonder Flaum sträubte sich wie elektrisiert. An ihrem Arm spürte ich jeden Atemzug, gleichmäßig, ruhig und so wunderbar hoffnungsvoll. Über uns die Hacke der Viktoria und der auswehende Rock.

Genau, sagte sie plötzlich, genau, und fuhr mit der Faust durch die Luft. Weißt du, was hierher muß? Licht! Kein Sprengstoff! Mit Laserschrift auf die Säule projizieren: Auszüge aus den Reden von Bismarck, aus Briefen von Kriegsfreiwilligen, Zitate aus *Mein Kampf*. Genau, wiederholte sie und lachte begeistert, genau das ist es.

Iris ist, wenn sie einen ihrer Einfälle hat, kaum zu halten, man hat den Eindruck, sie will entschweben. Mit vielen ihrer Installationen kann ich nichts anfangen, sie sind mir, um es vorsichtig auszudrücken, zu dekorativ, was ich ihr so natürlich nie sagen würde. Wie dieser Spektralfarbgeber oder die blaue Welle. Eine Lichtinstallation, die eine sich brechende Welle auf eine weiße Wand projiziert, man sitzt und hört nichts, sieht aber die Wellen schlagen. Übrigens durchaus nicht gleichmäßig, sondern in einer endlosen Variation. Sogar Gischtballen steigen auf, blau schillernd.

Der Mechanismus ist einfach, in einem länglichen Glaskasten, der in der Mitte eine Achse hat und langsam hoch und runterschwingt, bewegt sich eine blaue Flüssigkeit, die sich wie die Meeresbrandung bricht, sich am Ende des Kastens staut, mit dem Kippen des Kastens zurückflutet und erneut als Brecher gegen die gegenüberliegende Seite schlägt. Mittels einer davorgeschalteten Linse kann man diese Welle klein, aber auch riesengroß an die weißen Wände projizieren, und das Erstaunliche ist, es hat etwas Beruhigendes.

Wunderbar, sich dabei zu lieben, sagt sie.

Iris lebt von den weißen Wänden, den leeren Wohnungen. Wohnen will sie in diesem Wilhelm-Zwo-Bombast. Sie hat die Front eines Verlagshauses in Berlin mit Texten von Jandl angestrahlt, die langsam über diese Art-déco-Fassade wanderten, eingeblendet und ausgeblendet wurden. Jandl – einleuchtend – nannte sie die Installation.

Ein Mann sitzt in der Subway, fährt downtown, dick ist der Mann, sein Anzug dreckig, das Hemd hängt ihm aus der Hose. Er trägt Hausschuhe und nur an einem Fuß eine Socke. Den Kopf hat er an die verchromte Haltestange gelehnt. Aufgedunsen ist das Gesicht, die rechte Wange blutig verschrammt, die Lider gequollen. Er hat das Saxophon seines Freunds McLean versetzt und ist auf der Suche nach Stoff. Die Wirkung des Alkohols läßt nach, und das metallische Kreischen der Räder, das Rattern ist lauter und schneller geworden. Und doch sind die einzelnen Geräusche deutlich getrennt zu hören, ergeben den Grundton, Anfahren, das Fahren, das Schlagen der Räder, das Scheuern der Metalltritte zwischen den Waggons, das Vibrieren der Metallgitter, jetzt in den unteren Registern, und plötzlich ohne Übergang steigt es an, hoch, und was so auseinandergezerrt wird, kommt wieder zusammen, wird einen Moment zum Einklang. Sein Kopf schlägt gegen die verchromte Haltestange.

Ich schrieb bei offenen Fenstern an dem Porträt von Charlie Parker. *Ko-Ko*, mit diesem tatsächlich atemberaubenden Solo, das mich jedesmal an eine Fahrt in der Subway denken läßt, das Anfahren, das Kreischen der Räder, die erschöpften Menschen, die Stehenden, die Sitzenden, die Schläfer, Zeitungsleser, Kaugummikauer. Charlie Parker kommt in einen Jazz-Club im Village, sieht dort Dizzy Gillespie sitzen, kommt auf ihn zu, betrunken, verwirrt, sagt: Why don't you save me, Diz. Immer wieder fragt er: Why don't you save me. Gillespie ist ratlos, weiß keine Antwort. Parker taumelt aus dem Club.

Die Zimmer waren noch von der Sonne aufgeheizt. Ich saß barfuß, in Jeans und in einem T-Shirt am Tisch, und beim Zögern, Nachdenken und dem In-die-Nacht-Hinausschauen hörte ich den Asthmatiker in der Wohnung unter mir, der auf dem Balkon stand und keuchte. Hin und wieder auch das Grollen des Donners, ein fernes, leises Grummeln.

Die Säule wird von einem riesigen Scheinwerfer angestrahlt. Das Licht ist unterschiedlich stark, mal dunkel, mal sehr hell. Wenn der Lichtstrahl hell wird, biegt die Säule sich wie unter einem Windstoß zur Seite. Eine Gestalt neben mir erklärt die Verfugung der Steine, die einen weit größeren Neigungsgrad zuläßt als beim Turm von Pisa. Darum könne ich unbesorgt auf die Plattform der Säule steigen. Oben angekommen, trifft ein starker Lichtstrahl die Säule, ich rutsche langsam über den Steinboden, kann mich gerade noch an dem Selbstmordgitter festhalten.

Dieses Wort hatte ich beim Aufwachen deutlich gesprochen im Kopf: Selbstmordgitter.

Auch in dieser Nacht hatte es nicht geregnet.

Der *Schleusenkrug* liegt dort, woher er seinen Namen hat, an einer Schleuse des Landwehrkanals, neben dem Zoo. Es ist ein Gartenrestaurant, das mich an die Biergärten in München erinnert. Unter den Bäumen stehen Gartentische und Klappstühle, rot gestrichen, und rot ist auch der große Sonnenschirm mit der Aufschrift Coca-Cola. Das Bier muß man sich selbst holen, auch Wein, Berliner Weiße mit Schuß, Buletten, Kuchen, den Käsekuchen. Warmes Essen wird gebracht. Ich suche mir immer einen

Platz, von dem aus ich die Schleuse beobachten kann. Hin und wieder kommt ein Ausflugsschiff, eine Motorjacht, selten eine Barkasse mit Schuten.

Hier sitzen wir, Iris und ich, wenn das Wetter gut ist, und erholen uns von unseren Wanderungen durch die Zementalpen.

Am Freitag nachmittag hatten wir uns hier mit Ben und Nilgün verabredet. Auch das war eine der vielen Sicherheitsmaßnahmen, die Iris in unsere Beziehung eingebaut hatte. Hätte jemand uns, Iris und mich, zusammen gesehen, warteten wir eben auf Ben. Und die Anwesenheit einer Freundin ließ nicht so leicht einen Verdacht aufkommen.

Ich fühle mich beschissen, wenn ich so plane, aber dann, sind wir zusammen, habe ich das reinste Gewissen. Keine Skrupel. So einfach ist das. Gewissensbisse bekomme ich erst, wenn ich wieder allein bin. Nicht wenn Ben in der Nähe ist, sonderbarerweise, nur wenn ich an ihn denke, an bestimmte Situationen, Situationen, in denen er sich in seiner so ruhigen, mir zugewandten Art zeigte. Dann könnte ich losheulen, und manchmal tue ich es auch. Wir treffen uns, und all die Skrupel sind nur noch Erinnerung. Bei mir sind alle Sicherungen durchgeknallt.

Das heißt, es ist stockdunkel.

Genau. Gewissen braucht Licht.

Wir waren früher gekommen und saßen am Tisch einander gegenüber, tranken Weißweinschorle, sahen uns an, unsere Fingerspitzen berührten sich, ich sah ihre und sah meine Hände, dachte wieder, gut, daß du noch keine Altersflecken hast. Sie tippte Fingernagel für Fingernagel an, und ich spürte unter dem Holztisch ihre Beine, die sie mir entgegenstreckte.

Ich muß morgen nach Hamburg. Muß nach meiner Mutter sehen. Und Lena will mich sprechen.
Was will sie?
Weiß nicht.
Was ich ihr nicht sagte, war, daß ich zum Arzt gehen wollte, einem Freund, der eine Praxis als Urologe in Hamburg betreibt. Wer sagt schon der zwanzig Jahre jüngeren Geliebten, daß die Routineuntersuchung der Prostata fällig ist.
Wie lange bleibst du?
Nur eine Nacht. Was macht Ben?
Sie schüttelte nur den Kopf.
Ja. Und nach einer kurzen Pause, in der sie nachdenklich meine Hände streichelte, so daß ich Vorsicht sagen mußte, erzählte sie, daß er die Abteilung eines Freundes kontrollieren muß. Das macht ihn ganz fertig.
Sympathisch.
Kommt spät, wenn er überhaupt kommt. Völlig fertig, und dann noch ein schlechtes Gewissen. Es ist schwer mit Ben. Das hat nichts mit uns zu tun, sagte sie und sah mich dabei an. Seit ein, zwei Jahren. Ich muß Leute um mich haben. Es ist kein gutes Zeichen, wenn Paare nur noch in Gesellschaft miteinander reden. Irgendwann hat das aufgehört, vor zwei, vor drei Jahren. Man redet dann nur noch über Berufliches, nicht über sich, nicht mehr über den anderen. Die Wünsche, die eigenen und die des anderen, kennt man. Alles ist gesagt. Mit uns, sagte sie, und blickte mich an, ist das anders.
Wir kennen uns ja auch erst drei Monate.
Bei uns, ich bin sicher, würde es nicht aufhören.
Vielleicht, sagte ich.
Nein, bestimmt.

Ben kam. Er trug seinen hellgrauen Anzug, im Gehen zog er sich die weißgesprenkelte, blaue Krawatte aus dem Hemdkragen, steckte sie in die Jackentasche. Das schmale Ende baumelte heraus. Er kam von einer Besprechung, etwas Geschäftliches, was er uns nicht erzählen wollte, weil es auch ihn gelangweilt habe. Diese Scheißstadt, sagte er, überall Staus, wenn jetzt noch die Wagenkolonnen von den Staatsoberhäuptern kommen, all die Absperrungen, gar nicht auszudenken. Nicht Big Apple, sondern Big Broiler oder Broilertown sollte man das nennen, diesen preußischen Fladen.

Ben, der, redet er, die Angewohnheit hat, sozusagen zu sagen. Eine kleine Phrase, die sein nachdenkliches Reden begleitet. Dieses Sozusagen steht in einem Kontrast zu der Art, wie er sonst dasitzt, meist schweigend und zuhörend, dann macht er eine Handbewegung, sehr ruhig, sagt etwas und fügt dann sozusagen hinzu, so als müsse er sich immer wieder innerlich einen Schubs geben, eben etwas zu sagen, nicht stumm zu bleiben, sozusagen.

Tatsächlich, sagt Iris, hat dieses allmähliche Verstummen ihre sechsjährige Ehe begleitet. Wobei es nicht einmal zu Streitigkeiten kam, nur zu diesem Nebeneinanderherleben, dem Austausch von Informationen, wann man was macht, das knappe Erzählen von Ereignissen, wobei das, was Ben von seiner Arbeit erzählt, für Iris gar nicht verständlich ist, dieses Prüfen von Abteilungen, ob die effektiv sind, ob in denen profitabel gearbeitet wird. Ich will nicht klagen, nicht schlecht von ihm reden, im Gegenteil, er ist von einer großen Verläßlichkeit, hat eine bewundernswerte Fähigkeit, verfahrene Angelegenheiten zu entwirren, bleibt dabei ganz ruhig, wie bei dieser Geschichte mit der Vernissage in Kopenhagen. Da war am Eröffnungstag ein Filter kaputtgegangen, ein Filter, für das ich einen Ersatz in Berlin hatte, aber keinen in Kopenhagen bekommen konnte. Ich dachte, ich raste aus. Hab ihn angerufen, ich habe geheult, er sagte, hol tief Luft, atme aus, schnaube, wunderbar, wie zu einem Kind. Und nun sag: Was ist. Er hat es tatsächlich geschafft. Das Filter kam am späten Nachmittag mit einem Kurier. Er findet einen Weg, selbst dann, wenn es keinen mehr gibt, nicht einmal für Kenner. Nach einer Pause, in der sie nachdachte, sagte sie, aber sonst – es kommt, wie wir jetzt zusammen sind, wie soll ich sagen, kein Anstoß mehr von ihm, kein Anstoß, um das, was Liebe ist, lebendig zu halten, und das meint lustvoll, denn Gefühle sind ja nicht konservierbar, sondern selbst wie Lebewesen, sie atmen, brauchen das Offene, wo sie ihren Sauerstoff finden. Vielleicht war auch ich es, in einer mir nicht bewußten Weise, die darin nachließ, uns, Ben und mir, die Impulse zu geben, damit diese freundliche Erwartung uns hielt. Und dann, sie stockte, er wollte keine Kinder. Er begründete das nicht weiter. Keine große Ideologie, von wegen die Welt ist so unsicher, man kann Kinder dem nicht ausliefern, und was es sonst für Erklärungskrücken gibt. Nein. Er wollte einfach nicht. Darin war er ganz bestimmt, keine Kinder. Der Gedanke an Kinder kam mir allerdings auch erst vor drei Jahren, als sich die ersten Lähmungen in unserer Beziehung zeigten, ein Verlangen nach ungehemmter Lebendigkeit.

Dieses Wort Anstoß, das ist eine andere, freundlichere Übersetzung dessen, was sie Kreativität nennt, ein Schlüsselwort, wie auch die fehlende Kreativität, und heute morgen muß sie eben das zu Ben gesagt haben, der jetzt in einem Hotel sitzt oder aber, was ich glaube, zu seiner Atemlehrerin gegangen ist.

Der Kies knirschte, sie kam, in einem schnellen Schritt – Nilgün, schwarz das Haar, schwarz die Augen, mit einem feuchten Glanz, schwarz das Kostüm, schwarz die Schuhe. Iris sagte, ihr beiden seht aus, als hättet ihr euch zum Partnerlook verabredet. Dabei wäre es, als Iris zum ersten Mal Nilgün mitbrachte, beinahe zu einem Zerwürfnis gekommen.

Iris hatte mir ihre Freundin angekündigt: eine Türkin, die als Zahnärztin in einer Gemeinschaftspraxis ihr Geld verdient, gut, sehr gut sogar. Eine dieser Frauen, die neuerdings in allen möglichen gehobenen Positionen auftauchen, schwarzhaarig, in den denkbar knappsten Röcken, schwarze Strümpfe, Markenklamotten, und mit einer unglaublichen Energie ihre Väter, die mit einem gelben Plastikhelm auf dem Kopf in der Müllverteilung oder bei der Müllabfuhr arbeiten, einfach zurückgelassen haben, wie auch die Mütter, die immer noch, nach zwanzig Jahren Deutschland, mit Kopftüchern rumlaufen und nur guten Tag sagen können.

Die wird dir gefallen, hatte Iris Nilgün angekündigt, die hat mit Allah nix am Hut.

Wieso? Ich hab nix gegen Allah.

Ich wußte nicht, was Iris Nilgün von mir erzählt hatte, jedenfalls zeigte die sofort die Krallen. Sagte, die Deutschen, die so auf verständnisvoll machten, von wegen tolerant und multikulturell, gingen ihr besonders auf den Sack, ich sage ausdrücklich Sack, Sie verstehen, womit sie wohl andeuten wollte, daß sie die deutsche Sprache bis in die äußersten Machofeinheiten beherrschte.

Ja, ja, sagte ich, aber mir brauchen Sie nicht zu unterstellen, daß ich jetzt die türkische Küche lobe.

Damit hatten wir für den Anfang des Abends genug Gesprächsstoff.

Nilgün trug ein ärmelloses Top, schwarz, vorn mit einem Reißverschluß. Der war ziemlich weit heruntergezogen. Bewegte sie sich, sah ich den hellbraunen Brustwarzenhof. Sie zwang mich regelrecht, was ich sonst nie tue, ihr immer wieder auf die Brust zu schauen. Blickte ich sie an, zog sie demonstrativ den Reißverschluß hoch, mein Blick wurde regelrecht im Reißverschluß eingeklemmt. Natürlich war es ein Spiel, etwas pubertär und albern, das den Streit über Vorurteile und Klischeebildung und deren Berechtigung begleitete. Kaum wandte ich den Blick zu Ben oder Iris, zog Nilgün den Reißverschluß wieder wie befreit herunter. Blickte ich hin, zack wieder hoch. Ich weiß nicht, warum ich mich an dem Abend, draußen sitzend, mit dieser Nilgün streiten mußte, plötzlich in der Rolle des konservativen Finsterlings, der gerade gegen das Gedudel der türkischen Musik vom Leder zog.

Die christlich abendländischen Werte, was?

Thomas gehört doch eher zu deinem Verein, sagte Iris.

Nilgün sah mich einen Moment an, erstaunt, das also konnte Iris ihr nicht vorher verraten haben. Nilgüns Augen hatten einen irritierend feuchten Glanz, von einer nie gesehenen schwarzen Tiefe, die mit einem Lidstrich schwarz umrandet war, so als hätte sie Brikett gestapelt, ein Vergleich, auf den nur jemand aus meiner Generation, der mit Kohleheizung groß geworden ist, noch kommen kann, dann fragte sie: Bist du noch dabei?

Dieses Du ist international – wenn die Sprachen denn die Unterscheidung der Anrede zulassen –, und es ist über jeden Altersunterschied hinweg das Signal, daß man zu dem Verein der Weltverbesserer dazugehört, oder aber auch dazugehört hat.

Nein. Ich bin Freibeuter. Ich segle allein.

Segeln, ist das nicht etwas altmodisch?
Das bin ich, siehst du ja.
Danach zog sie ihren Reißverschluß nicht mehr hoch, wenn ich zu ihr hinüberblickte, und das Gespräch wurde ruhiger.

Übrigens, die Nilgün fand dich richtig gut, sagte Iris mir am nächsten Tag.
Wegen meines Alters?
Quatsch, sagte Iris und lachte.
Ich behaupte, zwischen dem Lachen und dem Licht besteht eine Korrespondenz, beide erhellen Gegenstände und damit auch die Personen, ja man erhellt sich selbst, lacht man über sich – und lacht sie über mich, sehe ich mich weit deutlicher, so unangestrengt. Ihr Lachen entspricht, wie ich es bei ihrer Arbeit beobachten konnte, dem Theaterscheinwerfer, der mit einem Gelbfilter arbeitet und plötzlich, der Regler wird aufgezogen, die Szene ins Sonnenlicht taucht.
Dieses kleine Wölkchen unter den Füßen. Der geht auf einer Wolke.

Kurz hinter dem Flughafen, auf der Fahrt in die Innenstadt, kommt mir mein Vater entgegen. Das Haus steht an einer Ecke, ein Wohnhaus. Diesen Klops da, diese Backsteinkiste, dort drüben, die hat er zu verantworten.
Wer ist er? fragte der Taxifahrer.
Mein Vater.
Der Fahrer sagte in einem fast akzentfreien Deutsch, das sieht doch ganz vernünftig aus. Sie müßten sehen, was bei uns in Lagos gebaut wird.
Mir lag auf der Zunge: Wir sind aber nicht in Afrika. Ich wollte den Mann, der es ja gut meinte, mich trösten

wollte, nicht verletzen. Ich konnte es mir aber nicht verkneifen zu sagen: Ich hoffe, die Architekten in Nigeria sind nicht ganz so fleißig wie mein Vater. Er und seine Helfershelfer – gut dreißig Angestellte hatte er – haben nicht nur Hamburg, nein, sie haben die ganze norddeutsche Tiefebene vollgebaut, gemeinsam mit all diesen anderen mittelmäßigen oder miserablen Kollegen, ja, es gab darunter Architekten, die von Blindenhunden zu ihren Baustellen geführt wurden.
Der Fahrer lachte.
Es ist unbeschreiblich, wenn man durch Elmshorn fährt, was man an Häusern sieht, oder durch Pinneberg, durch Rendsburg, bis in die kleinsten Städte, Dörfer, Häßlichkeit neben Häßlichkeit, nichts stimmt, nicht die Proportionen, nicht die Zahl der Fenster, nicht das Material, nicht die Farben, nicht die Dächer. Woher kommt diese Häßlichkeit? Fährt man nur hundert Kilometer weiter in den Norden, sieht, gleich hinter der Grenze, alles besser aus, in Dänemark, die alten Häuser sind nicht ausgeweidet worden, haben ihre Holzfenster und Türen, weiß gestrichen, keine Kunstoffrahmen, keine Buntglasziegel in Fachwerkhäusern, keine Metalljalousien, die als Aluminiumkästen über den gesimslosen Fenstern hängen. Zugegeben, es gehören zwei dazu, ganze Landstriche zu verwüsten, die Architekten und die Hausbesitzer. Mit welcher Blödheit, ja mit welchem Selbsthaß da entkernt, abgerissen, umgebaut wurde, kann nur damit zusammenhängen, daß man seine Geschichte auslöschen wollte. Was ja auch wieder verständlich ist, bei dieser Geschichte. Ein Neuanfang mit Glasziegeln, rosafarbenem Kunststoffwindfang und Aluminiumlamellen. Sie müßten einmal den Entwurf sehen, mit dem sich mein Vater beim Wiederaufbau des Rathausplatzes in München beworben

hat, gleich nach Kriegsende. Er wollte den Bahnhof an den Marienplatz verlegen, alles andere, was die Bomben überstanden hatte, sollte platt gemacht werden, gerade mal der Alte Peter und das Rathaus sollten stehenbleiben, ansonsten ganz funktional der Marienplatz, Flachbauten, Glas, Stahl. Das war der Neuanfang. Ich merkte dem Nigerianer an, wie verwundert er war, daß jemand, der selbst schon grau wurde, immer noch derart mit seinem Vater hadern konnte.

Sind Sie auch Architekt, fragte er schließlich.

Nein. Aber gewollt hätte es mein Vater schon. Meine Schwester hat sich nach dem dritten Semester Architektur in die Ehe gerettet, vier Kinder und ein Mann, ein Manager, der selten zu Hause ist – vielleicht ist das der Grund, warum die Ehe gut hält –, sie spielt Tennis, hat wieder angefangen, Kunstgeschichte zu studieren, und mit fünfzig ihren Magister gemacht. Und worüber? Über Architekturfotografie. So weit reicht der Arm des Vaters.

Ich erzähle sonst nicht so bereitwillig meine Familiengeschichte, aber bei diesem schwarzen Mann, vermutlich, weil er von so weit her kam, stellte sich schnell eine vertrauliche Nähe her. Natürlich hatte der Vater hohe Ziele. Er wollte alles einfach, alles schlicht, nach der Zeit der bombastischen Gefühle, Aufmärsche, der aufgedonnerten Nazibauten. Funktional, das war sein Leitwort. Keine Schnörkel. Ich hätte ihm gewünscht, die Wohnung von Iris zu sehen, all das, was er von seinen Eltern her kannte, was er abschaffen wollte, radikal entrümpeln, ist bei Iris in einer Edelvariante zurückgekehrt. Mit dem Unterschied: Damals war das tiefernster Repräsentationsdekor, während es bei Iris Spielerei ist und Provokation.

Wir fuhren die Sierichstraße entlang. In den Scheiben der Villen blitzte die Sonne, am Himmel eine Fettlebe von Wolke inmitten von strahlendem Blau, so daß ich mir wieder einmal eingestehen mußte, Hamburg ist nicht so grau, wie ich es in Erinnerung habe. Die Kanäle mit den tiefhängenden Trauerweiden, gesäumt von Büschen und Bäumen, wieder ein Kanal, ein Kanu, das Winterhuder Fährhaus, Tanztee an Sonntagnachmittagen, an der Kreuzung das Haus, die Tanzschule, jetzt ein Maklerbüro, dort oben auf dem langen Balkon standen im Sommer die Mädchen in ihren Kleidern – und 1963 mußte man in der Tanzstunde noch Kleider tragen und die Herren bitte weiße Hemden und Krawatten. Ich hörte das Lachen der Mädchen durch die offenen Balkontüren. Sie blickten zu mir herüber. Ich sah nicht schlecht aus, das wußte ich, und dennoch half es nichts, es blieb diese nicht zu überwindende Scheu, mich einfach zu ihnen zu stellen, sie anzusprechen, mit ihnen zu reden, obwohl doch das Lachen, die Blicke eben dazu einluden. Was hätte ich sagen sollen und wie, und dann diese Hände, die so dumm an einem herumhingen. Wohin damit? In die Hosentasche durfte man sie nicht stecken. Aber eben das ist doch das Geheimnis des legeren Auftretens aristokratischer Engländer, die in Gegenwart von Frauen die Hände in die Hosentasche stecken dürfen. Ich stand nur zehn Meter von den Mädchen entfernt und wußte nicht, wie ich die kurze Distanz überwinden sollte.

Dafür braucht man dreißig Jahre, um all die Hemmungen, Selbstzweifel, Zögerlichkeiten zu überwinden, bis man lernt, auch wenn man sich beobachtet fühlt, einfach zu gehen, schnell die richtigen Antworten zu finden, Pausen durch Fragen zu überbrücken. Das braucht Zeit, und beherrscht man es endlich, das meint ja, daß man sich beherrscht, und kann es nutzen, überlegt einsetzen, dann ist es auch schon fast zu spät. Der Taxifahrer erzählte, daß er über die unterschiedlichen Tierlaute gearbeitet habe. Tiere werden in verschiedenen Sprachen verschieden verstanden. Es gibt deutsch sprechende Hunde und englisch sprechende. Die englischen Hunde sagen: Wuff, wuff. Die deutschen, wie Sie wissen: Wau, wau. Man hört die Tierlaute in den jeweiligen Sprachen anders, und so werden auch die Klangfärbungen anders wiedergegeben. Und dann machte er mir in einigen Sprachen Nigerias – und es gibt, wie ich seitdem weiß, dort viele verschiedene Sprachen – das Hundebellen, das Krähen der Hähne, das Miauen der Katzen vor, feine Unterschiede, tatsächlich, und doch sind es immer Hunde, die bellen, Hähne, die krähen, Katzen, die miauen. Chomsky hätte seine Freude daran. Und es gibt auch historisch bedingte Unterschiede in der Lautnachahmung.

Ein hermeneutisches Problem?

Ja. Aber es fehlen leider Zeugnisse, das liegt an der Mündlichkeit. Immerhin bellten die Hunde in England zur viktorianischen Zeit nicht wuff, wuff, sondern wau, wau. Wäre interessant zu untersuchen, wie es zu dieser Veränderung gekommen ist. Vielleicht korrespondiert das ja mit der Umwandlung von Battenberg zu Mountbatten nach dem Ersten Weltkrieg.

Warum er jetzt Taxi fuhr, fragte ich nur, um auf dezente Weise zu erfahren, ob er seine wissenschaftliche Arbeit abgeschlossen hatte.

Er hatte sich in Nsukka an der Uni beworben, nach dem Magister, aber keine Stelle bekommen. In Nigeria soll nur wuff, wuff gelten, er lachte und sagte, das ist der afrikanische Eurozentrismus. Jetzt sei er verheiratet und lebe hier ganz zufrieden. Meine Frau ist Hamburgerin, zwei Kinder haben wir.

Was sagen die?

Wau, wau, mit Hamburger Akzent. Was für ein schönes Lachen aus diesem so breiten und schweren Mann herauskam, ein helles kindliches Kichern. Er hielt vor dem Seniorenheim in Övelgönne.

Oben, am Fahrstuhl, wartete die Mutter. Jedesmal kommt sie mir in der Umarmung kleiner und zerbrechlicher vor.

Ich erzählte ihr, ein Taxifahrer, der seinen Magister über die sprachliche Wiedergabe von Tierlauten gemacht habe, sei von Vaters Häusern, die wir auf der Herfahrt gesehen hatten, ganz begeistert gewesen.

Das freute sie, kennt sie doch meine Meinung über Vaters Bauten. Sie blickt aus dem siebten Stock des Seniorenwohnheims über die Elbe. Ein ehemaliges Kühlhaus. Bis hierher ist die Elbe in Hamburg eingemauert, fließt an Hafenkais vorbei, erst hinter dem Kühlhaus, an der Övelgönner Brücke, beginnt der Strand, etwas schmuddelig, aber immerhin Sand. Wir sind als Kinder oft mit dem Rad hierher gefahren, zogen uns die Schuhe aus und schoben die Räder durch den Sand. Spielten Strandpiraten. Am Ufer konnte man Strandgut finden, weit mehr als in Travemünde oder auf Sylt. Auch der Vater kam manchmal mit, und das sind die Erinnerungen, die ihn mir nahebringen, die ihm auch einen Körper geben, die Wärme seiner Hände, seine dunkle Stimme, sein Lachen aufleben lassen. Zusammen suchten wir den Strand nach Farbstökken, Stöckchen und Stecken ab, mit denen auf den Schiffen die Ölfarbe umgerührt wird. Die Stöcke werden dann über Bord geworfen. Erst Rost klopfen, mit Mennige grundieren, dann mit der jeweiligen Ölfarbe überstreichen, erklärte der Vater. Der Vater sammelte diese Farbstöcke. Und seine Freude war jedesmal groß, wenn ich ihm einen Stock brachte, der lange im Wasser gelegen hatte, vom Sand abgeschmirgelt war und an dem womöglich mehrere Farbschichten, rote, blaue, weiße, zu sehen waren. Dann strahlte er, der große Vater.

Sein Wunsch war, in diesem Seniorenheim zu wohnen, es wurde damals umgebaut. Zu seinem Kummer hatte er den Auftrag nicht bekommen. Wie gern hätte er diesen geschlossenen Klinkerkubus entkernt und, mit seiner Fensterform versehen, in einen seiner Wohnkästen verwandelt. Immerhin war der Umbau dann doch so, daß er sich mit dem Gedanken anfreunden konnte, hier seinen Lebensabend zu verbringen, beschaulich, mit Blick auf die Elbe. Er ist dann in den Stiefeln gestorben. Bekam einen Herzinfarkt. Nicht am Zeichenbrett, wie er sich wohl insgeheim gewünscht hat, aber doch auf dem Weg in sein Büro, fuhr den Wagen in die Schaufensterscheibe eines Blumengeschäfts, ein Sturz in Glassplitter und Schnittblumen.

Verehrte Angehörige, verehrte Trauergemeinde: Ein Mann zog aus und wollte ein großer Architekt werden. Zuvor hatte er am Atlantik Bunker gebaut. Er hatte Architektur studiert. Er war fleißig. Dann kam der Krieg. Aber Fleiß allein, der macht es nicht. Wir wissen das, Arbeit macht nicht frei. Es gehört Glück dazu. Und natürlich viel freie Flächen, und die gab es nach dem Krieg in Hamburg genug. Erst mußte der Schutt geräumt werden, dann konnte er loslegen, baute Wohn- und Geschäftshäuser, aber auch Schulen, Post-, Finanz- und all die anderen Ämter, nach seinem Bild. Er war fleißig und ehrgeizig, der Älteste war er, Sohn eines Vaters, der als Beamter in einem Katasteramt arbeitete, und einer energischen Mutter, die sich für ihre drei Söhne akademische Berufe und Frauen mit Mitgift wünschte. Es waren einmal drei Brüder, die zogen in den Krieg, der erste baute

Bunker, der zweite war Jagdflieger, der dritte Flakhelfer, und alle drei kehrten aus dem Krieg zurück. Der erste konnte endlich als Architekt arbeiten und brachte es zu einigem Wohlstand, der zweite machte eine Erfindung und wurde reich. Der dritte studierte Jurisprudenz, wurde Wirtschaftsanwalt, wohlhabend und wohlangesehen.

Es waren einmal drei Brüder, die haben die Bundesrepublik aufgebaut. Der erste war Architekt und sehr fleißig, der zweite machte eine Erfindung, wurde Fabrikant und war sehr faul, und der dritte war Wirtschaftsanwalt und ausgesprochen zäh. Sehr verehrte Trauergemeinde, gestatten Sie mir, der alle drei kannte, hier einmal meine Meinung zu sagen: Am besten gefallen hat mir von den drei Brüdern der mittlere Onkel, genannt Udi, ein Weltmeister in Faulheit, wie der ältere Bruder von ihm behauptete. Udi hatte nur eine, ich betone, eine einzige Erfindung gemacht, kurz nach dem Krieg: Bohnerwachs. Er kam aus der amerikanischen Kriegsgefangenschaft, aus einem Lager in der Nähe von Evansville, er kam nach Hamburg zurück und entdeckte, wie man altes Dieselöl in Bohnerwachs verwandeln kann. Er hatte ein Eindickungsverfahren gefunden, das er geheimhielt, wie der Konzern von Coca-Cola seine Formel geheimhält, gut verschlossen in Panzerschränken. Später, als er seine Fabrik an einen französischen Konzern verkaufte, staunten die Fachleute über sein Patent. Die Beschreibung des Verfahrens, wofür er das Patent erworben hatte, war gerade mal drei maschinenschriftliche Seiten lang. Jeder Chemiestudent im zweiten Semester hätte es herausfinden können. Es bestand im wesentlichen darin, daß man lange rühren mußte. Udi, sechs Jahre jünger als der Älteste, hatte sich freiwillig zur Luftwaffe gemeldet, wobei nicht Mut oder Tollkühnheit den Ausschlag gegeben hatten, sondern die Tatsache, daß Luftwaffenoffiziere immer noch am schnellsten bei den Frauen landen konnten, wie er sagte. Er flog als Fähnrich eine Me 109, die gab es zum Ende des Kriegs kaum noch, und die wenigen hatten keinen Sprit, davon konnte er erzählen, und daß er drei Tage vor Kriegsende noch Leutnant geworden war, mit EK I, und jedesmal betonte er dann, nicht von Hitler befördert worden zu sein, sondern von Großadmiral Dönitz, ein kleiner Unterschied nur, aber immerhin, sagte er, der später gegen die Wiederbewaffnung auf dem Hamburger Rathausmarkt demonstrierte.

Ich blickte auf meine Schuhe. Die Schuhe dieses Onkels, braune, hellbraune Schuhe, nachgedunkelt an den Hacken und vorn an der Spitze, aber helle Streifen dort, wo die Gehfalten sind. Dreizehn Paar, schwarze, braune, hellbraune, habe ich von dem Onkel geerbt, handgearbeitete Schuhe, mit denen seine beiden Töchter nichts anfangen konnten, die mir aber vorzüglich passen. Onkel Udi mochte es nicht, wenn man ihn Onkel nannte. Gräßlich, dieses Wort, so verpuscht, sagte er. Einfach Udi.

Er war der einzige in der Familie, der singen konnte, und Klavier spielte er, und zwar gut, sammelte Jazzplatten. Ich bekam von ihm die ersten Platten geschenkt, Louis Armstrong, King Oliver, Sidney Bechet, Jelly Roll Morton und natürlich Glenn Miller. Udi hatte schon im Krieg gesammelt, obwohl das doch verboten war, von wegen entarteter Kunst. Und er sorgte dafür, daß ich nach dem lähmenden Klavierunterricht zu einem Mann kam, der Jazz spielte. Der Vater war dagegen. Nicht etwa, weil er so stumpfsinnig gewesen wäre, Jazz abzulehnen, sondern weil er eine Zeitlang den verzweifelten Wunsch hatte, ich möge die Pianistenlaufbahn einschlagen. Das freie Improvisieren würde die klassische Ausbildung versauen, meinte er. Vielleicht tat es das auch, aber so konnte ich immerhin hin und wieder mit dem Klavierspielen Geld verdienen. Zum Konzertpianisten hätte es, das weiß ich heute, nie gereicht.

Sehr verehrte Trauergemeinde, es waren einmal drei Brüder, die haben das Land wieder aufgebaut. Der eine mit Häusern. Der andere sorgte für glänzende Parkettböden. Und der dritte sicherte alles rechtlich ab. Und jetzt sieht das Land so aus, wie sie es verdient haben.
  Der Älteste, wir wollen ihn kurz den Vater nennen, wurde 82 Jahre alt. Er lebte gesund. Rauchte nicht, trank in Maßen. Arbeitete fleißig und stellte in die norddeutsche Tiefebene Häuser von beachtlicher Häßlichkeit.
  Ich habe dich nie geschlagen.
  Das ist wahr. Und noch eines, sagt sein Sohn – und siehe, die Schale wird sich heben! –, er sammelte Farbstöcke.
  Farbstöcke?
  Ja. Das bleibt, sehr geehrte Hinterbliebene, die Erinnerung, meine Erinnerung, eine Erinnerung, die mich jedesmal an ihn denken läßt, ein zartes Gefühl, beim Atmen, das ist es, ja, was wir Nähe und Vertrautheit nennen, dieses zarte Gefühl beim Atmen, das uns unser Herz spüren läßt, es weitet sich der Brustkorb, dieses winzige unbewußte Aufatmen: Ich war acht, und wir gingen gemeinsam zum Elbstrand, an den schmuddeligen Elbstrand und suchten Farbstöcke, und wenn ich ihm einen brachte, dann war da eine kindliche Freude in seinem Gesicht, kindlich, aus heutiger Sicht, damals war es eine Umarmung, dieses Strahlen in dem sonst so ernsten Gesicht.

Wir saßen am Fenster, und ich konnte von hier den Strand sehen, schmal, den Övelgönner Uferweg, das Wasser, graugrün, wenn die Sonne von einer Wolke verdeckt wurde, dunkel, ein tiefdunkles Grün, aufgerauht, ein Wind ging, die Fahnen der Möwen hinter einem Containerfrachter. Vielleicht verfütterte ein Matrose gerade das geschmuggelte Kokain. Denn ein Zollboot begleitete den Frachter.

Die Mutter erzählte mir wieder von den Mäusen, Mäuse, die sich hartnäckig im Haus hielten, noch aus der Zeit, als das Haus ein Kühlhaus war. Sie gruselte sich derart vor diesen Mäusen, daß es sie schüttelte. Auch die anderen Senioren gruseln sich davor. Es sind Mutanten, Tiere, die das Kühlhaus über die Jahrzehnte hervorgebracht hat. Sie hat sogar einen Zeitschriftenausschnitt, den sie mir jedesmal wieder zeigt, in dem von den Mäusen berichtet wird. Eine ist abgebildet. Mäuse, die immer nur in der polaren Dunkelheit gelebt haben, schneeweiß geworden sind, und ein Fell haben sie so dicht wie die Nerze. Die Tiere hatten sich in den Rinderhälften eingenistet. Lebten dort in ihren nahrhaften Nestern ganz quietschvergnügt. Bis das Gebäude entkernt und zum Seniorenheim umgebaut wurde. Das Gerücht hielt sich bei all den betuchten Pensionären, daß diese weißen Kühlhausmäuse herumhuschten und ihre nahrhaften Rinder- und Schweinehälften suchten. Manchmal kann ich nicht schlafen. Man hört die Mäuse in den Innenräumen, dort wo Leitungen verlegt sind. Hinter den Kachelwänden des Bads, überall, wo Hohlräume sind. Sie beißen sich durch, irgendwann tauchen sie im Zimmer auf.

Iris lachte, wollte wissen, ob meine Mutter sonst noch Zwangsvorstellungen habe.

Nein, eigentlich nicht, mal abgesehen die vom Tod. Aber die ist wohl recht normal. Sie will den Tod nicht akzeptieren. Aber auch das ist normal, denke ich, es gibt nur verschiedene Grade der Distanz dazu.

Gleichgültigkeit.
Ich würde sagen, Gelassenheit.
Ich habe Iris nur zweimal von meinem Vater erzählt. Das erste Mal, glaube ich, bevor ich nach Hamburg fuhr. Und das auch nur ganz allgemein, Architekt, ich habe gesagt, die Häuser, na ja diese Kisten, die damals ganz Deutschland verschandelt haben. Ich habe ihr aber mehrmals von dem Bohnerwachsonkel erzählt, dessen Schuhe ich noch heute trage. Und was ich ihr erzählte, das gefiel ihr. Der Vater hingegen, was soll man über einen autoritären Workaholic auch viel erzählen. Sie hätte ihn kennenlernen müssen, wie Lena, mit der habe ich oft über meinen Vater geredet.

Iris ist weit mehr an Lena interessiert. Wie war die? Wie sieht die aus? Wann hast du die kennengelernt? Solche Fragen stellte sie mir bei unseren Treffen im Schlangenhaus. Natürlich interessierten sie auch die anderen Frauen, aber am meisten interessiert sie Lena, mit ihr war ich am längsten zusammen und immerhin auch verheiratet.

Lena. Ich habe bei dem Namen immer die Vorstellung von einer Katze, einer trächtigen Katze. Und tatsächlich hatte Lena etwas, daß jeder, der sie sah, glaubte, sie sei schwanger, im vierten Monat, schon als ich sie kennenlernte, wenn ich zurückdenke, sie war vierundzwanzig, hatte sie etwas Rundliches, Weiches, was mir sehr behagte, runde weiche Brüste, die weit oben ansetzten, runde Hüften und Oberschenkel, und dann, ganz erstaunlich, einen kleinen runden Bauch, nicht ausladend, aber deutlich sichtbar, wenn sie enge Röcke trug. Was ich Iris nicht sage, ist, daß ich diese Rundungen mag, ich sehe sie gern, ich berührte sie gern, sie erregten all meine Aufmerksamkeit, wenn

Lena mit einem leicht flatternden Lid unter mir lag. Es war wunderbar, sie, Lena, im Bett, während wir miteinander schliefen, abzutasten – das Runde zu begreifen.

Lena kannte den Vater. Fand ihn nicht so schlimm, im Gegenteil, genaugenommen ganz nett, sehr nett sogar. Fand auch seine Bauten nicht so schlimm, sogar recht gut, wohnlich, jedenfalls von innen, große Fenster, große Balkone, eben sachlich. Diese Sachlichkeit haßte ich.

Warum trägst du immer nur Schwarz?

Ja. Warum.

So rächt der Vater sich noch nach dem Tod an dem Sohn.

Er hatte sich auch Mühe gegeben, Lena für sich einzunehmen, hatte uns zur Hochzeit eine Waschmaschine, eine Spülmaschine, eine Kücheneinrichtung geschenkt, die Einrichtung dann auch noch montiert, nachdem ich mir beim Montieren die linke Hand gequetscht hatte, die sich überdies entzündete, der Arm mußte bandagiert werden. So haben wir geheiratet, ich mit dem Arm in der Schlinge. Konnte nichts tun.

Wie habt ihr miteinander geschlafen?

Ich mußte immer unten liegen.

Iris blickte mich einen Moment nachdenklich an. Das haben wir noch nie gemacht.

Wie auch, so wie wir uns treffen.

Wie war sie?

Sanft, ja, wie eine Feder, nein, wie ein Federbett.

Und ich?

Ich lachte, sagte, muß ich mir erst genau überlegen.

Und die anderen.

So und so.

Du sollst mir alles erzählen.

Mach ich.

Was hast du nur mit deinem Vater?
Was hast du mit deiner Mutter?
Gut. Ja. Aber heute ist das O. K.
Er ist tot.
Ich meine früher?
Ich mag seine Bauten nicht. Nicht die in Hamburg, nicht die anderswo, und erst recht nicht die Bunker am Atlantik. Er war nicht einmal Nazi. Das wäre einfacher gewesen, ich meine die Diskussionen, wir hätten dann klare Fronten gehabt. Wir haben dieses Land wiederaufgebaut. Und wer hat es in den Dreck gefahren. Wer? Opa? Den laß mal aus dem Spiel. Der nette Opa? Unser Opa? Der immer alles vergaß. Das war später. Kleiner Beamter. Unabkömmlich im Katasteramt. Mußten doch immer wieder Grundstücke nachvermessen werden, wegen der Arisierung. Davon haben wir nichts gewußt. Niemand hatte etwas davon gewußt. Der eine nicht, weil er Bunker baute, der andere nicht, weil er so fleißig Granaten tragen mußte, und auch nicht der faule Fliegeronkel, weil der immer bei den Frauen landen mußte. Die Nazis hat der Fliegeronkel verachtet, Tatsache und belegbar, aber das mit den Juden, nein, nicht gewußt.

Und dann fragte Iris mich, warum habt ihr damals nicht die Arisierung zur Sprache gebracht? Gegen Vietnam habt ihr demonstriert. Gegen alles mögliche. Warum habt ihr nicht für Entschädigung demonstriert?

War das im Garten vom *Schleusenkrug?* An dem Freitag? Alle sehen mich an, Nilgün, die sich für die Nazis nicht verantwortlich fühlen muß, schließlich ist sie mit ihrem Vater erst vor zwanzig Jahren nach Deutschland gekommen, Ben und Iris, die höchstens über ihre Großeltern mit den Nazis zu tun hatten, ferne Erzählungen, nur ich, gerade zwei Tage vor der Kapitulation geboren, bin mit ihnen aufgewachsen, großgezogen worden von den Beteiligten, mit Erzählungen von Kesselschlachten, Nachtjägern, Bombennächten. Und die Todesfabriken? Das haben sie nicht gewußt.

Warum ist die Banane krumm? Das Befragen der Väter kostet Zeit und Kraft. Alles auf einmal ging einfach nicht. Es gab mal einen Mann, der hieß Karl Löffler, und der war Gestapoleiter, zuständig für die Judenfrage in Köln. Und es gab einen Mann, der hieß Josef Mahler, der war Kommunist und Jude und wurde von der Gestapo verhört, drei Jahre lang verhörten sie ihn, um ihm ein Geständnis für einen Schauprozeß abzupressen, Jude und Kommunist, das war es, was sie gern gehabt hätten. Der jüdische Bolschewismus. Josef Mahler wurde verhört, drei Jahre lang. Karl Löffler war fleißig und ordentlich, und Köln war judenfrei. Und er ließ einen Kommunisten verhören, drei Jahre lang. Und der Mann sagte nichts. Es gab mal einen Mann, der ließ die Juden deportieren. Es gab mal einen Mann, der sagte nach dem Krieg: Ich habe meine Pflicht getan. Und wurde als Mitläufer eingestuft und später rehabilitiert. Bekam eine gute Pension, weil er seine Pflicht getan hatte, und starb im hohen Alter. Es gab mal einen Mann, Josef Mahler, der starb nach drei Jahren, weil er auf eine Frage nicht ja sagte, und auf dem Totenschein stand: Herzattacke.

Karl Löffler hatte nur seine Pflicht getan, bekam seine Pension und fand im hohen Alter einen sanften Tod. Das war der Nachkrieg. Die Geburtsstunde der Bundesrepublik.

Ben sagte, meine Güte, das ist fürchterlich, aber alles bekannt, hat doch einen Bart, und er fuhr mit einer Handbewegung vom Kinn abwärts, und man wußte nicht, war das der Bart oder wollte er zeigen, daß es ihm zum Hals heraushing.

Ist nur das empörend, was neu ist?

Eines Tages traf ich auf Leute wie diesen Mahler, verstehen Sie, ich meine auch Sie, verehrte Trauergemeinde, können Sie sich das vorstellen, Sie müssen 25 Jahre alt werden, um den ersten Juden in Ihrem Leben zu treffen, auch das ist ein Teil der Geschichte in diesem Land, Sie treffen einen Mann, der sagt, ich bin 1048 Jahre alt. Wie das? Ganz einfach, ich bin 60 Jahre alt, habe 12 Jahre im Zuchthaus und im Lager gesessen, und draußen ging das 1000jährige Reich vorbei, also genau 1048 Jahre. Er hieß Oskar und war Jude und Kommunist. Wenn es Sommer war, so wie jetzt, konnte man die eintätowierte Nummer auf dem Unterarm sehen. Nicht, daß er sie gezeigt hätte. Er trug immer Hemden mit langen Ärmeln, nur manchmal schlug er die Manschetten um, und dann, wenn er redete, gestikulierte, rutschte der Hemdsärmel ein wenig hoch, und man sah die Zahlen, krakelige Zahlen, eine Drei, eine Vier. Es war keine lange Nummer, ich mochte nicht, ich konnte nie richtig hinsehen. Er war promovierter Chemiker, darum hatte er überlebt. Und das Erstaunliche war, wie der redete, wie er unterschied, Opfer und Täter, und wie weit er den Kreis der Opfer faßte, unfaßlich weit, weiter, als ich es tat, als wir es heute alle tun, wie er die Zusammenhänge erklärte, die Verblendung der Täter, deren Verführung, das war das Erstaunliche, das schwer Faßliche, wie sein Reden von dem Versuch des Verstehens durchdrungen war, von dem Suchen nach Gründen, Ursachen, Motiven, durchdrungen von der Überzeugung, niemand muß so sein, wie er ist, sondern kann immer auch ein anderer werden – wenn es die Verhältnisse denn ermöglichen. Das Sein bestimmt das Bewußtsein. Aus seinem Mund waren Klasseninteressen und Klassenkampf, der Kampf der Ausgebeuteten gegen ihre Ausbeuter, etwas ganz anderes, als wenn ich das sagte oder jetzt sage.

Ist das so verwunderlich, daß man sich mit denen zusammengetan hat?

Ein Schiff mit Ausflüglern kam in die Schleuse. Auf dem Sonnendeck saßen Passagiere, eine Touristenfahrt, viele Besoffene, die durch die Hitze noch besoffener wurden. Frauen riefen herüber, ob nicht noch ein paar Männer einsteigen wollten. Sind da noch Männer? Hallo! Die an Bord hier sind schon fertig. Fertig geworden. Ha, ha. Dreimal, brüllte einer.

Wieso fertig werden? Das kannte Nilgün nicht. Sprachlich war sie also bislang nur mit Leuten zusammen, die mal eben kamen.

Bens Handy klingelte, der Firmenvorstand. Etwas Dringliches. Er hatte ja gerade seinen Bericht abgeschlossen. Eine Abteilung, sagte er, die auf Kaffeekochen spezialisiert war. Er stand auf, ging hinüber, raus aus dem Bierdunst, Staub, Lärm, ging zum Zaun, der den Zoo abschloß. Nilgün hatte mir eben noch die Linie der türkischen kommunistischen Partei in der Zypernfrage erläutert, verstummte dann aber, weil sie das fassungslose Gesicht von Ben vermißte, für den sich derlei wie Berichte vom Mars anhörte, Haupt- und Nebenwiderspruch, Interesse der Arbeiterklasse, subjektive und objektive Klassenlage. Daß jemand darüber ernsthaft reden konnte. Sich über die Richtigkeit der Analyse den Kopf zerbrechen konnte. Wir saßen auf den Stühlen, Iris neben mir, mit

Blick auf die Schleuse, und schwiegen. Kinder liefen herum, spielten Fangen, Hunde hechelten, Bier wurde zu den Tischen balanciert. Selfservice. Das unruhige Schattenlicht auf ihren Schultern, auf ihrem Haar.

Nilgün nahm ihre Handtasche, sagte, ich laß euch mal allein, und ging zur Toilette.

Hat die was gemerkt?

Quatsch, sagte Iris und legte ihre Hand auf meinen Arm, und wenn, ist es auch egal, mir egal. Sie sah mich an. Ernst und konzentriert. Sie wollte etwas sagen. Was sagt man in so einem Moment. Ich sah es ihr an, sie hatte das dritte Glas kalten Weißwein getrunken, und was sie sagen wollte, ich ahnte es, würde, einmal ausgesprochen, schlagartig alles komplizieren, darum sagte ich schnell: Man merkt, Ben geht es nicht gut zur Zeit.

Ja.

Einen Moment blickte sie irritiert, überlegte, sollte sie es jetzt sagen, aber sie schwieg. Und in unserem Schweigen wußte ich, was wir beide in diesem Moment hörten: Reden um uns, ein Sprachgewirr, einzelne Silben, Wörter: Trasse, Neuweiler, Lufthering, Lachen, das Grölen vom Schiff, das jetzt langsam aus dem Blickfeld glitt, ihre Hand lag immer noch wie vergessen auf meinem Arm, diese braunen Finger, die rotlackierten Fingernägel, denen man ansieht, daß sie eine Putzhilfe hat, und wenn sie denn mal selbst kocht und Zwiebeln schneidet, dann trägt sie Gummihandschuhe, eine Spezialanfertigung aus Amerika, Handschuhe, von denen sie behauptet, man könne sie auch als Präservativ benutzen, so zart, so hauchdünn und doch so haltbar. Ich vermute, sie wollte mich überreden, so einen Handschuh einmal überzuziehen. Das ist anrührend an ihr, diese hemmungslose Neugierde, diese Experimentierfreude. Immer öfter muß ich ihr sagen, ich bin nicht mehr achtzehn. Dann lacht sie nur und sagt, das ist ja gerade das Geile, dich hochzukriegen, die Jungen, da weiß man, da ist man selbst nie so ganz gemeint, die könnten doch auch ein Astloch in einem Bretterzaun fikken. Das ist neu, sagt sie, ihr Alten könnt länger. Dann strahlt sie, da hat sie es denn wieder mal ihren spießigen Eltern gezeigt. Der Vater in einem Immobiliengeschäft angestellt, nach langen komplizierten Sparmaßnahmen endlich ein Haus, Reihenhaus, das immer noch abgezahlt werden muß. Die Mutter mit einer Ausbildung als Kosmetikerin arbeitet im Kaufhaus des Westens. Sie verpaßt vorbeischlendernden Kundinnen kostenlos ein neues Gesicht.

Wenn man das zusammentut, meinen Vater und meine Mutter, sagte Iris, und dann kräftig schüttelt, dann kommt das raus: nämlich ich.

Ich bin ins *KaDeWe* gegangen, nachdem Iris mir von ihrer Mutter erzählt hatte, und habe mir die Frauen in der Kosmetikabteilung angesehen, die dort in weißen Kitteln stehen und die Wohlgerüche anbieten, die Salben, Tinkturen, die Pinsel, Stifte, Tuben, alles, alles für die Glätte, Jugend, Symmetrie.

Wenn du dahin gehst, bin ich richtig sauer.

Ich habe ihre Mutter gesehen. Nur die konnte es sein, eine Frau mit kastanienrot gefärbtem, locker fallendem Haar um die vierzig, die beim Näherkommen dann aber doch schnell über fünfzig wurde. Sie stand vor einer Frau, die wahrscheinlich wirklich Anfang Vierzig war, aber wie fünfzig aussah, und tuschte mit einem Pinsel an deren Wangenknochen herum. Die Frau, die dasaß wie beim Zahnarzt, blickte verlegen an mir vorbei. In der Hand hielt sie eine Lederhandtasche. Sie tat mir leid, nicht weil sie so preisgegeben dasaß, sondern weil ich ihren Augen ansah, sie würde nicht das Ziel ihrer Wünsche erreichen. Vielleicht war es ihr in diesen Tagen aufgefallen, daß ihr Mann so lange nicht mehr mit ihr geschlafen hatte, diesmal lag es noch länger zurück als sonst. Es war im Lauf der Jahre immer weniger geworden, einmal die Woche, einmal im Monat, alle zwei Monate, und jetzt ein Vierteljahr nicht. Sie hatte nachgerechnet. Jeden Abend ein Gutenachtkuß, immer dieselbe Wendung, schlaf mal schön, dann beim Hinlegen das kurze Aufächzen des Betts. Vielleicht hat sie gedacht: Das Bett haben wir nun schon sechzehn Jahre, seit der Hochzeit. Flecken in der Matratze, Flecken, die man nicht mehr rausbekommt, nicht von ihm, von mir. Ein neues Bett, eine neue Matratze. Das verstand er gar nicht. Wozu? Ist doch prima. Dieses Verlangen nach Zärtlichkeit, gestreichelt zu werden. Solange man den Jungen streicheln konnte, solange der sich auf den Schoß setzte, aber jetzt ist der sechzehn, geht bald aus dem Haus. Sie wird sich im Spiegel gesehen haben. Die Augen müde. Seit Jahren dieselbe Frisur. Die Poren auf der Nase waren größer geworden, feine Falten um den Mund, an den Augen Krähenfüße. Was für ein gräßliches Wort, dachte sie: Krähenfüße.

Die Mutter von Iris arbeitete konzentriert und bog immer wieder ein wenig den Kopf zurück, um die zarte Tönung der Wangen zu prüfen. Die Augen waren ein wenig schwarz eingeschattet, nein es war ein wenig Blau darin. Aber sie hätten anders blicken müssen, einen neugierigen Glanz, eine suchende Begehrlichkeit haben müssen.

Verehrte Trauernde, diese Frau starb, weil sie nicht mehr berührt wurde. Miteinander reden. Schöner noch der irre Taumel, wie lange währt er, zehn Minuten, fünfzehn Minuten, wenn es hochkommt zwanzig, erst dieses langsame Weggleiten, dann der Fall, schweißüberströmt herausfallen aus all den Elektrizitätsrechnungen, Wettervorhersagen, Fahrplänen, Kochzeiten, dem Schweigen, fallen, mit einem lang anhaltenden Schrei. Nein, ihr Mann hat sie nie geschlagen, das wissen wir, er behauptet, sie oft nicht gesehen zu haben. Er war in der Wohnung und war doch nicht da, er kam nach Hause und war einfach fertig, erschöpft, müde, hundemüde. Sie hatte zuletzt die Angewohnheit, sich so hinzustellen, im Flur, in der Küche, daß er sie streifen mußte, ihr Körper versperrte ihm den Weg, sagte, hier bin ich, faß mich an, berühr mich, sprich mit mir, aber er war ja einfach fertig, fix und fertig. Spürte sie gar nicht. Er ging über den Gang in das nächste Zimmer oder in die Küche. Er war fertig, wie gesagt, arbeitete als ich weiß nicht was, irgend etwas, das ihn fertigmachte, und er hatte einfach keine Lust mehr, und wir wissen, Lust läßt sich nicht wollen. Zugegeben, er hätte sich vielleicht einmal mit ihr zusammensetzen sollen, reden, in ein Restaurant gehen, abends, oder zu Hause mal den Arm um sie legen, sie in die Arme nehmen, drücken, halten, du, halt mich. Ja, das hätte ihr Mann vielleicht tun sollen. Aber muß man deshalb gleich den ganzen U-Bahn-Verkehr lahmlegen?

Ich glaube, ich habe deine Mutter gesehen.
Das ist gemein von dir.
Hör mal, wenn ich zur Lebensmittelabteilung will, muß ich da an diesen Kosmetikständen vorbei. Ich fand sie toll, wie sie schminkt. Sie hatte etwas von einer Malerin bei der Arbeit.
Ben war inzwischen vom Telefonieren zurückgekom-

men. An dieser Stelle, wenn ich mich recht entsinne, sagte er bei dem Stichwort Kosmetikstand: In unserer Gesellschaft hat der Tod völlig an Bedeutung verloren, er ist sozusagen verschwunden.

Wie kann jemand, der so sympathisch aussieht, und es auch ist, letztendlich, so eine Scheiße reden. Wahrscheinlich haben sie ihm das im Internat, in Salem oder sonstwo, eingetrichtert.

Nein, lieber Ben, ich halte, sagte ich in guter alter Diskussionsmanier, deine These für falsch. Ich weiß, das ist die verbreitete Ansicht. Nein. In dieser Gesellschaft ist der Tod allgegenwärtig. Wo immer du hinblickst. Leute, die sich schminken lassen, liften, falsche Zähne einsetzen, kaufen, edelkaufen, eine unbeschreibliche Lebensgier, eine sich in Verdoppelung ausbreitende Sucht der Selbstverwirklichung, die nach einer Zweitwohnung, nach dem Zweitauto, Zweitfernseher, der Zweitfrau verlangt, denn man weiß, auch der Papst ahnt es, nichts, nichts kommt danach. Wir leben in der transzendentalen Obdachlosigkeit. Dies bißchen Erde. Das ist alles. Hier, hier, hier. Jetzt, jetzt, jetzt. Sonst nichts. Es ist nur die Frage, wie man damit umgeht, also auf Schnäppchenjagd geht oder etwas anderes sucht.

Und das wäre?

Tja.

Ob der Tod gegenwärtig ist oder nicht, ist mir wurscht. Ich hab noch Zeit, sagte Iris, statistisch viel Zeit. Ich wollte nur eins, raus aus diesem Mief. Unbedingt. Um jeden Preis, ich hätte auch als Edelnutte gearbeitet. Ich glaube, mir hätte das Spaß gemacht, ich meine nicht diese armen Nutten auf der Oranienburger, die sich für nen Hunni dübeln lassen müssen. Nein, ich mein so wie die Petra.

Nilgün sagt: Komm, jetzt mach mal halt.

Was heißt hier halt? Was hast du gegen Petra?
Petra habe ich ein paar Mal mit Iris getroffen, auch sie gehört zu dem Bekanntenkreis, der immer zugleich auch ihr Kundenkreis ist. Eine Frau, die Iris ähnelt, nicht im Aussehen, Petra hat kastanienbraune Haare, hohe Wangenknochen, grüne Augen, alles andere aber, die Figur, das Alter, die Kleidung, die sie trägt, wie sie redet, geht, erinnert an Iris. Tatsächlich kaufen beide ihre Klamotten in diesen Donna-Kram-Läden. Petra hat ein paar Semester Germanistik studiert und eine Zeitlang als Model ihr Geld verdient, nicht im internationalen Geschäft, aber immerhin in Deutschland auf Modeschauen, auch mit Modefotos. Und dann erhält sie eines Tages auf einer Party ein Angebot. Kommt ein Typ, so um die vierzig, gutaussehend, klasse Figur, klasse Klamotten, fragt, und allein das wies ihn als Nichtprovinzler aus, wollen wir einen Drink haben, dann noch einen, er erzählt, womit er sein Geld macht, aber so betont beiläufig, daß man weiß, daß er sehr viel Geld damit verdient, Internet, und dann bestellt er noch einen Drink, ganz unvermittelt, aber freundlich fragt er sie, ob sie mit ihm schlafen will. Nee. Warum? Wie kommen Sie darauf? Na hören Sie mal, ist doch ganz einfach, ich hab Sie doch vor Augen, da überkommen einen solche Gedanken. Männer sind schlicht gestrickt, sagt er und lacht. Es wird, ich tue es ja selbst, bei Unverschämtheiten viel gelacht, so werden sie hübsch verpackt. Und der Typ sagt aus dem Lachen heraus: Na gut, ich biete 1000 Mark. So wenig? Nein. Sie lacht, und er lacht. Sie lachen beide. Es ist ja alles ein nettes Spiel. Gut: 2000. Sie schüttelt den Kopf. Aller guten Dinge sind drei: 3000. Sie überlegt einen Augenblick, guckt sich den Typen an, der sie verschmitzt anlächelt, dann sagt sie: O. K., versuchen wir es. So fing das an. Und zu Iris soll sie gesagt

haben, mit soviel Spaß habe sie noch nie 3000 Mark verdient. Petra hat von der Sorte jetzt ein paar Männer, sieben, maximal acht, nie mehr, Dauerkunden, sie sagt Kunden, nix Freier und diesen Quatsch, überschaubar, handverlesen, alle auf Empfehlung, ein paar von ihnen hat ihr der erste Typ ins Haus gebracht, auf Empfehlung. Einige sind Dauerkunden, seit drei Jahren, seit sie daraus ein Geschäft gemacht hat. Inzwischen müßte sie nicht mehr als Model arbeiten, tut es aber immer noch, und zwar aus Prestigegründen. Das, was die Typen sehen, und zwar in Hochglanz, garantiert den Preis. Die meisten Polinnen, Russinnen, Ukrainerinnen haben eine ebenso perfekte Figur, kriegen aber nicht mal ein Zehntel. Erst durch die Eroberung der Öffentlichkeit ist eine preissteigernde Begehrlichkeit garantiert. Was gedruckt, was veröffentlicht wird als schön, das ist auch schön. Und dann zitiert Petra Martin Walser, immerhin hat sie ja vier Semester Germanistik studiert, daß unser Begehren immer auch das Ergebnis einer Volksbefragung ist. Auf einer Party konnte ich beobachten, wie die Männer sie, die aus ihrem Job kein Geheimnis macht, mit Leckaugen ansahen. Ja, auch ich, vermute ich, habe sie mit diesem neugierig begehrlichen Blick angesehen. Gibt es Anzeichen, Signale, die auf ihre Tätigkeit hinweisen? Zeichen, daß man gegen Bezahlung das bekommen könnte, was andere nur gewähren? Nein. Sie sitzt in einer in sich ruhenden Gelassenheit da. Ich weiß, sie erweitert grundsätzlich nicht den Stamm ihrer Klienten durch Männer aus dem Bekanntenkreis. Sie kommt im Schnitt auf 20 000 Mark im Monat, davon verdient sie allenfalls 3000 Mark als Model. 17 000 also sind steuerfrei. In zwei Jahren will sie aufhören und eine Eventboutique eröffnen. Ich habe keinen Zweifel, daß sie das schaffen wird.

Ich, sagt Iris, würde ihr wahnsinnig gern einmal zugukken, als Mäuschen sozusagen oder aber durch einen Einsichtspiegel, jedenfalls dürften Petra und ihr Kunde, wenn sie es treiben, nichts merken. Iris macht aus ihren Wünschen kein Geheimnis, jedenfalls mir gegenüber nicht. Sie ist davon überzeugt, daß Petra eine ausgefallene Technik haben muß, etwas, das man ihr vielleicht abgukken könnte, denn sonst würden die Männer nicht so an ihr hängenbleiben. Das ist Iris, ihr technischer Fortschrittsglaube ist anrührend.

Nein, sage ich, ich denke, es ist einfach das Unverbindliche. Man kommt zu Petra, wenn man Lust hat, Mühe muß man sich nicht geben, Gefühle nicht zeigen, man zahlt und weiß, sie muß sich Mühe geben, es liegt alles ganz bei ihr. Und wenn man versagt, ist es auch nicht weiter schlimm.

An der Lichtinstallation jedenfalls, die Iris für Petra entworfen hat und die mit technischer Finesse von einem Spezialisten ausgeführt wurde, kann es nicht liegen, sagt Iris. Die Installation reagiert auf akustische Signale. Bei leichtem Keuchen wird das Licht auf einen goldbraunen Ton langsam heruntergedimmt, Schreie erzeugen kleine orange und blaue Kugelblitze, die in dem großen Spiegel reflektiert werden.

Mir würde da nur schwarz vor Augen.

Kannste ja abstellen und es ganz bieder im Dunklen machen.

Das kann man denn ja auch bei Muttern haben und kostenlos. Insofern ist die Ausleuchtung schon konsequent. Und man will ja die Naturschönheit Petra sehen. Wobei ich, seit ich Petra kennengelernt habe, verstehe, wie schwierig es ist, schön zu sein. Je schöner man ist, desto stärker kann ein Detail stören.

Die kleinste Abweichung erscheint geradezu monströs und stellt damit alles andere in Frage. Plötzlich kann man nicht mehr schön sagen, sondern nur noch ganz schön und fast schön oder recht schön, und damit hört die Schönheit auf, Schönheit zu sein. Das liegt dann allein an einer nur ein klein wenig zu kurzen Oberlippe, oder an dem etwas zu langen Kinn, dieser Unregelmäßigkeit der Nase, die bei ungünstiger seitlicher Beleuchtung sogar etwas Knolliges bekommen kann, an dem etwas zu kleinen oder geringfügig zu großen Busen. Da setzt die Schönheitschirurgie an, die ja nicht nur in normalen Gesichtern eindeutig zu lange Nasen korrigiert, sondern das winzige, störende Detail einem allgemeinen Schönen anverwandeln hilft. Doch eben das war bei Petra nicht möglich. An Petra war alles perfekt, die Beine lang und schlank, die Hüften gut gerundet, der Busen nicht zu klein, nicht zu groß, Hals, Nase, Mund, Augen, alles im richtigen Maß, aber – Petra hat zu große Füße. Mir war das nicht einmal sofort aufgefallen, denn zum einen mag ich große Füße, und dann gelang es Petra, diese Füße dem Betrachter regelrecht zu entziehen, sie aus dem Sichtfeld zu entfernen. Tatsächlich, von Iris darauf aufmerksam gemacht, sah ich, die Füße waren ziemlich groß, nein, sehr groß sogar. Und wie bringt sie die Füße aus dem Blickfeld? Sie trägt im Sommer Sandaletten mit hohen Absätzen, die stets zwei Nummern zu klein sind. Ihre Hacken stehen weit über den Absatz. Ich denke, das muß recht schmerzhaft sein, und auf Dauer wird sie sich die Gelenke ruinieren, aber tapfer trägt sie die Sandaletten. Kommt sie in Innenräume, egal ob Zimmer oder Galerie, streift sie die Sandaletten sofort ab und wirft sie von sich. Sie liegen da, Sandaletten, groß, aber doch nicht so schutenhaft groß wie Pumps in gleicher Größe. Dann setzt sie sich in einen Sessel, auf ein Sofa oder aber auf den Boden, zieht die Beine an, legt die Füße beiläufig seitwärts, zieht den Rock, wenn er denn überhaupt einmal etwas länger ist, hoch, daß man die Knie und die wunderbare Innenseite ihrer Oberschenkel sieht.

Klar, sagte Iris, warum nicht damit Geld verdienen. Die eine arbeitet mit den Händen, die andere mit dem Kopf und die eben mit der Möse.

Hör mal, sagte Nilgün, und drei steile Protestfalten furchten die Stirn.

Nilgün läßt sich noch provozieren. Ben lachte nur, und ich lachte auch. Selten, daß ich ihn einmal einvernehmlich anlächle. Ich will die Grenze deutlich haben.

Meine Güte. Sie ist wirklich ein guter Typ.

Eben darum, sagte Nilgün, ich mag diese guten Typen nicht.

Und du?

Was?

Iris fuhr mir wie einem Kind, das tagträumt, mit der Hand vor die Augen.

Du hast gar nicht zugehört. Hier sitzen wir, sagte sie und erklärte, wie um mich zu entschuldigen: Thomas muß eine Rede halten. Ein ehemaliger Genosse ist gestorben, hat hier als Stadtführer gearbeitet, das linke Berlin. Der wollte auch, sie unterbrach sich, der muß fleißig geschrieben haben.

Was Neues, fragte Nilgün.

Auch nicht so neu, sagte ich: Proteste. Aufklärung. Boykotte. Er glaubte, Boykott und Konsumverzicht wären ein Hebel.

Ach du liebe Zeit, sagte jemand vom Nebentisch, der zugehört hatte.

Ich hab ein Porträt von der Prinzessin Alexandra von

Fürstenberg gelesen, in *Harper's Bazaar,* sagte Nilgün, so ein Weib, blond gefärbt, mit dunkelbraunen Augen, aber alles in die Länge gezogen, steht da in ihrem Nerzmantel von *Versace.* Im Arm hält sie ein idiotisch dreinblickendes Kleinkind, und auf die Frage nach ihren Haupttugenden sagt sie, good mood, knowing how to enjoy life to the fullest. Und ihr Hauptfehler: I'm shopaholic.

Gibt's nicht.

Klar doch, der Sinn des Seyns: Shoppen und ficken.

Wollt ihr denn was anderes?

Ja, ich, ja. Nilgün fauchte Iris regelrecht an. Und plötzlich redete Nilgün wie auf glühenden Kohlen stehend. Ich dachte, so ähnlich hast auch du geredet: Diese Trüffelsau, ein Jahr in die Fischfabrik, die und die anderen mästen sich an der Armut, Dritte Welt, Kindersterblichkeit, Frantz Fanon, Genozid durch die Weltbank. Und was sagst du, fragte sie mich zwischendurch, aber weniger als Frage, sondern einfach, weil sie Luft holen mußte.

Ich gebe dir recht, sagte ich salomonisch.

Aber sie redete schon weiter: Jeder von euch weiß, Tausende sterben, wenn der Internationale Währungsfonds von Ecuador fordert, die Sozialausgaben zu kürzen. Eine ökonomische Entscheidung, verständlich, nicht? Müssen ja die Schulden abbauen, nicht, und Tausende krepieren. Ihr wißt es, und was tut ihr? Nichts. Alle, die hier sitzen, alle, ja, die shoppen und ficken, wenn sie es denn noch können. Eklig. Widerlich. Zum Kotzen. Das war der Ausbruch eines Vulkans. Es war ein Naturereignis, wie Nilgün explodierte, ihre ohnehin glänzenden Augen – sicherlich ein leicht zu erklärender physiologischer Prozeß – blitzten, sprühten regelrecht, wäre sie dreißig Jahre älter gewesen, man hätte Angst um sie haben müssen, Schlaganfall, Herzinfarkt, ging mir durch den Kopf. Sie sah hinreißend aus, eine feurige Furie. Ein Engel der Empörung. An den umliegenden Tischen waren die Gespräche verstummt. Alle sahen zu uns herüber.

Ich denke, sehr verehrte Trauergemeinde, ich muß einmal ähnlich explodiert sein. In dem niederbayerischen Ort Plattling. Die dortige Gewerkschaftsgruppe wollte sich über die revoltierenden Studenten informieren. Sie hatten sich jemanden aus dem Sozialistischen Studentenbund gewünscht. Der sollte mit einem Abgeordneten der Europaunion diskutieren. Ein Mann mit den Hängelidern eines Säufers, in einem braunen Anzug, Schlips, saß, als ich in den Gasthof kam, in dem ich schlafen sollte, schon da, trank Wein. Er machte eine Handbewegung, kommen Sie, trinken wir erst mal einen.

Ich trinke keinen Alkohol.

Oje, oje, sagte er, ein Berufsrevolutionär, raucht nicht, trinkt nicht, und mit den Frauen, na ja.

Er versuchte dann eine Absprache zu machen, wie und was ich sagen sollte, und was er, wir könnten uns dann Zettel zuschieben, wenn wir die Themen wechseln wollten. Ich stand auf, sagte nur ein Wort: Widerlich.

Später auf dem Podium vor diesen dreißig, höchstens vierzig Zuhörern, fast nur Männer, sagte der Typ, der junge Mann hier an seiner Seite hätte ihm eine Absprache angeboten, er hätte sich nicht darauf eingelassen. So sei das nun mal mit den Linken.

Einen Moment war ich sprachlos, dann fing ich an zu reden, erst ein wenig stockend, mit einer nach außen drängenden, ganz und gar unbeherrschbaren Wut bildeten sich Sätze, lauter und immer schneller, und das Sonderbare war, unter dem Einfluß von Endorphinen redete ich höchst konzentriert, die Worte, die Sätze, die Argumente wurden mir regelrecht zugetragen, der Mann neben mir schien zu schrumpfen, die niederbayerischen Arbeiter setzten sich aufrecht hin, in den hinteren Reihen standen welche auf, um besser verfolgen zu können, was sich da vorn ereignete, es war, als sei das Pfingstwunder über mich gekommen, die Worte wurden herausgetrieben, Empörung, Wut, die Darstellung einer Gesellschaft, die auf Ausbeutung, auf Konkurrenz, auf Herrschaft des Geldes beruht, und die verkommenen Typen, die davon leben, dieses schönzureden, die überall sitzen, in den Zeitungen, Schulen, Rundfunkanstalten, um eben immer das abzuwehren, diese Wunde, diesen Schmerz, Ungleichheit, Herrschaft des Menschen über den Menschen.

Der Berufsdiskussionsredner neben mir war verstummt.

Später unterschrieben fast alle einen Aufruf gegen die Notstandsgesetze. In den Formulierungen knallhart, ich vermutete, keiner der Anwesenden hätte das Papier vorher auch nur zu Ende gelesen. Ich ging auf mein Hotelzimmer, naßgeschwitzt, duschte, konnte dann aber nicht schlafen, zog mich wieder an, lief durch die menschenleere Kleinstadt, glücklich, weil etwas gelungen war, nichts Großes, nichts Riesiges, aber etwas hatte sich bewegt, das war mein Eindruck, meine Überzeugung, ich hatte etwas von dem, wovon ich überzeugt war, so mitgeteilt, daß andere es einsichtig fanden. Es ging voran. Einsichten wurden befördert. Erkenntnisse vermittelt. Das Bewußtsein würde sich ändern.

Du predigst ja, sagte Iris.

Ja, meinetwegen, dann dieses –: die Heiligung des Diesseits.

Erst gegen Morgen schlief ich zwei Stunden, stand auf, frühstückte, und als der Mann, der sein Geld damit verdiente, durch die Provinz zu reisen und kleine Vorträge über die Europapolitik zu halten, sich an meinen Tisch setzte, versöhnlich sagte, Sie waren ja richtig gut, holte ich einen Bleistift aus der Tasche und zog einen Strich über die weiße Papiertischdecke, einen Strich, der mich und diesen ausgebrannten widerlichen Typen, mit dem ich kein Wort reden wollte, trennte.

Ich trank meinen Kaffee, aß meine Semmel mit Marmelade. Und nur einmal erschrak ich, weil ich dachte, der Typ heult ja. Als ich kurz zu ihm hinblickte, sah ich, daß er sich die Nase putzte. Er hat sich nur die Nase ausgeschnupft, sagte ich mir damals.

Heute bin ich sicher, daß er weinte, und er tut mir leid. Und wo ist die Empörung – meine – geblieben?

Wie oft hätte ich in den letzten Jahren zwischen mir und mir einen Strich ziehen müssen. All die Reden, in denen ich ein Leben für die Hinterbliebenen hingebogen habe. Kinder, die ihre Väter und Mütter haßten, daraus keinen Hehl machten, dann aber sagten, machen Sie es mal recht schön, und ich machte deren Leben schön.

Ja, sagt der Engel, die Reden für den Gewerkschaftsboß, die Unterhaltungen am Strand von Ibiza, und dann bist du wirklich auf den Hund gekommen. Wolln wir mal lieber nicht drüber reden. Er hingegen wollte mir an die Flügel, saß in seinem Wohnkeller, hatte sich eingebunkert, lebte zwischen Papier mit seinen fetten Silberfischen, hin und wieder mal ne Stadtführung und keine Kompromisse.

Ich saß am offenen Fenster. Es war warm, und der Wind roch nach Meer. Am Tag zuvor hatte es gestürmt, und in der Brandung trieben die grünen Algensträngen, die jetzt am Strand lagen und in der Sonne faulten. In der Ferne der helle Fels wie ein riesiger Kopf, und unten die Kathedrale, die weißen Häuser von Cefalu. Das war vor gut drei Jahren, als ich plötzlich nicht mehr reden konnte. Damals hielt ich meine Reden noch frei. Arbeitete zu Hause eine genaue Gliederung aus, notierte mir ein paar Stichworte, den Zettel steckte ich in die Jackentasche. Das freie Reden finde ich, gerade bei Beerdigungen, weit angemessener als das Ablesen vom Blatt. Bis zu diesem Tag hatte ich nie ein Problem gehabt. Ich stand vorn am Pult in dieser modernen Gedenkhalle, neben mir ein Sarg, mit Blumen und Kränzen überhäuft, die Angehörigen, die nahen, die fernen, vor mir, alle schwarz gekleidet, Freunde, Bekannte, eine Beerdigung, die eher zu den gut besuchten gehörte, aber das war nicht der Grund, ich hatte am Tag zuvor eine weit größere gehabt, hier saßen sie, sahen mich an, und ich sollte über die Verstorbene, eine Frau, die an Krebs gestorben war, etwas sagen, sehr verehrte Trauergemeinde, auch das passiert, es hat mir die Sprache verschlagen, es war dunkel, ein Loch, so etwa ist das zu beschreiben, was sich in meinem Kopf auftat, Leere, aber mit dem Gefühl des Raumes, genau das, was man in der Umgangssprache einen Aussetzer nennt. Ich suchte nach Formulierungen, ich sagte mir, du hast schon viele beredet, die gestorben sind unter Schmerzen, wahnsinnigen Schmerzen, warum, es war ein normaler Tag, etwas Sonne, ein paar Wolken, ich war aufgestanden, hatte mich rasiert, geduscht, hatte gefrühstückt, wenig, wie immer, wenn ich früh eine Rede halten sollte, war mit dem Taxi zum Friedhof gefahren, rechtzeitig dort gewesen, nichts war ungewöhnlich, im nachhinein, nichts, allenfalls, daß mich der Bestatter nochmals beiseite nahm, daß er mir sagte, machen Sie's heute recht nett. Das sagte er, als die Leute hereinströmten. Nett. Vielleicht war es das. Aber wenn ich ehrlich bin, hatten mir Bestatter schon ganz andere Sachen gesagt, ebenfalls kurz vor der Rede: Machen Sie es den Leuten leicht, seien Sie freundlich, drücken Sie auf die Tränendrüse, lassen Sie die Leute heulen, die sind geizig, nett, vielleicht war es einfach die Summe der vorangegangenen drei Jahre, dieses: Nett.

Sie müssen sich das vom Leib halten, wegschieben, nehmen Sie es sachlich. Die besten Leichenredner sind die, die genießen, wie die Pastoren. Man will nicht Trübsal blasen. Nix da mit Mitleid und bohrenden Fragen: Warum sind die Dinge so, wie sie sind? Warum sterben wir? Woher kommen wir, wohin gehen wir und so was. Die Leute von der Konkurrenz haben darauf ihre Antwort. Da gibt es ein Ziel, einen Anfang und ein Endziel, alles in Gottes Hand. Aber die, die sich von all den Prälaten, Oberrabbinern, Konsistorialräten verabschiedet haben, für die bleibt nur das Hier. Alles ist heute, nur heute und jetzt. Jetzt, jetzt, jetzt, das ist die Gegenwart. Hier spielt die Musike. Immer nach dem Motto: Auf ein neues. Das war Herr Grünspan. Der Mann hieß Grünspan, so wie es einen Beerdigungsunternehmer gibt, der Gott heißt. Das kann man sich nicht ausdenken, das ist wahr. Ein netter Mann, der Särge herstellt. Es gibt Leute, die wollen nicht in den saugkräftig ausgepolsterten Särgen bestattet werden, sondern lieber so wie in Westafrika, in einer großen Karotte, grellrot bemalt, oder in der Nachbildung eines Chevys mit Heckflossen, all das erlaubt die strenge deutsche Beerdigungsordnung nicht, denn auch das gilt: Die Gesellschaft, ihre Normen, Wünsche, Ängste, erkennt man vor allem daran, wie sie mit den Toten umgeht. Und im Gebrauch der Sprache. Das sagte Herr Grünspan. Herr Grünspan war ein gedrungener Mann, rothaarig, aber gefärbt, kam man ihm näher, erkannte man, daß er eine Haartransplantation hatte machen lassen, aber zu einem Zeitpunkt, als dieses Verfahren noch nicht ausgereift war, später erfuhr ich, er hatte es in Pakistan gewagt, während eines Urlaubs, ähnlich wie Lena das Facelifting. Ein Billigangebot. Drei Wochen Urlaub, und ein pakistanischer Spezialist verhilft Ihnen mittels Ihrer eigenen Haare wieder zu vollem natürlichem Haar. Eine Woche Aufenthalt im Sanatorium, danach mit dem neuen Haarschmuck auf Kamerasafari zu den Bergtigern. Und der Tigertest als Echtheitstest: Wenn Sie mal vor einem weglaufen müssen, Ihr Haar sitzt fest, weil verwurzelt, wird also garantiert mitgefressen. Nicht wie bei Toupetträgern, wo man neben sorgfältig abgenagten Knochen immer mal wieder einen Haarersatz findet.

Die Anzeige muß von einem besonderen Scherzkeks geschrieben worden sein, und das war wohl auch der Grund, warum sie Grünspan sofort überzeugte. Er fuhr, kam zurück, und das Haar war eingepflanzt. Auf zehn Meter hatte er tatsächlich das volle Haar eines Dreißigjährigen. Aber kam man ihm näher, wie ja auch die Damen, auf die er es abgesehen hatte, ihm näherkamen, gut gefütterte Damen, die auf hohen Hacken wadig durchs Leben stöckelten, dann waren sie deutlich zu sehen, diese kreisrunden Haarinseln auf dem Kopf, wie mit einem Papierlocher eingestanzt. Diese kleinen Haarinseln waren von der Seite und von hinten, überall dort, wo er noch Haare hatte, entnommen und ihm dann oben auf der Glatze eingepflanzt worden. Grünspan hatte eine Beerdigungstheorie entwickelt, schrieb an einem Buch, von dem er sich wünschte, es möge in einem renommierten Verlag mit einer Wissenschaftsreihe wie Suhrkamp oder Beck erscheinen. Der Arbeitstitel: *Reden über den Tod*. Er machte regelmäßig Schulungen für Anfänger und Fortgeschrittene. Er hatte eine Diät ausgearbeitet, denn schon die Erscheinung ist wichtig, schon wenn Sie zum Pult gehen, muß das wie ein Versprechen sein: Das Leben geht weiter! Also gut gebräunt, besuchen Sie Bräunungsstudios, futtern Sie sich ein Ränzlein an, ein wenig Behaglichkeit, aber kein träges Fett. Meine Damen, Sie werden es mir verzeihen, aber dezenter Ausschnitt, etwas Busen, auch das verspricht Wärme, Lebendigkeit. Räuspern Sie sich nie am Pult, atmen Sie richtig und nicht flach und halten Sie die Finger ruhig. Atmen Sie tief aus, das ist wichtig, denn mit diesem tiefen Ausatmen steigt der Kalziumspiegel an, damit schicken Sie das Streßhormon Adrenalin in die Wüste, und so kommt es zur Ausschüttung des Glücksbotenstoffs Serotonin – die Folge: Euphorie, Glücksgefühl. Das ist ein Geheimnis, das die Herren von der Konkurrenz kennen, ohne davon zu wissen, denn bei denen haben sich jahrhundertelang auch vorchristliche, asiatische Kulterfahrungen angesammelt. Etwas, das sich durch Worte, durch Atmen, durch Rhythmus einstellt. Sprechen Sie einmal langsam und betont das aus: Aaaamen. Natürlich nicht während Ihrer Rede, sonst denken die Leute, sie hätten sich in der Veranstaltung geirrt. Nein, so für sich: Aaaameen ... Es ist, spüren Sie es, immer ein Ausatmen. Was spüren Sie? Etwas Befreiendes, ein Abheben, ein Glücksgefühl. Und nun zu den konkreten Übungen. Hier. Grünspan verteilte kleine Fotos von Personen, offensichtlich aus einem völkerkundlichen Lexikon fotokopiert: Unter den Fotos stand friesischer Typ, fälischer Typ, alpiner Typ. Sie sollen sich nicht für die Rassenmerkmale interessieren, sondern allein für das, was von der Kleidung der Abgebildeten zu sehen ist, und dann, wie sind die Haare geschnitten, und aus diesen Details, wie den Ohrringen, dem Schlips etc. eine kleine

Biographie konstruieren. Es gibt Leute, die man sehr leicht beerdigen kann, und andere, da ist es wahnsinnig schwierig. Es gibt Leben, die sind so öde, daß man gar nicht weiter hineinsehen mag, das sind die normalen. Da hängt alles von Ihnen ab, von Ihrer Erfindungsgabe, von Ihrer Formulierungskunst. Es ist leicht, jemanden zu beerdigen, der sich zum Beispiel mit aller Kraft gegen die neue Rechtschreibung gestemmt hat, der mit zwei Telefonen, mit Gott und der Welt diskutiert hat. Wie leicht ist es, über diesen Mann etwas zu sagen, über den Kampf gegen eine behördlich verordnete Silbentrennung. Vielleicht war er katholisch, hat über die Rechtschreibreform angefangen, an der Amtskirche zu zweifeln, ist sogar aus der Kirche ausgetreten, einfach aus dem Grund, weil diese Amtskirche sich so feige um eine Stellungnahme herumgedrückt hat und plötzlich ZOOOrchester oder FluSSSchiFFFahrt schrieb. Stellen Sie sich das vor, der Mann greift morgens zur Zeitung, eine Regionalzeitung, und er liest eine Erklärung, die deutsche Bischofskonferenz will bei der Schwangerschaftsberatung sicher gehen. Was, die wollen gehen, wollen die Prälaten dorthin gehen? Unglaublich. Er ruft an, läßt sich mit einem Monsignore verbinden, der ihm bestätigt, daß die Erklärung tatsächlich in der neuen Rechtschreibung abgefaßt wurde. Noch am selben Tag schickt der Mann seine Austrittserklärung an den Bischof, geht zum Einwohnermeldeamt, erklärt dort, daß er aus der katholischen Kirche austritt. Nicht wegen der Kirchensteuer. Die läßt er, wie er in einem zweiten Schreiben an die Bischofskonferenz mitteilt, der Organisation *Kampf gegen die Rechtschreibreform* überweisen. Später stellt sich heraus, das Getrenntschreiben von sicher gehen wird revidiert. Also doch sichergehen. Aber es bleiben ja noch andere Ungereimtheiten. Sehen

Sie, meine Damen und Herren, so kommt ein Überzeugungstäter zu uns, läßt sich von uns die Rede halten, die sonst einer der beamteten katholischen Geistlichen gehalten hätte. Was für ein Leben, was für ein Kampfgeist, welches Angebot an Attributen, suchen Sie immer die ausgefallenen Attribute, also nie sehr, bitte, wirklich, das sollte Ihnen nicht über die Lippen kommen, sehr, und nie das Gängige, also der Verstorbene war immer heiter, was gibt es noch? ja, natürlich: lustig, fröhlich, humorvoll, sehr schön, weiter! übermütig, ja, ausgelassen, strahlend, sonnenhaft und sonnig, richtig, weiter! lebenslustig, lebensfroh, überschäumend, munter wie ein Zeisig, na ja, das geht bei einer Beerdigung dann doch nicht, aber Sie sehen, welche Bandbreite, üben Sie, suchen Sie für sich weitere Attribute zu beispielsweise: traurig. Mein Tip: Lesen Sie die Stilkunde von Reiners. Ja. Aber zurück zu unserem Beispiel. Mit der Rechtschreibreform. Nicht ganz so leicht wie für den Kämpfer gegen die Rechtschreibreform wäre die Rede auf einen Reformer, also jemanden, der sich leidenschaftlich für die Rechtschreibreform eingesetzt hat, aber auch hier gibt es genug Ansatzpunkte. Dieser Mann hat sich über den Irrsinn, daß man numerieren nicht wie Nummer mit zwei m schreiben durfte, in seiner Schulzeit derart geärgert, ja abgearbeitet, auch an dem Rot, mit dem ihm dieser Fehler angestrichen wurde, daß er gegen diese Farbe eine regelrechte Phobie entwickelt hat. Er studierte Linguistik, unterzog früh die alte Rechtschreibordnung einer kritischen Sichtung. Auch wenn er gelernt hat, daß numerieren von Numerus kommt, nicht von Nummer, wobei er bei dem Wort Nummer sowieso immer einen Hintergedanken hat, also das bitte nie, nie, wirklich nie bei einer Beerdigung tun: Lacher provozieren, und wenn Ihnen das einmal unfreiwillig passiert, wie dem Kollegen, der bei dem Tod einer jungen Frau sagte, sie habe ihrem Mann immer die Stange gehalten, woraufhin erst einige, dann immer mehr der Trauernden zu glucksen begannen, schließlich unverhohlen lachten, ein Gelächter, das die ganze Feier sprengte, also wenn Ihnen so etwas unterlaufen sollte, dann, meine verehrte Dame und meine Herren, dann gibt es nur eins, einen Harakiri, standesgemäß mit Seziermesser, und zwar am offenen Grab. Aber Spaß beiseite. Dieser Mann will nur eins, daß dieses Numerieren endlich mit zwei m geschrieben wird, und er war schon immer ein Freund nicht nur der Verdoppelung, sondern auch der Trinität, darum findet er es nicht mehr als konsequent, daß aus Zoo plus Orchester ein Zooorchester wird, auch wenn es das gar nicht gibt.

Meine Damen und Herren, über den Neuerer wie über den Gegner der neuen Rechtschreibung wäre es eine Lust zu reden, schwer wird es nur bei dem Deutschlehrer, dem beides wurscht ist. So jetzt machen wir eine Übung, zunächst eine leichte. Schreiben Sie bitte eine Rede auf diese Todesanzeige, die ich Ihnen ausgeschnitten habe.

Nein, der Mann konnte mir nicht helfen. Ich hatte mich für sein Wochenendseminar in Ahlbeck angemeldet: Beerdigungsreden, Probleme und Chancen, mit anschließendem Coaching. Ich hörte mir den Vortrag an, dann seine Beispiele und wußte, der Mann konnte mir nicht helfen. Was? Mal einen Hänger? Einen Aussetzer? Ruhig Blut, atmen Sie aus oder lockern Sie sich innerlich, indem Sie sich einen netten Vers vorsagen, stumm natürlich, ha, ha, etwa eins, zwei, drei, vier und noch ein Bier. Kann nicht blöd genug sein, das bringt Sie wieder auf den Boden, glauben Sie mir.

Nein, das hätte nichts geholfen, nicht in meinem Fall. Im Gegenteil. Ich stand da, sehr verehrte Trauergemeinde, und mir fiel nichts ein, ich hatte im Kopf ein schwarzes Loch, nichts. Ich konnte nicht einmal sagen, ob diese Frau, über die ich etwas erzählen sollte, ein so leeres Leben geführt hatte oder nicht. Ihr Mann, den ich zuvor gesprochen hatte, zugegeben, der war gräßlich. Ein Mann, dem die Dummheit ins Gesicht geschrieben stand, selbstzufrieden und dumm, der immer von seiner so geliebten Frau redete. Nein, es lag nicht an dem Mann, nicht an der Frau, die da in ihrem mit Blumen und Kränzen überhäuften Sarg lag und die ich mir gar nicht vorzustellen wagte, es lag auch nicht an dem Beerdigungsunternehmer mit seinem: reden Sie recht nett, es lag einfach an mir, nein in mir. In mir war es stumm geworden. Ein Gefühl des Selbstekels, des Selbsthasses, ich sagte denn auch nur, sehr verehrte Trauergemeinde, und nach einer Pause – es fehlen mir die Worte, entschuldigen Sie bitte. Ich ging hinaus, ging aus der Halle, ging in den Morgen, eine grauweiße Wolke verdeckte die Sonne, aber so, daß die Ränder weiß leuchteten. Ich fuhr nach Hause, wo das Telefon klingelte, lang, hartnäckig, ich wußte, das konnte nur der Beerdigungsunternehmer sein, so empört lange klingelte es, und immer wieder, während ich meine Reisetasche packte. Ich fuhr zum Flughafen, buchte einen Last-Minute-Flug nach Palermo mit einem vierzehntägigen Aufenthalt in einem Hotel in Cefalu.

Im Hotel bekam ich ein Zimmer mit Aussicht, ich saß am Fenster und sah hinüber auf diesen Felsen, den sie Kopf nennen, auf die Kathedrale, auf die Dächer der Altstadt, hörte am frühen Morgen die Vögel in den Pinien toben und suchte nach einer Antwort, von der ich wußte, daß es sie nicht gab. Ich hätte mir in dem Moment gewünscht, doch wenigstens an Gott zweifeln zu können. Ich habe mich nicht betrunken, keine Verzweiflung gezeigt, bin nachmittags zum Schwimmen gegangen und habe mich gefragt, wie das weitergehen soll. Eine Inventur. Was war, was ist. Vielleicht lag es ja auch an dieser Geschichte mit dem Hund, obwohl sie ein gutes Jahr zurücklag, andererseits weiß man, daß Schocks erst, gerade wenn man sie mit Gleichgültigkeit zu verdrängen sucht, nach Wochen, ja Monaten zum Ausbruch kommen, wie bei jenem Steuermann vom Zeppelin *Hindenburg*, der, als diese Riesenzigarre in Lakehurst brennend niederstürzte, aus der Führergondel noch eben hinausspringen konnte, anderen Passagieren half, dabei ruhig und überlegt handelte, dann aber, Monate später auf der heimatlichen Insel Föhr, bei einem Spaziergang mit seiner Frau einen plötzlichen Weinkrampf bekam. Ich hatte die Kathedrale von Cefalu vor Augen, fern, weiß, mit den zwei Türmen, eine Kathedrale, so will es die Legende, die gebaut wurde, weil dort der König Roger in Seenot geriet und sich an Land retten konnte. Vielleicht waren es die Wörter, die sich immer wiederholenden Wörter. Das Wort Leben, das Wort Tod, das Wort Sinn, das Wort Liebe, Gedächtnis, Sinn, Sinn und nochmals Sinn. Ich hatte ja einen Weg für mich gefunden, indem ich jedesmal das Besondere suchte – schließlich soll es doch von Nutzen sein, Lukács gelesen zu haben –, das in der jeweiligen Biographie zu finden war, aber dann, und das war das so schwer Erträgliche, galt es, dieses Besondere im Leben so zurechtzubiegen, daß man nicht sagen mußte, was war das doch für ein Scheißleben, was für eine Lebenslüge, die Frau: geboren, Schule, Ausbildung als Bankkauffrau, Heirat mit 22, drei Kinder in Folge, zu Hause in einer Dreizimmer-Neubauwohnung mit Balkon, Geranien im Sommer, im Winter eine Decke vor der Balkontür. Ein Billigbau aus den frühen Fünfzigern. Mit 46 alle Kinder aus dem Haus. Sitzt in der Wohnung, frühstückt morgens mit dem Mann, geht dann nochmals ins Bett, Waschmaschine, Spülmaschine, Putzen, Küche, Bad, Einkaufen, danach in der Küche, raucht eine Zigarette, guckt aus dem Fenster, draußen schiebt eine hochgeschossene Birke Laub am Fenster vorbei, das Tschilpen der Spatzen, trifft nachmittags eine Freundin, kommt nach Hause, schält Kartoffeln, bereitet den Hackbraten vor, der Mann kommt, sie essen, danach Fernsehen, um elf ins Bett, Gute Nacht, Schlaf gut, mit 50 Brustkrebs – das kann's doch nicht gewesen sein. Nein. Was für ein beschissener Versuch, immer wieder etwas Tröstliches herauszufiltern, sehr verehrte Trauergemeinde, diese Ratlosigkeit, diese Hilflosigkeit, das ist nicht durch Reden zuzudecken. Man soll den Verstorbenen mit einer gewissen Form unter die Erde bringen, als eine Art Maître de plaisir. Nicht über Trost sollte man reden, sondern über diese Dinge, die plötzlich so abgesondert, so lastend mir erschienen, nicht mehr zu mir sprachen, so wie auch ich nicht von ihnen sprechen konnte, und dieses lähmende Gefühl, das sich aus dieser Frage nach dem Warum ergab, auf die ich keine Antwort fand, über allem lag so etwas wie Staub, ein Graphitstaub, der das Atmen schwermachte. Das ist ja nicht Traurigkeit, was das auslöst, eher ihr Fehlen, eher diese angestrengte Munterkeit, dabei, man muß nur einmal mit der U-Bahn fahren, diese erstarrten Gesichter, diese Freudlosigkeit sind genau das Resultat, sie alle, die nur Spaß und nochmals Spaß haben wollen, sitzen da, völlig kaputt, aggressiv bis obenhin, werden erst wieder von der verordneten Unterhaltung stimuliert und munter.

Dieser hier starb in jungen Jahren, er hat sich, wie man in München sagt, derrennt, ist aus der Kurve getragen worden, lag in seiner Blechwanne in den Schuhen von

Alden, Pferdeleder, einem Anzug von *Armani* (stark blutverschmiert), Hemd von *Helmut Lang* (ebenfalls blutverschmiert). Und plötzlich fiept es in der Wanne, können Sie sich das vorstellen, es fiept. Kriegt sogar der Unfallarzt einen Schreck, der doch einiges gewohnt ist. Sie machen die Wanne auf, fiept das Handy in dem *Armani*-Anzug. Und der Arzt nimmt es und drückt drauf, ganz mechanisch, und eine Stimme sagt: Hallo, Schatz, wie geht's.

Wie komme ich darauf?

Richtig, richtig, richtig. Wie beerdigen wir? Mit Handy, in seinem schwarzen Armani-Anzug, legen ihn mit den Grabbeigaben, seinem Stereo-CD-Player (DM 4500), seinem Rennrad Marke Steppenwolf (DM 7600), seinem hochauflösenden Fernseher (DM 12700) in seinen vorn stark verknautschen BMW-Sportwagen. In dreitausend Jahren wird man sagen: Ein Königsgrab. Hier liegt der König der Konsumenten. Eine Bombe drauf. Ja, sehr verehrte Trauergemeinde, die Linke hat sich nie einigen können, ob sie die Feuerbestattung oder die Erdbestattung vorziehen soll. Und wichtiger noch, sie hat nie ein Ritual ausbilden können. Allenfalls wurden über dem offenen Grab die Fäuste geballt und gerufen: Der Kampf geht weiter. Dieser war ein Kämpfer, mutig und zäh, hat nie resigniert, hat immer die Parteidisziplin eingehalten, hat Flugblätter geschrieben, war bei den wöchentlichen Treffs der Wohngebietsgruppe, hat im Hinterzimmer einer Kneipe diskutiert, hat die Parteizeitung verkauft, immer zwei Exemplare mehr abgerechnet, als er verkauft hatte, die er dann aus eigener Tasche bezahlte, damit die Wohngebietsgruppe im bundesweiten Wettbewerb gut dastand. Er hat an Demonstrationen teilgenommen, hat Protestbriefe geschrieben. Er war unermüdlich, er war zäh. Und dann die Trompete auf dem Friedhof, die spielt was? Die Internationale. All die alten Genossen sind zu Tränen gerührt. Alles Verklärungen, verbale Krücken, um das zuzudecken, was sich auftut, was tatsächlich ist: nichts. Ein schwarzes Loch, in das alles zusammenstürzt, eine Implosion des Sinns, nichts, nichts, nichts. Schweigen. Verzweiflung, meinetwegen. Sie glotzen? Jawohl das Entsetzen, wenn ich Ihnen das nahebringen könnte, daß Ihnen später der Bissen im Hals steckenbleibt. Kein Trost. Keine Worte. Jedenfalls nicht so oft mißbrauchte, so daß sie gar nicht mehr den Schrecken, das Entsetzen beschreiben können, und nirgendwo eine Sprache, die das neu fassen könnte. Nichts. Das zu verschönen, das zurechtzubiegen in kleinere Sinneinheiten, das war das Unerträgliche, und unerträglich erschien mir der Gedanke, das getan zu haben und weiter tun zu müssen. Was mich damals rettete, war nicht die Sonne, nicht der Strand, sondern ich fing an, über die Farbe Rot zu schreiben. Und noch etwas ganz Praktisches: die liebe Not. Ja, Hunger und Not lassen das Absurde schwinden. Wer auf der dringlichen Suche nach Essen ist, für den verschließen sich nicht die Dinge in einer gleichgültigen, abweisenden Abgesondertheit, für den haben sie nicht alles Gewicht verloren, sondern im Gegenteil, sie bedrängen ihn, und er bedrängt sie mit dem allergrößten Verlangen, Hunger und Not, das ist das Kalzium gegen das Absurde. Ja. Bei dem Versuch, Geld am Bankautomaten zu ziehen, erschien in Deutsch die Leuchtschrift: Kann nicht ausgezahlt werden. Damit verloren die bohrenden Fragen nach dem Warum ihre Dringlichkeit. Ich las das und sah mich und meine Situation mit einem nüchternen Blick. Mit 51 war nicht daran zu denken, einen anderen Job zu bekommen. Und Begräbnisredner ist ein Job wie jeder andere. Aber ich nahm mir vor, einen Schnitt zu machen, mich zu trennen von allem Überflüssigen, Klamotten, Auto, auch Bekanntschaften, und ich nahm mir vor, in Zukunft ein Wort nicht mehr zu benutzen: Hoffnung. Ja, seitdem halte ich meine Reden, ohne das Wort Hoffnung zu gebrauchen, sehr verehrte Trauergemeinde, ist Ihnen das aufgefallen? Eine Leistung von herkulischer Kraft. Aber ich habe es durchgehalten.

Der Vorsatz, damals in Cefalu, hat nicht diese dunkle Stimmung beseitigen können, aber mir ermöglicht, eine professionelle Distanz zu meiner Tätigkeit zu bekommen. Schließlich ist es egal, ob man durch Pressearbeit oder durch das Schreiben von Artikeln oder was auch immer sein Geld verdient, oder durch Leichenreden. Ich ging schwimmen, trank den guten Rotwein, saß auf der Terrasse, unten am Meer, dieser unvergleichliche Blick, und wußte, ich hatte in Drachenblut gebadet, hatte einen Schutz gewonnen, der mich weniger verletzlich machte, also stärker, weil gleichgültiger.

Am nächsten Tag flog ich nach Berlin zurück.

Eh! Und du, eh, und Iris stieß mich an. Was sagst du dazu?
Ja.
Was ja? Was soll man tun?
Eine Bombe draufwerfen.
He, he. Iris sah mich richtig erschrocken an. Sie weiß inzwischen, ich könnte, wenn ich wollte. Und wer kann das schon von sich sagen. Jetzt, in diesem Augenblick. Und das genau ist der Grund, denke ich, daß ich das Päckchen noch nicht im Wannsee versenkt habe.
Die Welt sollte anders sein – oder etwa nicht?
So wie die nette realsozialistische Zone früher?

Nein, die war wie Wallenstein.

Wallenstein?

Als die Verschwörer, die Wallenstein mit Hellebarden niedergemacht hatten, ihn begraben wollten, paßte er nicht in den Sarg. Sie mußten ihm die Beine brechen.

Laß dich doch nicht auf die Diskussion ein, sagte Nilgün, man muß neu anfangen, lernen aus den Fehlern.

Es war rührend, wie Nilgün mir beispringen wollte. Und ich denke, sie sah mich so, wie man mich wohl sehen muß, ein Mann kurz vor dem Alter, denn fünfzig ist zumindest heutzutage ein Zwischenalter. Man ist nicht mehr jung, und man ist noch nicht alt. Noch arbeiten die Keimdrüsen, noch zeigen sich, jedenfalls bei mir, keine Verschleißerscheinungen an Gelenken und Bändern, die Haare werden etwas grau, aber niemand würde sagen, der da mit den grauen Haaren, und mein Gedächtnis ist gut, glaube ich.

Oder?

Sie, Nilgün, mit ihrem freundlichen Trieb, solidarisch zu sein mit Schwachen, Deklassierten, Zukurzgekommenen, glaubt, sie müsse mich gegen diesen jungen, erfolgreichen und, ich betone immer wieder, sympathischen Controller unterstützen. Nicht nötig, absolut nicht nötig. Sie kann es ja nicht wissen. Und er weiß es nicht. Aufgefallen ist ihm höchstens, daß seine Frau sich oft und immer öfter mit mir trifft, von mir erzählt, so wie vorhin, als sie von der bevorstehenden Beerdigung Aschenbergers redete, von meiner Arbeit an der Rede, von meiner Verstörung. So etwas kann sie ja nur wissen, wenn wir uns, Iris und ich, bei anderen Treffen vertraulich erzählt haben, was uns beschäftigt. Worüber wir uns ärgern, ängstigen oder freuen.

Was schlägst du vor?

Nichts. Ich bin ratlos. Wirklich. Und das ist ein guter Zustand.

Ben lächelte, ein überlegenes Lächeln, trotz seiner Atembeschwerden. Ihr seid aber erst ratlos, nachdem die Gerontokraten den sozialistischen Karren gegen die Wand gefahren haben. Ich bin ziemlich sicher, die Kapitalisten und ihre Knechte, also auch ich, lernen schneller aus ihren Fehlern als die Marxisten. Aus dem einfachen Grund, es ist die Übertragung des Naturgesetzes auf die Ökonomie. Profit und Konkurrenz. Struggle for life. Du kannst, stimmt die Kohle nicht, jederzeit gefeuert werden. Die Sozialisten wollen die Verteilung. Das ist die Übertragung der Brutpflege auf die politische Ökonomie, aber ohne jeden Flugversuch. Ben sah mich an. Er sah mich an und fragte mich: Was sagst du?

Ich bin kein Ornithologe.

Ich hab dich im Radio gehört. Kenn mich nicht gut aus im Jazz, sagte Nilgün, aber hat mir gut gefallen, die Musik und das, was du dazu gesagt hast, und ich habe das plötzlich anders gehört, fand es gut, sehr gut sogar, wie hieß der, über den du gesprochen hast?

Marsalis, sagte ich, Wynton Marsalis.

Vielleicht glaubte Nilgün, mir seien die Argumente ausgegangen. Nein, das wird sie nicht geglaubt, sie wird genau das gedacht haben, was der Fall war, diese Diskussion hatte ich zu oft geführt, und ich hatte keine Lust, sie mit Ben aufzuwärmen, gönnte ihm nicht die Genugtuung, wie sehr inzwischen die Wirklichkeit seiner Meinung recht gegeben hat. Ja: Recht, so muß man es sagen.

Ben stand auf. Ich muß noch was tun. Er sagte das so, als sei ich der, der nichts tun muß. Er schob Iris vorsichtig das Haar zur Seite, küßte ihr die Schläfe, sacht und zärtlich, sagte, mein Schatz, wir sehen uns später.

Nein, er ist ahnungslos, dachte ich.

Ich muß noch mal ins Büro, sagte er, der Vorstand will noch Informationen, wobei der Vorstand zu Hause sitzt, nicht im Büro, aber dennoch lernbereit ist und korrekturfreudig, während er, Ben, nun nochmals die gewünschten Daten aus dem Computer holen müsse. Kannst du mich mitnehmen, fragte Nilgün, stand auf, jedenfalls bis zum Savignyplatz.

Die dunkle Fläche hat sich langsam weiter ausgebreitet, nicht viel, die Rundung weiter vorgeschoben, etwas, ein wenig aufgewellt, wo die Flüssigkeit weiterfließt, und vorn, im Glanz, blitzt kurz die Sonne, ein Reflex, dahinter wird es matt, das leuchtende Dunkel verwandelt sich in eine stumpfe, glanzlose Fläche.

Wir sitzen nebeneinander, im Restaurantgarten, nachts, nach dem Essen, nach zwei Gläsern Rotwein, oder waren es drei, wahrscheinlich drei, ich spüre ihr Knie an meinem Bein. Sie sieht mich an, lange, nur durch einen Wimpernschlag unterbrochen. Sie versucht, in mich hineinzusehen, ja, versucht es, nimmt einen langen Anlauf und springt, löst sich, bekommt einen weichen Mund, unangestrengt, das Gesicht entspannt sich, und dann sagt sie: Ich liebe dich, und nach einer Pause – und nachdem ihr Blick mich wieder etwas abgerückt hat – sagt sie: Du mußt wissen, ich war bisher sehr sparsam damit, mit dem Wort. Und ich meine es ernst.

Das war vor fünf Tagen oder sechs.

Ich saß einen Moment da und fühlte, wie mich die Rührung weich werden ließ, ja alles entspannte sich, und zugleich war eine andere Empfindung spürbar, die dem entgegengesetzt war, die nach Bewegung verlangte, ich hätte vom Stuhl aufspringen können, ich hätte, sage ich mir heute, es tun sollen, einfach jubeln sollen, in diesem Wirtshausgarten, jubeln. So drückte ich ihre Hände und küßte sie auf den Mund, erstmals öffentlich, inmitten all der anderen Gäste, die wieder herübersahen. Wir hatten ihnen von diesem Tisch aus ja auch schon einiges geboten. Danach saßen wir und blickten uns an, wie ich es – ich kann sagen – seit Jahrzehnten nicht getan habe. Wahrscheinlich wirkte es auf andere recht komisch. Dieser angejahrte Mann mit der jungen Frau. Daß sie wie Petra ihr Geld verdiente, auf den Gedanken konnte niemand kommen, der sie jetzt ansah, sie genau beobachtete, diesen weichen Zug um den Mund, diese Augen. Und ich hatte ihr diesen Blick auch nicht zugetraut, wie wahrscheinlich mir selbst auch nicht den meinen, den ich ja nur ahnen konnte. Bis zu dem Moment hätten wir beide sagen können, es war einfach aufregend, es war guter Sex, es war durchgeknallt, nach allen Regeln der Kunst, sogar romantisch, meinetwegen filmreif, was weiß ich, aber von dem Moment an war etwas Grundsätzliches anders geworden.

Es gab Anzeichen.
Wie am Sonntag davor. Sonntag. Oder? Nein. Samstag.
Auch da haben wir uns an der Schleuse getroffen. Nachmittags. Und am Mittwoch auch. Es muß der Mittwoch gewesen sein. Ben aß seine Bratwürstchen, Nilgün, die streng auf ihr Gewicht achtet, ihre Quiche, ich trank ein Bier, und sie, Iris, hatte sich Braten mit Sauerkraut bestellt, den Ben ihr gebracht hatte. Plötzlich wurde Iris blaß, die Nase, ihre kleine, gerade, wunderschöne Nase wurde geradezu weiß. Sie sah uns erschrocken an, nahm den Stapel Papierservietten und hielt ihn sich vor den Mund, sie kotzte, einmal, leise und dezent, noch einmal,

es hätte auch ein Schluckauf sein können, und noch einmal.
Entschuldigung.
Geht schon, sagte sie, und, was mich erschreckte, sie schaufelte sich weiter Sauerkraut rein, zögerte, schmeckte, schmierte sich noch eine dicke Schicht Senf darauf.
Natürlich durchzuckte mich, wie wohl die meisten meiner Generation, sogleich der eine Gedanke. Aber dann sagte ich mir, es gibt Antibabypillen, es gibt Spiralen. Als ich sie bei unserem ersten Treffen in der Grotte etwas altmodisch fragte, muß ich aufpassen, sagte sie nur: Das ist meine Sache.
Ben, groß geworden in Zeiten pharmazeutischer Ovulationshemmer, reichte ihr seine Serviette und sagte, das ist dieses gräßliche Fleisch. Das kann doch niemand essen, dieses deutsche Fast Food.
Das ist kein Fast Food, Sauerkraut, Mensch, sagte Nilgün, die Alemantürkin, und sagte: Das ist klasse, besser als jeder deutsche Döner, wenn man das mit einer kleinen Kassler Rippe zusammen bekommt. Das Essen ist klasse und die deutschen Männer auch – wenn sie denn blond und nicht schwul sind.

Am nächsten Tag, wir haben uns in den letzten beiden Wochen fast täglich getroffen, sagt Iris giftig: Du machst die Nilgün an.
Wieso. Ich hab doch gar nichts gesagt, nichts.
Eben, das turnt die natürlich besonders an.
Unsinn.
Dann noch die Signale.
Welche?
Na, diese politischen.
Was?

Aber das kann sie nur beschreiben, sagt, ein Kopfnikken, ein Blick von ihr zu dir, ein Lachen, ihr beiden, ein einvernehmliches Lächeln, das die anderen, also auch mich, ausschließt, ein Einverständnis eben. Jetzt hört die Marsalis, *Memories of you*. Sprechender geht's doch nicht. Doch deinetwegen. Und überhaupt, du bist ihr Typ.

Ich denke, sie schwärmt für blond und nicht für grau.

Zwei, drei Jahre, sagt Iris, siehst du bestimmt noch so klasse aus, daß du jede Frau mit Vaterproblemen ins Bett kriegst. Und welche Frau hat keine Vaterprobleme? Iris hat dafür sogar eine Theorie: Entweder die Väter sind verschwunden, gerade dann, wenn die Kinder zwischen 12 und 16 sind, oder aber sie waren nie da, weil sie sich krummgearbeitet haben. Entweder sie haben die Töchter vernachlässigt oder vergöttert. In jedem der Fälle, also praktisch in allen, sind sie als Liebhaber gefragt.

Sie sah mich plötzlich ernst an: Wenn du mit Nilgün etwas anfängst, mach ich dir eine Szene, daß sich niemand mehr von dir begraben läßt.

Ich lachte, küßte ihre Hände. Sie aber sah mich mit einem finsteren Ernst an.

Es gab Anzeichen.

Am Abend ging ich in den Wohnkeller. Das Licht war noch nicht abgestellt worden. Ich sah sofort, die Auflöser waren dagewesen. Auf dem Gang lagen, als wäre eine Fährte gelegt, Bücher und Zeitschriften verstreut, teilweise aufgeklappt, so wie sie jemandem beim Hinaustragen heruntergefallen waren.

Die Küche war bereits leer geräumt, am Boden lagen noch die Scherben von ein paar Tellern, eine zerbrochene Kaffeekanne, zerschlagene Tassen, wie nach einem Polterabend, unbestimmbarer Dreck, zerknülltes Zeitungspapier.

In seinem Zimmer lagen wie hingekippt die Bücher, ja, regelrechte Bücherhaufen am Boden. Die Bücherregale fehlten. Die Auflöser müssen die Regale einfach nach vorn und leer gekippt haben. Wie ausgekotzt.
Der Schreibtisch, der Sessel waren verschwunden, in einer Ecke ein Haufen Papier, das Modell der Siegessäule war eingeknickt. Der Papierengel, mit einer Goldfarbe angemalt, war heruntergefallen, die Flügel abgebrochen, der eine zertreten.
Auf dem Boden beschriebene Seiten, Notizen, Zitate, Ausschnitte, engbeschriebene Karteikarten, Hefter, eingerissen, zerfleddert. Ich suchte den Bekennerbrief, stöberte in dem Papier, konnte ihn nicht finden, dafür fand ich ein paar Blätter, ein Sammelsurium von Notizen und Zitaten, jeweils auf eine Seite getippt in hüpfenden und springenden Buchstaben, und sei es nur ein einzelner Satz. Die Seiten waren eingerissen, verknickt, auf einer war ein Schuhsohlenabdruck zu sehen.

Der Partisan des Alltags ist Einzelgänger, er bewegt sich überall dort, wo die massiven Streitkräfte der Herrschenden mit ihren schweren ideologischen Geschützen nicht hinkommen. Wie die russischen Partisanen, die eine deutsche motorisierte Division der Heeresgruppe Mitte seitwärts durch sumpfiges Gelände umgingen und plötzlich in deren Rücken auftauchten und die Nachschublinien angriffen. Dafür benutzten sie eine Art Schneeschuhe, aus Weidenzweigen geflochten, so konnten sie auf dem morastigen, unsicheren Gebiet überall dorthin kommen, wo der schwerfällige Feind sofort einsank.

Das Pissoir. In dem Pissoir hatte ein Rentner über der Pißrinne Sprüche an die Wand geschrieben: Hitler, das

Schwein, muß sterben, damit Frieden wird. Er ist ganz ruhig zum Galgen gegangen. Lese ich. Ein Graffito. Und der, der ihn verraten hat, ein Druckergeselle, der sich an ihn herangemacht, ihn ausgehorcht hat, ihn meldet, ihn der Gestapo ausliefert, die den Alten beim Schreiben überraschte: Hitler, das Schwein, muß sterben, damit Frieden wird.

Das ist die Grenze, die jeder Pazifist überschreiten müßte.

Das System hat sich eingebunkert. Beim nächsten Weltwirtschaftsgipfel Tränengas in die Belüftungsanlage der Konferenzzimmer. Die Staatsmänner der sieben Industriestaaten, alle weinend, sich schneuzend. Dagegen Fotos von den Hungernden aus der Sahelzone.

Etwas fürs Stammbuch: *Sie fühlen den Druck der Regierung sowenig als den Druck der Luft. Lichtenberg*

Ich warf die Seiten auf den Papierhaufen, zögerte, sammelte sie dann doch ein.

An der Wand in Aschenbergers Schlafzimmer hing noch das Paolo-Uccello-Plakat. In strahlenden Farben, den grau grimmeligen Raum erleuchtend, zeigt es den heiligen Georg, wie er mit der Lanze den Drachen tötet. Ich fragte mich, warum Aschenberger, der nicht religiös war, gerade dieses Bild ausgewählt hatte. Der gerüstete Ritter sitzt auf dem hochsteigenden Schimmel und stößt dem Drachen die Lanze in das rechte Auge, aus dem Blut, Drachenblut, wie Tränen fließt. Eigentümlicherweise liegt das Untier an einer dünnen Kette, und wie es, sich windend, auffliegen will, ist es ein Bild der Qual. Während der heilige Georg unbewegt, teilnahmslos zusticht.

Das Uccello-Plakat hing über dem schmalen Bett. Ein lustfeindliches Bett, so schmal wie es war, und dann hatte es noch seitliche Holzkanten. Die Schranktüren standen offen, ein dunkler Anzug hing noch darin, die Hose war vom Bügel gerutscht, heruntergefallen auch ein Jackett, abgetragen die Ärmel, mit Lederflecken auf den Ellenbogen, ein, zwei Pullover waren einfach ins Zimmer geworfen worden, jemand war, man sah es am Dreck, einfach darübergelatscht. In die Ecke geworfen Schuhe, drei, vier Paar. Ich habe lange keine Wohnung mehr wie diese gesehen, so ärmlich, nein, so bescheiden, und jetzt so erbarmungswürdig verloren.

Ein Bild stand auf dem Nachtschrank, es zeigte ihn, auf dieser Fotografie erkannte ich ihn sofort wieder, zwanzig Jahre jünger, mit einem kleinen Jungen und einem Mädchen, jedes Kind sitzt auf einem Knie, er, die Kinder, alle drei lachen.

Die Schublade des Nachtschränkchens war herausgerissen, am Boden lagen Nasensprays, eine Nivea-Dose und ein ungewöhnlich großer elektrischer Wecker, an dem zwei lange Kabel hingen. Ich hob den Wecker auf, sah die eigentümlichen stählernen Klammern am Ende der Kabel und wußte, das gehörte zum Zündmechanismus.

Wie kommt diese Verzweiflung in die Menschen.

Woher hat er den Plastiksprengstoff? Wie kann sich jemand in seine Wut derart einkapseln. Immerhin saß er nicht nur hier, vergraben in seinen Büchern, Schriften, sondern traf Leute, Touristen, führte sie durch Berlin, konnte doch auch seine Bedenken, Ansichten artikulieren. Aber woher diese Wut, dieser Haß?

Heute morgen, noch vor ihrem Anruf, war ich auf dem Friedhof, habe mir die Stelle angesehen, wo er morgen begraben werden soll. Ich stand da, hörte das Schlagen der Buchfinken, den Warnruf der Amsel, sah den Minibagger, die frisch ausgehobene Grube, es roch nach Gras und nach der feuchten Erde, die am Rand der Grube aufgeworfen war, dunkel, darin einige Wurzelfasern, vermoderte Holzstücke und, hell, kleine Knochenstückchen. Auf einer ausgebreiteten Zeitung lagen Knochen, Arm- und Beinknochen, ein Schädel, ein Schulterblatt.

Ein junger und ein alter Mann, sie saßen einige Meter entfernt auf einer Mauereinfassung, tranken ihr Frühstücksbier und rissen sich von ihren Schrippen die Bissen ab.

Sind Sie der Pastor, fragte der junge Totengräber.

Nein. Aber ich werde morgen reden. Der Tote war konfessionslos.

Mit oder ohne lieben Gott – gibt's doch ne Grube. Die haben wir mit der Hand aufgemacht, kamen mit dem Bagger nicht ran, so eng hier. Obwohl der nur Normalmaß hat, achtzig Zentimeter mal zwei Meter. Er zog einen Zettel aus der Tasche. Is doch der hier: Lüders, in nem 1,90er Sarg.

Der Alte trank aus der Dose, wischte den Mund mit dem Handrücken: Is nur 55 jeworden. Ooch keen Alter, hab ik vier mehr aufm Rücken. Herzschlag?

Schlaganfall.

Na ja, sagte der junge Mann, bei der Hitze.

Nee, sagte der alte Totengräber, Sommer is eher ruhig. Ich sag immer, sind die Ärzte in Urlaub, haben wir weniger Arbeit. Schlechte Zeiten. Wir brauchen die ja, leben doch von denen. Und Sie doch auch.

Ich las die Überschrift der Zeitung, auf der die Totengräber die eingesammelten Knochen und den Schädel gelegt hatten: Tauziehen um Loveparade. Deutlich waren an dem Schädel die Nähte zu sehen, dort hatte sich ein wenig von der schwarzen Erde festgesetzt. Im Kiefer fehlten mehrere Zähne.

Sind die Reste vom Vorgänger, sagte der Alte, der mich beobachtet hatte, graben wir nachher tiefer ein. Der Neue kommt dann oben drauf, ein Kreislauf.

Ich ging um das Grab, ging den schmalen Weg entlang, die sorgfältig bepflanzten Gräber, geharkte kleine Parks. Büsche und zwei Linden standen hier und eine Esche. Erst eine Ansprache in der Beerdigungshalle, dann ein paar Worte am offenen Grab, so hatte es sich Aschenberger im Testament gewünscht, jedenfalls sagte das der Sohn. Wie gesagt, man muß die nähere Umgebung genau kennen, das gehört mit zur Professionalität, sonst geht es einem wie diesem Nagel, der hatte vor zwanzig Jahren mal literarische Ambitionen und wurde dann, weil sein Talent nicht reichte, Grabredner. Das ist eines der Hauptprobleme in diesem Beruf, all die verkrachten Existenzen, die Pfuscher, Dilettanten, Alkoholiker. Ich war Zeuge, als dieser Nagel am Grab den Namen des Baums verwechselte und dauernd von einer Linde, dem Lebensbaum, faselte, dabei aber immer auf eine Ulme zeigte. Idiotischer kann man sich nicht verhalten. Man muß nicht gleich so weit gehen wie die Kollegin Weiß, die eine Art hippokratischen Eid für alle Grabredner fordert, einen Charon-Eid, wie sie das nennt. Lächerlich. In einer freien Marktwirtschaft. Schon die Ärzte haben im Konkurrenzkampf ihre liebe Not mit diesen Standesrelikten. Aber zu einem normalen Honorar für eine Rede am offenen Grab gehört die Begehung der unmittelbaren Grabumgebung dazu. Und in diesem Fall erst recht.

Man muß die Nachbargräber kennen, aber auch die Bodenbeschaffenheit, Flora und Fauna, gerade die Kleinfauna, Mücken im Sonnenlicht, Bienen, ganz wunderbar natürlich Schmetterlinge, neulich war es einer der inzwischen seltenen Kohlweißlinge, der vorbeiflog und den ich improvisierend in meine Rede einbezog. Improvisieren ist wichtig, weil sogleich einsichtig. Im Sommer ist alles leichter für mich, im Sommer sterben, wenn die Erde locker ist für den Spaten. Auf diesem Friedhof, an der Stubenrauchstraße, liegt in unmittelbarer Nähe das Grab von Marlene Dietrich. Auf dem Marmorgrabstein steht nur Marlene und: *Hier stehe ich an den Marken meines Lebens.*

Was sich auf diesem Grab in den letzten Jahren alles abgelagert hat, ein Ort, an dem sich die Lesben und die Schwulen treffen, im Mai, als ich zuletzt hier war, lagen noch immer Ostereier darauf und ein in Zellophan verpackter Schokoladenosterhase. Aber ich habe auch schon eine Schlangenlederhandtasche gesehen und Lippenstifte, Herrenslips, Parfümfläschchen, im letzten Herbst lagen sogar hellblaue Strapse auf dem Grab. Der Friedhof ist gut gepflegt, es muß massiv mit Rattengift gearbeitet werden, anders ist es nicht zu erklären, daß die Ostereier noch Wochen später zwischen den Blumen lagen.

Der Onkel, Udi, schwärmte für Marlene Dietrich, fand es richtig, daß sie in Uniform bei den amerikanischen Truppen aufgetreten war. Der Vater hingegen, wie die meisten aus der Kriegsgeneration, verachtete sie deswegen, fühlte sich verraten, warum, konnte er nicht erklären.

Für Udi hätte ich gern die Beerdigungsrede gehalten, aber damals war ich noch nicht in dem Gewerbe. In der Zeit schrieb ich Reden für einen Gewerkschaftsboß in Hamburg, ÖTV, langweilige, sterbenslangweilige Reden, die zwei Leitmotive haben mußten, mehr Geld und weniger Arbeit. Liebe Kolleginnen und Kollegen, wenn ich das als Erinnerungshall höre, nicht auszuhalten. Es war am Anfang durchaus eine gute Arbeit, und ich will mir eingestehen, ich war davon überzeugt, damit auch etwas zu bewirken, den langen Marsch durch die Institutionen nannte man das damals, durch Schule, Verwaltung, Justiz, Bewußtseinsarbeit, Lernprozeß. Viele haben sich dabei den Wolf gelaufen, und andere sind in die gepanzerten Staatslimousinen umgestiegen. Ich hatte in dem Gewerkschaftshaus ein kleines Bürozimmer mit einer Grünpflanze, deren Echtheit hin und wieder durch den klebrigen Saft der Blattläuse beglaubigt wurde. Für die Reden brauchte ich nur wenige Daten, ich mußte natürlich wissen, ging mein Gewerkschaftsboß zur Müllabfuhr oder zu den Wasserwerken. Liebe Kollegen und Kolleginnen von den wasserverarbeitenden Betrieben. Und der Mann war richtig froh, jemanden zu haben, der wenigstens noch etwas unter revolutionärem Dampf stand, ihn an seine politische Jugend erinnerte. Nicht zu schnell mit den jungen Pferden, und alles hübsch eins nach dem anderen, war so ein Schnack. Oder: Da tun wir mal Butter bei die Fische. Aber immer öfter wich er vom Text ab, immer öfter redete er frei, kam, wenn er dann auch noch zwei, drei Glas Bier und dazu drei, vier Korn getrunken hatte, richtig in Fahrt. Und wie aus tiefster Tiefe quollen Vokabeln aus seinem Mund: Ausbeutung, Klasseninteresse, Klassenkampf, revolutionäre Arbeiterbewegung. Er betonte sie ganz eigentümlich immer auf der ersten Silbe, was sich, wurden seine Reden im Rundfunk übertragen, wie ein Mikrophonfehler anhörte. Am nächsten Tag, nüchtern, wenn er die Lokalpresse las, die ihn zitierte, sagte er, Mensch, was hast du mir denn da reingeschrieben. Dabei hatte ich gar nicht Ausbeutung reingeschrieben, obwohl ich das gemeint hatte, sondern ungleiche

Verteilung. Und ich hatte nicht Klasseninteressen geschrieben, sondern das Interesse verschiedener sozialer Schichten. Solche verbalen Verrenkungen habe ich mir um eines sachlichen Tatbestands willen aus den Fingern gesogen. Es war die Zeit, in der Begriffe wie Klasse, Kapitalismus als veraltet, als realsozialistisch verseucht galten.

Aber dann hatte ich ihm eine Rede geschrieben, die er vorher las. Was soll denn der Vergleich, sagte er, da ist ja schon wieder von der Zone die Rede. Er sprach von der Zone, obwohl er immer für die Anerkennung der DDR eingetreten war.

Ich denke, sagte ich, man muß einfach darauf hinweisen, daß es drüben bestimmte Vorteile gibt, klar, die müssen, wenn sie wirklich zum Tragen kommen sollen, demokratisch entfaltet werden.

Und damit meinst du die Rechtsanwälte?

Ja.

Er dachte nach. Gut. Er hielt die Rede, sagte genau das, was ich geschrieben hatte: Wir leben in einem Rechtsstaat. Das ist wahr und gut, aber es ist auch ein Rechtsstaat, der den Streit profitabel macht. In der Deutschen Demokratischen Republik mit ihren 16 Millionen Einwohnern gibt es nur 600 Rechtsanwälte. Offensichtlich können Streitigkeiten in einem Staat, in dem die Produktionsmittel vergesellschaftet sind, auch anders gelöst werden als bei uns, in der Bundesrepublik, wo ein riesiger juristischer Apparat damit beschäftigt ist, Gelder, produktive Kräfte und Lebenszeit zu vernichten.

Es kam in der Presse zu einem Sturm der Entrüstung. Ob er etwa für den Unrechtsstaat eintrete. Er verteidigte sich ganz geschickt, sagte, Unsinn, mit dem Staat habe er nun wirklich nichts am Hut, was stimmte, wobei seine

Hutmetapher auch den Grad der Verbürgerlichung eines Gewerkschafters verriet, er sagte nicht an der Mütze. Am übernächsten Tag rief er mich zu sich, holte zwei Gläser aus dem Schrank, ging zu dem kleinen Mahagonikühlschrank in seinem Büro, holte eine russische Wodkaflasche heraus, schenkte die Gläser voll, sagte, es tue ihm leid, er müsse in Deckung gehen und mich aus der Schußlinie nehmen. Es gebe eben Zeiten, wo die revolutionäre Arbeit in wissenschaftlicher Aufarbeitung bestehe. Ich bekäme einen Job in der Archivabteilung. War aber ne gute Zeit mit dir, mal wieder durchgeputzt den Kopf, und fidel war es auch. Prost!

Zwei Jahre hatte ich viel Zeit zum Lesen, habe mich in die amerikanische und lateinamerikanische Literatur eingelesen und über das transkulturelle Problem der Faulheit nachgedacht.

Die Leute wollen in der Arbeit ne ruhige Kugel schieben, aber gleichzeitig gut leben, sagte mein Gewerkschaftsmann immer, man muß da einen Ausgleich finden. Aber wie? Ich meine, wie bekommt man diesen Widerspruch weg? Der ja auch nicht den Hauptwiderspruch aufhebt. Tja.

Wie sieht er aus, die Nase überzogen mit feinen blauen Äderchen, hat das Schnapsglas in der Hand, der Bauch spannt mächtig das Hemd, zwischen den Knöpfen sieht man den Feinripp vom Unterhemd. Haste gut gemacht, sagt er, klasse, hier, er klatscht sich auf den Bauch: Kerngesund, staunste, was, alles Leber.

Er ist vor zwei Jahren gestorben, steht jetzt da und will mit mir anstoßen.

Prost!

Vom Zoo herüber brüllte einer der Wasserbüffel, das ist das Wunderbare am *Schleusenkrug,* man sitzt hier, hat die Wasser- und Schiffahrtsbehörde vor Augen, die Boote und Ausflugsschiffe, die durch die Schleuse fahren, langsam absinken oder hochgehoben werden, je nachdem, aus welcher Richtung sie kommen, und man hört die Züge vom naheliegenden Bahngleis und hin und wieder wie im Traum: Afrika, das Trompeten eines Elefanten, den Schrei eines Kranichs, oder Vogelstimmen aus dem Amazonasgebiet. Ben kommt in der Pause her, in seinem roten Altporsche, Iris kann zu Fuß gehen, und ich sitze manchmal schon am Morgen hier, lese Zeitung oder schreibe an einer Kritik. Hier hatte ich auch die über das neue Album von Marsalis geschrieben.

Welcher Konflikt?

Na, daß die Leute ihre Haut zu Markte tragen müssen, wo sie ihnen gerbt wird.

Gott, so einfach, sagte Ben.

Ja, so einfach, du hilfst ja auch beim Gerben, und dir selbst wird sie doch auch gegerbt. Aber Gerber, das ist eine Erfahrung der Totengräber, halten sich, je älter sie waren, am längsten, weil sie mit Konservierungsstoffen hantiert haben.

Mehr Geld, weniger Arbeit, beides zugleich geht eben nicht. Jedenfalls nicht in dem extremen Maß.

Ich ließ mich hinreißen und sagte, beim Erben ist doch genau das der Vorgang. Aber so, wie ich das sagte, so verbissen, ja wütend, war das ein Rückfall in alte Zeiten, und ich verbesserte mich dann auch sofort: War nicht so ernst gemeint, damit er mich nicht wieder in die Debatte hineinzog, die er besonders liebte, nämlich die über die Verteilung der Güter.

Meine Mutter hat im Heim die größte Wohneinheit, so heißt das, zwei Zimmer, Küche, Bad. Das Wohnzimmer ist so groß, daß ihr Tisch, ihre Stühle, Sessel und Sofa hineinpassen, gottlob nicht vom Vater entworfen, sondern das klassische Design der Moderne, klare schöne Linien, kein Schnörkel, dafür stand auf den Borden, auf den Fensterbänken all das, was sie gesammelt hat: die Steineier, die Schnecken, Schnecken, die sie aus aller Welt nach Hause getragen hat, die sie jetzt, und ich staune über diese Vorsorge, beschriftet, damit sie, wenn sie ins Vergessen fallen sollte, nachlesen kann, wo sie die aufgesammelt hat. In dem Rosenholzschrank stehen die Staffordschen Figuren, die sie ebenfalls über all die Jahre zusammengetragen hat, ausschließlich Dichter. In den naiven Darstellungen sind sie anrührend zu erkennen: Shakespeare, Chaucer, Burns, eine Rarität, wie sie sagt, zwei Goethe, ein Schiller. Schiller ist gut zu erkennen, aber der eine Goethe sieht eher nach August Schlegel aus, und wenn man böswillig ist, nach einer Bulldogge, aber es steht Goethe darunter, soviel zum Realismusproblem. Und sie hat die Sammlung von Vaters Farbstöcken aufgehoben. In Kisten verpackt. Die besten Stücke hat sie im Zimmer auf der einen Fensterbank liegen. Und auf dem Biedermeiersekretär, den sie mit in die Ehe gebracht hat, liegt ihr Fotofriedhof, so nennt sie ihn, all die kleinen und etwas größeren, in Kirschholz oder Silber gerahmten Fotografien von Verwandten, Freunden, guten Bekannten, die schon tot sind. Meine Schwester und ich stehen auf ihrem Nachttisch, in einem Alter, das ein gutes Alter ist, für Kinder wie für Eltern, meine Schwester ist acht, ich bin zehn Jahre alt. Noch glaubt man den Erwachsenen. Noch staunt man, staunt über all die wundersamen Dinge, die bald zum Altbekannten erstarrt sein werden. Es war die Zeit, als ich mit dem Vater Farbstöcke sammeln ging. Der Vater steht daneben, ein Brustbild, im Anzug, Krawatte, blaues Hemd, sein Mund verkniffen. Ich denke, da wußte er schon, daß es zum großen, zum bedeutenden Architekten nicht gereicht hat, daß seine Bauten vom Abriß bedroht sind, daß seine Bautätigkeit zwar solide war, die Balkone fielen wenigstens nicht herunter, wie es einem befreundeten Kollegen passiert war, aber eben auch nicht mehr. Nichts, worüber man später staunen würde. Vielleicht rührt mein Haß, nicht Haß, meine Verachtung ja daher, daß ich es ihm nicht verzeihe, was ich mir selbst nicht verzeihe, nämlich das, was hätte sein können, was ich hätte sein können. Aber was genau hätte ich sein wollen?

Der Vater hatte nach den Vorgaben gebaut. Er wollte hell, zweckmäßig, also funktional bauen. Das Wort funktional war, redete er vom Bauen, das am häufigsten gebrauchte. Er hatte gute Beziehungen, er hatte sich gut arrangiert, nie groß die Baukosten überzogen, war mit allem recht zufrieden, war in der richtigen Partei, die für Immobilien und Bau zuständig ist, hatte viele gute Kontakte, auch die pflegte er mit Energie, auch das gehörte zu seiner Arbeit. Darin ähnelt Iris ihm, beide verbindet diese besondere Begabung, Bekanntenkreis und Geschäft derart miteinander zu verknüpfen, daß sie sich wechselseitig stützen, allerdings hat Iris den weit interessanteren Bekanntenkreis.

Wobei ich bis heute, einmal abgesehen von Vermutungen, die ich mir nicht einmal selbst eingestehen wollte, die Rolle, die ich für sie spiele, das Interesse, das sie an mir hat, immer etwas zu einfach erklärt habe: Ich, der alles verstehende, nie moralisierende, auch recht belesene Übervater, oder besser noch der Analytiker, mit dem sie auch sexuelle Kontakte haben darf, wobei sie diese heimliche, zwar nicht verbotene, aber aus taktischen Gründen vor Ben geheimgehaltene Beziehung mit inszenieren kann. Nicht zufällig schwärmt sie für die Filme von Truffaut, insbesondere *Der Mann, der die Frauen liebte*.

Hast du, hast du – eine Freundin, fragte meine Mutter plötzlich, als hätte sie meine Gedanken erraten.

Ich überlegte einen Moment. Ich hätte einfach nein sagen können, aber ich dachte, ich hatte sie in meiner Jugend und auch später genug angelogen.

Wenn man so will – ja.

Sie lachte, goß Kaffee ein und sagte: Also eine feste freie Beziehung.

Solange sie spontan so etwas sagen kann, muß sie keine Angst haben, den Herkunftsort ihrer Schneckenhäuser zu vergessen.

Ich saß und aß den Topfkuchen, der mir bei ihr so gut schmeckt wie sonst nirgendwo, dieser lockere, aber nicht trockene Kuchen mit den dunklen Schokoladenschlieren darin. Sie sah mir zu. Vielleicht wäre sie eine gute Innenarchitektin geworden. Sie hat eine Zeitlang Möbel entworfen, und der Vater, das muß ich sagen, hat sie nicht daran gehindert, im Gegenteil, aber sie ließ es dann wieder, es mußte wohl nicht sein.

Schmeckt's?

Wunderbar. Die Kindheit auf der Zunge.

Sie lachte, trank ihren Kaffee vorsichtig, nickte, als wollte sie sagen, so ist das.

Gingen wir zusammen in die Stadt, trug sie auch im Sommer Handschuhe, feine Garnhandschuhe. Wenn sie mich an die Hand nahm, zog sie den Handschuh aus.

Ich streckte ihr über den Tisch die Hand entgegen. Es ist schön bei dir.

Du kannst bleiben. Ich zieh die Couch aus.

Sie hatte sich extra diese Couch gekauft, damit meine Schwester oder ich bei ihr übernachten konnten. Ich habe nur zweimal davon Gebrauch gemacht.
Danke, ich schlaf bei Lena.
Wie geht es ihr?
Gut.
Sie mochte Lena. Sagte, als ich sie zum ersten Mal mit nach Hause brachte: Das ist eine gute Frau für dich.
Was würde sie zu Iris sagen? Nett, aber ein bißchen sehr jung, nicht. Vielleicht würde sie ihr gefallen, dieses selbstsichere Auftreten, durchaus freundlich, dem anderen zugeneigt, wenn sie den anderen denn mag oder wichtig findet. Ja, wahrscheinlich würde sie sagen, die macht einen tüchtigen Eindruck. Ich müßte ihr dann sagen, daß es auch eine andere Frau gibt, verletzlich, plötzlich stürzt die ganze Selbstsicherheit, die auf hohen Absätzen daherkommt, zusammen, und sie ist dann voller Zagen und Zweifel. Mutig ist sie, ja, fleißig und eine große Kämpferin, wenn es um ihre Projekte geht. Du müßtest ihre Wohnung sehen, und ihre Lichtinstallationen. Das ist es, was ich so sehr bewundere an ihr, wie überzeugt, wie zäh, wie gnadenlos sie ihre Lichtinstallationen durchsetzt. Ich bin sicher, daß sie, wenn die Siegessäule denn noch stehen sollte, die Schriftinstallation von Bismarck bis Hitler schaffen würde. Fremd ist sie mir, müßte ich meiner Mutter sagen, und nah zugleich. Und, wenn ich ehrlich bin, sie überfordert mich. Ich müßte wohl gerade das abwerfen, was mir Halt gibt, die Distanz, die Gelassenheit, was sie aber gerade schätzt, vermute ich, einer in ihrem Umkreis, der nicht an seiner Karriere arbeitet. Würde ich Iris gestehen, wie oft, wie beunruhigend oft – und in der letzten Zeit immer öfter – ich an sie denken muß, wie mir Gesten, Sätze von ihr durch den Kopf

gehen, wie sehr ich mich nach ihrer Nähe sehne, es nicht abwarten kann, sie zu treffen, dann, ja, was wäre dann die Folge. Ich wäre ein älterer Mann, der sich wie ein verliebter Jugendlicher aufführt.

Was macht sie? Ich meine deine Festefreie.

Sie verkauft Licht.

Ich mußte über das Gesicht meiner Mutter lachen. Ja, so etwas gibt es. Lichtinstallationen.

Interessant, sagt sie, aber ich sah ihr dieses Staunen, ja das winzige Kopfschütteln an. Sie schob mir ein neues Stück Kuchen auf den Teller.

Iß nur ordentlich.

Ja. Ein so wunderbarer Satz, der mich seit meiner Kindheit begleitet, weil er nicht meint: anständig, sondern: viel, lang zu, iß dich satt. Und ich aß, obwohl ich schon satt war. Wir blickten beide eine Zeitlang hinaus, über den Strom, der hier ein wirklicher Strom war, Schiffe trug, Distanz schaffte, Ferne versprach, die Wellen zeigten Gischtstreifen, der Wind hatte nochmals aufgebrist.

Es wird Zeit.

Schade.

Ja.

Sie fuhr mit mir im Fahrstuhl hinunter, ich roch schwach ihr Kölnisch Wasser, ein Geruch, der ihr ein Leben lang anhing, vielleicht ist sie die letzte, die so riecht, ich bin mir nicht sicher, ob das *4711* überhaupt noch hergestellt wird.

Das Taxi wartete, ich umarmte sie, klein war sie, jedesmal wieder überraschend klein, so als hätte die Erinnerung ihre einmal schützende Größe für immer aufbewahrt. Ich stieg ins Taxi ein, drehte mich um und sah sie lange, die Halswirbel taten mir weh, winken, und ich winkte, bis das Taxi abbog.

Wie geht's deiner Mutter, fragte Lena als erstes.
Gut.
Ribeiro goß wie ein Frührentner die Blumen auf dem Balkon. Er machte das mit großer Vorsicht, blickte immer wieder über den Balkon nach unten, wenn etwas Wasser über den Blumenkasten lief. Lena war braun gebrannt, trug ein langes, tief ausgeschnittenes Kleid, das ihre mir so vertraute Rundlichkeit betonte. Einen Augenblick lang war ich, als sie die Tür öffnete, überrascht gewesen, so verändert, ja fremd wirkte sie. Ihre Augen, besonders das linke, hatten einen fast mongolischen Schnitt. Sie hatte wieder ein Facelifting gemacht. Lena ist jugendsüchtig. Sie sagt, ich habe den Kampf gegen das Alter aufgenommen. Ich werde ihn so lange wie nur irgend möglich führen. Und was die Leute sagen, ist mir scheißegal.

Dabei müßte sie es wegen Ribeiro nicht machen, ein großer, gutaussehender Mann, der einmal als Fahrer im Konsulat gearbeitet hatte, dann Lena in die Arme gelaufen war und sie, wie man merkte, als Geliebte und Mutter angenommen hatte. Sie redete mit ihm wie mit einem Kind, freundlich scherzend, und er stimmte ebenso freundlich scherzend ein. Sie sprachen nur englisch miteinander, was den kindlichen Ton nochmals verstärkte: Come on sweetheart, eat your maple syrup. Will you.

Don't want.

Come on. Be a good boy.

Ich wüßte gern, ob sich diese Sprachbeziehung auch im Bett fortsetzt. Aber darüber schweigt sie.

Immer noch allein, fragte sie.

Nein.

Wie alt?

Ich mußte lachen, weil es die erste Frage war, und das,

obwohl sie bisher nie einen Grund dafür hatte. Meine Freundinnen waren nur unerheblich jünger. Bisher.

Jünger.

Viel?

Ja, zwanzig, genau einundzwanzig Jahre.

Da schoß Lena ihren Pfeil ab, genau gezielt und in Gift getaucht: Sag mal, die ist dann doch etwas sehr jung, ich meine, bist du nicht überfordert?

Klar, sagte ich, aber das ist man als Mann doch immer, in jedem Alter. Oder?

Sie blieb ernst, sagte: Ryby – der Angolaner hörte seinen Namen und lächelte verständnislos –, jemanden wie Ryby, da muß man ziemlich lange unter deutschen Männern suchen.

Sie sagte taktvollerweise nicht, das bringen die deutschen Männer nicht. Sie schloß auch nicht mich ausdrücklich ein. Ich konnte es mir aussuchen. Vielleicht hoffte sie, daß ich nachfragte. Ist er besser als ich, ist sein Schwanz länger oder eine ähnlich idiotische Frage.

Aber dann lachte sie, hob das Glas, sagte, war klasse damals. Schöner Vogel Jugend.

Schade, daß er so schnell wegfliegt.

Ja, es war einfach, intensiv, besinnungslos, einmal sind wir in der Uni in die Männertoilette gestürzt, wir konnten nicht mehr bis zum Abend warten. Ein anderes Mal – wenn wir davon reden, und manchmal reden wir darüber in einem ruhigen Einverständnis – saßen wir in einer Philosophievorlesung. Vorn dozierte Professor Schilling etwas über Philosophiegeschichte, über Bergson und seinen Elan vital, während sie die Hand in meiner Hose hatte. Vorsicht. Komm, sagte sie und beugte sich unter die Bank. Ein riesiger, fast leerer Hörsaal, der nach vorn abfiel. Wir saßen ganz hinten. Ich sah das graue Haar von Professor

Schilling, er las von einem Manuskript ab und hob nur alle fünf Minuten den Kopf, da war es schon passiert. Meine Güte, sagte sie, ich konnte gar nicht so schnell schlucken.

Nett, daß du nichts gesagt hast.
Was?
Mit dem Facelifting war es diesmal Scheiße.
Sie war in Warschau, in einer Klinik, die ein Facelifting für ein Drittel dessen anbot, was man hier zahlen muß. Der Pole, den Prospekten zufolge ein ausgewiesener Chirurg, hatte offensichtlich des Guten zuviel getan.

Zuerst dachte ich, das ist von der Operation und gibt sich, aber nein, es blieb, das spannt, hier, verstehst du. Wie ne Pelle fühlt sich das an. Sie stand auf, guckte in den Spiegel. Schüttelte den Kopf und begann zu weinen, wie ich es von ihr kenne, wenn sie traurig, tieftraurig ist, nichts deutet das Weinen in ihrem Gesicht an, plötzlich schießen ihr die Tränen aus den Augen. Ribeiro kam vom Balkon herein und guckte erschrocken und fragend erst sie und dann mich an, dann wieder sie, seine Augen wanderten schnell hin und her, versuchten, den Grund zu erraten. Sein Deutsch ist so schlecht, daß er nicht versteht, gar nicht verstehen konnte, was jetzt los war. Mußte er befürchten, daß ich ihn rausschmeiße, daß ich sage, ich will die Frau wiederhaben, sieh, die vermißt mich, oder hatte er etwas falsch gemacht, hatten sich die Mieter von unten beschwert, weil ihnen wieder mal das Wasser auf den Abendbrottisch, den sie auf dem Balkon gedeckt hatten, gelaufen war. Lena sah ihn kurz an und schüttelte den Kopf, das sollte andeuten, es sei nichts, alles ist in Ordnung.

Ribeiro hat keine Aufenthaltserlaubnis. Allein ausgehen, das macht er zwar, kauft hier in der Gegend ein, die kennen ihn, grüßen sogar, aber da ist immer die Gefahr, daß er kontrolliert wird, nicht so oft wie in München, aber eben doch weit öfter, als es einem selbst je passieren könnte. Ich bin noch nie angehalten und nach meinem Paß gefragt worden. Nicht hier, nicht in den USA noch sonstwo. Aber Ribeiro ist schwarz. Der kann ja nicht nur hier im Viertel herumlaufen, sagt sie, also gehen wir zusammen in die Innenstadt. Wenn man sich gut anzieht, fragt keiner. Darfst bloß nicht wie ne Nutte aussehen, oder, sie stockte, wie ne Oma, die gerade ein billiges Facelifting hinter sich hat.

Hör mal, du siehst klasse aus.

Sie wischte sich mit den Zeigefingerknöcheln vorsichtig die Tränen ab, dennoch waren die Augenlider schwarz verwischt. Ich zog mein Taschentuch heraus, sagte, komm mal, und rieb ihr vorsichtig die verschmierte Wimperntusche weg.

Ryby lächelte verlegen und ging in die Küche.

Ich frage mich, ob sie, wenn sie die beiden Kinder, die ich mit zu verantworten habe, jedenfalls das eine, bekommen hätte, ob sie dann wohl ihre Falten gelassener im Spiegel betrachten könnte. Und jedesmal wieder, wenn ich diesen verzweifelten Kampf sehe, wie sie Geld ausgibt, wie sie sich mit einer Spezialmethode das Fett absaugen läßt, wie sie diese geplatzten, feinen blauen Äderchen an der Nase mit Laserstrahlen ausbrennen läßt, wie sie mit verschiedenen Feuchtigkeitscremes arbeitet, sich massieren läßt, monatelang Geld spart, nach Sri Lanka fährt, zur Ayurveda, viel Öl und zarte Massage, Diät hält, mal Gurkensaft trinkt, mal Weizenkeimmilch, alles, aber auch alles tut, um den Verfallsprozeß aufzuhalten, eine Diät nach der anderen, eine Spritzmethode gegen Falten nach der anderen, jedesmal bekomme ich das, was man ein schlechtes Gewissen nennt. Sie tut mir leid, obwohl ich es andererseits wieder heroisch finde, wie sie den

Kampf aufgenommen hat, durchaus mit einem Sinn für die Komik, dennoch denke ich, es war ein Fehler, damals zu sagen, ein Kind, der Wahnsinn, wir haben kein Geld, keinen Job, nicht mal die Aussicht darauf, da kann man kein Kind in die Welt setzen. Wie wollen wir das machen? Dieser Gedanke, plötzlich zu all den anderen Problemen auch noch ein Kind zu haben, versetzte mich in Panik.

Kannst du dich an Aschenberger erinnern, fragte ich Lena.

Aschenberger? Der aus der Wohngemeinschaft?

Ja.

Hast du ihn getroffen?

Nein. Er ist gestorben. Ich soll die Rede auf seiner Beerdigung halten.

Ach, der, schon. Ich sah, wie sich ihr Blick nach innen richtete, nachdenklich, suchend, und nach einer kleinen Pause sagte sie, ich habe den nie wieder gesehen. Was hat er gemacht?

Stadtführungen, alternative, sagt man wohl. Und. Ich zögerte. Ich habe bei ihm Sprengstoff gefunden.

Was?

Ja. Er wollte ein Denkmal in die Luft sprengen. In Berlin. Die Siegessäule, samt Engel.

Sie lachte, und ihr Gesicht verzog sich dabei schief nach links, wie unter einem heftigen Schmerz, aber der Mund lachte.

Der hat ja einen Knall.

Findest du?

Ja doch. Und was für einen. Sie schüttelte den Kopf. Schade, sagte sie, jammerschade, damals, ja.

Ich fragte nicht, absichtlich nicht, was so jammerschade sei. Ich wußte es. Vielleicht wäre alles anders, auch für mich, vielleicht aber auch nicht, und jetzt ist es egal.

In der Schleuse lag wieder ein Ausflugsschiff, die Passagiere saßen diesmal alle still und gefaßt auf den Bänken, verschwanden langsam nach unten wie bei einer Theateraufführung.
Und was wollte sie von dir?
Wer?
Lena.
Einen Rat. Ich stockte. Sie fragte mich, wie ich darüber denke, daß sie den Angolaner heiratet.
Was hast du denn gesagt?
Klar. Heiraten.
Und deshalb mußtest du nach Hamburg fahren?
So was bespricht man nicht am Telefon. Außerdem mußte ich ja auch meine Mutter besuchen. Die Untersuchung beim Urologen erwähnte ich nicht.
Und wo hast du geschlafen?
Im Hotel.
Nicht bei einer deiner alten Schnallen?
Nein. Wollte bei einem Freund schlafen.
Und was macht der?
Schlägt sich den Kopf an der Wand blutig.
Was?
Seine Frau hat ihn verlassen.
Und dann begann sie mich über den Freund auszufragen. Ein Anflug von Mißtrauen war in ihren Fragen, Eifersucht. Es gab Anzeichen. Auch bei mir, denke ich, denn da war so etwas wie ein kleines niedriges Glücksgefühl. Diese schlichte Einsicht, daß erst ein auf uns gerichtetes Begehren, das ausschließlich uns will, den Wert unseres Selbst hochtreibt.

Edmond. Er war der Gründer der Romanistischen Roten Zellen. Dann, wie bei den meisten von uns, war es vorbei, der Schwung weg, die Massenbasis fehlte, kleinliche Streitigkeiten in den politischen Zirkeln, Fraktionen bildeten sich, die wiederum Fraktionen bildeten. Alles von der sehr drängenden Frage bestimmt, wie man die Gesellschaft verändern kann und welches Ziel man hat, wobei zu sagen ist, und dazu muß man, sehr verehrte Trauernde, nicht Luhmann lesen, dieser Prozeß kann sich so weit ausdifferenzieren, wie es Mitglieder gibt. Edmond war ein Weinkenner. Die Studentenrevolte ließ ja viele Kenner des italienischen und französischen Weins zurück.

Edmond war schon als Schüler nach Frankreich gefahren und hatte in den Herbstferien auf einem Weingut gearbeitet, später, als Student, fuhr er jedes Jahr zur Weinlese. Einmal bin ich mitgefahren, das war 66, und ich bereue noch heute, daß ich nicht schon früher und öfter dabei war. Sprachlese hieß die vom Studentenwerk vermittelte Saisonarbeit.

Quatsch, sagte Edmond, Weintrinken und Vögeln heißt das.

Wir schliefen auf Strohsäcken in einer großen scheunenartigen Halle, an die dreißig junge Leute aus Deutschland, England, Schweden. Die meisten waren Studenten, ein paar Schüler. Es wurde unbeschreiblich gevögelt. Gruppensex, aber nicht die ausgebrannten Ehepaare, sondern junge Leute um die Zwanzig, fast alle hatten sich hier kennengelernt, durch keine Freundschafts- oder Ehegeschichten belastet, über allem lag der Zauber des Anfangs, des Neuen.

Tagsüber haben wir die Trauben abgeschnitten und in Kiepen zu den Anhängern getragen, die dann von Traktoren abgeholt wurden. Die frische Luft, die Arbeit, man war am Abend körperlich müde, setzte sich an einen langen, im Hof aufgestellten Tisch, dort wurde gegessen und vor allem Wein getrunken, und zwar gute Weine, Weine, die einem jenes Glücksgefühl bringen, das man sucht, wenn man sich nicht nur die Birne vollknallen will. Und man fand sich, so muß man sagen. Diese Weingutbesitzer wußten, wie sie sich die Arbeitskräfte sichern. Durch Mund-zu-Mund-Propaganda. Edmond hatte es ja auch mir empfohlen. Die Zahl der Frauen und Männer war ausgeglichen, allerdings mit einem leichten Frauenüberschuß, weil diese Kenner der Gefühle wußten, es gab unter den Frauen immer einige, die sich enthielten und dem entzogen, was schon in der zweiten Nacht losging und sich von Nacht zu Nacht steigerte, ein Geflüster und Keuchen, unterdrückte Schreie, die von Nacht zu Nacht lauter und ungehemmter wurden. Die da schrien, die jungen Männer wie die Frauen, schienen erlöst von aller Erdenschwere, erlöst von allen Überlegungen, Berechnungen, erlöst von Selbstzweifeln und all den anderen Fragen, auch den letzten.

Machten alle mit, Frauen wie Männer?

Nein, einige hielten sich heraus. Aber es waren nicht viele. Andere fanden sich schnell zu Paaren zusammen. Einige wechselten die Partner, andere blieben einander die ganze Saison über treu, aber das war eindeutig, und zwar ganz eindeutig die Minderheit.

Edmond. Mein ältester Freund, nichts hat uns getrennt, nicht die Frauen, nicht die unterschiedlichen marxistischen Gruppen, in denen wir waren. In den Semesterferien, im Herbst 66, bin ich mit ihm auf dieses Weingut nach Bordeaux gefahren. Er spielte Gitarre, konnte singen und kannte sich schon damals gut in den Weinsorten aus. Der Wein war seine Leidenschaft, zu einer Zeit, als Deutschland noch das Land der Biertrinker war. Der

Wein war auch der Grund, warum er Romanistik studierte, denn auch das konnte er, er sprach Französisch ohne Akzent.

Habt ihr mal die Frauen getauscht?

Ja, haben wir. Besser gesagt, die Frauen haben uns getauscht.

Erzähl!

Ist nicht viel zu erzählen. Es war nichts Forciertes, wie gesagt, eine normale Situation. Vier Wochen Promiskuität. Es bot sich an.

Es oder sie?

Es. Die Situation.

Es waren warme, milde Abende im Oktober. Die Landschaft fiel langsam ins Dunkle zurück, die fernen Hügel, ein paar Pappeln standen wie eine Krümelbürste im Rot. Das Laub der Kastanien und Nußbäume war ein trokkenes Rotbraun. Ein französischer Landarbeiter spielte auf so einer Quetschkommode, und ein italienischer Arbeiter, der hier hängengeblieben war, spielte die Maultrommel. Der Mann konnte, ich wollte es Edmond gar nicht glauben, bis ich es selbst hörte, die Internationale furzen. Er aß zuvor Saubohnen, stellte sich hin, und dann ging es los: Völker hört die Signale. Alle klatschten. Der Mann war Kommunist und konnte sich in eine unglaubliche Wut über den adeligen Gutsbesitzer hineinreden. Wir lachten, damals. Man aß und trank, wir tanzten.

Und jetzt?

Jetzt? Jetzt liegt Edmond in dem ausgeräumten Haus, in einem leeren Zimmer und trinkt Wein aus einem Suppenteller.

Komm, wir gehen ins Hotel.

Ich bin ziemlich müde.

Ich nicht. Ich will vögeln.

Ich hab kein Geld, keine Kreditkarte.

Aber ich.

Ich war müde, wäre gern nach Hause gegangen, hätte mich am liebsten in meinen Sessel auf die kleine Dachterrasse gesetzt, geraucht und die Wolken am Himmel ziehen sehen. Sie bestand aber darauf, und es gab keine Ausflucht, keine Ausrede. So mußte es sein. Wir gingen ins *Kempinski*, wo wir schon zweimal gewesen waren und wo das Empfangspersonal so dezent ist, man kann auch im Sommer kommen, ohne Gepäck, sogar ohne Taschen. Ein Paar, der Mann älter, gut gekleidet, vor allem die teuren Schuhe, die junge Frau in einer lässigen Eleganz, keine Nutte, auch keine der Edelnutten, das sieht das geübte Auge.

Im Zimmer hing der leicht muffige Geruch der Klimaanlage. Draußen dämmerte es, und die ersten Lichter auf dem Kurfürstendamm leuchteten. Ich stellte die Klimaanlage ab und öffnete das Fenster. Ein sanfter Wind ging, wühlte in den Platanen, bauschte die Gardine, und plötzlich war der Geruch von trockenem Laub im Zimmer und der Motorenlärm der anfahrenden Autos.

Sie hatte sich ihren Rock ausgezogen, stand da im Slip und in dem schwarzen Seidentop. Ich hatte den Wunsch, allein zu sein, jetzt.

Ich schaff das, sagte sie, lieg nur ruhig!

Ihr Eigensinn ist bewundernswert.

Warte.

Wir brauchen Zeit, sagte sie, eine Nacht, und noch mehr Nächte, alle Nächte.

Das Haus lag im Dunkeln, hell die Fassade der unteren Etage, darüber schwarz das mit Schiefer gedeckte Walmdach, eine massive, den größten Teil dieses Hauses umfassende Kappe, in dem eine Reihe Mansardenfenster eingeschnitten war. Ein Villenvorort, dessen einer Teil schon über die Stadtgrenze hinaus nach Schleswig-Holstein hineinreicht. Hier stehen die Häuser in großen parkähnlichen Gärten, und die Besitzer, Schiffsmakler, Rechtsanwälte, Reedereikaufleute, arbeiten in Hamburg. Schon beim Aussteigen aus dem Taxi hörte ich den Lärm, eine der Abfalltonnen stürzte um. Eine schwarze, klumpige Masse wälzte sich am Boden. Der schwarze Klumpen schob sich näher heran, blieb stehen, ein Schnauben, Grunzen, dann trottete das Wildschwein langsam weg. Edmond und Vera hatten davon erzählt, als sie hier vor drei Jahren eingezogen waren und nachts aufwachten, entsetzt von einem heiseren Keuchen, Husten, Stampfen, als kämpfe der Nachbar, ein Notar, gerade mit einem Einbrecher um sein Leben. Es waren zwei Keiler, die den Gartenzaun eingedrückt hatten und auf der Terrasse ihren Brunftkampf austrugen.

Ich öffnete die massive Gartentür – auch das eine Maßnahme gegen die Wildschweine –, ging den mit Steinplatten belegten Weg zur Haustür hinauf und fand sie angelehnt. Im Haus war es dunkel. Ich hatte vor knapp einer Stunde angerufen. Edmond war sofort am Apparat gewesen und hatte gesagt: Komm. Das war alles.

Im Vorraum war es dunkel, nur der Lichtschalter leuchtete als kleiner mondweißer Fleck. Ich knipste das Licht an, das schmerzhaft grell war. Eine Birne hing von der Decke, kein Lampenschirm, der große Vorraum leer. Hier standen einmal zwei bemalte elsässische Bauernschränke, zwei alte Kirschholzsessel, Biedermeier, ebenfalls aus dem Elsaß, das alles war verschwunden. Auch das Wohnzimmer leer. Keine Picasso-Graphiken an der Wand, auch der Matisse weg. Die Schritte hallten. Das anschließende Bibliothekszimmer leer. Sogar die Regale waren abmontiert. Was in Aschenbergers Wohnkeller so erbarmungswürdig verlassen gewirkt hatte, sah hier geradezu einzugsfroh aus.

Hallo. Edmond! Vera!

Nichts rührte sich.

Ich ging ins Wohnzimmer – leer. Keine Jungen Wilden, nicht der Kirchner an der Wand, nicht mehr der wunderbare Kirschholztisch aus Frankreich, nichts mehr, leer. Einen Moment dachte ich an die Ausräumeinbrüche in Berlin.

Nachbarn, zufällige Zeugen, wie die Möbel, Bücher, Küchengeräte herausgetragen werden, die fragen, wohin es denn gehe, bekommen die Antwort, nach Bonn. Bonn? Ja, das überrascht jeden, heutzutage von Berlin nach Bonn zu ziehen, das ist derart ungewöhnlich, einmalig, daß man versteht, daß die Leute das geheimgehalten haben, gar nichts sagen mochten, auch den Kindern nicht. Die Wohnungsbesitzer wollten einfach das wochenlange Gejammer und all die bedauernden Kommentare vermeiden. Aber heute abend, sagt der Mann, der den Umzug organisiert, heute abend um 19 Uhr gibt es eine schöne Abschiedsparty in der leeren Wohnung, für das Trinken ist gesorgt, aber – schließlich ist die ganze Kücheneinrichtung schon abgeholt – bitte etwas zu essen mitbringen. Und bitte pünktlich, um 19 Uhr.

Der Hals-Nasen-Ohrenarzt kommt abends mit seiner Frau ahnungslos nach Hause, und sie treffen in ihrer leeren Wohnung auf die weinenden Kinder, ein ratloses finnisches Au-pair-Mädchen und eine lärmende Horde Nachbarn, die alle Nudelsalat mitgebracht haben und jetzt auf den Wein warten.

Ich knipse das Licht in der Bibliothek an, dort, wo früher eine Laliquelampe hing, baumelte jetzt eine Birne an einem Kabel von der Decke. Sollte ich die Polizei rufen?

Plötzlich eine ferne Stimme: Thomas?

Ja.

Komm rauf!

Ich ging hinauf ins Schlafzimmer. Edmond lag am Boden, auf einer Matratze, daneben ein Suppenteller mit einer roten Brühe. Am Boden standen mehrere Rotweinflaschen. Sonst war das Zimmer leer. An den Wänden noch die großen Spiegel, Requisiten aus der Ehe.

Ich hätte es dir sagen sollen. Aber ich konnte nicht, nicht am Telefon. Setz dich, hier, er zeigte auf das Fußende seiner Matratze. Er schob sich das Kissen hoch und lehnte sich mit dem Rücken an die Wand. Sie ist weg. Ich habe die Klage eingereicht. Ich mach sie finanziell zur Schnecke. Ich mach ne Pleite. Ich krieg sie klein. Sitzt in den USA und versucht sich das Rotweintrinken abzugewöhnen. Vor fünf Tagen komm ich aus Frankreich zurück, und das Haus ist leer. Ich schließe die Tür auf – nix. War drei Wochen weg, Weinproben. Komm zurück. Das Haus leer. Wir haben Gütertrennung. Das Haus gehört ihr. Haben wir damals so aufgeteilt. Aber jetzt, du verstehst, der Clou, sie kriegt mich nicht raus. Sie muß Eigenbedarf anmelden. Kinder haben wir bekanntlich nicht. Also müßte sie selbst hier wieder einziehen. Ich fahr den ganzen Laden gegen die Wand, volle Pulle. Ich mach auf Sozialhilfe. Wir werden sehen, wer von uns den längeren Atem hat, sie in ihrer Klinik beim Entzug oder ich. Genau, sagte er unvermittelt. Ich hab einen Verdacht, sagte er, sie war bei einem Psychiater. Diese Psychiater machen jede Ästhetik kaputt, bringen alles in diese normale Mittellage. Ich hab die Rechnung gefunden. Eine hohe, versteht sich. Ich zahl diesen Psychomacker nicht. Das Konto ist gesperrt. Bis zur Scheidung kommt die da nicht ran. Verstehst du, da hat sich so ein Psychosack angehängt, hat sie bekniet, hat gesagt, warum dieser Streß, warum dieser Kampf, ein Arsch, der nichts, absolut nichts verstanden hat, der aus seinen Neurosen in ein schäbiges, mittelmäßiges, einfach normales Leben flieht und so ein Scheißnormalleben anderen aufquatscht. Ich nehm den Kampf auf. Du bist Zeuge, ich bin nicht betrunken, bin ganz klar im Kopf.

Weißt du, wo sie ist?

In Amerika, irgendwo in Maine. Ein Sanatorium, spezialisiert auf Alkoholkranke. Und dann stöhnte er laut auf, verdammt, und schlug den Kopf gegen die Wand.

Vielleicht schlaf ich heute besser bei Lena.

Quatsch. Bleib. Die macht dich an, man steigt nie zweimal in denselben Fluß. Das sind die absoluten Schlappschwänze, die ihre ehemaligen Frauen anfliegen, Aasgeier, die immer darauf warten, daß für sie in einer kränkelnden Beziehung mal ne Nummer abfällt. Ekelhaft. Bleib. Im Gästezimmer liegt auch ne Matratze. Wein haben wir, keine Gläser. Trink aus der Flasche. Oder von meinem Teller. Wird man schneller blau. Also alles paletti. Können wir loslegen. Was. Wir. Wir sind die Losergeneration.

Na ja, sagte ich, du mit deinen Rotweinmillionen, da kann man ja nicht von Losergeneration sprechen.

Da kann ich ja nur lachen. Mein Lieber. Hör mal. Wir wollten doch die Welt aus den Angeln heben. Nicht nur etwas Sozialkosmetik, nein, mehr, viel mehr, grundsätzlich, wir wollten das Gravitationsgesetz des Kapitalismus aufheben, den Profit. Das war's doch. Dieses widerliche Profitdenken, das alles rechtfertigt. Dagegen Gerechtigkeit, weißt du noch, und Edmond brüllte, daß es durch

die leeren Räume hallte: Liberté, Égalité, Fraternité. Der Mensch sollte dem Menschen Bruder sein – und nicht Konkurrent. Keine Ausbeutung. Keine Unterdrückung. Keine Herrschaft des Menschen über den Menschen. Und dann das, sagte Edmond und schlug kurz, aber nicht heftig, es war diesmal nur ein Antippen, den Kopf gegen die Wand. Und dann, sagte er, das hier.
Was?
Na alles.
Er trank den Wein, wie ich ihn, den Weintrinker, noch nie hatte Wein trinken sehen. Er trank den teuren Burgunder aus einem Suppenteller, nein er schlürfte ihn.
Apropos Matratze, sagte er. Was macht das Liebesleben, alter Schwede, hast du ne Feste?
Eigentlich nicht. Oder doch, sagte ich, ein bißchen. Schwer zu sagen.
Verliebt? Lach nicht, in unserem Alter fängt das wieder an. Also? Die Frage steht unter alten Kombattanten.
Na ja. Kannst du dich an Aschenberger erinnern?
Aha. Nur na ja. Hast du schon mal gesagt, weißt du, damals die Schwedin. Ne ganze Generation, die mit dem Mythos der Schwedin aufgewachsen ist. Wir hatten Glück, Glück und nochmals Glück. Antibabypille und kein Aids. Das war's. Als ich damals Maike im Auto küßte, dachte ich zuerst nur das, die hat Punschlippen. War aber klasse. Und du alter Schwede hattest sowieso Glück. Also erzähl, wer ist sie?
Komm, frag was anderes.
Die interessiert mich, von der will ich hören.
Aschenberger ist gestorben.
Nix mit Literatur.
Ich meine, Aschenberger aus dem Keller, in München.
Der.

Ja, der. Ich soll die Rede auf ihn halten.

Gut. Auf mich auch. Hörst du. Wünsch ich mir. Mußt du mir versprechen. Und Vera soll dabeisein.

Hör mal, der Aschenberger hat mir eine Ladung Sprengstoff hinterlassen. Der wollte die Siegessäule sprengen.

Gut so. Soll er machen.

Der ist tot. Vor einer Woche gestorben.

Kenn ich nicht.

Doch, du kennst ihn.

Nein, verdammt. Nein. Haut einfach ab. Verdammt. Edmond schlug den Kopf gegen die Wand. Einen Moment hielt er inne, verwundert, als denke er nach, rieb er sich die Stirn. Aschenberger? Vielleicht, aber er interessiert mich nicht, dieser Asket, er interessiert mich nicht. Soll machen, was er will.

Er ist gestorben.

Gut. Nein, nicht gut, aber es ist mir wurscht. Wir müssen sterben, das ist die Banalität all unserer Ängste, verstehst du, das ist nichts Neues, das erinnert uns nur daran, an diese Banalität, sagte Edmond und schlürfte wieder Wein aus dem Teller.

Hast du ihn später einmal wiedergesehen?

Wen? Aschenbach?

Aschenberger.

Nein. Ihr beide wart doch in der anderen Fraktion. Stalinisten oder Trotzkisten, ist eh alles eins.

Nein.

Doch, nur sie, sie war einmalig, verstehst du.

Hör mal, Aschenberger wollte den Siegesengel in die Luft sprengen.

Gut, soll er, soll er machen, soll er, sofort, ich komme und seh mir das an. Und dann bitte aber auch all die Lenindenkmale in Berlin.

Gibt's nicht mehr.

Schade. Die auch. Lenin auch. Nein, er soll seinen Engel in die Luft sprengen.

Er ist tot. Ich soll die Rede bei seiner Beerdigung halten.

Gratuliere. Ja, den Engel, den muß man sprengen, den Engel der Geschichte, den, der immer voranschreitet, der Fahrtwind wühlt in seinem Haar, in seinen Federn, ja der fliegt fast, rückwärts, und vor sich läßt er die Ruinen, die Arbeitslager, Genickschuß, wer nicht auf der Parteilinie ist, die Matrosen in Kronstadt, zwei Ziegelsteine in die Manteltasche, dann über die Hafenmauern abschießen. Das war Trotzki. Die Kulaken, die man verhungern läßt, weil sie nun mal nicht ins Klassenschema passen. Noch Fragen? Ja? Dann Genickschuß.

Hör mal, Aschenberger war nun gerade nicht der Mann, der das vertreten hat.

Er, er, er, der interessiert doch gar nicht – ich mein seinen Engel, dem muß man an die Flügel.

Aschenberger ist tot.

Dann mach du es. Aber nee. Du bist ein Mann des Worts. Verdammt. Verdammt.

Und wieder und wieder schlug er den Kopf gegen die Wand.

Mensch hör auf.

Und noch mal machte es bumm, dumpf klang es, wie wenn man eine Melone auf den Boden wirft, damit sie aufplatzt, bumm und noch mal bumm. Er begann an der Stirn zu bluten. Das Blut lief ihm über die Stirn, über das rechte Auge, die Wange hinunter, tropfte auf sein Sweatshirt. Verdammt, sagte er, verdammt.

Ich zog mein Taschentuch heraus, ging ins Bad, ein Bad mit Whirlpool. Ich bin wahrscheinlich einer der wenigen, der noch Stofftaschentücher hat, sorgfältig von der Polin gebügelt. Ich ließ kaltes Wasser darüberlaufen. Ging zurück und gab es Edmond. Er drückte es sich gegen die Stirn. Verstehst du, sie ist die einzige. Ich hab ja zwischendurch mit einigen Frauen geschlafen, zugegeben, auch ganz klasse Frauen, aber keine, keine kam auch nur annähernd an Vera heran, eine Hingabe, ein In-sich-Hineinstürzen, Außersichgeraten, sie hat, so zierlich, zerbrechlich sie ist, körperlich, aber nicht emotional, sie hat die Kraft einer Siebenkämpferin. Sie ist einzigartig. Hättest du einmal mit ihr geschlafen, du wüßtest, was ich meine. Ich liebe diese Frau. Du weißt nicht, was das heißt – Hörigkeit. Das heißt, nur einem angehören, da steckt Hören drin, man wird gerufen, und man kommt. Man kann gar nicht anders. Und jetzt ruft sie nicht mehr. Nichts. Einfach verschwunden.

Ich dachte, hoffentlich fängt er nicht an zu weinen.

Ich könnte heulen, sagte er und begann tatsächlich zu weinen.

Das kann doch nicht alles sein, sagte er immer wieder.

Was?

Dieses Scheißleben, das kann doch nicht alles sein.

Hatte ich richtig verstanden? Ich hatte ja mit diesen Leuten zu tun, die sich fragen, was danach kommt, und entschieden haben, daß nichts danach kommt, das war meine Klientel, und da stellt er, der Materialist, Altlinke, diese Frage, er, der Mitbegründer einer Aufbauorganisation der Kommunistischen Partei Deutschlands, die auf ihrem Höhepunkt 320 Mitglieder zählte. Die Mitglieder des Politbüros trugen zur 1.-Mai-Demonstration ein riesiges, zwölf Meter breites, auf Bambusrohre montiertes Transparent, das eine stilisiert aufgehende rote Sonne zeigte und davor die Köpfe von Marx, Engels, Lenin, Stalin und Mao Tse-tung. Edmond, Mitträger des Transparents, jetzt Inhaber einer Weinimportfirma mit Millionenumsatz, er, mein ältester Freund, stellte eine Frage wie in einem Proseminar für Philosophie.

Wie meinst du das?

Das verstehst du nicht. Du bist von Geburt Relativist. Ich kenn dich, privat, politisch, du bist immer der, der sich raushält. Der sich nie ausliefern kann. Nie. Der das nie gekannt hat, das.

Was?

Eben das, dieses Unsagbare. Er drehte sich zur Wand und schluchzte, sein Körper wurde geschüttelt.

Kann ich irgend etwas für dich tun?

Er schüttelte den Kopf.

Ich bin gegangen.

Liberté. Égalité. Fraternité, ach Scheiße, hörte ich ihn von oben rufen.

Ich ließ, als ich ging, die Haustür offenstehen, wie ich sie vorgefunden hatte, und mußte lange laufen, in diesem Villenvorort, bis ich ein Taxi fand, das mich zu einem Hotel in die Innenstadt fuhr.

Dieses Scheißleben, das kann doch nicht alles sein.

Der Warteraum war voll. Aber die Sprechstundenhilfe sagte, Sie können hier warten, und führte mich ins Untersuchungszimmer, der Doktor kommt gleich.

Er hatte morgens operiert, der erste Tag nach seinem Urlaub in Taormina. Gut sah er aus, braun gebrannt, was sich von dem ergrauten, kurzgeschnittenen Haar um so mehr abhob. Wir sprachen von damals, von Freunden, die wir beide aus den Augen verloren hatten.

Später lag ich auf der Untersuchungsliege. Ich sah, wie er sich den Handschuh überzog, eine milchige Flüssigkeit aus einer rosa Plastikflasche in die Hand drückte.

Du mußt ganz locker lassen. Wie geht es Edmond, fragte er hinter mir.
Nicht so gut.
Etwas unangenehm, sagte er, ist aber schnell vorbei.
Ich lag auf der Seite, spürte den Schmerz, den Finger, der hineinglitt, den Gegendruck des Aftermuskels, Harndrang, ein kleiner stechender Schmerz. Als ich mich umdrehte, sah ich, wie er sich den Handschuh herunterzog, zum Tisch ging, die Karte mit den Ergebnissen der Blutanalyse ansah. Etwas Nachdenkliches war in seinem Gesicht, eine Veränderung, die mir sagte, etwas stimmt nicht, stimmt nicht mit mir. Ich spürte, wie mir der Schweiß den Rücken hinunterlief. Als ich aufstand, sah ich auf der Papierbahn diesen großen dunkelfeuchten Fleck, und ich dachte, das ist dein Angstschweiß.

So spät. Irrsinn. Sie richtet sich auf. Ganz unvermittelt steht sie auf. Ich muß los.
Sie zieht sich den Rock an, steigt dabei in die hochhakkigen Sandaletten, dann und erst dann zieht sie sich das Seidenetwas über.
Draußen war es inzwischen dunkel geworden.
Wir brauchen einfach Zeit, endlich Zeit, zwei, drei, vier Tage.
Sie fährt mit dem Zeigefinger nochmals in den Rock, um die beiden seitlich heraushängenden Schlaufen hineinzuschieben.
Ich würde das auf keinen Fall machen.
Was?
Sie bürstet sich die Haare, besonders die so verräterisch verdrückten am Hinterkopf. Na, dieses Rumschnippeln, Fettabsaugen, würde ich nie machen. Ist doch gut, einfach alt werden.

Ich bin ziemlich sicher, Lena hätte mit dreißig ganz ähnlich geredet, fühlte sich Lichtjahre von all diesen Problemen entfernt. Ich kenne dieses Gefühl, man kann es später, also heute, nicht mehr verstehen, nicht fassen, daß es einmal eine Zeit gab, in der man das Altwerden wie von sich abgerückt, ja als für einen selbst nicht zutreffend empfunden hat. Das Alter, das richtige, beschwerliche, entstellende Alter bleibt etwas merkwürdig Abstraktes. Ende Vierzig wirft es seinen Schatten voraus. Manchmal, morgens, sah ich mich und dachte, das ist nicht der, der du bist, das ist ein anderer, der du sein wirst, keiner, den man aus der Erinnerung mit sich vergleichen könnte.

Vor dem Hotel trennten wir uns, sie ging hinüber in die Fasanenstraße, sie hat es nicht weit nach Hause, ich ging den Kurfürstendamm hinunter zur Gedächtniskirche. Die Kirche wirkte von hier, als sei sie schon als Ruine geplant worden, und vielleicht war das ja auch in dem bombastischen Wilhelminismus angelegt, diese Selbstzerstörung der hypertrophen Gebilde. Hin und wieder gehe ich in diesen modernen Kirchenbau, allein, um das Blau des Kirchenfensters zu sehen, dieses unwirkliche Blau, das je nach Tageszeit so unterschiedlich leuchtet, jetzt ein samtenes Dunkelblau mit einer kobaltblauen Stelle. Als ich wieder hinauskam, tauchte ich in eine Wolke von Gestank nach Erbrochenem und Pisse. Das Alter, dachte ich, kündigt sich durch Nachtropfen an. Der Geruch nach Urin, der manchmal alte, alleinstehende Männer umgibt. Thomson erzählt mir, daß er neulich wieder so einen Fall hatte. Ein alter Mann im Sessel. Der Fernseher lief noch, lief seit fast drei Monaten. Eine Wohnung im dritten Stock, ein Geruch, den du nicht vergißt, trotz der Schutzmaske. Und dann das Zimmer. Die Fliegen.

Das Blau der Kirchenfenster leuchtet gegen jede Unbill, auch gegen die Angst an, aber eben nur in diesem Augenblick.

Was ich Iris gegenüber nur einmal erwähnt, aber nicht ausführlich erzählt habe, was ich noch erzählen muß, sehr geehrte Trauergemeinde, ich habe eine Zeitlang als Animateur im spanischen Marbella gearbeitet.
Ich habe nicht nur die von ihr so romantisch gesehene politische Vergangenheit. Romantisch darum, weil es so gar nicht in die heutige Wirklichkeit paßt, daß man sich auf Demonstrationen mit Polizisten geprügelt hat, Polizisten, die damals noch nicht dermaßen eingerüstet waren, so daß man sich tatsächlich mit ihnen prügeln konnte; daß man vor Fabriken Betriebszeitungen verteilt, sich in kommunistischen Wohngebietsgruppen getroffen und über die Weltrevolution diskutiert hat, das erscheint auch mir wie aus einer anderen Biographie entlehnt, und doch gehört es zu meiner, wie auch später die vier Jahre, die ich als Animateur gearbeitet habe.
Urlaubsanimateur hört sich heute so gewöhnlich an, wie es damals auf die Freunde und Genossen, die in versprengten Gruppen noch politisch arbeiteten, exotisch wirkte. Nach einem Jahr Praxis – es war ein hartes Jahr – stieg ich in die Klasse der anleitenden Animateure auf. Anläßlich der Bewerbung bei dem Reiseunternehmen hatte die Personalchefin, als sie meinen Paß sah, gesagt, was, Doktor, was denn für einer?
Philosophie.
O Gott, das sagen wir besser niemandem. Denken die Leute, sie müssen im Urlaub Probleme wälzen, kriegen die doch sofort einen Hänger.
Das lag mir absolut fern.

Ich war aufgestiegen in der Hierarchie, nachdem ich neue Spiele entwickelt hatte. Ein Spiel hieß beispielsweise: *Laßt hundert neue Worte blühen*. Mit Mao hatte da schon längst niemand mehr was am Hut. Schon gar nicht im Urlaub. Aber es hatte mit einem Hut zu tun und hörte sich einfach gut an, die Worte anschaulich zu machen, zumindest bei diesen Urlaubern zwischen 18 und 28, darüber wurde es schon peinlich.

Ich war eine solche Peinlichkeit mit meinen 36 Jahren, inmitten dieser bunt gewickelten jungen Frauen, der schlanken Jünglinge, die nur eines im Sinn hatten, dieses Loch zu schließen, ich meine nicht das, woran alle zuerst denken, sondern dieses Loch, in dem man wie in einem Sog selbst verschwindet, eine stille, weite Fläche, die strudelförmig in ein Loch stürzt, geräuschlos, absolut geräuschlos, eine Bewegung, ziehend, saugend, Langeweile ist ein altmodisches Wort dafür – Stillstand gibt nicht dieses Ziehende, Angstmachende wieder. All diese braungebrannten Mädchen und Jungen mußten eingeteilt werden wie Sträflinge, morgens aufstehen, von 8 bis 10 Uhr Frühstück, diese Zeitspanne, das ist die Freiheit, juchhe, dann Tauchen, Schnorcheln, Surfen, Segeln, Schwimmen, Essen von 12 bis 14 Uhr, die Freiheit, juchhe, dann Mittagsruhe, die schöne nette Nachmittagsnummer, dann ein Schläfchen, dann wieder Tauchen, Schnorcheln, Surfen, dann aber, von 18 bis 20 Uhr, bis zum Abendbrot, dem Dinner, wie es hier hieß, gähnte ein Loch. Ein tödliches Loch, es hätte Zusammenbrüche gegeben, Selbstmordversuche womöglich, und genau das war die Stunde, vor dem Dinner, vor dem späteren Ringelpiez, wenn die Musik alles zudröhnte, das war die Stunde der Animateure. Als ich im Club anfing, machten die so idiotische Kinderspiele wie die Reise nach Jerusalem oder Heiteres Beruferaten. Wer will unter Spaniens Mittelmeersonne daran erinnert werden, daß er in Peine als Arzthelferin arbeitet, wer an den Schreibtisch, der in Stuttgart auf ihn wartet, an Versicherungsprobleme. Was die Leute wollten, war Spaß, Spiel und vor allem Sex, verdeckt oder offen, klammheimlich oder demonstrativ. Ich entwickelte das Spiel: *Laßt hundert neue Worte blühen.*

Was hat denn das mit Sex zu tun?

Warte. Im Club trugen alle Badehosen und ein T-Shirt. Die Frauen T-Shirts und Bikinihose. Nur einige, die mit ihren Beinen nicht zufrieden waren, wickelten sich ein Seidentuch um die Hüfte.

Einer dieser Schnacks der Berufsanimateure lautete: Beine dick oder krumm, egal, legste doch beiseite.

Reimt sich doch gar nicht.

Ja, eben darum.

Die Firma achtete darauf, daß die Animateure, Frauen wie Männer, gut aussahen, ich war der älteste und nur durch die Empfehlung eines Bekannten genommen worden, sozusagen für grenzüberschreitende Fälle, wie man das in der Organisationsabteilung nannte, falls sich mal eine Frau in den Club verirren sollte, die schon über dreißig war. Die sollte sich nicht so allein fühlen. Aber jetzt zu meinem Wortfindungsspiel. Das Spiel wurde am Abend, vor dem Essen gespielt.

Fünf Männer bitte nach vorn, fünf mutige, jeder, jeder soll sich beteiligen. Hallo, da kommen sie schon, wer kneift, da müssen wir ja denken, da ist gar nichts. Hat der gar nichts? Das gibt's doch nicht. Also Freiwillige vor. Bravo. Hier, die fünf Mutigen, alle in Badehosen. T-Shirts ausziehen, denkt nicht, Leute, daß hier Muskeln zählen, absolut nicht, keine Regeln, große Überraschungen, was kommt, das kann man bei Montaigne nachlesen. Kennt ihr den? Macht nichts. Ist ja auch schon 400 Jahre tot. Aber ich les euch mal vor, was er damals geschrieben hat: *Man hat recht, die ungezogene Frechheit dieses Gliedes zu rügen, das sich oft zur Unzeit vordrängt, wenn wir keinen Gebrauch davon machen dürfen, und ebenso unzeitig versagt, wenn wir seiner am meisten bedürfen, und so vorlaut unserem Willen die Herrschaft streitig macht und mit soviel Trotz und Eigensinn unseres innerlichen wie unseres handgreiflichen – hört mal diese feine Formulierung – handgreiflichen Andringens spottet.*

Ich habe immer versucht, solche Zitate zu finden, die ich Lockspeise nannte, Lockspeise, weil manchmal, hin und wieder, jemand aus dem Kreis der Vergnügungssüchtigen, Mann oder Frau, mich auf das jeweilige Zitat ansprach. Und plötzlich hatte man für ein, zwei Wochen einen Gesprächspartner, und, war es eine Frau, eine Beziehung, die nach dem Orgasmus nicht ins Schweigen abstürzte.

So, jetzt wollen wir sehen, ob der Herr Montaigne recht hat. Die fünf Herren hier vorn suchen sich jetzt ihre Traumfrau aus. Keine Hemmungen, es ist ein Spiel. Wenn die Traumfrau einen Freund hat, macht nichts. Also, Sie schreiben mir anonym den Namen der Frau auf. Ihr Name bleibt geheim. Die fünf Frauen wissen nicht, welcher der fünf hier vor ihnen stehenden Männer sie ausgewählt hat. Keine Angst, nichts Unzüchtiges passiert, die wunderschönen Ladies sollen nur sagen, wie sie jemanden verführen würden, auf den sie so richtig abfahren, kann ja der neue Freund sein, der sich da hinten feige herumdrückt, vielleicht steht er ja auch vorn, also sie soll mal erzählen, was sie macht, Kerzen anzünden, welche Musik, was sie sich anzieht, Kostüm, Kleid, ganz kurz der Rock oder lang, so, und jetzt führen Sie einen Striptease vor, wir machen dazu die Musik, hier einen Punktstrahler, Sie können entscheiden, was Sie ausziehen, viel haben Sie nicht an, die Bluse, die Hose, das Kleid da, nein, nicht einzeln, alle fünf zur selben Zeit. Also der Tanga da, der gelbe, Sie müssen sich etwas leihen, eine Bluse, einen Rock, das wäre ja unfair gegenüber den anderen Mitbewerberinnen, so, und jetzt kriegt jeder der Herren einen breitkrempigen Strohhut, hält sich den vor die Scham, ja, lachen Sie nicht, so heißt das, und alle ziehen sich die Badehose aus, vorsichtig, damit man nichts sieht, ganz vorsichtig, ein Herren-Striptease, immer den Hut davorhalten, bitte, Sie sehen, es geht, und lachen dürfen wir, und jetzt kommt nämlich der Clou, jeder der Herren muß sich seine Traumfrau ansehen, und wir, wir wollen sehen, ob da wirklich die Kraft des Eros sich zeigt, der Pfeil sozusagen, denn gesiegt hat, wer den Hut nicht mehr festhalten muß, ja, also wenn er von einem anderen Körperteil, das normalerweise so still und ruhig vor sich hin döst, getragen wird, und bitte die Hände für alle sichtbar vor dem Hut, also keine Handgreiflichkeiten, so und jetzt, auf die Plätze, fertig, los!

Wenige, ganz wenige schafften es, aber es gab doch immer wieder einen, voller Staunen, mit Neid habe ich es gesehen. Stand da einer, ha, ha, einer, dessen Stammhirn immer noch bestimmend war, denn was die erzählten, die Frauen, war meist so langweilig, aber die Bikinis waren knapp, und die meisten ließen auch das Oberteil fallen. Sie mußten einen Bauchtanz improvisieren, und dann, ja dann plötzlich, Applaus, der Typ nimmt die Hände hoch, und der Hut ist vorn wie angezaubert, hängt da, und wir können fragen, wie das heißt, das gesuchte Wort?

Ein Ständer?

Und was für einer!

Ein Hutständer.
Richtig. Applaus.
Hab ich mich vor Selbstverachtung gehaßt? Sonderbarerweise nicht. Ich habe dieses sonnengeile, faule junge Pack gehaßt. Damals war ein solches Entertainment neu, heute kann man das längst – und noch mehr – im Fernsehen verfolgen. Mein Haß ist aus heutiger Sicht ungerecht und eine bloße Übertragung des Selbsthasses auf diese braungebrannten Urlauber. Zwei, drei Jahre mehr in dem Gewerbe, und ich wäre ein Zyniker geworden wie Tessy, die auf eine böse Weise geil war. Eine Art Katharina die Große im Tourismusgewerbe. Sie behauptete von sich selbst, nicht immer nymphoman gewesen zu sein, sie sei ein Opfer ihres Berufs geworden, notwendig. Was natürlich Quatsch war, ich kannte Animateurinnen, allerdings wenige, die verheiratet und treu – na ja, also fast treu – waren.

Tessy inszenierte die Spiele. Ich hätte das Iris erzählen müssen, diese wirklich abgefeimte Art der Geilheit. Sie hatte sich einen Einsichtspiegel in die Zwischentür ihres Zweizimmerappartements einbauen lassen und vergab bei Überbuchungen, die ständig vorkamen, das Nebenzimmer an einen von ihr ausgesuchten Mann, von dem sie vermutete – und sie irrte sich selten –, er sei einer dieser Aufreißertypen. Der Typ wußte natürlich nicht, daß er eine Zuschauerin hatte, ebensowenig die Frauen, mit denen er im Bett war. Erika hieß sie, und alle sagten: Da tropft die Heide. Aber natürlich konnte keine in dem Club als Animateurin Erika heißen. Ihr Spitzname war Tessy. Sie war schon zehn Jahre im Gewerbe und in einem Alter, das sie für die Firmenzentrale nur noch wegen ihrer leitenden Position tolerierbar machte. Vielleicht hätte sie wie Petra von ihrer Figur leben können, und zwar gut, aber dazu hatte sie zu viele kleinbürgerliche Skrupel. Man konnte zwar andere Leute im Einsichtspiegel beim Vögeln beobachten, aber für Bumsen Geld nehmen, das nicht. Sie sah perfekt aus, hatte eine Ausbildung als Krankengymnastin und war wie die meisten von uns durch Zufall in den Job hineingerutscht. Sie hatte am Anfang wohl sehr engagiert und einfallsreich gearbeitet, war so Leiterin für das Animateurprogramm geworden. Sie sah klasse aus, aber inzwischen hatte sie der Alkohol gezeichnet. Tessy konnte jeden Mann unter den Tisch trinken, all die vielen Whisky Sour, Cuba Libre, kurz nach Mitternacht war sie voll, redete allerdings keinen Unsinn, lediglich etwas langsamer, schleppte dann irgendeinen Typen ab, der mordsgeil war und einfach noch nicht die richtige Frau gefunden hatte, sagte im Vorbeigehen zu mir, heute laß ich mich mal von hinten ficken, stieß gegen einen der Kunststoffstühle, rempelte gegen einen Tisch, die Gläser klirrten am Boden. Heute ist Polterabend, sagte sie mit schwerer Zunge, da geht's rund, wolln mal sehen, was er bringt.

Ich hatte mein Zimmer schräg gegenüber von ihrem Appartement. Und hörte manchmal, wenn dann endlich draußen die Musik abgedreht wurde, endlich, endlich Stille war, nachts, von gegenüber eine wilde Pöbelei, weil der nette, geile junge Mann nicht gleich so wollte wie sie, schließlich war er Gast hier, hatte gezahlt, das halbe Jahr dafür gespart und wollte sich nicht beschimpfen lassen, bloß weil er zu schnell gekommen war. Sich dann auch noch einen Dummficker nennen lassen müssen, sehr verehrte Trauergemeinde, von ihr, die doch dafür bezahlt wurde, ihm den Urlaub nett und angenehm zu gestalten, also die Langeweile, den Stillstand, das Absurde zu vertreiben, es zu zerkleinern, zu vernichten, aufzusaugen, ja, zu schlucken. Sie war morgens einfach fertig, verquollen das Gesicht, gesund wirkte nur ihre Bräune, die Augen hielt sie hinter den Sonnengläsern verborgen.

Sie hat nie versucht, mit mir zu schlafen, und ich auch nicht mit ihr. Die meisten der Animateure, egal ob Frauen oder Männer, mochten sie nicht. Da sie einteilen konnte, hatte sie Macht, eine nicht zu unterschätzende Macht. Wen sie mochte, dem ging es gut, der konnte in Ruhe seine Sachen abziehen. Wen sie nicht mochte, der nahm schnell freiwillig seinen Abschied vom Club.

Es war früher Morgen. Ich saß draußen, auf der Terrasse. In dem mit Palmen bestandenen Garten, zwischen den blühenden Oleanderbüschen, die gerade gewässert wurden, krochen spanische und marokkanische Gärtner herum und beschnitten mit Handscheren das Gras, das über die ausgelegten Gehplatten zu wachsen drohte. Die jungen Gäste lagen noch erschöpft von der Diskonacht in den Betten. Keine Musik, kein Geschrei, nur das Plätschern des Brunnens. Hin und wieder das Klappern der Gartenscheren. Ich saß, las Augustinus, die *Confessiones*.

Tessy kam, in der Hand eine Tasse Kaffee, unter dem T-Shirt der Firma trug sie nur das knappste Tangahöschen. Man sah, sie rasierte sich. Sie trug wie immer eine Sonnenbrille. Sie setzte sich neben mich, schlürfte vorsichtig den Kaffee.

Du machst das gut.

Na ja, ich geb mir Mühe.

Nein. Ich mein was anderes. Du hältst dich raus.

Na, ja.

Doch, doch, doch. Du hast was in der Hinterhand. Ich merk das.

Wie kommste darauf?

Merk ich einfach.

Wie das?

Einfach so. Sie trank vorsichtig von dem Kaffee. Willst du über diesen Scheißbetrieb schreiben?

Nee, ich brauche die Kohle, das ist alles.

Weißt du, wie ich mich fühle?

Weiß nicht.

Sie nahm die Sonnenbrille ab, und ich sah diese blauen Augen, aber rot, entzündet von der Jagd nach dem Leben. So! Sie setzte die Sonnenbrille wieder auf.

Ich hab mich erkundigt. Man muß einfach beim Schwimmen einen tiefen Schluck nehmen, sehr viel, dann noch mal, nicht einatmen, sonst ist es ganz fürchterlich, weil man hustet, einfach trinken, dann noch einen dritten. Es muß sehr einfach sein, ja schön, so als fliege man, als würde man getragen, hochgehoben, auch wenn man sinkt, aber etwas im Kopf dreht es um. Und man braucht Rum, guten, sehr viel. Dann kann man wunderbar schlucken. Sie trank von ihrem Kaffee. Weißt du was? Erfinde doch mal so was wie ein Treuespiel.

Gibt's nicht. Glaub mir.

Sie trank den Kaffee, sagte dann nur: Is wohl so.

Sehr verehrte Trauergemeinde. Es gab einmal eine Frau, die glaubte, sie sei sehr stark und man müsse das Leben genießen. So sollten wir wohl anfangen. Und sie übernahm eine Arbeit, die schwer ist, vergleichbar der Sterbebegleitung, es ist eine Erste Hilfe gegen die Leere. Sie denken, das sei paradox, aber es ist genau das. Zum Leben gehört dieses Gefühl der Leere.

Stille. Stillstand. Erst dann wird deutlich, daß es nur dieses gibt, dieses einmalige, dieses unwiederbringliche Leben, das in dem Getöse sonst verlorengeht, egal, ob man ihm lesend, fernsehend oder in Ferienclubs zu entfliehen sucht. Erotik, als Sehnsucht nach dem anderen, dem Fremden, diese Spannung, diese unerträgliche, sehnsüchtige Spannung, diese Neugier, wo gibt es die noch. Spannung nur noch beim Sex, schließlich nur noch in dem Moment, wenn es heiß herausschießt. Entspannung. Tessy hat es auf sich genommen. Sie ist eine neue Erscheinung, Menschen, die sich verströmen müssen, um anderen das Leben zu ersetzen. Die Arbeit an der Verdrängung des Todes. Sie hat es mit ganzem Einsatz gemacht, fünfzehn Jahre, Jahre, die, vom dritten an, sechsfach zählen, also 75 Jahre lang. Sie wurde erstaunlich alt, so gesehen, ausgesogen von der Lebensgier all der anderen. Wir reden nicht von ihren Verhältnissen, wir reden von dem Einsatz, den sie brachte, erst mit Alkohol, der einfach notwendig wurde, dann, um zu schlafen, endlich schlafen zu können, Rohypnol. Dann die schwerste Stufe, der innerste Kreis – Alkohol und Barbiturate.

Es war ein Opfertod.

Halb eingesandet wurde sie gefunden. Die am Strand auslaufenden Wellen schoben Schaum über sie. Sie hatte sich eine Sandkuhle ausgehoben, sie hatte sich hineingelegt, mit einer Flasche Jamaika-Rum. Sie hatte drei Pakkungen Rohypnol genommen. Sie konnte sich endlich ausruhen. Endlich, nach all den Jahren der Schlaflosigkeit. Sie war stark und schön und gesund. Sie war dafür da, gute Laune zu verbreiten. Keine Traurigkeit aufkommen zu lassen. Die schwerste Arbeit der Welt.

Natürlich würde Iris fragen, wie das war mit dem Einsichtspiegel. Aber ich werde nichts weiter sagen als: Was ist daran schon weiter spektakulär. Jeder wußte es. Aber niemand sagte etwas. Sie wäre gefeuert worden, wenn es rausgekommen wäre. Und Tessy war einer der wenigen weiblichen Voyeure. Einer dieser Touristentrauerklöße erzählte, daß sie ihn abgeschleppt habe und ihm einen

Dildo gegeben habe. Wollte gar nicht von dem Mann penetriert werden. Das empfand er als Abgrund der Perversion. Schrieb einen Brief an die Geschäftsleitung. Die antwortete: Privatsache.

Sie hieß Erika, wurde aber Tessy genannt. An einem Morgen setzte sie sich neben mich auf die Terrasse. Es war noch früh, keine Musik aus den Lautsprechern, noch schliefen die Lebenshungrigen. Die weißgestrichenen Häuser bordeten von lila und roten Bougainvilleen und Rosen über, ein Blütenschaum, der über die Mauern quoll. Ich saß neben Tessy auf der Terrasse. Ein Morgen wie aus dem Reiseprospekt, den der Club in Deutschland verschickte. Ein Mann sitzt neben einer Frau, beide sind schlank, tiefbraun, tragen Shorts und T-Shirts mit einer roten stilisierten Sonne darauf. Bei der Frau zeichnen sich deutlich die Brustwarzen unter dem Stoff ab. Auf dem Tisch stehen zwei Tassen Kaffee. Blau der Himmel. Ein wunderschöner wolkenloser Himmel. Tessy blickt in Richtung Meer, das blau und träge, fast unbewegt daliegt. Ihr Gesicht wirkt ruhig, ja entspannt unter der schwarzen, die Sonne spiegelnden Sonnenbrille.

Rotwerden vor Scham. Rotsehen vor Wut. Das Rot der Ampel. Das rote Herz. Die dialektische Farbe unter den Farben, die in sich diese Ambivalenz trägt, sie verbietet und lädt ein. Wie das rote Licht an den Bordellen in Paris, das eine Warnung und eine Einladung zugleich ist. Eine Grenze, hier die bürgerliche Moral, dort das Reich der Lüste, der reinen Triebbefriedigung. A red, red rose. Wo Rot in der Natur auftaucht, hat es immer eine Signalwirkung, im Feuer, im Magma, selten in Gesteinen, öfter in Blumen und Blüten, die rote Rose, der Hibiskus, und dann vor allem als Zeichen der Reife bei Früchten und

Gewürzen. In den heißen Zonen die Federn der Papageien, im Sommer der Pelz der Rotfüchse, der stumme Schrei im kochenden Wasser färbt den Panzer des Hummers grellrot. Die Farbe des Bluts, des frischen, noch fließenden Bluts, dieses reine leuchtende Rot, das im Gerinnungsprozeß schnell zu einem Rotbraun, schließlich Dunkelrotbraun wird. Der Schreck als Kind war groß, als ich zum ersten Mal mein Blut strömen sah. Ich hatte mich beim Schnitzen tief in den Unterarm geschnitten, kaum daß ich den Schmerz wahrnahm, aber dieser Schock, als ich das Blut sah, wie es aus meinem Arm quoll, dieses Rot, das war ich. Ein Rot, das man sich nicht vorstellen kann, sondern gesehen haben muß. Rot, die Farbe des Schrecks. Rot, das als sinnlicher Reiz Achtsamkeit, Vorsicht evoziert. Signalkellen. Halteschilder. Keine Farbe sticht so ins Auge. Darum findet sich Rot an den Feuerwehren, den Rettungsringen. Der Rotstift, der kürzt und streicht, das Bremslicht, und wohl das Wichtigste: das Rote Telefon, das helfen soll, den atomaren Weltuntergang zu verhindern. Rot als Abstrafung. Die Scharfrichter, die Herren über Tod und Leben, trugen Rot und waren im Mittelalter als Unberührbare hervorgehoben, wie die Herrscher. Der Kaiser trug Purpur, ebenso die Kardinäle. Das Rot der Macht, der Korrektur, der Abschreckung, aber auch der Verheißung, Farbe der Pfingstflamme. Die Lippen, die Fingernägel, das Geschlecht entdecken mit ihrer rötlichen oder rosafarbenen Färbung, das Innere, zur Verstärkung werden gerade die sichtbaren rosaroten Körperteile, die Nägel durch Nagellack, die Lippen durch Lippenstift hervorgehoben – eine Einladung nach innen. Rot ist die erste Farbe, die wir als Neugeborene erkennen können, und die letzte, die wir sterbend sehen. Schönes Rot.

Thomson fragte neulich, haben Sie im Lotto gewonnen oder was Warmes fürs Herz gefunden?

Und als ich nur lachte, sagte er: Gut so. Nichts ist schlimmer als diese Trauerklöße, bei deren Reden die Trauergemeinde nur denken kann, warte nur, balde kommt der Mann mit der Hippe auch zu dir.

Mit dem Tod Aschenbergers begann ein anderes Erzählen. Vorher habe ich Iris mit Anekdoten unterhalten, kleinen Begebenheiten, davon haben sich viele angesammelt, ein Vorteil des Alters, man hat viel zu erzählen. Plötzlich aber ist man im Besitz von Sprengstoff. Sehr verehrte Trauergesellschaft, versuchen Sie, sich das vorzustellen. Die meisten von Ihnen kämen nie auf den Gedanken, den Sprengstoff mitzunehmen. Sie würden sich so verhalten, wie man es von einem verantwortungsbewußten Staatsbürger verlangt, sofort die Polizei benachrichtigen. Oder wenn Sie nicht so gern die Polizei holen, hätten Sie einfach gesagt, mein Name ist Hase, ich rühr mich nicht, die Auflöser werden das Päckchen schon finden. Aber ich bin sicher, diese Leute, die da momentan aufräumen, lesen nicht, nicht einmal das Wort Explosiv. Die hätten das einfach in den Abfall geworfen, der wäre zur Müllverbrennung gefahren worden, dort wäre der Müll auf einem Fließband durchgesehen worden, meist von Arbeitern, die gar nicht lesen können, er wäre in den Verbrennungsofen gekommen, und die Leute hätten sich über die gewaltige Explosion gewundert, die ihnen einen ihrer schönen neuen Öfen zerrissen hätte. Aber diese Überlegung spielte nur ganz am Rande eine Rolle. Nein, ich habe das Päckchen einfach eingesteckt. Wollte überlegen, was damit zu tun sei. Wahnsinn, wie die Idee selbst, werden Sie sagen und – Sie haben recht. Selbstmörderisch, werden Sie sagen, womit Sie nicht recht haben, denn ich hatte mich, bevor ich das Päckchen einsteckte, erkundigt, wie stoßempfindlich dieser Sprengstoff ist. Also keine Sorge, er gilt als gut transportabel. Aber erst mit diesem Sprengstoff, genaugenommen mit Aschenberger, veränderte sich meine Beziehung zu Iris.

Ich habe Schluß gemacht mit Ben. Schreck. Das Wissen, daß sich mein Leben ändern, sich alles komplizieren wird. Und dennoch stellte sich zugleich dieses Gefühl ein, das, was man Glücksgefühl nennt, das mich regelrecht erfüllte, und, wenn ich mich ehrlich prüfe, sogar etwas wie Triumph, ein Atavismus, ich bin nicht nur von ihr erhört worden (sie hat mich rangelassen, hätte ich noch vor dreißig Jahren gesagt), ich soll nun auch der eine und einzige sein. Zugegeben, verehrte Trauergemeinde, ein typisch männliches (wirklich nur männliches?), von Macht durchdrungenes Gefühl, aber ich will Ihnen gegenüber ja ehrlich sein. Es ist eines dieser Gefühle, die von der Gesellschaft sanktioniert sind, der Stolz des Siegers, des Jägers, des Stärkeren. Ich fühle mich erhoben, stark, und habe zugleich ein schlechtes Gewissen. Könnte ich es wenigstens genießen, wie der junge Löwe, der den Leitlöwen, das Alpha-Tier besiegt. Der Leitlöwe wird doch beständig von jungen Löwen herausgefordert. Er darf sich keine Schwäche leisten, keine Blöße zeigen. Er muß eindeutig herrschen. Kommt es zum Zweikampf und er unterliegt, wird er sofort verdrängt, kein Mitleid, er verliert sofort all die weichen netten Löwinnen, die sich, anders als bei anderen Tieren, viel Mühe geben, um das Männchen in Begattungslaune zu bringen, ihn lecken, bedrängen. Plötzlich aber muß er sich trollen, sofort, mehr noch, der neue Leitlöwe beißt sofort all die Jungtiere, die noch vom alten Löwen gezeugt wurden, tot. Die

Weibchen schauen zu, verteidigen ihre Jungen nicht. Soviel zur hochgerühmten Mutterliebe in der Natur. Die Weibchen warten nur auf den nächsten Begattungsakt. Das alte Tier wird Einzelgänger, kann sich aber nicht mehr das Ungeziefer vom Rücken, vom Hals lecken, was früher die Weibchen getan haben. Er verkommt, verfilzt, stinkt nach Urin. Er wird zum Penner und stirbt bald.

Der Unterschied zur freien Wildbahn ist sofort einsichtig. Bei den Hominiden kann das Alter die Jugend verdrängen. Jedenfalls eine Zeitlang. Natürlich hat Ben die besseren Zähne – mir fehlen inzwischen vier. Und die Muckis, die er am Heimtrainer, aber auch beim Tennis und Windsurfen trainiert, zeichnen sich deutlich genug unter seinem T-Shirt ab. Jedoch: Philosophie ist das senkrechte Gewerbe. Bei uns haben sich im Laufe der Millionen Jahre doch einige immaterielle Kräfte herausgebildet, sehr verehrte Trauergemeinde, das Ästhetische zum Beispiel, klar, man darf kein Rollstuhlfall sein, wie Iris in ihrer ehrlich brutalen Art einmal sagte, noch gute zwei, drei Jahre hab ich vor mir, meint sie, auf meine Chancen bei anderen Frauen bezogen, tatsächlich trifft das, auch wenn sie das energisch abstreiten würde, auch auf sie bezogen zu. Dann bin ich zwar noch kein Pflegefall, aber ein potentieller in weiteren zehn, fünfzehn Jahren. Ben hingegen ist davon noch weiter entfernt, wenn man einmal von seinem Asthma absieht. Was ist Spannung, ein Teil dessen, was wir der Ästhetik zuordnen wollen, verehrte Trauergemeinde, und es geht um Ästhetik, wie nie zuvor, seit die ersten hilflosen Linien mit dem Fingernagel in den weichen Ton geritzt wurden, weil dem Töpfer die Fläche einfach so leer, so langweilig erschien, oder aber weil er mit dem Fingernagel zufällig kratzte, weil da plötzlich sich etwas wiederholte, etwas ähnlich war, etwas anderem unähnlich wurde, eine Überraschung, ein Staunen, die Freude darüber, etwas, das aus dem Gewöhnlichen herausführt. Und ungewöhnlich ist alles, was Iris und ich bisher erlebt haben. Der Alltag hatte darin bislang keinen Platz, in diesem Versteckspiel, den Fluchten, Ausreden, den hektisch kurzen Treffen.

Ben hatte keine Chance, er, der im Streß war, der seinen Freund kontrollieren und feststellen mußte, daß der in seiner Abteilung wahnsinnig viel Geld verknallt und viel zu viele Leute hatte, was Ben in seinem Bericht festhalten mußte, so daß jetzt dort kräftig Stellen gekürzt werden, sein Freund abgemahnt wurde, was Ben regelrecht die Sprache verschlagen hat, und das spricht ja nur für ihn. Und ausgerechnet in dem Moment, als er einmal Iris von diesen Problemen erzählen wollte, die sie nicht interessierten, die sie auch gar nicht ganz durchschauen konnte, da tauche ich auf, jemand, der sich mit Jazz und Tod beschäftigt, und der gibt ihr seine gute alte abgetragene Aktentasche, ebenfalls ein Erbstück von Udi, und sie zieht eine Flasche Rotwein und dieses kleine Plastikpaket heraus, und auf ihre Frage, was das denn sei, sagt der nach einem kleinen Zögern: Sprengstoff. Und als sie mich verwundert ansieht, füge ich hinzu: ein Stück Biographie. Etwas, was so ganz aus dem Alltag herausführt, so wie ihn Ben und Iris und alle ihre Freunde kennen, auch aus der Ästhetik, weg von dem, womit Iris sich beschäftigt, der Milchstraße, der nächsten Ausstellung, der *Tasso*-Inszenierung, dem Kostenvoranschlag für eine Brandungswelle in einem Edelrestaurant. Sprengstoff, verehrte Trauergemeinde.

Iris wartete in der Hotelbar. Sie hatte ihren Campari Orange noch nicht ausgetrunken, stand, als ich hereinkam, sofort auf, sagte, komm. Sie trug das Seidenkleid von Vivienne Tam, das ich besonders an ihr mag, grau, und darauf, wie getuscht, stilisierte wachsweiße Orchideen. Sie ging zur Rezeption, sie hatte das Zimmer bestellt, sie ging, was ich an ihr bewundere, ohne jedes Anzeichen von Peinlichkeit, zahlte bar, hatte alles über meinen Namen laufen lassen. Sie ist schließlich bekannt, und hier interessiert sich niemand für einen Jazzkritiker, der sein Geld mit Grabreden verdient.

Ich kam von einer Beerdigung, im schwarzen Sommeranzug, die Krawatte hatte ich mir noch auf dem Friedhof abgenommen und in die Tasche gesteckt. Iris behauptet, ich sähe in diesem Anzug mit dem offenen weißen Hemd wie ein Pianist aus. Sie hat als Mädchen wohl einen einschlägigen Film gesehen. Wahrscheinlich in einem Filmkunsttheater, Charles Aznavour in *Schießen Sie auf den Pianisten*. Als der Film herauskam, sollte die Welt noch sechs, sage und schreibe sechs Jahre auf sie warten, während ich den Film damals mit einer Freundin sah, deren Petticoat, schlug sie die Beine übereinander, herausfordernd knisterte.

In meiner Ledertasche hatte ich mein Manuskript für die Rede, eine Flasche Bordeaux und den Plastiksprengstoff. Die neugierige Polin, immer auf der Suche nach meinem Konzeptpapier, putzte mal wieder, und ich dachte, bevor sie dieses Plastikteil in den Sondermüll wirft, der ja verbrannt wird, oder es auch nur mit Schwung in den Müllcontainer wirft, ist es besser, das Päckchen mitzunehmen. Es ist erstaunlich schwer, zugleich aber auch handlich und einprägsam, drücke ich vorsichtig, gibt die Masse leicht nach, wenn auch nur langsam und widerständig, wobei ich am Anfang recht erschrocken war, da ich nicht wußte, ob diese Masse nicht auch bei Druck explodieren kann. Jedenfalls sollen, habe ich mir von dem

Fachmann sagen lassen, sehr starke Stöße vermieden werden.

Ich hatte es auch auf die Beerdigung mitgeschleppt. Thomson hatte mich bekniet, weil die Kollegin Weiß noch immer mit ihrer Gelbsucht im Krankenhaus lag. Von der Verstorbenen, einer 84jährigen Frau, sagte deren Enkelin, sei nichts weiter zu erzählen als: früh geheiratet, vier Kinder, Hausfrau, dann Rentnerin. Das ist alles. Die Frau war nie im Ausland, ist kaum gereist, nein, wirklich nichts Besonderes.

Das glaube ich nicht.

Doch.

Ich saß in der Wohnung der Verstorbenen, eine mit Ikea-Möbeln eingerichtete Wohnung, wie man sie sonst nur bei Jungverheirateten findet. Ungewöhnlich, denn normalerweise tragen die alten Leute ihre Möbel wie Schneckenhäuser mit sich, bis ans Ende ihrer Tage. Und ich kann schon auf den ersten Blick sagen, wann jemand seine Einrichtung gekauft, also meist auch geheiratet hat. Vierziger, fünfziger oder sechziger Jahre. Diese Frau hatte in den Vierzigern geheiratet, aber die Möbel waren neu.

Haben Sie die gekauft oder Ihre Mutter?

Nein, die Oma.

Es sieht alles so neu aus.

Ja, hat die Oma gekauft. Vor einem Jahr. Gleich nach dem Tod von Großvater. Keiner konnte sie davon abhalten. Hatte ja gute 50 Jahre in den alten Möbeln gewohnt, Sessel, Sofa, Tisch, Stühle, Ehebett. Und dann stirbt der Opa. Hat sie sehr geweint. Hatte ihn drei Jahre lang gepflegt. 52 Jahre verheiratet. Nach der Beerdigung, gleich danach, also am selben Tag noch, beim Essen im Restaurant, verkündet sie: Ich kauf mir neue Möbel. Wir dachten erst, die macht Spaß. Aber sie blieb dabei: Ich kauf mir neue Möbel. Es war ja das erste Mal, daß sie über das Geld verfügen konnte. Gut 40 000 Mark hatten die beiden zusammengespart. Das Konto lief auf seinen Namen. Sie hatte nicht mal eine Bankvollmacht. Nicht etwa, weil er nicht wollte. Es war eben einfach so. Wozu auch. Die schönen alten Sachen, sagten alle, und warum? Oma, wozu? Bist schon über achtzig. Haben zwar nicht gesagt, stirbst doch bald, aber gemeint war das so, und so hat sie das auch verstanden, sagte, is mir egal, und wenn ich nur zwei Wochen darin lebe, ich will neue Möbel haben. Diesen alten Klump, ich kann ihn nicht mehr sehen. Wir sind dann rausgefahren, zu Ikea. Sie hatte den neuesten Katalog dabei. Hatte sich in all den Jahren die Kataloge zuschicken lassen, auch alle aufgehoben, hier.

Sie zeigte den Stapel Kataloge, die säuberlich auf Kante geschichtet in einem Stahlrohrregal lagen, neben dem braunen, brandneuen Ledersofa.

Die Oma hat gesagt: Was ihr wollt, könnt ihr haben von den alten Sachen. Aber müßt ihr in einer Woche abholen, dann kommt jemand und schafft das weg. Wenn ihr was wollt, dann bitte, aber abholen. Ich bewahr nix auf, das müßt ihr wissen. Ich bin mit ihr durch die Ikea-Hallen gegangen, und sie hat gestaunt über die Größe. Sie hätte ja auch vorher fahren können, aber hat sie nicht. Niemand wußte es. Es war ihr Geheimnis. Und ich frage mich, ob sie darauf gewartet hat. Ich glaub eher nicht. Vielleicht hat sie sich gesagt, wenn ich vorher sterbe, ist das in Ordnung. Aber wenn er vor mir stirbt, dann will ich noch mal alles neu, nur für mich, was ich mir schon immer gewünscht habe. War vielleicht auch ein Trost für ihr Alleinsein. Das hat mich überrascht, wie sie die Sachen zusammengesucht hat. Erst Sofa, dann die Sessel, Sessel und Sofa sollten in diesem schönen naturbraunen Leder sein. Die Bestellnummern hatte sie im Kopf, alle, Tisch, Stühle, alles neu. Hat dann elf Monate in der Wohnung gelebt, sehr zufrieden und ich glaube glücklich. Hat sich übrigens auch die Haare färben lassen, so ein Champagner-Ton, sah richtig fesch aus mit ihren 84 Jahren. Erst dachten wir, daß sie einen Freund hat. War aber nicht. War nur dieser Wunsch nach neuen Möbeln. Ich saß auf dem Sofa, das auch mir gefiel, und blätterte in einem Katalog. An bestimmten Teilen waren mit Kugelschreiber kleine Kreuze gemacht. An einigen stand: hier, rechts. Oder: vielleicht neben Tisch.

Wir standen im verspiegelten Hotelfahrstuhl und fuhren in die fünfte Etage hoch.
 Woran denkst du?
 Auch das war neu, daß sie mich fragt, woran ich denke. Sie will in mich hineinhorchen.
 An diese Oma mit ihrer Ikea-Einrichtung.
 Ich hatte Iris von der Frau erzählt, wie die sich nach dem Tod ihres Mannes neu eingerichtet hatte. Iris wollte wissen, wie die Beerdigung war.
 Gut, wenn man das so sagen kann.
 Und was hast du gesagt?
 Etwas über das Recht, das jeder hat, sich sein Leben so einzurichten, wie er es wünscht. Daß es nicht jeder kann, weil die Möglichkeiten fehlen, weil ihm die Not oder auch die Nähe des anderen entgegensteht, das ist eine andere Frage. Aber das sind die alles sprengenden Wünsche im Alltag: an seinem Traum von einem anderen Leben festzuhalten.
 So ironisch?
 Wieso? Hab ich dir das ironisch erzählt?
 Nein, sagte sie und begann sich auszuziehen. Das ist jedesmal wieder wie für mich inszeniert.

Und ich sage ihr: Du all min lef.

Sie stellt sich, ich weiß nicht, ob sie das bewußt tut, genau in die Mitte des Zimmers, faßt mit beiden Händen das kurze, graue Seidenkleid, zieht es sich über den Kopf und steht im schwarzen Slip nackt da. Dann schüttelt sie sich die Haare zurecht. Das ist einer der Augenblicke, in denen ich mir sage, du wirst nie wieder mit einer so jungen Frau zusammensein, du wirst das nie wieder sehen, jedenfalls nicht bei einer, die freiwillig mit dir zusammen ist. Es ist das Glück des alten Löwen und das Wissen, das Verstoßenwerden wird sein wie die Vertreibung aus dem Paradies, es wird hart, weit härter sein, als du ahnst, sage ich mir, und all deine Bemühungen um Distanz, um Ironie sind nur die verzweifelten Versuche, diesen Schmerz, der kommen wird, möglichst erträglich zu machen. Aber ich weiß auch, er wird unerträglich sein. Sie lacht, zieht sich, nicht sitzend, sondern auf einem Bein stehend – was natürlich ganz unpraktisch ist, aber eben darum auch so raffiniert wirkt –, erst den einen, dann den anderen Schuh aus. Sie geht zum Bett und läßt sich fallen. Sie ist in dem Alter, in dem man sich auch unter einem Punktscheinwerfer ausziehen und gelassen nackt daliegen kann. Sie steht wieder auf, wirft die Oberdecke herunter, legt sich wieder hin, knautscht das Kissen zusammen, schiebt es sich unter den Kopf und sagt, ich habe uns zwei Brötchen gemacht. Dann, plötzlich: Ich hatte Angst beim ersten Mal. Beim ersten Mal? Als wir uns nackt gesehen haben, daß du alt aussehen würdest, deine Haut. Und ich gerührt wäre. Statt fiebrig. Und jetzt komm erst mal.

Das sagt sie so einfach hin, jetzt komm erst mal, als wenn da nicht auch das Versagen lauern würde. Und sie beobachtet mich, nicht kalt abschätzend, sondern freundlich, wie ich mir die Schuhe ausziehe, ebenfalls auf einem

Bein stehend, dabei erzähle ich ihr von dem chinesischen Dichter Wang Wei, der gesagt hat, solange man auf einem Bein stehend eine Sandale ausziehen kann, ist man noch nicht alt.

Du wirst bei mir nicht alt, sagt sie und lacht.

Ich ziehe das weiße Hemd aus, die schwarze Hose, die Jacke habe ich gleich, als wir ins Zimmer kamen, auf den Sessel geworfen.

Kurz nachdem ich sie kennenlernte, habe ich mir Hanteln gekauft und arbeite seitdem morgens und abends damit, auch zwischendurch, wenn ich an einer Kritik oder an einer meiner Reden schreibe. Natürlich ist dieses Hantelstemmen idiotisch, dieses Arme-nach-oben-Stemmen, Arme-nach-hinten-Führen, dieses Dastehen, die Füße ein wenig auseinander, und dann dieses Mitzählen, bis zwanzig. Als ich die Hanteln kaufte, empfahl man mir in dem Geschäft, das sich auch noch *Muskelkater* nannte, ich solle mich bei den Übungen vor einen großen Spiegel stellen. So kann man zugleich auch noch seine Haltung korrigieren. Nicht, daß ich mich mit Ben auf dieser Ebene messen wollte, aber seitdem hat sich mein Brustkorb geweitet, die Oberarmmuskeln treten, ich beobachte das beim Zähneputzen, bei jeder Bewegung hervor.

Ich lege mich neben sie. Und noch bevor ich etwas sagen kann, küßt sie mich auf den Mund. Ihre Zunge wandert an der Unterlippe entlang, an der Oberlippe. Dann umschlingt ihre Zunge meine, ich spüre den starken Muskel darin. Sie sagt: Was du mit ihr schon alles gesprochen hast, versprochen, bekannt. Ich will das schmecken. Draußen, auf dem Gang gedämpftes Lachen. Zwei Lichtstreifen schräg im Zimmer. Ein Wind geht, bauscht die Gardinen. Du, halt mich. Sturz und Stille. Dann tauchen alle die fernen Geräusche wieder auf, überdeutlich.

Wie fühlst du dich?

Verloren und wiedergefunden. In mir, ohne Verlust, und mit dem Wunsch, nur da zu sein, also hier, neben dir.

Sie gibt mir einen Kuß. Bravo!

Jedesmal muß ich wieder neu und anders beschreiben, wie ich mich fühle – danach.

Ich hab Hunger und Durst. Sie darf so etwas Banales sagen, und sie kann es so sagen, als hätte sie seit drei Tagen nichts gegessen und getrunken. Ich hole meine Tasche.

Laß sehen, sie zog die Rotweinflasche heraus, las das Etikett: sehr gut, griff nochmals in die Tasche, zog das kleine Plastikpaket raus.

Was ist das?

Ich zögerte einen Augenblick, sollte ich sagen, ein Dichtungsmittel, etwas, mit dem ich die Löcher in der Korridorwand zuschmieren will, aber dann sagte ich: Sprengstoff.

Und nach einem fassungslosen Was? Woher?

Gefunden, bei Aschenberger. Er wollte die Siegessäule tatsächlich in die Luft sprengen.

Iris hielt das Plastikpäckchen plötzlich sehr vorsichtig in der Hand.

Bist du wahnsinnig, das Zeug rumzuschleppen.

Ich hab mich erkundigt, ist nicht stoßempfindlich.

Total durchgeknallt.

Aschenberger hat genau Protokoll geführt. Er wollte offensichtlich alles genau dokumentieren, falls er vorher verhaftet wird. Er wollte nämlich nicht untertauchen. Auch das steht in dem Bekennerbrief, nach genau drei Tagen wird sich der Unterzeichner dieses Bekennerbriefs stellen.

Warum drei Tage?

Klar, das heizt die Neugierde der Medien an. Es ist wirklich sehr professionell gedacht.

Und der Bekennerbrief?

Der Siegesengel muß fallen, hat er geschrieben. Es war ihm ernst, wie du siehst. Es sollte nur ein Stumpf stehen bleiben, eine geborstene Säule, ein Kenotaph. Ein Zeichen setzen. Die Siegessäule als Ruine, wie die deutsche Geschichte.

Ich zog den Korken aus der Flasche. Edmond hatte mir drei Flaschen Bordeaux mitgegeben.

Warum schleppst du das Zeug mit dir rum? Das ist doch Irrsinn!

Meine Putzfrau.

Quatsch.

Iris bekam sofort diesen mißtrauisch suchenden Blick. Es ist nix. Sie hat, nachdem sie die Frau sah, immer noch den Verdacht, daß sie vielleicht doch zu mehr als nur zum Putzen käme. Was ja auch stimmt, Horch hat ihr den Auftrag gegeben, die Entwürfe meiner Reden einzusammeln. Er arbeitet an einem Bild mit dem Titel: Thanatologe, wahrscheinlich hat er schon einige Details aufgesammelt, Schleifenreste, Sargfutter. Ich habe ihm übrigens den Gefallen getan und ein paar Dinge getippt und in den Papierkorb geworfen. Und als ich nachguckte, nachdem die Polin gegangen war, waren sie tatsächlich verschwunden.

Im Müll?

Nee. Hab auch im Müll nachgeguckt, hab einfach die Plastiktüte aufgemacht. War nix.

Gut, der Wein, sehr gut. Wie ist der an das Zeug gekommen?

Stadtführer haben doch gute Kontakte.

Sprengstoff, so einfach?

Ja.

Du findest das richtig, sagte sie, insgeheim, du denkst, da ist was dran.

Nee, eigentlich nicht.
Was heißt eigentlich?
Eben nicht. Es ist nur diese Lücke, wie kommt er dazu. Früher war er gegen Gewalt. Konsequent.

Die Erinnerung: Geruch, Qualm, Zigarettenqualm, blau die Luft, ein Keller mit Sperrmüll vollgestellt, am Boden ein Kippenteppich, Plakate an den Wänden, die Wände bräuchten Jahre, wollten sie all die Diskussionen wiedergeben, die in sie eingedrungen sind.

Aschenberger war gegen jede Form von Gewalt. Im Keller war einer aufgetaucht, einer, der schon im Untergrund war. Ein langaufgeschossener Mann mit umschatteten Augen, er argumentierte, stets die Extreme hervortreibend, dieses System ist allmächtig, was Korrektur ist, stabilisiert nur das System, dem liegt zugrunde das Profitdenken, ein Denken, das jede Schweinerei rechtfertigt, Waffenexporte zu den Rassisten in Südafrika, Diktaturen in Lateinamerika, Folter und Terror, seht euch die vom Napalm verbrannten Vietnamesen an. Seine Legitimation holt sich das System von der Mehrheit der Bevölkerung, Arbeiter eingeschlossen, die nicht das System ändern will, sondern von ihm geleitet wird, in einem alles übergreifenden Herrschaftszusammenhang, und die Mehrheit weiß auch, daß sie von der Ausbeutung der Dritten Welt schmarotzt. Dagegen hilft nur eins: Gewalt. Revolutionäre Gewalt gegen die Gewalt der Unterdrückung, die Gewalt der Ausbeutung. Du mußt dich entscheiden. Dazwischen gibt es nichts, tust du nichts, bleibt alles, wie es ist, wirst du selbst Schwein. Die Schweine muß man schlagen. Die Schweine, die das System sichern, egal, ob mit dem Gummiknüppel oder mit der Schreibmaschine.

In der Zeit war es schon nicht mehr sicher, ob er nicht

ein Provokateur war. Am Anfang, ganz am Anfang der Rebellion, da saßen in den Versammlungen ältere Herren, denen man schon von weitem ansah, daß sie von der politischen Polizei kamen oder vom Verfassungsschutz. Später gab es Spitzel. Im Keller redete dieser langaufgeschossene Mann, redete von der Notwendigkeit, endlich in die Stadtguerilla-Phase zu kommen, endlich Taten, keine Demonstrationen mehr durch leere Geschäftsstraßen. Widerstand. Die Tat. Gegengewalt. Die reine Tat. Wirtschaftlichkeit, Rationalität, das sind terroristische Begriffe.

Aschenberger war damals aufgestanden, als erster, und hatte gesagt: Nein, das ist die kleinbürgerliche Ungeduld. Wir brauchen erst ein revolutionäres Bewußtsein der Mehrheit der Bevölkerung. Die Arbeiter.

Quatsch, die sind angepaßt.

Man muß auf das moralisch-politische Bewußtsein setzen.

Er wurde niedergeschrien. Moral. Die Ausrede, um alles so zu lassen, wie es ist. Wann ist Gewalt erlaubt? Wie lange, wie endlos lange hat die Diskussion im Widerstand gegen Hitler gedauert, ob man Gewalt anwenden darf.

Das ist überhaupt nicht mit der jetzigen Situation zu vergleichen.

Was ist, wann ist Gewalt? Ein Graffito? Ein Farbei? Einen Altnazi ohrfeigen?

Und du?

Ja, begrenzt, gegen Sachen.

Wie weit entfernt das alles war. Ein Leben vor dem Leben. Wir saßen im Bett, tranken den Rotwein, aßen die Brötchen, die sie mit Roastbeef und Salatblättern belegt hatte, im Zimmer war es dunkel geworden, aber der

Himmel leuchtete noch immer orange. Das Anfahren von Autos, die Ampel mußte auf Grün umgesprungen sein.

Laß bloß die Finger davon.

Von dir?

Stell das Glas weg!

Sie versuchte mich durchzukitzeln. Ich kann mich, geübt durch die Versuche meiner Schwester, so konzentrieren, daß man mich nicht zum Lachen bringt. Auch Iris nicht.

Nicht mal kitzlig.

Nein, aber du!

Es ist unfaßlich, wie sie lacht, wie sie rot wird, wie sie fleht, aus dem Bett rutscht, lacht, lacht, Tränen lacht.

Draußen war es dunkel geworden. Iris mußte Ben anrufen. Er ist momentan so empfindlich, daß sie, was sonst nie nötig war, erklären muß, wo sie gerade ist, was sie macht. Ich frage sie nie, wo sie war, was sie macht, was sie anhat, was sie gerade denkt, alles Fragen, die sie mir neuerdings stellt, so wie sie von Ben befragt wird.

Sie ging ins Bad. Ich hätte ihr, hellhörig, wie es ist, zuhören können, zwang mich aber, auf die Geräusche von draußen zu lauschen, von unten die Stimmen der Passanten, ferner Verkehrslärm, aus dem deutlich das Geräusch eines anfahrenden Busses herauszuhören war.

Sie kam aus dem Bad zurück und sagte: Wir können heute nacht zusammenbleiben, ist das nicht wunderbar?

Mein Schreck, einen Moment das Suchen nach einer Ausrede, um nach Hause gehen, allein schlafen zu können, dann wiederholte ich: Wunderbar.

Wir schlafen hier. Das erste Mal eine ganze Nacht zusammen. Ben mußte nach Stuttgart, in die Zentrale. Er kommt erst morgen mittag zurück.

Ich habe seit sechs oder sieben Jahren mit keiner Frau mehr eine Nacht im Bett verbracht. Und dieses hier war auch noch ein französisches Bett.

Sie stellte ihr Handy aus und stieg, ja stieg, auch das gehört zu ihrer Jugend, über mich ins Bett. Leg dich hin, ganz ruhig. Einmal ist keinmal.

Hör mal, der Herzinfarkt ist immer noch die häufigste Todesursache bei Männern über fünfzig.

Ach herrje. Du nicht. Du bist fit. So redet sie mir zu. Ich mußte ihr den Arm unter den Kopf schieben. Sie erzählte von ihrem Plan, einen Abfalleimer, ähnlich dem hier im Bad, der mit einem kleinen Fußhebel geöffnet werden kann, innen mit einem intensiven weißleuchtenden Licht auszustatten. Abfallicht könnte das heißen, ein leuchtendes Memento mori.

Der Osten ist rot. Die rote Fahne. Der Fortschritt ist rot. Das Rot der Ampel heißt Halt. Die Roten Garden haben in China während der Kulturrevolution die Bedeutung umkehren wollen. Grün sollte Halt bedeuten, Rot freie Fahrt. Die permanente Revolution von Trotzki, wobei das Rot in den Ländern, die von sich behaupteten, den realen Sozialismus verwirklicht zu haben, schon bald nur noch in den Fähnchen, den Winkelementen und in den Fahnen und Transparenten zu finden war. Eigentümlich farblos kleideten sich die Funktionäre, viel Grün und Grau – grau wie die Architektur, die Freizeitplanung, es fehlte der werbende und zugleich anziehende Charakter der Farbe Rot, Rot, das immer auch etwas Drohendes, lustvoll Auflösendes hat, was sich in der Revolte, der Revolution ausspricht, und vielleicht ein Eigenes, ästhetisch Neues hätte herausbilden können, vermufft war es, wie das puschenhafte Betrügen des Ehepartners und das Biertrinken vieler Funktionäre. Schönes Rot, das den Übergang will, das darauf beharrt, Warnung und Aufforderung zu sein, was dann auch bald in China wieder seine Bedeutung fand, weil oft, zu oft, das tiefere geistig-sinnliche Signal dazu führte, daß es Schrammen gab, Radfahrer verknäult am Boden lagen, darum wurde das sanfte gleitende Grün wieder die freie Fahrt, das Rot der Ampel Halt.

Sehr verehrte Trauergemeinde, dieser hier hat aus seinen Erfahrungen gelernt, und das ist das Beste, was wir sagen können, jemand, der nicht starrsinnig ist, jemand, der sich selbst als im Werden begriffen versteht. Edmond, der einmal eine wahre revolutionäre Partei Deutschlands mit aufbauen wollte, der die Tradition von Marx, Engels, Lenin, Stalin und Mao Tse-tung hochhielt, Edmond, der am 1. Mai eines von den zwölf Politbüromitgliedern war, die das zwölf Meter breite und drei Meter hohe, auf Bambusrohre montierte rote Transparent mit den Köpfen der Obengenannten durch die Straßen trugen, er hatte, nachdem Zweifel an seiner Verfassungstreue bestanden – tatsächlich wollte er eine Volksrepublik nach dem Vorbild Chinas – und er als Lehrer nicht in den Staatsdienst durfte, angefangen, dort, wo er einmal bei den Weinernten gearbeitet hatte, französischen Wein aufzukaufen. Erst flaschenweise, dann kistenweise. Er ist herumgereist und zuweilen mit ihm Vera, die ebenfalls im Politbüro gewesen war, die beiden haben die Flaschen bei sich im Keller eines Mehrfamilienhauses gelagert, wo sie damals zur Miete wohnten. Sie haben den Wein zum Verkauf im Freundeskreis angeboten, gut ausgewählt, relativ günstig im Preis, haben selbst oft probiert und viel getrunken. Edmond kam, es war genau der richtige Zeitpunkt, gut ins Geschäft. Expandierte. Eröffnete Weingeschäfte, Großhandlungen, verkaufte Weine aus Frankreich, aber auch Terrinen, Marmeladen, Honig, Geschirr, gußeiserne Bräter, Kochbücher, und veranstaltete natürlich Degustationsabende. Viele Lehrerinnen und Lehrer mit abgeschlossenem Staatsexamen leiten die Filialen, alte Achtundsechziger, die nach einem Anhörungsverfahren wegen verfassungsfeindlicher Umtriebe abgelehnt worden waren oder es gar nicht erst versucht hatten, oder aber nicht eingestellt worden waren wegen der sogenannten Lehrerschwemme. Edmond war, fünf Monate, bevor die Organisation zum Aufbau einer prinzipientreuen, der Revolution verpflichteten Kommunistischen Partei Deutschlands sich selbst auflöste, einfach ausgetreten und hatte sich mit dem Weingeschäft selbständig gemacht. Als er nach ein paar Jahren Filialen gründete, stellte er die ehemaligen Genossen ein, nicht nur aus seiner früheren Gruppe, sondern auch aus den anderen kommunistischen Aufbauorganisationen, die sich inzwischen aufgelöst hatten. Die ehemals einander scharf bekämpfenden Revolutionäre, Vertreter der jeweils einzig richtigen Parteilinie, verkauften jetzt gemeinsam in einem Laden den französischen Wein. Sie, die sich früher in Diskussionen angepöbelt hatten: Arbeiterverräter, Kapitalistenknecht, du Agent im Solde des Kapitals, Parasit im Pelz der Arbeiterklasse, diskutieren jetzt mit den Kunden über die Jahrgangsqualitäten der Weine aus Burgund und Bordeaux sowie über politische Probleme, Umwelt, Dritte Welt, Korruption, Parteienspenden, aber alles nicht zu eng, nicht dogmatisch, eher gelassen, der gute Rotwein, der Käse, die Terrine foie de gras taten das ihre, sie in ruhige, abwägende, verfassungstreue Demokraten zu verwandeln – das jedenfalls behauptet Edmond. Er hat von diesen Weindepots, glaube ich, inzwischen elf, verteilt über die norddeutsche Tiefebene.

Vor drei Jahren haben Edmond und Vera das Haus gekauft, Walmdach, schiefergedeckt, groß, hell, mit Blick auf den Waldrand. Eingerichtet hat es Vera. Sie sammelt Grafik, altes französisches Bauerngeschirr, handbemalt, nur Kinder, leider, haben sie nicht, aber sonst ist alles paletti.

Toll.

Ja, jahrelang ein Herz und eine Seele. Vera hatte in den Läden eine kunstgewerbliche Abteilung aufgezogen, verkaufte Tassen und Schüsseln und Gläser aus Frankreich, alles, was zum Lifestyle dazugehört. Auch sie ist tough. She is beautiful. She is ginger. Sagt Edmond. Sie haben sich auch in Frankreich ein Haus gekauft. Häuschen, sagen sie, une petite maison. Sie sind von all meinen Bekannten am längsten zusammen. Eine spannende Ehe, so muß man sagen.

Tat sich noch was, ich mein im Bett?

Und wie. Es war eine dieser leidenschaftlichen Ehen, ein Paar, das sich bis aufs Messer stritt, buchstäblich, sich dann aber jedesmal wieder versöhnte, im Bett. Eine Ehe wie eine Operninszenierung.

Woher weißt du das?

Ich habe in Hamburg oft bei ihnen geschlafen. Wahrscheinlich gehörte auch das zu dieser Inszenierung, gab ihnen diesen kleinen perversen Kick, daß sie Zuschauer, oder genauer Zuhörer brauchten. Denn jede gute Beziehung, jede Ehe, behauptet Edmond, will inszeniert sein. Die Frage ist nur, wie sie inszeniert wird. So können wir denn auf der Bühne agieren.

Wenn ich bei ihnen wohnte, kam es grundsätzlich zu Streitereien. Ende der siebziger Jahre stritten sie sich über die politische Vergangenheit. Vera war, im Gegensatz zu Edmond, in der Partei geblieben. Die Partei hatte sich mangels Mitglieder selbst aufgelöst. In den achtziger Jahren änderte sich das Thema ihres Streits, die Politik wurde durch Kunst ersetzt, zuletzt ging es nur noch um Personen, abwesende wie auch anwesende. Vera übernahm den Part, grundsätzlich dagegen zu sein. Sie war die ewig Kritische. Die Harte. Schmeiß den Typen raus, wenn er trinkt. Das ist ein Sozialfall. Wären wir auch, wenn wir uns nicht ins Zeug legten. Also, was soll das.

Das letzte Mal, als ich die beiden zusammen erlebte, saßen wir in dem großen Wohnzimmer, an der Wand der wunderbare Kirchner, den Edmond Vera zum Geburtstag geschenkt hat: ein Paar, in einem grellen Blau, dahinter zucken rote Großstadtblitze.

Edmond ist so was von flau, wenn es um die alten Genossen geht, glaubst du nicht, sagte sie, und weißt du warum, weil er sich davongestohlen hat. Das ist sein schlechtes Gewissen. Du doch auch, sagte sie und zeigte dabei auf mich, hast doch auch so still und leise ne Mücke gemacht. Aber du warst ja eh nur bei diesem revisionistischen Verein, dem kommunistischen Weichwasch-Gang. Sie prostete mir zu. Auf euch zwei Helden!

Edmond blieb ruhig, rauchte, trank vom Burgunder, sagte, du kennst doch auch den Zielke, kennst du sicher noch, damals Fachschaft Germanistik, probiert jetzt so viel Wein, daß er schon am frühen Nachmittag abgefüllt ist. Aber wenn ich ihn raussetze, was dann. Der kriegt keinen Job mehr. Wäre ein Sozialfall, ein Penner.

Wie Edmond sein schlechtes Gewissen beruhigt, lächerlich, grotesk. Das mußt du dir vorstellen, läßt er sich darauf ein, gibt so einem Versager wie dem Hellmann, der ein Restaurant eröffnet hat, einen Kredit, nur weil der Typ mal Sympathisant unserer Partei war, nie Vollmitglied, schon damals ein Weichei, sprang sofort ab, als er für ein halbes Jahr in einen Betrieb sollte, Edmond gibt dem einen Kredit, und der Typ ist in einem halben Jahr pleite, auch so eine alte linke Flasche. Und dann zog Vera so richtig vom Leder: Diese Flaschen, das war einer der Hauptfehler der gesamten Linken, daß sie Faulheit ideologisch untermauert hat. Ausbeutung des Proletariats. Das hat zu Marx' Zeiten gestimmt, inzwischen schieben die alle ne ganz ruhige Kugel, 38 oder 36 Stündchen in der Woche und stöhnen. Alle stöhnen. Und immer diese ideologischen Absicherungen: Versager, Kriminelle, immer kamen wir mit dem ganzen Erklärungsapparat an, gesellschaftliches Umfeld, Kindheit und so weiter, kann nicht, wird aber, bessert sich. Alles Quatsch. Daran ist alles gestrandet, der ganze Sozialismus. Wer faul ist, wer nicht ordentlich arbeitet – einen Tritt in den Arsch, einen Tritt, rausschmeißen, auf halbe Ration setzen. Das ist Vera, wenn sie eineinhalb Flaschen Rotwein getrunken hat, die alte Kämpferin für Gerechtigkeit und Schwesterlichkeit, wobei, das muß man sagen, sie nicht so handelt, wie sie redet.

Aber Edmond greift das ganz ernst auf, sagt: Guck sie dir an, wie sie mit einem soliden Sozialdarwinismus die Linke wieder auf Vordermann bringen will. Vordermann, das entspricht doch deiner heutigen Vorstellung. Militärisch. Oder? Weißt du doch, die KZs waren militärisch organisiert. Auch der Gulag.

Ach du liebe Zeit, unser Edmond, Edmond, Edmond, der einmal Stalins Schrift über Sprache bewundert hat, Edmond, mußt du wissen, ist alt geworden, in jeder Hinsicht, und dabei fixierte sie ihn, kalt, mit zusammengekniffenen Augen, sieh ihn dir an, sagte sie zu mir, so schlaff, ja, das ist Sozialdarwinismus.

Richtig, sagte Edmond, der Tannhäuser sagt es frank

und frei, und Edmond sang mit einem schönen Bariton nach der Wagnermelodie: Ach, diese Brust, die voll Inbrunst bebte, sich der Arbeiterfaust entgegenwölbte, sinkt jetzt langsam leidend ab.

Er konnte wirklich gut singen, der Edmond.

Hier sinkt es, und dort will es sich nicht mehr heben, so ist das, sing doch mal mit den *Toten Hosen.* Wir wollen doch nicht heucheln. Haben wir uns doch vorgenommen.

Das kannte ich, das wiederholte sich. Man lag im Bett, in diesem geschmackvoll eingerichteten Fremdenzimmer, mit den Skizzenblättern von Grosz und Dix an den Wänden, in dem es aber sonderbarerweise keinen Fernseher gab, kein Radio, keinen CD-Player, denn nichts sollte von dem akustischen Drama ablenken, das man dann hören konnte, nach einem Abend der Gemeinheiten und Tücken ging der Streit in der oberen Etage weiter, ihre Stimme, seine Stimme, mal laut, mal leise, sehr laut, immer lauter werdend, Stille, und plötzlich das Hecheln, ja, ein leises, zutrauliches Hecheln aus Veras Mund und ein gemütliches Schnauben von Edmond, nicht aufdringlich, aber doch gut hörbar.

Ich kannte das, wußte von beiden, wie es zuging, sie sprachen ja offen darüber, sie brauchten diese Streitigkeiten, es war das Salz ihrer Beziehung, es war die Inszenierung einer wilden, gegensätzlichen Ehe, auf die beide stolz waren, ein Streit, den es seit Anbeginn gab, nach der ersten Nacht, als sie auf diesem Weingut miteinander geschlafen haben, denn danach hatte er es mit einem Mädchen aus Dänemark und sie es mit einem polnischen Studenten getrieben. Danach aber, ein Jahr später, trafen sie sich wieder und waren seitdem zusammen, ohne Gefährdung, wie beide behaupten, von gelegentlichen Kurzaffären Edmonds einmal abgesehen. Sie hingegen war auf ihn fixiert, wobei es zu ihren Inszenierungen gehörte, daß beide ihren Partner allen anderen Gästen anboten, wenn du willst, sagte Edmond, kannst du, wenn Vera dir wirklich gefällt, gern mit ihr ins Bett gehen, du, nicht irgendeiner. Dabei ist es, ich bin überzeugt, nie zu einem Partnertausch gekommen. Denn jedesmal, wenn ein ahnungsloser Gast zugreifen wollte, zeigte sie sich plötzlich spröde und abweisend, sogar ausgeprochen zickig, obwohl sie doch eben noch dem Gast ihre Beine, den Rock hochgezogen, auf den Schoß gelegt hatte. Es ist, ich weiß es, dieser kleine Kick, die ferne Erinnerung an diese jugendlichen Saturnalien auf dem Weingut, eine trunkene Fröhlichkeit, die sich nie wieder einstellen wird.

Iris schläft. Ihrem Atem, ein kleiner, flüchtig suchender Atem, lausche ich. Und ich kann mich nicht entsinnen, je mit einer Frau zusammen geschlafen zu haben, die im Schlaf derart leise atmete. Ein Flügelschlag nur. Ich kann nicht schlafen aus solchen idiotischen Gründen wie: Ich könnte schnarchen, sie damit wecken, und dieser Gedanke, als alter, sagen wir, als älterer Mann neben ihr zu liegen, mit verrutschtem Mund, und dann auch noch zu schnarchen, weil das Zäpfchen im Rachen schlaff wird. Der Grund für das Schnarchen ist gräßlich banal, läßt mich zugleich erkennen, an welchen Details dieser Gleichmut scheitert, ein Gleichmut, den ich mir antrainiert habe, mit dem ich wie mit einer Regenhaut gerüstet ins Alter gehen wollte, und wie deutlich wird jetzt, an welchen Stellen die Regenhaut ihre Löcher bekommt. Manchmal dreht Iris sich um, schmatzt zart und schläft weiter. Einmal lauschte ich, sie redete im Schlaf, einzelne Worte, geflüstert, kamen wie aus einem tiefen dunklen Gewölbe. Zusammenhanglos. Als ich sie berührte, ihren warmen Körper, aus dem diese Worte kamen, den Kopf, in dem sie gedacht wurden, drehte sie mir das Gesicht zu, ohne aufzuwachen, ihre tastende Hand, und schon war sie wieder in unerreichbare Tiefen versunken.

Sie wollte auf keinen Fall im Hotel frühstücken. Wohin? *Dressler? Café Rost? Schleusenkrug?* Aber dort ist das Frühstück nicht gut. Nein. Ich schlug die *Alte Liebe* vor. Ein alter Dampfer, der früher als Hafenfähre zwischen Finkenwerder und Landungsbrücken verkehrte und frühmorgens die Werftarbeiter zu Blohm & Voss brachte, um sie abends wieder abzuholen. Das Schiff sollte verschrottet werden, war dann aber nach Berlin verkauft und zu einem Restaurantschiff umgebaut worden. Es lag am Ufer unterhalb des Rupenhorns. Peter Weiss, wurde mir erzählt, sei gern dorthin gegangen, was mir diesen Ort noch lieber machte. Nachmittags fahre ich manchmal hin, lese oder sitze und blicke über die Havel, die sich hier zu einem See weitet. Segelboote durchschneiden die Sonnenreflexe auf dem Wasser, weiter draußen ein Schleppzug. Haubentaucher rucken nervös durch die Entengrütze. Ein Kanufahrer paddelt vorbei, eine Frau liegt im Boot, den Kopf auf einem Kissen, aus einem Transistorradio singt Bing Crosby.

Ich beobachte Iris, wie sie Honig auf ihr Brötchen tropfen läßt, und sehe in ihrem Gesicht für einen Moment, was mich anrührt, die Gier, bis sie endlich in das Brötchen beißen kann. Ein Segelboot kommt längsseits, macht an dem Dampfer fest, ein junger Mann, eine junge Frau.

Was hast du heute vor zehn Jahren gemacht?
Vor zehn Jahren? Warum?
Nur so.

Sie denkt nach, ein, zwei, drei steile Falten in der Stirn.
Ich habe aufgehört mit der Anglistik und mit dem Design angefangen. Aber das war nicht vor zehn, das war vor neun Jahren. Was vor zehn Jahren war, keine Ahnung. Aber vor neun Jahren, da bekam ich die Nachricht, ich war angenommen worden an der Kunsthochschule.
Sie blickt wieder über das Wasser. Ich sehe ihr an, daß sie nachdenkt, sie denkt über uns nach. Ich weiß nicht, ob das die beiden jungen Leute ausgelöst haben. Die haben ihr Segelboot an einem Poller des Dampfers festgemacht und sind an Bord gekommen, setzen sich zwei Tische entfernt hin. Wie die beiden lachen, ein Strahlen, ein Innehalten, wenn sie sich anblicken. Sie sind von allem abgeschieden und doch so offen. Wie er ihr die Speisekarte hinhält, sie aufmerksam fragt, wie sie sich bedankt, ihn ansieht, nickt, er greift nach ihrer Hand und sagt etwas, das sie stumm macht, stumm blickt sie ihn an und lächelt. Und von ihr, denn ihre Augen kann ich sehen, geht ein Glanz der Unversehrbarkeit aus, ein magischer Augenblick, und er wird getragen von der Hoffnung, nein, der Überzeugung, daß alles einmalig und für immer sei.
Iris, die das junge Paar nicht im Blick hat, schaut über das Wasser, in der Ferne, fast am anderen Ufer, schiebt sich ein Flußschiff in die Kanalmündung. Ihrem Gesicht ist abzulesen, daß sie nicht das Flußschiff sieht und nicht die Kanalmündung, nicht das Aufblitzen der Sonne in den kabbeligen Wellen. Ihr Blick geht nach innen, und ich sehe ihre stille Gedankenbewegung.
Du denkst an uns.
Ja. Du sollst wissen, daß es keine Verpflichtungen gibt, vor allem nicht für dich. Es soll leicht sein, das zwischen uns.
Ich weiß. Was ist?

Ich fühle mich wohl, und ich fühle mich nicht wohl. Wenn ich an Ben denke, sagt sie, fühle ich mich richtig beschissen. Was ich jetzt mit ihm mache, hätte ich mir vor ein paar Monaten selbst nie zugetraut.

Sie hatte mir erzählt, wie sie sich kennengelernt haben vor sechs Jahren, bei einem Essen. Ben saß ihr gegenüber, und was ihr an ihm gefiel, war sein ruhiges, ganz ungekünsteltes Wesen. Es war so gar nichts Gefallsüchtiges, Imponierwilliges an ihm, in diesem Kreis, den ein Galerist eingeladen hatte. Jeder versuchte, seine Stellung zu behaupten, durch Scharfsinnigkeit, vor allem aber durch Informiertheit. Er gab sich keine Mühe, verstehst du, er protzte nicht, überhaupt nicht. Er fragte, und ich antwortete. Es war ganz einfach. Wir unterhielten uns über den Tisch hinweg, und als ich beim Gestikulieren ein Glas Rotwein umstieß, sagte er nichts, reichte mir die Serviette rüber, ohne jede witzelnde Bemerkung, und holte vom Nachbartisch eine zweite, die er über die Rotweinlache auf dem Tischtuch legte.

Er redete weiter, ich weiß nicht mehr was, ich weiß nur, daß er ganz unaufgeregt weitererzählte. Und dann schenkte er mir aus seiner Karaffe mein Glas voll. Der Gedanke, mit einem Mann zusammenzusein, der nicht über Kunst und Theater redet, sondern über ganz alltägliche Dinge, und der so ruhig bleibt, so unbeeindruckt von den ihn umgebenden Leuten, den Galeristen, Malern, Konzeptkünstlern, Journalisten, Schriftstellern, der von alldem, auch deren Problemen, so unberührt blieb, der Gedanke gefiel mir. Wir haben uns verabredet. Ich hatte gerade meinen ersten Job in einer Galerie. Aber dann rief er nicht an. Ich habe ihn angerufen und gefragt, warum er sich nicht melde. Er hatte meine Karte verloren. Dann ging alles sehr schnell. Miteinander schlafen. Zwei Wochen auf Zypern. Heirat, eine Heirat mit dem Vorsatz, sie müsse halten, aber da kannte ich die ja noch nicht, die Inszenierungstheorie von deinem Freund Edmond.

Seit zwei Jahren, ja, ungefähr vor zwei Jahren begann dieses Gefühl der Lähmung bei mir, und ich vermute auch bei ihm, ich vermute, denn darüber geredet haben wir nie. Jedesmal, wenn es dazu hätte kommen können, sind wir ausgewichen, in Ungefähres, Unverbindliches.

Zwei Ruderboote ziehen vorbei. Vierer mit Steuermann. Die Steuermänner, es sind eher Jungen, nein, Mädchen, sie haben einen kleinen Trichter vor den Mund geschnallt, durch den sie ihre Ruderer anfeuern. Die Männer legen sich mächtig in die Riemen.

Und ihr? Ich meine deine Frau.

Die Trennung war einfach.

Warum habt ihr überhaupt geheiratet?

Damals heiratete kaum jemand, vielleicht darum. Wahrscheinlich aber, weil wir glaubten – ja wir waren überzeugt –, wir könnten es ein Leben lang miteinander aushalten.

Ging aber nicht.

Nicht so.

Wie dann?

Es war die Zeit, in der man sich nicht Treue versprach, in der man neue Formen des Zusammenlebens probierte, sehr unterschiedliche, wie man miteinander umging, wie man sich Nähe und Distanz gewährte. Wir haben das vorher besprochen, Nähe ja, aber es sollte, wenn denn jemand von uns Lust hatte, auch die Möglichkeit geben, ihr nachzugehen. Lustgewinn war ein Wort. Und ein sehr wichtiges. Worte waren wie Hebel, ein ganzes Hebelwerk, mit dessen Hilfe man sich selbst und die Welt verändern wollte. Wie das Wort hinterfragen, mit dem man, meinte man es denn ernst, sich selbst aber auch andere in einen progressiven Gedankengang versetzte.

Also keine dieser engen Zweierbeziehungen. Wir gehörten nicht zu den Wahrheitsfanatikern. Haben aber gesagt, dann, wenn sich etwas ändert, wenn tatsächlich die Beziehung in Gefahr ist, soll man es sagen.

Und sonst?

Sonst nur, wenn für den anderen eine Situation entstehen könnte, die ihm, wüßte er davon, peinlich wäre. Wir haben das natürlich nicht so bürokratisch, so abstrakt am Anfang festgelegt, es kam eher beiläufig anhand von Beispielen zur Sprache. Man war mit sich und dem anderen, körperlich und gedanklich, auf einer lustvollen Entdeckungsreise. Die Körper reagieren so unterschiedlich wie die Stimmen, eine erstaunliche Vielfalt. Man kann das Singen lernen, vor allem aber auch das Hören, man kann den Körper zum Singen bringen. Eine wunderbare Harmonie zwischen ihr und mir, wobei gesagt sein muß, daß wir nicht versuchten, dieses schöne Glück durch Ausschließung zu sichern, sondern gerade im Gegenteil durch Erweiterung. Zum eigenen Glück gehört eben auch das Glück der anderen. Erst später haben sich Taktiken zur Eliminierung des schlechten Gewissens entwickelt, ich meine, nicht nur im privaten, sondern im öffentlichen, politischen Handeln. Jeder ist sich selbst der Nächste, das gilt heute in der Liebe wie in der Altersversicherung.

Iris wollte wissen, was mit Lena war.

Eine Freundin von Lena hatte im Auto das Licht angelassen. Der Wagen sprang nicht an. Sie fragte, ob ich ihr helfen könne. Ich fuhr hin, klammerte das Startkabel fest, der Wagen sprang an. Wir fuhren, um die Batterie aufzuladen, ein gutes Stück auf der Schnellstraße. Es war kalt. Das Wort Starthilfe, nicht schlecht, wir lachten. Wir kamen zurück, gingen zu ihr. Sie machte einen Tee mit Rum, und da passierte es.

Was heißt passierte?

Es begann mit einem Witz, einer Frage, einer Antwort, dem Wort Starthilfe, ein Berühren der Hände, ein Streicheln, Küssen, wir zogen uns aus, was heißt aus, wir rissen uns die Sachen vom Leib, als hätten wir auf diesen Augenblick gewartet, seit wir uns kannten, seit Jahren, vier oder fünf Jahren, wir gingen ins Bett, das war's. Wir sahen uns wie früher, zwei-, dreimal in der Woche, haben nie darüber gesprochen, mit keinem Wort. Nur manchmal, sehr selten, gab es einen einvernehmlichen Blick. Dein Herz, mein Herz, so leicht wie ein Ball, den man sich zuwirft. Nein, das ist kein gutes Bild. Wie eine Handvoll Federn. Auch nicht. Sie hatte einen altertümlichen Namen, Alma.

Erzähl genauer.

Weiß nicht, tatsächlich nicht. Völlig untergegangen, keine Erinnerung. Ganz der Statistik entsprechend, Missionarshaltung, also nix Aufregendes. Ich kam nach Hause, Lena schlief schon. Morgens war das Geschehen so fern gerückt, als hätte ich davon erzählt bekommen. Trotzdem war das – vielleicht – das Ende unseres Glücks. Denn danach kam es häufiger und immer selbstverständlicher zu solchen Begegnungen, wie soll ich sagen, der dritten Art. Ich hab sie nie gesucht, sie ergaben sich, keine längeren Beziehungen, ein paarmal noch getroffen, zwei-, dreimal, also diese typischen Kurzaffären. Lange hatte ich das Gefühl, daß bei Lena nichts passierte. Das änderte sich, ohne daß wir je darüber gesprochen hätten, mit der ersten Abtreibung. Sie wollte das Kind und wollte es nicht. Hätte ich ja gesagt, hätte sie es bekommen. Ich hab damals unter anderem Mietautos überführt. Fuhr mit der Eisenbahn nach Bebra, Berlin oder Amsterdam und holte Autos nach Hamburg zurück. Durch meinen Vater hatten wir eine billige Wohnung bekommen, eine Doppelhaushälfte in Norderstedt. Lena arbeitete als Aushilfe in einem Reisebüro, das war's, nach sechs Jahren Studium, Französisch und Englisch. Kein Berufsverbot, sondern Lehrerschwemme. Hatte ein Examen mit 2,5, das war aussichtslos.

Wir waren mit dem Fahrrad Richtung Mölln gefahren, eine Tagestour, hatten belegte Brote, Saft und Kaffee mitgenommen, auch eine Decke. Fuhren gute drei Stunden, bis zu einem kleinen See, legten die Räder ins Gras und wateten in das dunkle, moorige Wasser, schwammen, immer wieder streiften uns die Algen. Gruselig, sagte Lena, das ist, als sitze der Nöck da unten. Stiegen ans Ufer und ließen uns in der Sonne trocknen. Sie trug einen Bikini, knallrot, meine Lieblingsfarbe. Wir lagen nebeneinander auf der Decke, hielten uns an den Händen. Am Himmel zogen die weißen, an den unteren Rändern grau eingeschatteten Haufenwolken. Wir versuchten uns in der Deutung der sich langsam, aber beständig verändernden Formen, hier ein knolliger Mao Tse-tung, da ein Elefant. Wie kommst du denn darauf? Dort der Rüssel, er kniet jetzt. Und dann sagte sie ganz unvermittelt: Ich glaub, ich bin schwanger.

Ich zog meine Hand weg, richtete mich auf. Was heißt glaube?

Ich habe einen Test gemacht. Es war nicht eindeutig.

Auch sie hatte sich aufgerichtet, sah mich an, ein Blick, der mir zeigen sollte, es war eine Frage, eine unausgesprochene Frage.

Ich versuch es noch mal, sagte sie und stand auf. Komm, wir fahren zurück.

Auf der Rückfahrt redeten wir nicht viel. Und ich dachte, ich hätte nicht die Hand wegziehen sollen.

Sie wiederholte den Test, eine Urinprobe in einem kleinen Gläschen. Ein doppelter Ring sollte sich bilden. Wir saßen darübergebeugt. Es war nicht eindeutig, war das ein Doppelring oder nicht?

Sie ging zum Arzt, der untersuchte sie. Sie sind schwanger. Ist denn das Kind willkommen, hat er gefragt.

Und was hast du gesagt?

Ich weiß nicht. Und du.

Ich weiß auch nicht.

In den nächsten Tagen habe ich dann immer mehr und mehr Gründe gegen ein Kind gefunden: kein Geld, keine Zeit, keine Wohnung, ich oft unterwegs, sie arbeitete schwarz, also kein Mutterschutz. Vor allem aber: Ich wollte keine Kinder. Ich wollte nicht dieses Gebundensein. Ein Gedanke, der mich immer geschreckt hat.

Immer?

Ja. Ich habe mir Geld geliehen, wieder einmal von meiner Mutter, und wir sind nach Holland gefahren. Sie ist in eine Abtreibungsklinik gegangen.

Als ich sie abholte, sah sie bleich aus, schmal. Die Augen lagen tief und umschattet, und es war, als könne man durch die Haut etwas violett Verletzliches sehen. Wir fuhren ein Stück auf der Landstraße. Sie begann zu weinen. Sie weinte still vor sich hin. Schluchzte nicht, saß da und wischte sich hin und wieder mit dem Papiertaschentuch die Augen. War es durchnäßt, warf sie das Taschentuch aus dem Fenster. Wer wollte, hätte uns verfolgen können, diese verknäuelten, naßgeweinten Papiertaschentücher auf einer kaum befahrenen Landstraße.

Ein paar Monate später fuhr Lena mit einer Delegaze nach Karl-Marx-Stadt. Das Wort Delegaze verrät viel. Die Kommunistische Partei schickte Sympathisanten in Delegationen in den realen Sozialismus, dessen erfolgreicher Aufbau sollte an Beispielen in der Landwirtschaft, in den verstaatlichten Betrieben, in Kindergärten und Schulen gezeigt werden. In diesem Fall sollte eine Fabrik besucht werden, ein schon im Kaiserreich gegründeter Maschinenbaubetrieb, die Germania, der auch international exportierte, und zwar Maschinen für Plastikherstellung. Lena war mit sieben oder acht Leuten gefahren, darunter drei Männer, zwei Ingenieure, ein Chemiker. Einmal bin ich mit zu einem der Vorbereitungsabende gegangen, erlebte dort auch diesen Chemiker. Ich war überrascht, wie sie auf diesen Mann reagierte. Der Mann sprach Schwäbisch, ein gnadenloses Schwäbisch, was sie normalerweise nicht ausstehen konnte und noch heute nicht kann, wie ich weiß. Er war Assistent an der Uni, und sie unterhielt sich mit ihm über einen Film, ausführlich und, wie ich merkte, schon an dem Abend so ganz abgesondert von den Gesprächen, die um sie herum geführt wurden.

Als wir nach Hause fuhren, sagte sie, er war ganz interessant, dafür, daß er Chemiker ist.

Was hat das mit Chemie zu tun, ich meine, das interessant.

Der war einfach nett.

Und das Schwäbisch?

Ach so, ja, sagte sie, das war nicht so stark.

Wie?

Ja, fand ich.

Das war alles. Dann brach sie nach Kassel auf, wo sich die Gruppe sammelte und von dort in die DDR fuhr, keine Grenzkontrollen, keine pöbelnden Vopos, alle

freundlich, eine Gruppe Sympathisanten, eine Delegaze, die herumgeführt wurde, für die es jede Menge Schinkenbrötchen und Wodka gab. Tagsüber im Bus zu den Plätzen des siegreichen sozialistischen Aufbaus. Das wurde ihnen unmißverständlich gezeigt: Der Sozialismus war, weil die Produktionsmittel verstaatlicht waren, dem Kapitalismus geschichtlich um eine Epoche voraus, jedenfalls im Prinzip. Na sdorowje!
Sie kam zurück, und sie erzählte, erzählte, alle kamen vor, sie erzählte von der Redakteurin, die sich in einem der Plattenhotels verlaufen hatte, dem Lehrer, der eine Schule besucht hatte und entsetzt war über den autoritären Unterrichtsstil, er wollte, er mochte, er konnte nicht sagen, das ist ja wie bei den Nazis, der Ton, das Aufstehen der Schüler, das Hinsetzen, das Abfragen, da werden Widerspruchslose erzogen, Autoritätsfixierte, und dazu kam noch diese miefige Gemütlichkeit im Lehrerzimmer. Und dann war noch einer mit von der Partie, ein berühmter Friseur, ein kommunistischer High-Society-Friseur aus Hamburg – ja sehr verehrte Trauergemeinde, so etwas hat es damals gegeben –, der hatte in Karl-Marx-Stadt in einem dieser tristen Friseurläden einer technischen Zeichnerin eine modische Frisur verpaßt, was dazu führte, daß deren Mann, Mitglied irgendeines Kaders, sich bei der Parteileitung beschwerte, weil er seine Frau so westlich verstümmelt fand – Lena erzählte von allen und jedem, nur dieser Chemiker kam nicht vor. Und als ich sie nach dem Schwaben fragte, ob der denn nicht mitgefahren sei, sagte sie, ach so der, doch, ja natürlich.
Und? Wie war der?
Ganz beiläufig sagte sie: Nett. Und nach einer kleinen, nachdenklichen Pause: Ja. Sehr nett, ja.
Nachts, als wir miteinander schliefen, war sie mit einer

Hingabe dabei wie in den ersten Wochen, als wir uns kennengelernt hatten. Aber es war übertrieben und so, als müsse sie mir oder sich selbst etwas beweisen. Sie war kaum zu halten, und ich hätte gern gewußt, was genau in dem Moment in ihrem Kopf vorging. Was machte diesen Genuß aus: Vergleich, Rückfall, dieses Gefühl, sich gehenzulassen? Oder war es so, daß sie mir damit zu verstehen gab, was geschehen war. Zeigte sie mir in reiner Körpersprache, wie es mit dem anderen war. Also so wie mit uns am Anfang. Was wiederum bei mir eine durch Eifersucht angefeuerte Geilheit auslöste. Ohne daß wir auch nur ein Wort darüber geredet hatten, was passiert war. Ich fragte mich, ob ich mich, wenn ich mit anderen Frauen zusammengewesen war und dann wieder mit ihr schlief, ebenso verhalten hatte. Vielleicht hatte ich es nicht einmal bemerkt. Auf jeden Fall wußte ich seitdem, wenn Lena plötzlich wie verwandelt im Bett war, daß sie wieder einmal einen ihrer saftigen Seitensprünge gemacht hatte. Später gab sich allerdings auch das, entweder meine Aufmerksamkeit ließ nach, oder aber, was wahrscheinlicher war, ihre Seitensprünge glichen sich dem an, was wir zusammen erlebten, verloren ihre sensitive Neuigkeit.

Wir haben nie darüber gesprochen. Es ist bis heute ein Tabu, und das, obwohl soviel Zeit dazwischenliegt und so mancher Partner. Jetzt lebt sie mit ihrem Angolaner zusammen, der etwas jünger ist als sie. Manchmal denke ich, ich könnte sie darauf ansprechen. Aber sie hat eine eigentümliche Scheu, darüber zu reden, obwohl sie durchaus nicht verklemmt ist oder war, ja, im Gegenteil, sie machte alles mit. Aber sie redete nie darüber.

Anders als ich, willst du sagen.

Es ist gleich und immer anders.

Dann kam die Zeit, als ich in dem Ferienclub arbeitete.

Wir sahen uns selten, und wenn wir miteinander schliefen, war das eher eine körperliche Arbeit, so als täten wir etwas für die Körperhygiene. Weder sie noch ich empfanden diese Lust, den Taumel, das Aussetzen von Zeit und Raum. Es war eher die Frage, soll man noch miteinander schlafen oder sich nicht lieber gleich aufs Ohr legen. Und nur weil der eine dachte, der andere erwarte es, kam es manchmal zu dem, was man den Vollzug nennt.

Mit uns ist das anders.

Ja.

Nein. Hörst du, sagte sie mit einer bedeutsamen Nachdrücklichkeit: Hörst du. Nein.

Ja. Ja.

Die Trennung ergab sich dann ganz unspektakulär. Ich wollte für zwei Monate nach Mexiko fahren, zu einem Freund, der dort Lehrer an der Deutschen Schule geworden war, der Glückliche. Sie sagte, zwei Monate, das ist ziemlich lange, nicht? Ja. Wie ist es, sagte sie, ist es nicht besser, wir trennen uns, jedenfalls für diese Zeit, eine Trennung auf Probe. Oder richtig trennen? Wir bleiben uns ja nah. Gut. Ja. Vielleicht ist es besser so. O. K. Und dann sagte sie, wenn es dich nicht stört, könnten wir uns auch scheiden lassen. Nein, wenn du meinst, und ich fragte, warum sie sich scheiden lassen wolle. Einen Moment zögerte sie, dachte nach, dann sagte sie: Es gibt da einen Mann, im Hintergrund, der weiß es zwar selbst noch nicht, aber ich mag ihn. Wäre einfach schön, wenn ich sagen könnte, es sind klare Verhältnisse.

Das war alles. Es war ein gutes Gefühl, ich war danach richtig erleichtert und doch voller Trauer. Diese Ehe war auf eine ruhige, gute Weise an ihr Ende gekommen. Und keiner von uns beiden mußte danach zum Psychologen oder in eine Selbsterfahrungsgruppe gehen, um etwas aufzuarbeiten. Das einzige, was ihr, vermute ich, heute nachgeht, was sie noch immer beschäftigt, sind die Abtreibungen. Zwei Abtreibungen.

Sie wurde nochmals schwanger, und ich weiß nicht, ob sie beim zweiten Mal sicher war, daß das Kind von mir war. Sie sagte nur: Ich muß noch mal in die Klinik. Ganz sachlich, keine Tränen. Nur dieser knappe Aussagesatz, ohne Erklärung. So erfuhr ich, daß sie schwanger war und daß sie das Kind nicht wollte. Da war sie ganz entschieden. Aber bei der ersten Schwangerschaft, da hat sie gezögert, hat auf mich gesehen, mein Zögern, nein, dieses abrupte Wegziehen der Hand, das war entscheidend, die von mir angeführten Gründe hätte man entkräften können.

Ich weiß nicht, wie sie heute darüber denkt. Jedesmal, wenn ich sie sehe, nehme ich mir vor, es anzusprechen. Aber jedesmal wieder kommt etwas dazwischen, weil sie mir eines ihrer Probleme erzählt, eine Beziehung, die gerade kriselt oder zu Ende gegangen ist, ein Facelifting, das sie wieder mal finanziell ruiniert hat, oder, wie das letzte Mal, danebengegangen war. Das polnische Billigangebot. Einfach Pfusch. Links straff, leicht asiatisch, und rechts nicht. Hätte mich ja sonst als Geisha schminken können, aber so halb und halb. Und sie fing an zu weinen, machte dann einen Witz, sie sagte, sie könne jetzt im Asiatinnen-Puff arbeiten, Preisrabatt aufgrund ihres Alters wird gewährt. Nein, sie schüttelte den Kopf, man denkt doch, gerade die Polen haben die besten Restauratoren.

Wie hätte ich in dem Moment mit ihr über unser Kind reden können, das wir einmal bekommen sollten – es wäre genau der falsche Augenblick für ein solches Gespräch gewesen. Sie will nicht darüber reden, kann nicht darüber reden, so, wie sie sich weigert, alt zu werden, sich weigert, die Jugend loszulassen.

Hast du keine Probleme mit dem Altwerden, wollte Lena wissen, während der Angolaner uns die Caipirinhas brachte, die er so gut wie kein anderer macht und die bewirkten, daß man danach alles in einer heiteren Gelassenheit betrachten kann.

Schon, natürlich, aber es geht.

Du hast Glück. Überhaupt, ihr Männer habt sogar noch beim Altwerden Glück. Sie hat auch eine Erklärung dafür, dieses Wissen, bis zum letzten Tag fruchtbar zu sein, wenn es denn überhaupt noch geht, aber dieses Potential, man könnte, auch wenn die Potenz nicht mehr ausreicht, also gut philosophisch gesprochen, nur noch die Potentialität, dennoch, das ist dieser Schutzmantel, na ja, und kommt das feste Bindegewebe daher, dann werden bei euch immer noch kräftig die Hormone mobilisiert.

Der Angolaner brachte die zweite Caipirinha. Wir stießen an. Es war wunderbar, das mußt du wissen, die schönste Zeit, sagte sie und lachte, mit einem leicht nach links verzogenen Gesicht.

Ja.

Wir stießen mit einem zarten Klirren an, und ich dachte mit diesem süßsauren Geschmack auf der Zunge, was mich schützt, noch, ein wenig, vor dem Altsein, ist meine mir selbst abverlangte Gelassenheit – wie wir uns selbst sehen wollen, das gibt uns Kraft – und natürlich Iris – eine Zeitlang.

Dieses Scheißleben, das kann doch nicht alles sein.

Im Sternbild Stier fallen vor allem die beiden offenen Sternhaufen Plejaden und Hyaden auf. In den Mythen der nordischen Völker stellen die V-förmigen Hyaden den weitaufgerissenen Rachen des Fenriswolfs dar, während das silbrige Leuchten der Milchstraße der aus seinem Maul fließende Geifer ist. Das darüberliegende Fünfeck des Fuhrmanns ist der Ort, an dem dereinst die Weltuntergangsschlacht der Götterdämmerung toben wird.

Ich verliere mich.

Nein. Iris hatte sich in den Winterhimmel eingearbeitet. Ihr Klient, ein Mann, der an der Börse in den letzten Wochen knappe 15 Millionen Mark gemacht hatte, wollte an seiner Schlafzimmerdecke die Milchstraße sehen. Der Mann hat eine Firma, die darauf spezialisiert ist, indirekte Werbung in Filmen zu lancieren. Jedesmal, wenn du in einer Einstellung jemanden siehst, der sich umständlich und in Großaufnahme eine Lucky Strike anzündet, dann weißt du, der Typ verdient daran, weil da wieder Werbegelder in den Film geflossen sind. Eine Firma, die aus nur einem Büro mit sechs Zimmern und vier Mitarbeitern besteht, mit der er aber so kräftig Knete macht, daß er sich ein Haus hat bauen lassen. Will mich heute da treffen. Der macht solche Leckaugen, bin ja sonst nicht ängstlich, aber bei dem. Mußt du mitkommen.

Wir fuhren nach Dahlem, fanden den Neubau, wie eine Theaterkulisse – die Klassik war zurückgekehrt. Das Vestibül von vier Säulen mit ionischen Kapitellen getragen, darüber ein Supraportefenster, und darüber nochmals ein dreieckiger Giebel. Marmor, eine Eingangshalle, Bibliothekszimmer mit offenem Kamin.

Der Mann war, anders als Iris dachte, nicht allein, sondern seine Frau oder Freundin stand neben ihm, in silberbeschlagenen Jeans, Schuhen mit überhohen Absätzen, eine weiße, ärmellose Bluse, die vorne mehrere Knöpfe verloren zu haben schien, im Ausschnitt ein braungebranntes Silicon Valley. Der Typ führte uns nach oben, in einen übergroßen Raum, das Schlafzimmer, darin ein

Bett, in dem bequem vier Personen Platz finden konnten. Er zeigte nach oben, zur Decke, weiß, dort wollte er einen Sternenhimmel haben, vor allem die Venus.

Iris entrollte eine Zeichenpappe, weiß, Maßstab 1:5 mit dem Entwurf für die Zimmerdecke, dort sollte die Milchstraße leuchten. Ich hatte ihr gesagt – es ist doch immer gut, sich in der Mythologie auszukennen –, setz ihm dort oben in den Fuhrmann die Götterdämmerung rein. Das Fünfeck soll leuchten, wenn es zum Börsenkrach kommt.

Iris hatte alles sehr genau vorbereitet, die Lichtqualität und Lichtstärke bestimmt, die man nach Belieben abdimmen konnte. Die einzelnen Beleuchtungskörper festgelegt, die über die Decke verteilt werden sollten. Die Frau war begeistert, zumindest in der Missionarsstellung hätte sie Sterne vor Augen. Die Frage, wie der Mann auf den Gedanken gekommen war, sich Sterne an die Decke montieren zu lassen, wurde mit dem Spitznamen seiner Frau beantwortet: Starlet.

Wir lagen zu viert in der Hütte, auf einem durchgehenden Holzbett. Es roch nach kaltem Rauch und Kiefern. Edmond und Maike tuschelten und lachten leise. Wir hatten Krebse gegessen, dazu Wodka, den wir aus Deutschland mitgebracht hatten, getrunken. Ich spürte, wie Astrid die Wangen brannten, ja sie waren glühend heiß, vom Küssen und vom Wodka. Komm, ich zeig dir den Orion, sagte Astrid, und dann sagte sie etwas auf schwedisch zu Maike, deren Antwort nur ein Lachen war. Wir nahmen zwei Wolldecken und gingen hinaus, hinaus in diese klare, finstere Nacht, breiteten die Decken auf dem bemoosten Boden aus. Hart ist das, ging mir durch den Kopf, und hoffentlich tut es ihr nicht weh, aber bald dachte ich nichts mehr, hörte ihren Atem, hörte meinen Atem, spürte mein Herz, dieses vor Aufregung rasende Herz. Es war das erste Mal, daß ich mit einem Mädchen im Freien schlief. Ich hatte es mir komplizierter, mit mehr Ablenkungen, mehr Irritationen vorgestellt. Es war überraschend einfach, allerdings war ich auch schnell gekommen. Wir lagen nebeneinander, ich spürte die Kühle, die plötzlich und mit einem Schauder kam. Und erst jetzt sah ich über mir diese Sternenfülle, tatsächlich, als sei ein Eimer Milch verschüttet worden, der Schwall Sterne zog sich über den mondlosen Himmel bis zum schwarzen Horizontstrich, den das Meer bildete, eine glitzernde Ferne, die dennoch so nah erschien, und ich war erstaunt, wie sehr die Vorstellung des Himmels von der Anschauung bestimmt ist: ein bestirntes Gewölbe.

Am nächsten Tag lagen wir auf einem von dem Wellenschlag glattpolierten Felsen, nackt, zwei Mädchen, zwei Jungen, was damals in Deutschland nicht denkbar war, Mitte der sechziger Jahre. Das Wasser war grün, am Fels, windgeschützt, blau. Die Sonne brannte. Komm, sagte Astrid, wir schwimmen. Das Wasser war frisch, es kühlte die Haut, die von der Sonne rot und heiß geworden war, wir schwammen über den Fjord ein gutes Stück, zwei oder drei Kilometer vielleicht, wir schwammen nebeneinander. Der Himmel graublau, getaucht in ein schmerzhaftes Licht, und nur hin und wieder, wenn strichweise eine Bö darüberging, glitzerte das Wasser. Wir schwammen zu der kleinen Insel, auf der ein paar Kiefern standen. Ich entsinne mich: Wir kletterten den Fels hoch, fanden eine Stelle mit dichtem tiefgrünem Moos. Sie legte sich hin, ich mich neben sie, wie auf einen Teppich. Ich entsinne mich: Der Geruch nach Harz, nach Holz, nicht weit von uns lag eine umgestürzte Kiefer, das feine Sausen in den anderen Kiefern, wenn hin und wieder der Wind hindurchfuhr, ein fernes Blinken vom Wasser, einmal, nein zweimal von weither, eine Schiffssirene, für einen, einen winzigen Augenblick sah ich die Sonne schwarz, dann kehrten all die Geräusche zurück und der Geruch der Kiefer, deren Stamm erst vor kurzem umgebrochen war und wie von einer Granate zerfetzt dalag. Im Wasser, als wir zurückschwammen, brannten meine Unterarme, meine Knie. Und als wir drüben an Land stiegen, schon erwartet, ein wenig ungeduldig, sah ich, meine Ellenbogen, meine Knie waren blutig aufgeschrammt. Und ich sah, auch ihr Rücken, ihre Schultern waren zerkratzt. Ihre Freundin, nachdem sie die Schrammen entdeckt hatte, fragte etwas auf schwedisch, was ich nicht verstand, und Astrid trocknete mit dem Handtuch das Haar, schüttelte den Kopf und lachte, lachte mich an, und beide, wir alle vier lachten. Das ist der Unterschied – heute stört mich schon eine Falte im Laken.

Fotos?

Nein, habe ich weggeschmissen. Vor drei Jahren, als ich den gesamten Ballast abgeworfen habe. So kann man noch einmal den Ballon zum Steigen bringen. Aber meine Mutter hat einige in ihren Alben gesammelt, sorgfältig beschriftet, mit schwarzer Ausziehtusche, das ist das, womit sie sich in ihrem Seniorenheim beschäftigt, die Ordnung und Beschriftung all der Fotos und Dias von ihren beiden Kindern, von ihrer Ehe, von ihren Reisen.

Sie zeigte mir das neueste Album, das sie angelegt hatte, deine Reise nach Schweden, im Sommer nach dem Abitur. Zwei junge Herren in meinem Kabrio, steht da in einer gestochen scharfen Schrift. Das graue Verdeck ist heruntergeklappt, die beiden jungen Männer sitzen darin, beide deuten das Victory-Zeichen an. Ich weiß nicht, warum, vielleicht, weil wir siegen wollten, vielleicht, weil wir gerade das Abitur bestanden hatten. Bei einem Krebsfest in den Schären. Ein junger Mann, schlank, braun, in einem weißen Hemd und Jeans hält einen Krebs hoch. Thomas mit seiner hübschen Freundin Astrid. Der junge Mann – kaum zu glauben, das bin ich, ich, ich – hat ein Mädchen hochgehoben. Das Mädchen trägt eine weiße Schirmmütze und ein weißes Sommerkleid, unter dem Vergrößerungsglas erkennt man das Blumenmuster auf dem Kleid, ihr Gesicht, dieses Lachen, nein, ein Jauchzen, denn es ist, als ob sie ihm geradewegs aus dem Himmel in die Arme gefallen sei. Mager ist er, aber doch kräftig, das sieht man, und wie er lacht.

Thomas und Astrid in den Schären, steht unter dem Bild, das den jungen Mann auf einem Badehandtuch zeigt, in Badehose, ein Buch lesend, auch unter dem Vergrößerungsglas ist nicht der Titel zu erkennen, aber ich weiß, es ist Henry Millers *Wendekreis des Krebses,* und neben ihm liegt das Mädchen, das er auf dem anderen Foto hochgehoben hat, einen Bikini trägt sie, die Haare sind noch naß vom Schwimmen, und sie liest, deutlich zu sehen, man glaubt es nicht, und ich hatte es vergessen, Kleist, auf schwedisch Kleists Werke. Unter einem anderen Foto steht: Edmond und Maike. Die beiden halten sich in den Armen, sind wohl beim Küssen überrascht worden, was heißt überrascht, aufgeweckt, der sie fotografiert hat, hat gerufen, he ihr, macht mal halblang, he Maike. Edmond, steht da in schwarzer Ausziehtusche, beim Absprung. Edmond springt von einem gut fünf Meter hohen, etwas über das Wasser hinausragenden Felsen, er muß eben gesprungen sein, ein schlanker muskulöser Körper, die beiden Arme weit ausgestreckt, als wolle er fliegen. Ein junger Mann steht daneben, lacht, ist das der, der von sich sagt, das bin ich. Kann das sein? Der

Edmond in der Luft und der Edmond zu Hause auf seiner Matratze mit der blutenden Stirn. Unmöglich, sagen Sie, das kann nicht zusammengehen. Und doch ist es ein und dieselbe Person. Nur ein wenig mehr als dreißig Jahre liegen dazwischen. Ja, verehrte Trauergemeinde, ich habe im Buch Hiob nachgelesen und dort den Satz gefunden, der für uns alle gilt. *Stirbt aber ein Mann, so ist er dahin; kommt ein Mensch um – wo ist er? Wie Wasser ausläuft aus dem See und wie ein Strom versiegt und trocknet, so ist ein Mensch, wenn er sich niederlegt, er wird nicht wieder aufstehen; er wird nicht aufwachen, solange der Himmel bleibt, noch von seinem Schlaf erweckt werden.*

Bald, wie es sich für mich jetzt darstellt, werden die Herbstbilder Pegasus, Fische und Walfisch gut zu sehen sein. Und in dem Walfisch ist der Cet, der unserer Sonne so ähnlich sein soll, weil auch er Planeten hat. Vielleicht unsere Gegenwelt. Vielleicht das wahre Utopia, ohne angemaßte Herrschaft, ohne unnötiges Leid, das würde schon reichen.

Iris hatte die große Zeichenpappe entrollt, auf der sie die Sternbilder eingezeichnet hatte, und prüfte, wo die einzelnen Lämpchen installiert werden müßten. Die Leitungen sollten unter dem Deckenputz verlaufen. Sie wartete auf den Elektriker, der das alles installieren mußte. Sicherlich keine leichte Arbeit, zumal der Helligkeitsgrad durch einen Automaten je nach Nachtzeit bestimmt werden sollte, also das deutlichere abendliche Aufscheinen und das langsame Verlöschen in den Morgenstunden.

Der Mann war mit seiner Frau in den Garten gegangen, und ich sah sie reden und zeigen, es ging sicherlich darum, wohin sie die Büsche, deren Wurzeln mit Sackleinen umwickelt waren, setzen wollten.

Ich fahr jetzt mal, muß noch was tun. Du bist ungefährdet, der hat ja sein Starlet dabei.

Kein Taxi, sagte ich, als Iris mir eines über das Handy bestellen wollte.

Was Berlin zur Großstadt macht, sind die Doppeldeckerbusse, sie gewähren diesen herrschaftlichen Überblick auf das Straßentreiben. Man sitzt und schaut, und plötzlich, jedesmal wieder, der Schreck, wenn ein Ast das Dach krachend streift. Die Blätter der Platanen waren gelbbraun, die Büsche grau verstaubt. Auch in der letzten Nacht hatte das Gewitter den Regen nur bis zu den Vororten gebracht.

Ich hörte den Anrufbeantworter ab. Aschenbergers Sohn hatte sich gemeldet und bat um einen Rückruf. Thomson, der sich austauschen wollte – so sagte er – über die Beerdigung von Lüders. Dann die Stimme von Sylvilie: Hallo. Äh. Ruf mich an, bitte, sofort.

Ich holte aus dem Kühlschrank eine Flasche Chardonnay, legte *In the world* von Olu Dara auf und setzte mich auf die kleine Dachterrasse, blickte in den Himmel, den Iris über einem Bett installieren sollte. *Rain shower*. Olu Dara, der bis zum bloß Geräuschhaften improvisiert und die Melodik aufgelöst hat, spielt, nach Feierabend sozusagen, Gitarre und singt einen einfachen narrativen Blues: *Get now the umbrella*. Ich las die Notizen, die ich mir vor Tagen gemacht hatte: das wunderschöne Kaputtspielen, das wunderschöne einfache Spiel. Beides zugleich. Kein Entweder-Oder. Jazz funktioniert nicht wie die Autobranche mit ihrem hysterisch permanent verkündeten neuesten Stand der Fortentwicklung aller Systeme.

Der Orion war zu sehen, sogar die drei Sterne des Schwerts. Noch immer konnte ich in die Ferne sehen, hatte aber Mühe beim Lesen, sogar meiner eigenen Schrift, hier, bei diesem schwachen Licht, das aus dem Zimmer fiel. Ich würde mir in den nächsten Wochen eine Lesebrille bestellen.

Die Tür zur Kellerwohnung war nicht verschlossen. Der Gang war dunkel. Von hinten, aus der Küche, hörte ich Stimmen. Im Arbeitszimmer lag noch immer, wie auf einer Müllkippe, dieser Bücherhaufen, verknickt, aufgeblättert, die Buchrücken aufgesprungen, zerdrückt, eingerissen. Ich bückte mich und hob eines der Bücher auf. *Spuren*, Ernst Bloch. Ich versuchte, die kleinen, mit einem Bleistift geschriebenen Anmerkungen Aschenbergers zu lesen, was mir nicht gelingen wollte.

Was machen Sie denn hier?

Ich hab einen Schlüssel.

Ein Verwandter?

So kann man sagen.

Der Mann, Anfang Zwanzig, trug ein Muskelshirt. Beide Oberarme waren tätowiert, auf dem rechten war ein Drache zu sehen, rotes Feuer speiend. Ein weiterer Mann erschien, mit bloßem Oberkörper, er hatte den kleinen Finger in die Öffnung der Bierflasche gesteckt, die jetzt wie eine gläserne Frucht daran hing.

Ich blickte auf die am Boden liegenden Bücher.

Die holt morgen der Trödler.

Und das, ist das Ihrs?

Ja, hab ich geliehen, dem Mann, also dem Verstorbenen.

Können sich ruhig bedienen, die guten sind schon aussortiert, sagte der Mann mit der Bierflasche am kleinen Finger.

Ich weiß. Danke.

Ich blickte nochmals in den Raum. Der Schreibtisch war abgeholt worden, an der Wand standen ein paar Kartons, Kartons mit Heftern, Karteikarten, Blättern.
Kommt in den Papiermüll.
Ich las in der zierlichen Handschrift von Aschenberger: *Nur in der Kunst hat die bürgerliche Gesellschaft die Verwirklichung ihrer eigenen Ideale geduldet und sie als allgemeine Forderung ernst genommen. Was in der Tatsächlichkeit als Utopie, Phantasterei, Umsturz gilt, ist dort gestattet. In der Kunst hat die affirmative Kultur die vergessenen Wahrheiten gezeigt, über die im Alltag die Realitätsgerechtigkeit triumphiert. Das Medium der Schönheit entgiftet die Wahrheit und rückt sie ab von der Gegenwart. Was in der Kunst geschieht, verpflichtet zu nichts.*
Die beiden Auflöser trugen eine Leiter herbei und begannen, die Lampe an der Decke abzuschrauben. Eine Lampe, die mir erst jetzt auffiel, die ich gern gehabt hätte, eine Art-déco-Lampe. Ein hellrotes Glas, wie durch Blitze gezackt. Einen Moment sah ich den beiden bei ihrer Arbeit zu und fragte mich, wie Aschenberger zu dieser Lampe gekommen war, alles andere war ja äußerst schlicht gewesen, Gegenstände, denen man ansah, daß sie billig waren, betont schmucklos. Vielleicht hatte er die Lampe einfach von den Vormietern übernommen. Auf sie richtete sich die Begehrlichkeit des Auflösers, denn er mußte die beiden angewiesen haben, diese Lampe mit äußerster Sorgfalt abzuschrauben. Wie sie vorsichtig heruntergereicht, dann in eine luftgepufferte Plastikfolie eingeschlagen wurde, das stand in einem augenscheinlichen Gegensatz zu den hingekippten Büchern, diesem zum Müll gewordenen Lesestoff, der nun auf einem Flohmarkt verscherbelt würde, oder aber, falls unverkäuflich, im Altpapiercontainer landen wird.

Ich kannte den Ort, wo das Papier sortiert und recycelt wurde. Immerhin ein Kreislauf, der wieder zu Papier führt, Papier für die Billigkuverts oder die Schreibblöcke, auf denen auch ich meine Notizen mache.

Ich drückte die Zigarette aus, ging ins Zimmer und hörte nochmals den Anrufbeantworter ab: Hallo. Äh. Ruf mich an, bitte, sofort.
Ich rief sie an.
Sylvilie?
Ja. Hallo, ich muß mit dir reden. Heute noch, heute abend.
Das geht nicht. Nicht heute abend. Ich muß an einer Rede schreiben. Du weißt ja, das läßt sich nicht aufschieben.
Dann morgen. So um sieben, im *Laubacher*?
Gut. Bis dann.

Sylvilie will wieder Dampf ablassen. Mit Sylvilie war ich zusammen, bevor ich Iris kennenlernte. Sie war schon geschieden und wurde von ihrem Psychologen für eine neue Beziehung präpariert. Es war schnell zu bemerken, daß ich es nicht nur mit Sylvilie, sondern noch mit einer zweiten, wie unter einer Tarnkappe verborgenen Person zu tun hatte. Sie sieht weit jünger aus, als sie ist, 46, anders als Lena würde sie nicht – jedenfalls noch nicht – die Schönheitschirurgie bemühen, aber anders auch als Lena hat sie das Privileg einer noch immer glatten, weichen Haut, einer guten Figur. Figur, was für ein verdinglichtes Denken, sagte sie, als ich einmal das Wort auf sie bezogen in den Mund nahm, das war, als wir uns wiedertrafen. Inzwischen war sie aufgerüstet worden, und es begann eine lange Diskussion über mein Verhalten ihr, aber auch allgemein den Frauen gegenüber. Ziemlich rücksichtslos, sich jeder Bindung zu verweigern, sich aber doch zu nähern, mit diesem abschätzenden, taxierenden Blick, der sich letztendlich auf das Äußere, die Haut, auf das Fleisch richtet, auf *die Figur,* und der damit trennt, was nur als Ganzes gesehen und zusammen gedacht werden kann, Seele und Körper.

Ja, aber zuerst bemerkt man die Figur. Die ist einfach nicht zu übersehen.

Gut, wenn man dabei nicht nur ans Bett denkt.

Herrje.

Was willst du denn sonst noch?

Reden, ja, miteinander reden, auch schweigen.

Dann, sagte sie mit einem überheblichen Lächeln, brauchen wir ja nicht mehr miteinander zu schlafen.

Gut. Meinetwegen.

So schnell gibst du das auf.

Natürlich nicht.

Warum bist du denn mit mir ins Bett gegangen?

War doch nicht gegen deinen Willen.

Schon, aber ist doch etwas anderes, in meiner Situation oder so, wie du lebst.

Wieso, wie ich?

Na, diese Bindungslosigkeit.

Woher weißt du das?

Das merkt man.

Woran?

So, wie du lebst.

Wie lebe ich denn?

Keine Verantwortung. Merkst du das eigentlich selbst?

Ja. Nein.

Du hörst nicht zu.

Doch. Ich weiß nicht, was du willst. Außerdem muß ich eine Rede schreiben.

Nie fragte sie, was für eine Rede. Sie gehört zu den Menschen, die nicht mögen, was ich tue. Treffen wir Leute aus ihrem Bekanntenkreis, dann versucht sie alles, um die Frage nach meinem Beruf zu verhindern. Allerdings hat sie auch einen Bekanntenkreis, in dem immer gleich gefragt wird, was man denn mache. Was macht der? Rechtsanwalt? Architekt? Viele, sonderbarerweise, fragen, ob ich Architekt sei, so als inkarniere sich in mir der Vater. Dann sagt sie, Thomas ist Kritiker. Er schreibt über Jazz. Daß ich auch spiele, verschweigt sie, weil die Band, diese Altherrenband, zu unbekannt ist. Meine Jazzkritiken hingegen könnte man auch im Radio hören. Allerdings interessiert sie sich nicht für Jazz. Klassische Musik ja, darin kennt sie sich gut aus, aber Jazz, nein, da hab ich keinen Zugang, sagte sie, als ich ihr *Time out* von Dave Brubeck vorspielte, also etwas Eingängiges.

Sie verhindert die Frage nach meinem Beruf mit erstaunlichem Geschick, indem sie am Anfang eines Gesprächs die Bemerkung einfließen läßt, es sei eine der wirklich unangenehmen Eigenschaften der Deutschen, jemanden sofort nach dem Beruf zu fragen. Genaugenommen sei es eine Frage nach dem Verdienst, nach dem sozialen Stand.

Wer mochte dann noch nachfragen.

Dieses peinliche Verbergen meines Geldberufs hängt, vermute ich, mit ihrer Ehrfurcht vor Schriftstellern und Malern zusammen, deren Lesungen und Vernissagen sie so zielstrebig besucht.

Sylvilie war vor zwei Jahren von ihrem Mann, einem Professor für Zivilrecht, geschieden worden. Der hatte nach zwanzig Jahren Ehe eines Abends eine 28jährige Referendarin, die in der Kanzlei arbeitete, zum Essen eingeladen, war danach zu ihr nach Hause und mit ihr ins

Bett gegangen. Ein Absacker. Die hat sich sofort ein Kind machen lassen, sagt Sylvilie. Den Kontakt zu ihrem Mann hat sie reduziert auf die wöchentliche Übergabe der beiden Kinder. Die Neue kommt mir nicht ins Haus. Sie spricht von der Frau nur als der Neuen, wie von einer Illustrierten.

Eines Abends kam Sylvilie in ihrem kleinen roten BMW-Sportwagen bei mir vorgefahren. Ich hörte sie kommen, dieses rasante Gasgeben, sah sie von oben einparken, aussteigen, mit Schwung die Tür zuwerfen. Sie brachte eine Flasche Champagner und mir eine rote Seidenkrawatte mit. Sie liebt die Farbe Blau, wie sie mir sagte, wollte mir aber unbedingt eine rote Krawatte schenken. Du kannst gut Rot tragen, blond, blauäugig, paßt gut.

Ich mag Rot, zumal ein so leuchtendes Rot, das Rot der Kommune, Rot ist meine Lieblingsfarbe. Nicht erzählt habe ich ihr, daß ich an einem Essay über die Farbe Rot arbeite. Sylvilie sagte, sie hätte uns Konzertkarten besorgt. Die Vierte von Brahms. Eine Woche später gingen wir in die Philharmonie. Sie bestand darauf, in der Pause nicht am Rand stehenzubleiben, von wo ich, was ich gern tue, die Vorbeischlendernden beobachten kann, nein, sie drängte ins Getümmel, zum Imbißstand, nein, essen wolle sie doch nichts, die Schlange sei zu lang, dann wollte sie zum Bierstand, wir gingen zum Bierstand, aber dann mochte sie doch kein Bier, lieber einen Champagner, also gut, wir gingen zum Champagnerstand – und da, ein Glas Champagner in der Hand, stand ihr Mann mit einer Frau, die Sylvilie hätte sein können – vor zwanzig Jahren. Das wirklich Überraschende aber war, daß ihr geschiedener Mann mir ähnlich sah, wir blitzten uns beide aus blauen Augen an, beide freundlich bemüht, schon im Blick beteuernd, daß wir jeden hahnenhaften Auftritt lächerlich fänden, daß wir, wenn nicht auch das grotesk wäre, uns gern zugezwinkert hätten, ich ihm anerkennend, er mir kumpelhaft verständnisvoll. Sylvilie hingegen nickte nur knapp zu dem Mann hinüber, gab ihm kurz die Hand und noch kürzer, wenn das überhaupt möglich war, der jungen Frau. Aber dann sah ich diesen Blick des Rechtsprofessors auf meine Krawatte, meinen Anzug, sein Erstaunen und dann in seinen Augen ein kurzes, wissendes, leicht überhebliches Lächeln. Er wie ich trug nicht nur einen schwarzen Anzug, sondern dazu eine rote Krawatte, genau dasselbe Rot.

Ich konnte es mir nicht verkneifen, sagte, das sei meine Berufskleidung. Nicht die Krawatte, das sei ein Geschenk, aber der Anzug.

Ach, was machen Sie, fragte die junge Sylvilie.

Ich bin Beerdigungsredner.

Aber hauptsächlich schreibst du doch Jazzkritiken, sagte Sylvilie schnell.

Die junge Sylvilie wußte nicht, sollte sie lachen oder ernst bleiben. Aber der Mund der alten Sylvilie verbot jedes Lachen, so schmal war er geworden, als sei sie dabei, einen Faden einzufädeln.

Interessant, sagte der Professor, und in seinem Blick war kein Triumph, nur Staunen, ja ein einvernehmlich offenes Staunen.

Der Mann war mir sympathisch.

Entschuldige, sagte Sylvilie später, das mit der Krawatte, daran hab ich nicht gedacht. Wie konnte ich auch, man denkt doch nicht, daß er eine Krawatte trägt, die ich ihm geschenkt habe, und vor allem, daß die Neue das zuläßt. Hast du gesehen, die ist schon wieder schwanger.

Hab ich nicht erkennen können.

Aber ich, die ist im vierten Monat. Ich wette. Sieht man

an den Augen, dieser Glanz, und die Brüste so groß, so stramm, und der Bauch so ein klein wenig gewölbt, hier oben.

Vielleicht haben sie gerade gut gegessen.

Nein. Dir fehlen die Erfahrungen, mein Lieber. Sie sagte das, wie man das zu einem Kumpel sagt: Mein lieber Scholli. Sie hatte damit vor ein paar Wochen angefangen, plötzlich, und es paßt nicht zu ihrer sonst so elaborierten Sprache. Ihr Psychologe wird es ihr empfohlen haben, gleichsam als ein wirkungsvolles Mittel zur Distanzierung. So wie sie manchmal zu mir kommt, sichtlich mit dem Vorsatz, nicht mit mir zu schlafen. Ich merke schon an der Wohnungstür, sie hat es sich wieder einmal vorgenommen. Sie geht in meinem leeren Zimmer herum. Wir setzen uns an den Küchentisch. Wir trinken Wein. Sie knabbert ein paar Nüsse. Wir küssen uns, und ich merke, wie sie weich wird, sich entspannt, während ich ihr die Bluse aufknöpfe, sie trägt fast immer Seidenblusen, und ich ihr, bevor ich mit dem pubertären Gefummel am BH-Verschluß – allein das Wort – anfange, sage, komm, wir gehen ins Bett.

Plötzlich schiebt sie mich weg: Nein, heute nicht.

Ich vermute, es ist Teil einer Übung zur Ichstärkung, die sie zuvor mit ihrem Psychologen ausgearbeitet hat.

Sie redet nie von dem Mann, hat sich nur einmal versprochen, als sie gerade von ihm zurückkam und ich nachfragte, weil ich glaubte, sie rede von ihrem Ehemann. Da sagte sie: Mein Psychologe.

Manchmal, wenn ich sie fragte, erzählte sie nichts, schwieg, ohne eine Erklärung für ihr Schweigen abzugeben, dann wieder, offensichtlich, wenn das Gespräch mit ihrem Psychologen sich anderen Themen zugewandt hatte, erzählte sie ganz freimütig von sich. So zum Beispiel diese Geschichte von ihrem Seitensprung, dem einzigen Seitensprung in ihrer zwanzigjährigen Ehe, während ihr Mann sich immer wieder eine Affäre, manchmal sogar längere Beziehungen nebenher erlaubt hatte. Sie hingegen war nur einmal, ein einziges Mal mit einem anderen Mann ins Bett gegangen. Sie sagte: Es ist ein Mal passiert. Und es war genaugenommen enttäuschend. Einmal. Aber eben das, daß sie nach zwanzig Jahren Ehe einmal mit einem anderen Mann geschlafen hatte, war der Hebel, den ihr Mann zum Weihnachtsfest ansetzte, den er, juristisch geschult, disputierte. Nicht, daß er nicht auch angerührt war, denn er liebte seine vier Kinder, aber er konnte sagen, ihn habe das so verletzt, daß sie, während er auf einer Vortragsreise durch Frankreich und Belgien war, zudem in höchstem Streß, weil er in der École Nationale d'Administration einen Vortrag halten mußte, mit dem Mann ins Bett gegangen sei, den er auch noch kannte, einem Maler, dem er ein Bild abgekauft hatte, wahnwitzig teuer.

Sie hatte geschrien, was ist einmal gegen hundertmal.

Er hatte gesagt, nun übertreib mal nicht, hundertmal, also, das zum ersten, und jetzt zum zweiten – was ein gutes Beispiel für Dogmatik abgeben sollte –, ob einmal oder mehrmals, ist egal. Wenn sie von Ehebruch rede, dann ist die Ehe auch gebrochen, denn schließlich hatten sie sich katholisch trauen lassen, sie ist ein Sakrament, und ihr unzerreißbares Band ist Treue. Und sie habe jetzt gleichgezogen, sozusagen. Die Treue kann nur einmal gebrochen werden und nicht mehrmals, das ist so, wie man auch nur einmal seine Unschuld verlieren kann, das nämlich ist die Basis der Treue, diese Überzeugung, daß etwas rein ist. Es gibt nicht den jedesmal neuen Treuebruch. Er sagte, was er ihr hoch anrechne, sei, daß sie, wie er es ja auch immer getan habe, die ganze Geschichte gestanden habe.

Ich vermute, daß sie durchaus nicht mit diesem Maler, dem Horch, ins Bett gegangen war, weil sie scharf auf ihn war, sondern einfach, weil sie ihren Mann eifersüchtig machen wollte, weil sie ihm zeigen wollte, sie könne das auch, zumal er mehrmals Affären mit wesentlich jüngeren Praktikantinnen hatte. 28 schien ein magisches Alter für ihn zu sein, denn die meisten Frauen, mit denen er ein Verhältnis hatte, ganz gleich ob einen One-Night-Stand oder eine fünfmonatige Affäre, waren 28 Jahre alt, was aber nicht an einem Zahlentick von ihm lag, sondern sich recht banal aus dem Ausbildungsgang der Juristinnen erklären ließ, die dann in die Praxis drängten und von ihm in Einstellungsgesprächen ausgesucht wurden, sozusagen handverlesen. Ihr Seitensprung erlaubte es ihm, sich aus der Ehe herauszuwinden, wobei er offensichtlich lange mit sich gerungen haben mußte, denn die Referendarin war zu dem Zeitpunkt schon im sechsten Monat schwanger.

Ich, sagte sie, war nicht mehr ich selbst, langsam hatte sich alles zu ihm verschoben. Alle Entscheidungen, was wir essen, wohin wir fahren in den Ferien, ich wollte so gern in den Süden, er wollte unbedingt wieder in den Norden. Einsamkeit. Wandern. Elche. Geysire. Grönland. Er zeltet gern, leidenschaftlich. Er bestand darauf. Wir fuhren nach Island, wandern. Er ist ein Naturbursche. Er stieg in einen Fluß, ich mußte ebenfalls rein, eisig, aber er bestand darauf. Ich hasse kaltes Wasser, stieg aber in den Fluß und sagte: Wunderschön. Dann grub er sich in den schwarzen, warmen Lavasand ein, und ich mußte mich ebenfalls in den Lavasand eingraben. Es gefiel mir sogar, jedenfalls redete ich mir das ein. Ich kam mit zu seinen

Veranstaltungen, er bestimmte, wann wir schlafen gingen, wann wir miteinander schliefen und in welcher Position. Nicht gewaltsam, nein, das wäre falsch, es war nicht gewaltsam, nicht einmal mit Überredung oder der Androhung von Liebesentzug, nein, es war einfach so. Und plötzlich die Katastrophe. Aus heiterem Himmel. Nach zwanzig Jahren Ehe.

Ich stelle mir vor, es ist dem vergleichbar, wenn Kinder plötzlich Waisen werden. Ich mußte lernen, die Kontoauszüge richtig zu lesen, Abbuchungen, Umbuchungen zu machen, Festgeld anzulegen und aufzulösen, Entscheidungen zu treffen, und vor allem, ich mußte den Kindern alles erklären, nicht um ihn zu schonen, sondern um sie zu schonen. Wie macht man den Kindern klar, daß ihr Vater von heute auf morgen alles im Stich läßt und mit einer neuen Frau eine neue Familie gründet, neue Kinder bekommt. Die beiden ältesten konnten das noch am besten verstehen, die waren neunzehn und sechzehn, aber die Vierzehnjährige, der Elfjährige, nein, es war zuviel, ohne ihn, ich weiß nicht. Ich hätte es nicht geschafft.

Dein Ex-Mann?

Nein, platzte sie entrüstet heraus, nein, mein Psychologe.

Und es war, als wolle sie sich auf die Zunge beißen. Aber da war es schon heraus: Mein Psychologe.

Es war das einzige Mal, daß sie ihn erwähnte, daß er auftauchte.

Sylvilie kam in die Wohnung und sagte: Wie wohltuend diese Leere. Das schätzt man erst richtig, wenn man Kinder hat, die einem wie die Eichhörnchen die Bude mit allem möglichen Kram vollschleppen.

Sie ging in die Küche, nachdem sie nochmals einen kurzen Blick in den großen Raum geworfen hatte, und ich

merkte ihr an, sie wollte nicht fragen, wo schlafen Sie – wir siezten uns noch –, und während ich die Fenster schloß, hörte ich diesen kleinen erstaunten Ausruf. Ein Oh. Ich dachte, sie hätte die Rotweinflasche entdeckt, die ich schon vorsorglich, bevor ich wegging, geöffnet hatte, damit der Wein Luft bekommt. Nein, sie stand vor dem Horch, dem einzigen Bild in meiner Wohnung. Sie konnte es einfach nicht fassen, daß ich einen Horch dort hängen hatte, sonst ist da ja nichts, alles weiß, das Geschirr weiß, aber da hängt dieses Bild. Einfach so.
  Gekauft?
  Nein, geschenkt.
  Vielleicht war das ja der Grund, daß sie sofort und ohne zu zögern mit mir geschlafen hat, voller Hingabe. Nein. Das ist klein gedacht, nein, es war die Sehnsucht, sich selbst zu spüren und den anderen, sich und den anderen aus all den eingeübten, erlernten, erworbenen Verhaltensmustern für einen Moment zu erlösen. Auf dem Futon liegend, erzählte sie mir, ihr Mann habe für ein Horch-Bild dreihunderttausend Mark bezahlt. Mit diesem Horch, ja, mit dem habe sie geschlafen, ob ich den kenne.
  Ja.
  Wie gut?
  Wir sehen uns, hin und wieder.
  Sie hatte, wie schon gesagt, nur einmal mit ihm geschlafen, und das war so, daß sie nicht mit mir darüber reden mochte. Offensichtlich tat sie das nur mit ihrem Psychologen.
  Versprich mir, daß du nicht mit Horch über mich redest.
  Versprochen.
  Wir lagen auf dem Futon, ich hatte meinen Arm um

ihre Schulter gelegt, die so gar nicht mager, sondern wie der Oberarm durchaus fest im Fleisch war. Wir lagen, und wenn wir den Rotwein trinken wollten, mußten wir mit den Oberkörpern hochkommen.

Ich hätte Horch nach Sylvilie fragen können und weiß, er hätte bereitwillig erzählt. Er gehört zu den Männern, die gern und detailgenau von ihren Affären erzählen. Ich habe es nie getan. Horch lebt mit einer Frau zusammen, einer Lebensgefährtin, die auch einmal bei ihm Malerei studiert hat. Eine Frau mit tiefschwarz gefärbtem Haar, Haar, das inzwischen wie Schwamm, wie Kunststoff aussieht, und jedesmal, wenn ich sie sehe, erschrecke ich. Dieses alte, versoffene Gesicht, in dem man noch Spuren der früheren Schönheit erkennen kann – die kleine gerade Nase, diese rundgewölbte, geschwungene Unterlippe, die weitgeöffneten Augenlider –, die Haut hängt nach unten, Tränensäcke, die in den Mundwinkeln aufgestülpten Seitenbäckchen, dieser langsam aufweichende, große, nach links ziehende Mund. Niemand versteht, warum der erfolgreiche Horch mit dieser Frau herumläuft, und dann, auch das noch, tauchen die beiden in der Öffentlichkeit auf, halten einander an den Händen wie Siebzehnjährige. Wobei man jedesmal den Eindruck hat, er halte sie an der Hand fest, damit sie ihm nicht wegläuft.

Sag mal, das Bild muß doch ein Vermögen gekostet haben.

Wenn du so willst – ja.

Vor gut einem Jahr klingelte das Telefon. Horch meldete sich, sagte, ich sei ihm empfohlen worden und ob ich ihm helfen könne. Sein Vater sei gestorben, mit 87, betonte er, vermutlich, um übertriebene Beileidsbezeugungen zu unterbinden.

Zwei Tage nach der Beerdigung seines Vaters lud Horch mich zu sich in sein Atelier ein. Eine Auszeichnung, wie ich später erfuhr, da er nur selten Besucher einläßt. Er hatte einen ausgesucht guten Bordeaux aufgemacht. Wir stießen an, und dann, nach der obligatorischen Pause des Schmeckens, Nickens, Nachschmeckens, sagte er: Sie müssen schreiben. Sie können das. Das wäre ein wirklicher Auftritt, verstehen Sie, jemand, der Literatur schreibt, sich sonst sein Geld aber als Leichenredner verdient.

Nur Horch gebrauchte diese etwas altertümliche Formulierung: Leichenredner.

Die Kritik würde darauf sofort abfahren, diese Jungs und Mädchen leben von solchen Künstlermythen. Nicht, was sie sehen oder lesen, ist entscheidend, sondern allein, wie sie es sehen und lesen. Das ist wie eine Brille, die man diesen Leuten aufsetzt, verschieden geschliffen und getönt, bis hin zur Blindenbrille. Die Mythen entscheiden über den Preis und damit über die Qualität. So wie man die Dinge sehen will, so blicken sie zurück. Es sind die vorgeschriebenen Sehweisen, die bestimmen, was Kunst ist. Alles kommt auf den Künstler an, wie er sich darstellt, wie er selbst Teil seines Produkts wird, ihm erst die Aura verleiht. Was ich mache, könnte natürlich auch ein anderer machen, aber erstens muß man erst mal die Idee haben, wobei ich Ideen nicht so hoch einschätze, Ideen sind die Läuse auf dem Kopf, zweitens aber die begleitenden Formen entwickeln, die Kombination, darauf kommt es an. Michelangelo mit seinem steifen Hals in der Sixtinischen Kapelle malend, das war damals das Surplus, die Verkörperung des titanisch Schaffenden, mit Schmerz verbunden, immer am Abgrund stehen – aus heutiger Sicht. Die Warenwelt kennt keinen Heroismus, keinen Mythos. Bleibt nur der Leistungssportler, der gedopte, der Künstler. Die haben noch etwas von den Helden, damals, an der Wolga, die im Schneesturm in Trümmern Wache standen, hungrig das noch dampfende Gehirn des gefallenen Kameraden verschlangen. Also in meinem Fall müssen es reale Literaten sein, das muß garantiert sein, deren Aura ist wichtig, je bekannter, desto besser, Literaten, die später staunend ihre Manuskripte oder Typoskriptseiten hinter Glas wiederfinden, zusammengelegt wie ein Papierhirn, sodann die Trouvaillen, und das Wissen, daß ich sie auf nächtelangen Wanderungen durch die Stadt finde, wie diese Stechkarte eines polnischen Bauarbeiters – was könnte mehr auf den Umbau Berlins deuten. Und dann natürlich, drittens, die Ausstellungsmacher, sie sind die eigentlichen Herren, Göttern gleich, rätselhaft in ihrem Ratschluß. Ein Ikea-Bett kann jeder kaufen, auspacken und an die Wand stellen, aber zur Arte Povera wird es erst, wenn der Ausstellungsmacher es an die Wand stellen läßt, dann kann Artschwager 250 000 Mchen verlangen. Ich, sagte Horch, kann wenigstens zeichnen, darum kann ich ruhig schlafen, habe nicht das Gefühl, die Leute angeschissen zu haben. Lassen Sie sich eine Hand malen von all diesen Hochbezahlten, aber Sie müssen Augenzeuge sein, nicht daß der hingeht und einen dieser Straßenmaler darum bittet. Und viertens, was die Preise hochstemmt, in meinem Fall – übrigens sollten wir uns duzen – prost –, ich will keine Bilder verkaufen, ehrlich, das ist keine verkaufsfördernde Strategie, ich hänge an ihnen, es sind Unikate, die ich mir, weil ich wirklich Sammler bin, vom Herzen reißen muß. Ja, es fällt mir schwer, und manchmal könnte ich einem dieser Säcke in die Eier treten. Ein Maler, der seine Bilder nicht verkaufen will. Aber dieser, mein maßloser Geiz, der wohl daraus resultiert, daß ich so lange an den Bildern herumbossele, führt dazu, daß ich das Angebot klein halte, was in dieser auf Geltung ausgerichteten Szene die Nachfrage steigert. Er trank und sagte nach einer langen Pause, in der er mich unentwegt ansah, wir arbeiten verwandt, ich sammle tote Dinge, und du redest über die Toten. Prost! Und dann, mich immer noch fixierend: Dir möchte ich eins schenken.

Was?

Ein Bild. Du hast deine Sache sehr gut gemacht, bist wirklich ein Profi. Wie du von dem Sprachfehler geredet hast, dem Vater, wie der diese Sprachhemmung, denn darum handelte es sich, langsam überwunden hat, schließlich seine eigene Sprache gefunden hat, eine Sprache, die den anlautenden Konsonanten B kaum kannte, also nicht Bett, sondern Schlafliege, nicht Ball, sondern Lederkugel, und wie diese Neufindung oder die Vermeidung parallel zum Neubeginn nach der Vertreibung und dem Verlust seines Besitzes im Osten stattfand – das war einfach klasse. Ich hab mich schon gewundert, als du gefragt hast, welche Laute der Vater nicht aussprechen konnte.

Ich setzte an, ihm vorsichtig zu erklären, daß ich in meiner Wohnung keine Bilder dulde, daß die Wände weiß sein sollen, mit Ausnahme dieser japanischen Schriftrolle mit den getuschten Zeichen. Mehr nicht.

Er unterbrach mich, sagte, nix da, dann häng es eben in die Küche oder ins Klosett. Wer ein Bild von mir bei sich hängen hat, muß eine Menge Kohle haben oder aber Leichenredner sein. Kannst das Bild ja auch verkaufen oder verschenken.

Wir stießen mit diesem Vierhundertmarkwein an.

Wir beide sind die Abfallsammler. Die Welt ist eine Ansammlung von Entwürfen, die alle irgendwann auf die Müllhalde wandern.

An dem Abend bin ich mit dem Bild unter dem Arm nach Hause gekommen, habe in der Küche einen Nagel in die Wand geschlagen und das Bild aufgehängt. Ich hätte es gern Iris geschenkt. Ansonsten ist es, und der Gedanke hat etwas Beruhigendes, meine einzige Form von Altersversorgung. Wenn der Kunstmarkt es dann noch will.

Sylvilie stand in der Küche vor dem Bild, sagte: Ein Horch, und ging mit mir ins Bett.

Es war das erste Mal seit ihrer Scheidung, wie sie mir später sagte. Ich fühle mich wie in einer Studentenbude, sagte sie, als wir auf dem Futon lagen. So schön leer alles, so gar nichts, was an Kinder, Haushalt erinnert. Sie war voll zärtlicher Geduld, was ich ihr hoch anrechne. Auch wenn sie später sagte, mit zwanzig wäre das sicherlich alles leichter und schneller gegangen. Aber wäre es auch besser gewesen? Vielleicht war es ja mein anfängliches Versagen, das sie so sanft, mir zugeneigt machte.

Später, wahrscheinlich nachdem sie ihrem Psychologen von mir und unserem Verhältnis erzählt hatte, gab es dann immer wieder diese plötzlichen Stimmungsumschwünge, schroff, mit diesem einfädelnden Mund, dieses Befragen, Ausfragen, das Unterstellen der niedrigsten, selbstsüchtigsten Absichten.

Ja, recht hatte sie oder vielleicht auch ihr Psychologe. Mit ihr zusammenzuziehen, wie sie es am Anfang einmal ansprach – wär schön, immer aufzuwachen neben dir –, das ist mir nicht in den Sinn gekommen. Nicht einen Augenblick. Es war genau die Art von Beziehung, die ich schätze – schätzte – hin und wieder gemeinsam essen zu gehen, einmal die Woche miteinander zu schlafen, die nächste Woche darüber zu reden, warum sie nicht mit mir schlafen wollte.

Sie war tapfer, würde meine Mutter von ihr sagen, wie

sie die vier Kinder großzog, und sie konnte so lebhaft von ihren Kindern erzählen, sie war eine gute Beobachterin mit einem Sinn für Situationskomik. Eine mir fremde Welt, die Rap-Idole, verbiesterten Lehrer, der Verehrer der Tochter, der plötzlich im Pyjama ihres geschiedenen Mannes am Frühstückstisch saß und zu ihr sagte, setzen Sie sich doch. Ja, ich hörte ihr gern zu. Aber da ich keine Anstalten machte, dieses Verhältnis zu ändern, mich auf eine Bindung einzulassen, wie sie sagte, nicht einmal den Wunsch aussprach, mehr und öfter mit ihr zusammenzusein, rückte sie allmählich von mir ab. Manchmal schob sie, waren wir im Bett, mich regelrecht von sich weg, blickte mich forschend an. Und wieder begann ein Verhör. Wir lagen da, noch mit erhöhtem Pulsschlag, ich jedenfalls, und sie fragte mich, was willst du eigentlich von mir. Ich meine, mehr als Sex. Mehr, als sich mal treffen. Interessiere ich dich, willst du wissen, wie ich mich fühle?

Hätte ich ihr sagen sollen, genau das frage ich mich, was geht in dir vor, kaum sind wir zusammen, dann ist kein Reden mehr, dann liegst du da und windest dich, windest dich in einer Hingabe, die an kein Wort mehr denken läßt. Ist das ein und dieselbe Person? Die, die beim Orgasmus kleine Ohnmachtsanfälle bekommt, und die, die mich jetzt wieder ins Kreuzverhör genommen hat.

Ich sagte nur, natürlich interessiert mich das.

Wirklich? Wie ich mich gefühlt habe, als ich zu dir gefahren bin. Wie ich mich heute morgen gefühlt habe? Das interessiert dich nicht, nicht wirklich. Du willst das schön einfach, schön distanziert, alles, was dir Spaß macht, aber nicht mehr.

Und ich muß gestehen, nach einem solchen Verhör, nachdem sie mir wieder einmal die schäbigsten Beweggründe unterstellte, sagte: Du willst mich nur benutzen, ich bin für dich nichts als Befriedigung, da sagte ich: Ja.

Ja, verehrte Trauergemeinde, ich tat es gern und voller Lust, zeigte aber kein wirklich weitergehendes emotionales Engagement, was stimmt, aber woher auch, es war letztlich eine Zweckbeziehung, eine Beziehung zur Befriedigung des Geschlechtstriebs, so klar, so brutal kann man das sagen – und ich will ja ehrlich sein –, darüber hinaus sind wir gelegentlich essen gegangen, haben uns hin und wieder einen Film angesehen, ein Konzert angehört, ich freute mich jedesmal, wenn ich wieder mit mir allein war. Wenn sie mich öfter sehen wollte, vor allem, wenn sie mich zu den Abendessen oder Parties ihrer Freunde mitnehmen wollte, habe ich mich hinter einer dringlichen Rede für eine Beerdigung verschanzt, und die kann man bekanntlich nicht aufschieben.

Du bist ein gleichgültiger Egoist.

Ja, stimmt.

Was? Jetzt stockte sie, sah mich überrascht an.

Und dann sagte ich es: Laß uns Schluß machen.

Sie saß da, in meinem Ledersessel, starr, ihr Gesicht wurde blaß, weiß, ich kann mich nicht entsinnen, jemanden erlebt zu haben, der plötzlich so blaß wurde.

Nach der Begattung kommt es zu einem Gleichgültigkeitsreflex. Eifersucht ist die Folge eines jahrhundertelang eingeübten Besitzanspruchs.

Eine Frau?

Ich sagte nichts. Obwohl ich damals Iris noch gar nicht kennengelernt hatte. In dem Moment tat mir Sylvilie leid. Aber Leidtun ist keine gute Voraussetzung, um zusammenzubleiben. Ich mochte einfach nicht mehr, das war alles.

Sie stand auf, nahm ihre Handtasche, sagte, laß mich, ohne daß ich etwas gesagt hatte.

Ich möchte es dir erklären.

Sie schlug mit der Hand nach hinten, als hätte ich versucht, sie festzuhalten: Laß mich.

Sie ging zur Tür und knallte sie heftig zu.

Das war vor gut einem halben Jahr. Drei Monate habe ich wie ein Asket gelebt und nichts vermißt: Ich habe es genossen, das Alleinsein, das Nichtredenmüssen, die Ruhe, Stille, den Jazz, die Schwärze.

Hin und wieder ruft Sylvilie an, dann treffen wir uns, wir treffen uns in einem Restaurant, *Glühwurm,* das von Schwaben hier in Berlin betrieben wird. Wir treffen uns, und sie beschimpft mich. So wird es auch morgen sein. Sie bestellt sich ein Wienerschnitzel mit Bratkartoffeln, und dann legt sie los. Sie fängt harmlos an, ißt, schaufelt sich das Essen rein – sie, die sonst so wenig ißt. Sie kritisiert mich, erst vorsichtig, dann steigert sie sich, am Schluß wird sie laut: Dreckskerl. Egoist. Emotionaler Krüppel. All das, was sie ihrem geschiedenen Mann nie gesagt hat, sagt sie mir, und das in einer Lautstärke, daß die Umsitzenden in ihren Gesprächen stocken, und die Bedienung, die uns inzwischen schon kennt, zwinkert mir hinter Sylvilies Rücken im Vorbeigehen komplizenhaft zu. Ein-, zweimal hat Sylvilie versucht, nochmals mit mir ins Bett zu gehen. Komm Sylvilie, das bringt doch nichts. Daraufhin wurde sie noch lauter, noch ausfallender, was man ihr, sieht man sie in ihrem Escada-Kostüm und mit ihrer schwarzen Tahiti-Perlenkette, nie zutrauen würde.

Ich bleibe bei diesen Attacken ruhig. Ich sitze da und versuche, ein bekümmertes Gesicht zu machen, wenigstens das. Sie tut mir leid. Ich hätte ihr sagen können, dieser Horch, dieser Mann, der Anlaß für die Scheidung deiner Ehe war, dieser Horch würde deinem Ex-Ehemann am liebsten in die Eier treten. Und mir kam plötzlich der Verdacht, daß Horch, anders als der legendäre Goldschmied, nicht mordet, sondern systematisch Ehen ruiniert. Baggert Sylvilie an, der das Bild zuerst gar nicht gefiel, die sich darin erst einsehen mußte. Vielleicht aber wollte Horch es auch nur noch einmal wieder ansehen. Vielleicht hat Horch sich inzwischen schon an Sylvilie, die junge, herangemacht. Vielleicht hilft ihm dabei seine schwarzgefärbte Schönheit mit ihrem vom kreativen Leben verwüsteten Gesicht. Vielleicht ahnt der freundliche Zivilrechtsprofessor gar nicht, in welch zerstörerisches Geschäft er sich mit dem Kauf dieses Bildes begeben hat.

Hin und wieder, wenn ich in der Nacht vor einer Beerdigung herumlaufe und noch über einer Rede grüble, treffe ich Horch auf der Straße. Immer den Blick auf den Boden gerichtet, hält er Ausschau nach gezeichneten Dingen, Dingen, die etwas über ihren Gebrauch und über die erzählen, die sie gebraucht haben. Das kann einmal ein Arbeitshandschuh sein, ein andermal ein Damenslip, den ein Verbindungsstudent als Siegestrophäe an den Ast eines Parkbaums geknotet hat, oder aber es ist der Kronenkorken einer Bierflasche, an dem man noch den Abdruck eines Eckzahnes sehen kann, der also von irgendeinem der inzwischen so seltenen echten Proleten aufgebissen worden war. Nur muß sich Horch für diesen einen Kronenkorken Hunderte Mal bücken. Er sammelt ja nicht die Korken verschiedener Brauereien, sondern sucht nach dem einen, einzigen, besonderen, eine intensive Arbeit, ein Fährtenlesen, wie er das nennt. Und wenn ich ihn so sehe, nachts um drei, in den menschenleeren Straßen, im

Winter verhüllt wie einer der letzten Stalingradkämpfer, dann verstehe ich, wer so sammelt, der will seine Fundstücke nicht wieder hergeben. Der dringt auch in Ehen ein. Er steht da, er, der Currywurstesser, ich, der Frikadellenesser, denn mein Geheimnis ist der Senf, was Iris so erstaunlich findet, wie jemand so gern Senf ißt, auch auf die verschiedenen Marken achtet. Wenn sie sagt, sie hat schon ein Geschenk für meinen kommenden Fünfundfünfzigsten, den ich im runden neuen Jahrtausend feiern kann, dann ahne ich, was das ist: Senf aus Aix-en-Provence.

Und dann diese Zeichnung. Ich habe sie zufällig gesehen, bei ihr zu Hause. Sie arbeitet an einer Geburtstagsinstallation, von der ich zunächst dachte, es sei ein Spaß, etwas, das sie mir schenken wollte als Zeichnung, seit heute weiß ich – ja, es gab schon früher Anzeichen –, daß sie es ernst meint. Sie will auf das Aquariumhaus des Zoos, dort, wo wir uns an Regentagen getroffen haben, mit Laser schreiben: THOM. semper te amo. Warum lateinisch, kann ich nur ahnen, wahrscheinlich habe ich ihr zuviel von Thomas von Aquin erzählt. Sie ist völlig durchgeknallt, aber dieses Wort durchgeknallt muß ich mir vorsagen, gewollt flapsig, um Distanz bemüht, es stimmt so gar nicht mit dem überein, was ich, wenn ich mich ehrlich prüfe, denkend empfinde, ein Wohlbefinden, eine Wärme, ja, das, was Glück sagt, aber wie, wie empfunden, durch Hyperventilation füllt sich das Herz, wird der Kreislauf beschleunigt, der Puls erhöht sich, Adrenaline und Morphine aktivieren das Stammhirn, lassen auf der so rätselhaft reichen Hirnoberfläche Bilder entstehen, Wünsche, die ihre Worte finden, Regungen, die darauf bezogen sind: Nähe, Nähe, Nähe, mein Herz steht in Flammen, wer hat sich dieses Bild erdacht, eine geniale

Schöpfung, diese Votivgabe, ein silbernes Herz, aus dem oben die Flammen schlagen, drei stilisierte Flammen. Das ist meins, du, all min lef.

Ich habe Iris dieses silberne Votivbild geschenkt, weil ich den einfachen Satz immer noch nicht aussprechen konnte, seit einem Vierteljahrhundert nicht gesagt habe, den Satz, den man nicht einfach sagen soll, ich, ich nicht. Sie kann ihn sagen, flüstert ihn mir ins Ohr, sagt ihn an der Straßenkreuzung, während wir auf das Grün der Ampel warten, sagt ihn im Hotelfahrstuhl, und sie fragt mich immer öfter: Und du? Sag mir, hörst du?

Ich zeig es dir, habe ich versprochen, und das Aussprechen lerne ich. Aber ich zeige es dir. Ich bin neugierig, sagte sie, sehr.

Ich bin durch die Antiquitätengeschäfte gelaufen und habe ein silbernes Herz gesucht, auf der Suche nach dieser Votivgabe, die in katholischen Kirchen den Heiligen dargebracht wurde, wenn die Liebenden sich gefunden hatten. In München sind solche Herzen relativ leicht zu finden, in den Antiquitätengeschäften in der Nähe des Viktualienmarktes, aber nicht hier in Berlin, jedenfalls nicht das, was ich suchte, denn das Herz sollte mindestens so alt sein wie ich, und es sollte aus reinem Silber sein.

Ich habe es ihr in unserer Almgrotte geschenkt, draußen regnete es, es stürmte nach Tagen staubiger Hitze. Wir lagen im Stroh. Iris hatte ihre Kaschmirdecke mitgebracht. Wir sind hingegangen, obwohl wir befürchten mußten, daß jener Gärtner, der uns schon einmal überrascht hatte, jetzt öfter kontrollieren kam. Ein Hausverbot für den Zoo, das hätte uns schmerzlich getroffen. Bis heute. Ab heute wäre es egal. Heute sagte sie, bleib, bitte, schlaf hier, schreib deine Rede hier.

Ich muß an meinem Schreibtisch sitzen.

Und ganz unvermittelt sagt sie: Laß den Scheiß.
Was?
Du läufst schon wieder mit dem Sprengstoff rum. Das ist doch völlig verrückt.
Ich hab mich erkundigt, er ist nicht stoßempfindlich.
Was willst du damit?
Mal sehen.
Das ist doch kindisch. Entschuldige. Nein. Schmeiß es weg, das Zeug. Halte deine Rede auf diesen Aschenberger, und vor allem auf dich selbst. Du bist es nämlich, du hast eine Leiche im Keller. Rede darüber und begrab sie. Du wirst dann ein anderer sein. Danach wird die Welt anders sein.
Warum sollte sie plötzlich anders sein?
Weil. Sie sagte nichts, sah mich an, einen langen Augenblick –: Ich glaube, ich bin schwanger.
Hast du Verspätung?
Nur zwei Tage. Aber alles ist anders. Augen. Haut. Haare. Sie zögerte. Innen.
Ich saß, ich schaute. Auch mir gingen die Verben aus.
Ich?
Du! Verstehst du? Und noch eins, keine Sorge, du bist nicht in der Pflicht.
Hör mal!
Nein. Es ist meine Sache – allein meine Sache. Und noch eins: Ich freue mich. Ja. Siehst du, die Zeiten haben sich geändert. Ihr werdet einfach nicht mehr gefragt.
Draußen ist Krieg.
Ja. Aber nicht nur.

Die Bäume kahl, es muß kurz zuvor noch geregnet haben, das Pflaster ist noch naß, auf dem zerklüfteten Gehweg stehen Pfützen, Regenmäntel, braun, grün, und dann da, da, dieses Weiß, ein weißer, wehender Regenmantel, graue Haare.

Ist er das?

Ja. Warte. Gleich. Wieder der weiße Mantel, das graue Haar, das Gesicht, grau, schmal, im Hintergrund eine Reklametafel: rot, blau, gelb, farbig alles, nur dieses weiße, grauhaarige Gespenst. Eilig geht er zwischen den Passanten, offensichtlich ein Tag, an dem es geregnet hat, an dem es kühler war, ein Frühlingstag, die Kastanien tragen Kerzen, einige Häuser sind eingerüstet, der Osten, Passanten in braunen, schwarzen, grünen Regenmänteln, eine Frau mit zwei Plastiktüten, die Kamera fängt das Gespenst wieder ein, zoomt sein Gesicht heran.

Der sieht viel älter aus als du.

War ja auch älter. Ein Jahr.

Sie lacht nicht, sondern redet weiter: Sieht asketisch aus, dünn, alt, schildkrötenhaft.

Er steht, blickt kurz in die Kamera, ernst, ohne Affektion, auf der Stirn zeigen sich zwei Falten, er beginnt zu reden, und damit setzt eine Verwandlung ein, er redet und gestikuliert, zunächst kurze knappe Bewegungen mit der rechten Hand, aus dem Handgelenk: Die Hauptsynagoge. Gebaut, Daten, Daten, die er knapp mit Gesten unterstreicht, dann die Pogromnacht. Und wie er redet, jetzt ballt er die Faust, schlägt damit den Worttakt, wie mit Hammerschlägen: Der Plan von Goebbels, den braunen Mob gegen die jüdischen Mitbewohner zu organisieren, das war sorgfältig vorbereitet. Am 9. November 1938 hält er in München eine Hetzrede gegen die Juden. Das ist das Signal für die Pogromnacht. Aber auch das muß hervorgehoben werden: Die Bereitwilligkeit des Mobs, sich aufhetzen zu lassen. Synagogen werden angesteckt, jüdische Geschäfte verwüstet, Menschen mit Schildern um den Hals durch die Straßen getrieben, beschimpft und bespuckt. Ein Referent von Goebbels steht in Berlin an einem Fenster des Propagandaministeriums und blickt in Richtung der großen Synagoge in der Oranienburger Straße. Goebbels ruft an, fragt, sieht man Feuerschein? Noch nicht. Die Synagoge liegt nur 2000 Meter Luftlinie vom Propagandaministerium entfernt, wir können versuchen, uns das vorzustellen, wie dieser Mann am Fenster steht und wartet, wartet auf den Feuerschein. Ein SA-Sturm macht sich auf, kommt zur Synagoge, wirft die Fensterscheiben ein, die Thora wird herausgerissen, der siebenarmige Leuchter auf die Straße geworfen, ausräuchern, brüllt das Stürmerkinn, Ungeziefer, Volksschädlinge, die vorbereiteten Fackeln werden angezündet, und rein damit, rein in den Eingang, rein in den Gebetsraum, und was passiert, die Polizei kommt, riegelt die Synagoge ab, wirft die SA-Männer raus, die Feuerwehr kann den gelegten Brand löschen. In ganz Deutschland brennen die Synagogen. Fensterscheiben werden eingeworfen: Juden raus! Fenster und Türen beschmiert: Juda verrecke. In ganz Deutschland brennen die Synagogen, und hier in Berlin, ein paar hundert Meter von der Reichskanzlei, vom Reichspropagandaministerium entfernt, steht die große Synagoge. Brennt die Synagoge? Nein, sie brennt nicht, ein kleines Feuer wird gelöscht, die Polizei drängt den Pöbel zurück, drängt sogar SA-Männer in ihren Uniformen zurück. Goebbels tobt am Telefon. Was war passiert? Ein Mann hat es verhindert, Wilhelm Krützfeld, ein Polizeioffizier, der wird gerufen, eine Menschenmenge habe sich vor der Synagoge in der Oranienburger Straße versammelt, randaliere, werfe Scheiben ein, habe Gebetstücher auf die Straße geworfen, der Mann Krützfeld kommt und gibt den Befehl, die Synagoge und die darin

Weilenden zu schützen, läßt den Pöbel zurückdrängen, läßt das Feuer löschen. Der Mann Krützfeld schreitet ein.

Ein wenig pathetisch klingt das und altertümlich, wie Aschenberger immer wieder von dem Mann Krützfeld spricht. Die Synagoge brennt nicht ab, aus dem einfachen Grund, meine sehr verehrten Damen und Herren. Aschenberger schweigt. Die Kamera zeigt ihn bis zu den Hüften. Seine Mimik läßt einen nicht mehr an eine Schildkröte denken, und jetzt erscheint er mir vertraut, so wie er gestikuliert, wie er mit der Faust seine Sätze unterstreicht, regelrecht skandiert: Weil einer, ein einfacher Polizeioffizier, das tut, was zivil ist, was etwas Mut erfordert, einen im Wortlaut zivilen Mut. Zivil, wir wissen es, ist das Gegenteil von militärisch, kommt, Sie wissen es, von civilis, bürgerlich, gemeinnützig, und zivilisiert meint städtisch, kultiviert. So kann es kommen, daß man zivil ist, auch in Uniform. Jemand sagt: Nein, beugt sich nicht der vorherrschenden, der befohlenen Meinung. Macht nicht das, was alle machen, was die Obrigkeit, was auch Volkes Stimme verlangt: Mitmachen! Oder wenigstens Wegschauen. Ein Mann, der nicht wegschaut, der nein sagt, dessen Namen ich nochmals nenne, damit er nicht vergessen wird, Krützfeld. Wurde er abgeführt? Wurde er ins Gefängnis gesteckt? Degradiert? Nein, nichts dergleichen. Einer, der mit ein wenig Zivilcourage etwas verhindert hat, was überall hätte verhindert werden können, wenn die anderen nicht weggeschaut oder einfach ihre Pflicht getan hätten: die Mordbrenner an ihrer Arbeit zu hindern. Die Trägheit der Herzen, die Feigheit bei den kleinen Entscheidungen im Alltag, das erlaubt den Mächtigen, mächtiger zu werden.

Dann eilt er weiter voraus, schnell geht er, der weiße Regenmantel weht aus, er huscht zwischen Passanten hindurch, hinter ihm vier Frauen, die versuchen, Schritt zu halten.

Eine riesige goldene Rundung, langsam öffnet sich die Perspektive, der wehende Rock, in starker Verkürzung ein Stück Ellenbogen, gold, alles in Gold, der Siegesengel. Die Kamera schwenkt über das Gelände, der Blick erfaßt eine Straße, Autokolonnen, den Tiergarten, die Bäume kahl, weiter hinten das Brandenburger Tor, jetzt langsam herangezoomt, dann Schnitt, die Gruppe auf der Siegessäule. Der Große Stern, städtebaulich, sagt er, das Zentrum der deutschen Geschichte, das Siegestor, der Reichstag, die ehemalige Reichskanzlei, die Straße des 17. Juni, hier genau, wo die sogenannte Siegessäule steht, ist der Schnittpunkt vieler geschichtlicher Linien. Sie wurde als Symbol der deutschen Einigung errichtet, das Ergebnis von Kriegen gegen Dänemark, Österreich und Frankreich. In den Kanellüren sind die in den Kriegen erbeuteten Kanonen eingelegt, vergoldet. Der Tod wurde vergoldet. Hier haben Sie die katastrophische deutsche Geschichte versammelt, ikonographisch, Kriege, die Reichsgründung, Weltkriege, Revolution, Weimarer Republik, Nazizeit, Siegesallee, Endkampf, hier, unten im Sockel der Säule soll sich ein SS-Trupp verschanzt haben, zuletzt, am Ende, 2. Mai 1945. Die Einschläge von Granatsplittern und MG-Kugeln sind noch im blankpolierten Marmor zu sehen. Von der Roten Armee erobert, wurde dem Engel die rote Fahne aufgesteckt, dann die Trikolore, Rache ist süß, wurden gleich die Reliefs, die den Sieg der Deutschen über die Franzosen zeigten, nach Paris gebracht, Teilung Berlins, dort die Mauer der DDR, hier die Siegesparaden der Alliierten, der Amis, Engländer, Franzosen, und dann die Vereinigung, Feuerwerk, und wenn das so weitergeht, die Parade der Bundeswehr, achten Sie mal darauf, wie sich das ausbreitet, dieser ganze Klimbim, plötzlich tragen die wieder dieses Lametta, Schießschnüre, Fangschnüre, Ehrenabzeichen, eine schleichende Remilitarisierung, Kampfeinsätze im Ausland, kaum Proteste, achten Sie auf die Interviews, wie devot inzwischen gefragt wird, Stichwörter geliefert werden von den Journalisten, statt nachzufragen, nachzubohren.

Fanatisch, der hat etwas Fanatisches, wirkt, wenn er redet, ganz jung, sagt Iris, hätte mir wahrscheinlich gefallen, als er jung war, aber so, jetzt, ich meine damals, finde ich ihn etwas unheimlich.

Der Dorotheenstädtische Friedhof. Die Kamera macht einen Schwenk, das Haus, in dem Brecht wohnte, das Fenster dort oben, das hat Brecht aufstemmen lassen, sagt er, Brecht wollte auf den Friedhof sehen. Ein Friedhof mit demokratischen, sozialistischen Traditionen, hier sind die Gräber von Hegel, Fichte, Heiner Müller, Stephan Hermlin, Anna Seghers und natürlich Brecht, hier, der kleine Findling, Granit, Sie sehen noch die weißen Farbreste, dort hat jemand Judensau hingesprüht. Das macht sich wieder breit, militante Faschisten. Am Landwehrkanal, dort, wo die Gedenktafel für Rosa Luxemburg angebracht ist, eben an der Stelle, an der sie schwer verletzt in den Kanal geworfen wurde, dort wurde vor drei Jahren ein aufgehackter Schweinekopf hingelegt. Das ist nicht gestern, das ist heute.

Das dort, was ist das, dort drüben, fragt eine Frau aus der Gruppe.

Das ist das Grab von Borsig, ein Industrieller, der 1837 in Berlin eine Maschinenfabrik gründete, in der zunächst Dampfmaschinen, ab 1841 auch Lokomotiven hergestellt wurden. Daraus entwickelte sich die größte Lokomotivenfabrik Europas. Dann geht das Gespenst im wehenden weißen Mantel weiter. Hier das Grab von Heinrich Mann, das heißt, die Urne wurde hier beigesetzt, er war wenige Wochen vor seiner Übersiedlung nach Ost-Berlin in Santa Monica gestorben. Er erzählt von dem *Untertan*. Die Beschreibung eines ganz auf das Militärische ausgerichteten Bürgertums, autoritätsgläubig, widerspruchslos. Paramilitärisches Gehabe in den Studentenverbindungen. Die Trinkgewohnheiten. Wie unglücklich muß ein Volk sein, wenn es sich mit Haltung besinnungslos trinkt, zitiert er Nobert Elias. Die Kamera zoomt wieder in das Gesicht. Müde sieht er aus, schmal, etwas Verletzliches zeichnet sich unter den Augen ab, ein winziger Muskel zuckt, kaum sichtbar, aber jetzt in der Großaufnahme gut erkennbar, ein kleines nervöses Zucken. Ich friere das Bild ein. Und überarbeitet sieht er aus, nein, überanstrengt, jemand, der die Last der Welt trägt, so scheint es, die Augen aber sind wach, so angestrengt wach, und mir plötzlich nah und vertraut.

Wir sitzen in dem Büro des Galeristen, der Iris vertritt und der einen Videorecorder für dieses System hat, ein Büro, eingerichtet wie alle Büros im Kulturbetrieb, weiß, schwarze Ledersessel, Glasschreibtisch, Glasschrank mit verchromten Leisten, und einmal mehr wird mir deutlich, wie anders Iris sich in ihrer Makartwohnung eingerichtet hat.

Ich schalte wieder auf on, und wir sehen ihn, wie er zu dem Grab von Hanns Eisler hinübergeht. Der Komponist Eisler, *Vierzehn Arten, den Regen zu beschreiben*, höre ich ihn sagen.

Die Schallplatte hat er mir einmal geschenkt, ja man verschenkte damals gern die Dinge, die man besonders mochte, eine kurze Zeit des Potlatsch. Als er auszog, hat er mir die Platte, von der er wußte, daß ich sie mochte,

geschenkt. Und ich war glücklich, glücklich, weil er damit ausdrückte, daß er mich nicht für den Verräter hielt.
Verräter, das hört sich nach Indianerspiel an.
Nein, es war kein Spiel, es war ernst.
Die Platte. Kannst du sie mir leihen?
Nein, alles weiterverschenkt oder weggeworfen. Wenn man aufsteigen will, muß man Ballast abwerfen. Man muß sich trennen, gerade die Dinge, die uns fesseln, gerade von denen muß man sich befreien, von allem, was uns halten, binden will. Dann werden wir leicht.
Und ich?
Du willst mich ja nicht fesseln.
Sie stand von dem Ledersofa auf, kam zu meinem Sessel, setzte sich mir auf den Schoß, wer weiß, sagte sie, wer weiß.
Paß auf, wenn dein Galerist kommt.
Kommt nicht. Und wenn. Ist mir egal. Wer hat das Video gemacht?
Keine Ahnung. Wahrscheinlich jemand, der ihn von früher her kannte, der die Führung mitgemacht und ihn dabei gefilmt und ihm später die Kassette geschickt hat. Eine kleine Widmung ist auf einem aufgeklebten Zettel zu lesen: *Ist es tatsächlich schon 30 Jahre her, daß wir die Revolution machen wollten. Käme es heute zur Revolution, die Leute würden denken, es sei eine Werbeveranstaltung.* Und dann steht da ein R. Nichts weiter. Wenn ich wüßte, wer das ist, dieser R. oder diese R. Vielleicht kenn ich die Person.

Sein Arbeitszimmer war ausgeräumt, gestern, als ich morgens hinkam, am Boden Dreck, Blätter, Papier. Ich war erleichtert, daß der Haufen hingeschütteter Bücher verschwunden war. Ich hörte den Hall meiner Schritte. Ich ging in das Schlafzimmer, auch hier war, bis auf den Dreck am Boden, alles ausgeräumt. Dort, wo das Plakat mit dem Drachentöter hing, war eine helle rechteckige Fläche. Wenn ich richtig rechne, dann haben zwei Leute vier Tage daran gearbeitet, die Wohnung leer zu räumen, Brauchbares zu Antiquitätengeschäften zu bringen, anderes zum Trödler und all die Bücher, die Kisten mit Karteikarten, Konzeptpapier, Manuskriptseiten in den Papiercontainer. Ein Gedanke, der mich schreckt. Das ist mein Wunsch, wenn ich gehe, plötzlich, dann aus einer Wohnung, aus der man in einer halben Stunde die drei, vier Dinge tragen kann.

Das Rot der Empörung.

Eine Seite, Schreibmaschinenschrift, lag auf dem Gang, deutlich ein Absatzabdruck darauf. In seinem Zimmer nur noch Papier, Heftklammern. Ein paar verknickte Karteikarten, sorgfältig beschriftet. Und dann lag da noch dieser Papierengel, dem Siegesengel nachgebildet, klein, dreckig, zertreten. Am nächsten Tag würde jemand mit einem schwarzen Plastiksack kommen, den Rest zusammenkehren und in die Mülltonne stopfen. Das war's dann.

Licht- und Schattenflut. 30 Grad sollen es werden, hatte sie gesagt, also komm. Das war vor drei, nein, vier Tagen. Sie kam in Bens Porsche, Ben, der wieder einmal in Stuttgart war, dort seinen Verschlankungsvorschlag vortragen, das heißt, seinen Freund runterstufen mußte, womöglich würden sie dem nahelegen, ganz zu gehen, mit einer Abfindung, die gut war, aber nicht ausreichte für einen 45jährigen, der so leicht nichts wieder finden würde, mit vierzig bist du in bestimmten Bereichen schon steinalt, sagte Ben und fügte dann hinzu, das ist das Schöne an deinem Beruf: daß bei dir die Erfahrung mit dem Alter an

Bedeutung gewinnt und du um so eher gesucht wirst. Vielleicht der letzte Beruf, in dem das Alter, sozusagen, ein Vorteil ist, und er blickte mich dabei versöhnlich an. Wie früher, bei den fahrenden Sängern.

Iris hatte Ben gefragt, ob sie den Wagen haben dürfe.

Klar, aber paß auf die Ossis in ihren Kamikazekisten auf.

Bei dem Wetter, Iris wollte mit offenem Verdeck unter den Chausseebäumen fahren, eine Licht- und Schattenflut.

Ein Porsche, Modell 58. Trotz seines Alters hier einfach peinlich, finde ich, aber Iris ist das so selbstverständlich, sie beruft sich auf das, was ihr Lust macht, Lust, Lust, Lust macht, und was die Leute denken, ist ihr scheißegal, verstehst du, scheißegal. Basta. Und gegen die Lust kann man nicht argumentieren, es sei denn, man hätte Sitz und Stimme im heiligen Uffizium, und wohin das geführt hat, ist ja bekannt.

Sie fuhr, hatte sich eine rote Kappe aufgesetzt und mir eine der Chicago Bulls gegeben: Damit du weißt, was ich nachts von dir erwarte! Es war zu spüren, daß sie den Wagen oft fuhr. Sie trug einen cremefarbenen Rock, von dem sich das Braun ihrer Beine abhob, weiße Stoffturnschuhe. Über uns Lichtschwert und Schattenschild. Der Geruch nach Jauche – dreckigbraun vermistet ein Traktor mit Tankanhänger, hinter dem wir eine Zeitlang herfuhren –, danach einen kurzen Augenblick der Tunnel eines Laubwalds, feuchtkühl, die durchsonnte Luft der Felder, dann wieder ein Kiefernwald. Ich sah sie von der Seite an, und, sehr geehrte Trauergemeinde, ich hatte ausgerechnet in diesem Wagen, in diesem von den Chausseebäumen aufblitzenden Licht, unter diesem uns begleitenden Röhren, bei dem voll aufgedrehten Sound von Moby *Play*, den Wunsch, ihr zu sagen: Ich liebe dich. Aber ich sagte dann nur, daß ich mich sehr sicher fühle, so wie sie fährt, und daß ich sie bewundere, wie konzentriert und doch ganz unangestrengt sie dasitzt, schaltet, dann wieder das Lenkrad mit beiden Händen faßt, fest, aber nicht verkrampft in den Händen hält. Ja. Kurz drehte sie mir das Gesicht zu, sie lachte, schob mir die Hand zwischen die Beine.

Los drück mal!

Ich mußte die Kassetten drücken, nach Moby: *Bilder einer Ausstellung* von Mussorgskij. Sie hatte in einem kleinen roten Plastikkasten die Kassetten zusammengestellt, sogar die Reihenfolge festgelegt. Und zwischendurch mußte ich meine Jazz-Kassetten spielen: Charlie Parker, Lester Young. Free Jazz mag sie nicht so gern, aber diesen Blues von Olu Dara. Und natürlich Marsalis.

Hör dir das an, sagte ich, diese rabiate Polyphonie, und doch – das ist das Wunderbare – liegt darunter ein großer Gesang. Marsalis fängt jetzt an, Kompositionen von Thelonious Monk einzuspielen. Ich hab einen Mitschnitt gehört. Perfekt, absolut perfekt, aber auch mit der Gefahr, daß alles ein wenig glatt und akademisch wird. Das sind die Heroen von Marsalis: Monk, Charlie Parker, Billie Holiday. Ein Jazz, verwickelt, verzweifelt, eigensinnig, wie die dunkle Ecke, aus der er kommt, Huren, Alkohol, Heroin, alltäglicher Rassismus, Miles Davis, dem ein Cop, weil Miles falsch geparkt hat, mal eben einen mit dem Knüppel über den Kopf zieht. Der damals schon berühmte Miles Davis wird, weil er schwarz ist, von einem Portier aus dem Hotel geworfen. Und jetzt Marsalis, hier, jetzt die Trompete, dieses Solo, hör mal, dieser klare Ton, wie der aus den Dur-Akkorden hervorsticht, diese Genauigkeit, diese Gestochenheit, das ist das Scheinwerferlicht der europäischen Konzertsäle. Ich muß unbedingt mal wieder nach New York, und wenn ich eine Rede auf einen toten Hund halten muß.

Sie lachte und sagte, ich komm mit. Unbedingt! Laß den Hund, ich lad dich ein.

Nix da.

Doch. Im Herbst, Anfang Oktober starten wir.

Paß auf, hier, diese Stelle, wenn er wieder einsetzt.

So, im Fahren, war es die reine Lust, Luströhren, Lustfächeln, Lustdröhnen, Lustlicht, aber dann, als wir uns kurz vor Anklam verfahren hatten, als wir die räudigen Lamas sahen, kamen wir ins Staunen, dann ins Lachen, Lamas, die auf einer vorpommerschen Koppel standen.

EU-Gelder, erzählte uns später Krause. Man hat Gelder aus Brüssel lockergemacht, um eine Lamazucht aufzubauen. Der Bürgermeister des Ortes hatte sogar schon ein Grundstück bereitgestellt, man glaubte an die Lamazucht, oder sind es Alpakas, die edle Wolle, glaubte, eine Textilindustrie anschließen zu können. Irrsinn.

Wir hatten das Haus gefunden. Etwas außerhalb gelegen, ein renoviertes Haus. Backstein, Fachwerk, die Fensterrahmen weiß gestrichen. Als wir den Wagen vor dem Haus abstellten, sammelten sich sogleich Neugierige davor, erst Kinder, dann Erwachsene. Es war mir peinlich, wie wir angestarrt wurden, wie Raffles, als er mit seiner Geliebten in Singapur ankam. Es war kein Trost, daß ich mir sagte, es ist dieses alte Porsche-Modell, das sie anstaunen, das auch in jeder westdeutschen Stadt angestaunt würde. Es ist ja kaum noch zu sehen im Straßenverkehr, und dieses Modell sieht weit besser aus als all die anderen, die ihm folgten, es ist so einfach, ohne jede Anstrengung elegant, kein versteckter Firlefanz.

Meine Güte, sagte sie, du wirst ja sentimental.

Kommt ein Fuchs zum Hasen und ruft ihm von weitem zu, magst du Möhren. Gern, sagt der Hase, aber bleib mir vom Hals. Gut. Ich führ dich hin. Der Hase folgt in großer Entfernung, so daß er leicht weglaufen kann. Hier, sagt der Fuchs. Wo? fragt der Hase. Nun hier, sagt der Fuchs nochmals, packt ihn und frißt ihn.

Versteh ich nicht, sagte sie, sag mal, habt ihr gekifft?

Vor dem Dröhnen des Motors sang die Callas: *Tacera la notte placida e bella in ciel sereno; la luna il viso argenteo mostrava lieto e pieno!*

Mal ehrlich, habt ihr gekifft, fragte Iris auf der Rückfahrt.

Ja, wir haben uns einen reingezogen. Als du mit dieser Runhold oder Lina, oder wie dieses Wikingerweib heißt, im Garten warst. Blumen gucken.

Nett, beide nett. Ja. Auch der Typ ist okay. Haben mir gefallen. Die Beleuchtung, ganz dezent, aber doch so, daß nicht das Anklam-Grau rauskam.

Auch das gibt es, sehr verehrte Trauergemeinde, die Ausnahme, soweit wir sehen können, ist das eine gute Ehe, zwei Menschen, beide gut aussehend, beide durch allerlei Prüfungen gegangen, leben zusammen, herzlich, keine Gehässigkeiten, jedenfalls solange wir da waren, er ist Studienrat für Deutsch und Geschichte, und sie ist Studienrätin für Englisch und Französisch, eine Norwegerin, hier im Osten, in einer Kleinstadt, beide mit reduzierter Stundenzahl, nicht, weil sie faul wären, sondern weil sie auch anderen eine Chance einräumen wollen, lassen sich von solchen Überlegungen leiten und restaurieren ein für den

Abbruch freigegebenes Haus und legen einen Garten an, in dem Blumen blühen, die genaugenommen in diesen Breiten nicht blühen dürften. Er hat ein Antiquariat aufgebaut, das er neben seiner Arbeit als Lehrer führt. Spezialisiert hat er sich auf Theorie und Literatur der Achtundsechziger.

Das Glück im kleinen, werden Sie sagen, ist das denn die Lösung. Die beiden sind, jedenfalls vom äußeren Anschein her, eine Ausnahme. Dieser Krause, der als Student versucht hat, einen geparkten Polizeiwagen abzufackeln, high sein, frei sein, ein Molly muß dabei sein, der Wagen fing aber gar nicht richtig Feuer, derselbe Krause, der dann zu den Kommunisten ging, in einem Betrieb im Blaumann herumlief, Materialkisten zu Drehmaschinen schob, dem die Arbeiter, weil er so große Sprüche klopfte von der Arbeiterklasse, Weltrevolution und so, Schmieröl ins Haar gossen, damals hatte er noch viel Haar, Haar, das er zu einem Zopf zusammengebunden trug, jetzt ist es grau und dünn geworden, kurzgeschnitten trägt er es, ballt nicht mehr die Faust in der Tasche, sammelt keine Eisenmuttern mehr, um damit die Scheiben der Bank einzuwerfen, nein, er hat dieses Haus geklauft – habe ich geklauft gesagt? – mit einem Bausparvertrag von eben dieser Bank, deren Scheiben er vor dreißig Jahren eingeworfen hat, ein Haus, das er selbst renoviert hat, durch das er uns führt, die morschen Balken eigenhändig ersetzt, zusammen mit Lina, dort, auch mit Holzbolzen zusammengefügt, kein Eisen, drei Jahre Arbeit, haben noch die Kinder mitgeholfen, zwei Söhne, beide studieren jetzt, der eine Jus, der andere Volkswirtschaft, also beide mißraten, Fehlläufer, völlig aus der Art geschlagen. Der Volkswirtschaftssohn hat ein kleines Vermögen mit Aktien gemacht, in einem Jahr mehr, als wir in zwanzig Jahren angespart haben, und wir verdienen ja nicht schlecht. So was gibt's. Krause schüttelt den Kopf und lacht. Verstehen uns trotzdem, auch wenn er über mich lacht, ich spare nämlich immer noch, bin wahrscheinlich der letzte, der ein Sparkonto hat.

Er führte uns durch den früheren, neben dem Haus gelegenen Schuppen, in dem er das Antiquariat untergebracht hat. Da standen und lagen sie in Holzregalen, grau und schon jetzt stockfleckig, die 68er Literatur, Bücher, die auf ihre Opfer warteten, um denen, die nach ihnen greifen, sie lesen, wie die Vampire das Leben auszusaugen. Bücher, Bücher, Bücher. Gängiges wie Abgelegenes. Erstausgaben, Handdrucke, Manifeste, Nachdrucke von Kropotkin, Bakunin, Landauer, Mühsam, handabgezogene Manifeste, damals mußte ja, wer kopierte, noch eine Kurbel drehen, und es standen da so seltene Ausgaben wie *Agitprop Splitter*, *Widersprüche* und das inzwischen teure, weil in nur 500 handgebundenen Exemplaren aufgelegte: *Eiffe for Präsident*, eine Sammlung der Eiffe-Graffiti aus der Zeit, als in Hamburg der Strand unter dem Pflaster lag.

Eiffe der Bär als positive Synthese von Franz von Assisi und Joseph Stalin.

Er zeigte uns seine Sammlung politischer Plakate aus dem Jahr 68: Gummiknüppel zu einem Frühlingsstrauß zusammengebunden. Darunter steht: Auf diesen Frühling folgt ein heißer Sommer.

Krause erzählte uns von seinem Projekt, mit seinen Schülern ein Theaterstück über Lilienthal zu erarbeiten. Unterlagen, Material gibt es im Anklamer Otto-Lilienthal-Museum.

Lina kam und fragte, wer Tee, wer Kaffee haben wollte.

Dich ins Haus nur zu führen, es war schon die Hälfte des Glücks.

So eine Idylle, gibt's denn so was, fragen Sie. Bitte? Was sagen Sie? *Hermann und Dorothea*, aber klar doch, das ist nicht betulich, denn darin wird erzählt, wie man mit Fremden, mit Flüchtlingen umgeht und was das bedeutet, Fremdsein.

Der Krause sollte mal mit einer Schwarzen in Anklam leben. Würde sein blaues Wunder erleben.

Sicherlich. Aber inzwischen kann man ja mal mit einer Norwegerin anfangen.

Die Norwegerin hatte einen Streuselkuchen gebacken, als hätte sie meinen Kinderwunsch erraten, einen Kuchen, trocken, aber nicht zu trocken, mit festen dicken Streuseln darauf, die dann auch noch mit Zucker bestreut waren. Wenn schon, denn schon, sagte sie.

Du mochtest doch Streuselkuchen, sagte Krause, als ich den Kuchen lobte. Hast du dir in der Bäckerei in der Amalienstraße gekauft. Er konnte sich sogar noch an den Namen erinnern, war so eine stabile blonde Frau, Margit, die bediente, immer mal ein Stück gratis drauflegte, Aschenberger wurde besonders bedacht, wenn wir dasaßen und diskutierten, Frühjahr 66, Adorno, Marcuse, Frantz Fanon. Aschenberger zog die Bücher aus der Tasche, hatte die wichtigen Stellen verschiedenfarbig unterstrichen, spachtelte von der Sahnetorte ab, dicke massive Keile, die er wie nichts wegputzte, zwei, manchmal sogar drei, sah aber immer verhungert aus. In dieser Bäckerei hörte ich aus seinem Mund zum ersten Mal: der tendenzielle Fall der Profitrate.

Hast du Aschenberger noch mal getroffen?

Ja. Im letzten Jahr, war kurz hier, kam mit der Eisenbahn und hieß plötzlich Lüders. Ich bekam einen Schreck, dachte, der ist abgetaucht, einer der letzten Stadtguerillas, aber nee, hatte nur den Namen seiner Frau angenommen. Arbeitete als Stadtführer in Berlin. Kam dann nochmals. Etwas umständlich das alles. Aber er wollte nicht telefonieren. Warum sollen die uns abhören. Wer weiß, sagte er. Glaubt einem ja heute keiner, daß man auch in der guten alten Bundesrepublik abgehört wurde. Aschenberger suchte Bücher, das heißt, genaugenommen nur ein Buch, die anderen, die er nannte, waren nur Vorwand, glaube ich.

Ein Buch, das Anfang der Siebziger plötzlich auftauchte, von Hand vervielfältigt. *Zivile Selbstverteidigung*. Es wurde damals sofort verboten. Wir haben es von Wohngemeinschaft zu Wohngemeinschaft geschleppt, ahnungslosen Eltern wurde es in die Keller gelegt und dann wieder partienweise an linke Buchhandlungen verteilt. Genaugenommen ein ganz offizielles, staatliches Buch und dann noch aus der Schweiz, aber damals von enormer Brisanz. Ein Buch, das nur ein Reprint war, von einer Broschüre der Schweizer Landesverteidigung, des Schweizer Militärs, über die Guerillataktik. Anleitungen für den Fall, daß die Schweiz besetzt wird, das war nach 45, und als Besatzer der Züricher Goldküste kam natürlich nur die Rote Armee in Frage. Man konnte aus dem Buch viel lernen, erstaunlich viel, wie man beispielsweise aus recht gebräuchlichen Dingen Bomben herstellen konnte, aus Benzin und Dieselöl Wurfgeschosse bastelt, die Mollys, oder wie man einen mit Kunstdünger beladenen Kleinlaster zu einer fahrenden Bombe umwandeln kann, eine Bombe, die gleich mehrere Panzer von der Straße fegt – und schon ein Handkoffer mit Kunstdünger reicht aus, um eine veritable Autobahnbrücke zu sprengen, oder ein Haus (denn natürlich würden die Rotarmisten sich in Schweizer Kasernen einnisten, ihre Logistik dort aufbauen, das nur in Klammern). Der nötige Sprengstoff war leicht herzustellen, aber man mußte bei

Anschlägen gegen Gebäude etwas von Statik verstehen. Wo man zum Beispiel den kleinen Handkoffer abstellen mußte, damit die Brücke auch säuberlich in sich zusammenfiel. Dafür gab es kleine Illustrationen. Viele herumfliegende Brocken, Mauerreste, einstürzende Brückenbögen, fallende Strichmännchen. Dieses Buch suchte er, das wollte er unbedingt haben. Ich hab ihm gesagt, das kann ich im Internet nicht suchen. Hab ich doch sofort die Polizei am Hals. Vielleicht wird es dir mal angeboten. Ja, wenn. Er kam dann extra nochmals her. Wollte nicht telefonieren. War schon etwas sehr sonderbar.

Ausgerechnet diese Bums- und Schießbroschüre zur Partisanenausbildung. Was willst du mit dem Zeug, hab ich gefragt. Bist du bei …? Fiel Aschenberger mir ins Wort: Nein. Ich bin nicht bei – ich bin ich selbst. Einzelkämpfer. Er saß da, da wo du sitzt, und trank Tee. Bitte schwarz. Kuchen? Nein, danke. Trinkt vorsichtig von dem Tee, lächelt, spricht von sich als Partisan des Alltags. Meine Güte, hört sich ja gefährlich an. Ja. Warst doch Pazifist. Bin ich noch. Aber manchmal muß man, um sich bemerkbar zu machen, etwas lauter werden.

Aschenberger trug auch an heißen Tagen ein Jackett, dessen Seitentaschen ausgebeult waren von Büchern. Meine Erinnerung ist denn auch bestimmt von dem lesenden Aschenberger. Er las in der Straßenbahn, im Sommer auf dem Rasen vor der Uni, in dem Café, in dem ihm die Bedienung den Kuchen vom Vortag schenkte. Ich bin für eine revolutionäre Veränderung, aber nur, wenn die Mehrheit dafür ist, nicht nur eine kleine Minderheit. Das ist Putschismus. Und Gewalt macht uns nur dem Staat ähnlich, den wir verändern wollen. Im Keller wurde gelacht. So ein Weichei.

Er widerstand.
Und mit Scham muß ich sagen, ich, der genau wie er dachte, schwieg, wollte mich diesem Gepöbel nicht aussetzen. Widerstehen.

Aschenberger sprach gut Italienisch und las Gramsci, von dem damals nur wenig ins Deutsche übersetzt war. Auch in der DDR nicht. Basisdemokratie, das mochte man dort nicht gern hören. Basisarbeit, Bewußtseinsarbeit, sagte Aschenberger, man muß die Bunker der Bourgeoisie sprengen. Bitte was? Also doch Gewalt? Nein, diese ideologischen Fortifikationen der Herrschenden, die sich in das Bewußtsein aller eingebunkert haben und an deren weiterer Befestigung in den Köpfen all die Lehrer, Journalisten, Professoren arbeiten, das kann nur durch Aufklärung aufgebrochen werden. Der lange Marsch durch die Institutionen. Bewußtseinsveränderung. Daß die Nachfrage das Angebot bestimmt, so als sei die Nachfrage etwas Festgelegtes, nicht wiederum das Ergebnis von Wünschen, also Bedürfnissen, die erneut und immer wieder neu erzeugt werden, was gefordert ist, ist nicht nur der Umsturz der alten Gesellschaft, sondern die Herausbildung neuer Bedürfnisse. Welche? Wie denn? Freie Formen des Arbeitslebens, das weniger, das mehr sein kann. Solidarische Formen des Zusammenlebens. Kein Konkurrenzgerangel. Keine Geschlechterdominanz. Befreite Sexualität. Lustgewinn. Zärtlichkeit. Fürsorge. Der Keller lachte. Sind wir in der Bahnhofsmission. Beispiele! Häuser, die nicht wegen eines maximalen Mietzinses gebaut werden, sondern in denen Menschen ihre Bedürfnisse entfalten können, alte Menschen im Parterre, die auch mal auf die Kinder aufpassen können, und die Hausbewohner, die nach den Alten sehen, für sie einkaufen, sie einladen, und zwar dort, wo Menschen mit Kindern wohnen sollten. Im Zentrum von München, am Englischen Garten, stehen Bankgebäude, Versicherungen, Bayerische Hypotheken Bank, Allianz, Münchner Rückversicherung, seht euch die Gebäude an, am Abend, nachts, an Feiertagen, leer und tot stehen sie da. Statt daß dort Familien mit Kindern wohnen, wohnt dort das Kapital. Und die Leute finden es auch noch vernünftig, weil es ja die teuersten Grundstücke sind. Es ist das Unvernünftigste. Das muß umgewertet werden. Wie? Durch Diskussion, durch Beschreibung, durch Kunst. Ha. Ha. Naiv. Ohne Guillotine hätten wir heute noch das Jus primae noctis. Was wir brauchen, ist der bewaffnete Widerstand. Waffen. Nein, Aufklärung! Quatsch. Wo denn? Schule. Medien. Der lange Marsch durch die Köpfe. Theorie, Theorie. In Vietnam, in Afrika, in Guatemala, da krepieren sie, verstehst du, und du erzählst was vom langen Marsch durch die Köpfe. Weichmann, der Klassenfeind rüstet auf, und du kommst mit Schule. Sozialbürokrat! Widerstand gegen diesen Faschostaat! Das ist angesagt. In der Dritten Welt krepieren die Menschen, und du redest von Kunst. Von Mitbestimmung. Von Zärtlichkeit. Scheiße. Klassenfeind.

Ja, sehr verehrte Trauergemeinde, es gab eine Zeit, da gab es den Begriff Klassenfeind, und es gab den Begriff Verfassungsfeind.

Das war fünf oder sechs Jahre später. Es war im Juni 1976, als die obengenannte Person zu einem Gespräch gebeten wurde, wir betonen, gebeten, und auf seine Verfassungstreue hin befragt wurde.

An dem Tag hatte es morgens ein wenig geregnet, ein kühler, dichter Regen. Um acht war er gegangen. Wolken hingen über der Stadt, ein normaler, für die Jahreszeit etwas zu kühler Sommertag. Hin und wieder kreischte eine Straßenbahn durch die Kurve. Für Mittag, als er zurückerwartet wurde, hatten wir gedeckt. Wir hatten im Supermarkt Wein gekauft. Wir hatten gekocht. Er kam nach Hause, zurück in die Wohnung, wo wir saßen, und wir dachten, ein Gespenst kommt in die Küche.

Was ist?

Aschenberger sagte: Nichts. Nein, ich scheide sicherlich aus. Mit dem langen Marsch durch die Institutionen wird es nichts, jedenfalls nicht für mich.

Wir hatten Spaghetti gemacht, alla Puttanesca, die Aschenberger besonders gern mochte, und der Name paßte zu dieser Anhörung. Er stand da, hielt das Glas Chianti in der Hand. Es war später Nachmittag, genaugenommen schon Abend, und wir hatten uns schon gefragt, wo er bleibt. Dachten, er hätte gleich nach der Anhörung mit seinem Anwalt einen getrunken. Aber Aschenberger war stocknüchtern. Durch die offene Balkontür drückte der Wind die im Hinterhof aufgestaute Wärme in die Küche.

Sag schon, was ist? Was haben sie gefragt?

Drei Leute saßen da, eine Sekretärin, die Protokoll führte, ja es war wie ein Verhör, ein freundliches.

Er ging auf den Balkon, einen kleinen Balkon in der dritten Etage. Das Eisengitter war eigentümlich niedrig, vielleicht lag es daran, daß die Menschen um die Jahrhundertwende im Durchschnitt etwas kleiner waren, das Gitter ihnen damals noch bis zur Hüfte ging, jetzt reichte es nur noch bis zum Oberschenkel, jedenfalls bei ihm, der sehr groß war, größer noch als ich. Er stand draußen, trank langsam von dem Wein und blickte zu uns, die in der Küche saßen. Von fern war ein eigentümliches Geräusch zu hören, wie eine Waschmaschine im Schleudergang. Oben im Baumwipfel sang eine Amsel, wie jeden

Abend, wir hatten sie Otto getauft. Otto singt wieder, sagten wir, und Otto sang besonders gut, besser als jede andere Amsel im Umkreis, behaupteten wir, so ausdauernd und so gut moduliert.
Komm, erzähl schon.
Wir wollten mit ihm feiern, auch die Ablehnung, mit der wir rechneten, sollte gefeiert werden, denn das hieß, ein weiterer Fall, der unsere These bestätigte, der politisch bekanntgemacht, für den Unterschriften gesammelt werden mußten. Und Aschenberger war bereits bekannt, er hatte in der Fachschaft als Sprecher kandidiert und war gewählt worden, demokratisch. Wurde er als Lehrer abgelehnt, dann war abermals der Beweis erbracht, dieser Staat war faschistoid, ließ bei Wahlen nur das ihm Gemäße zu, Demokratie – von wegen, ein Polizeistaat. Lena füllte die Spaghetti auf. Aber Aschenberger wehrte ab, nicht so viel.
Erzähl.
Später.
Er stocherte in den Spaghetti herum, aß etwas, ein wenig nur, legte plötzlich die Gabel beiseite, sagte, er müsse noch weg, er müsse noch jemanden treffen.
Was ist los? Sag schon.
Schließlich mußte ihm doch klar gewesen sein, daß er abgelehnt werden würde. Warum also die Enttäuschung. Wieso dieser Katzenjammer. Wir fühlten uns doch wie die Christen im Kolosseum.
Hat dich die Ablehnung überrascht?
Nein. Die kommt erst schriftlich.
Was dann?
Etwas anderes, sagte er. Aschenberger stand auf, ging in den Flur, holte seine Jacke, zog sie an, sagte, ich muß jetzt los, er machte ein, zwei Schritte zur Tür, blieb dann

stehen, zögerte, griff in die Seitentasche und legte ein Blatt auf den Tisch.

Das haben sie mir gezeigt, am Schluß des Gesprächs.

Wir starrten auf die Fotokopie. Die Fotokopie zeigte einen Parteiausweis, deutlich war ein Name zu lesen: Aschenberger. Und auf einer zweiten Kopie waren die Beiträge zu sehen, gestochen scharf, bis zum Monat Mai.

Sie zahlen prompt, sagte ein Mann, der während der Anhörung schweigend am Tisch gesessen hatte, er grinste, können Sie gern mitnehmen.

Woher haben Sie das?

Tja, sagte der braungebrannte Herr am Tisch. Betriebsgeheimnis. Der Staat muß sich schützen, gell.

Und da erst langsam dämmerte mir, uns allen, jemand mußte diesen Ausweis fotokopiert haben. Hier? In der Wohngemeinschaft?

Vielleicht ein Einbruch.

Aber wer bricht ein in eine Wohngemeinschaft, deren Bewohner sich damals dadurch auszeichneten, daß sie meist zu Hause saßen, Musik hörten, lasen und an der Betriebszeitung schrieben. Wir einigten uns darauf, daß bei uns eingebrochen worden war. Das jedenfalls war die Sprachregelung. Aber von da an war das Mißtrauen zwischen uns. Niemand sprach es aus. Lena und ich redeten oft darüber, überlegten, wer es gewesen sein könnte. Einer von uns mußte der Verräter sein. Einer unter uns, wir waren nur fünf, drei Männer und zwei Frauen. Aschenberger kam nicht in Frage, ich nicht, und nicht Lena. Aber vielleicht sagten die anderen auch: ich nicht, aber Thomas und die Lena, vielleicht Reiner, den ich in Verdacht hatte, es war seine Angewohnheit, die schlechten Eigenschaften anderer so darzustellen, daß sie Schatten und immer größere Schatten warfen. Oder Brigitte, die so teure Klamotten trug, was damals auffiel, andererseits, das würde sie wohl kaum tun, wenn sie für Geld bespitzeln würde. Oder auch gerade, als besonders raffinierte Tarnung. Genaugenommen konnte es nur einer der beiden sein, sie, Brigitte, oder er, Reiner. Manchmal hatte ich Lena in Verdacht, aber das war nur ein Verdacht, der schon, wenn ich nach Indizien suchte, sofort wieder verschwand, manchmal, und das war das Schlimmste, dachte ich, sie, Lena, so wie sie mich über die Tasse hinweg ansieht, denkt, ich könnte es gewesen sein.

Und es half nichts, das war jedem klar, das Gegenteil zu beteuern, das wäre erst recht verdächtig gewesen.

Aschenberger hat sich geweigert, darüber zu sprechen, er hat nie etwas gesagt, keinen verdächtigt. Aber was sich änderte, war, daß er abends, wenn wir zusammensaßen und aßen, nicht mehr mitaß. Er kochte, wie wir es im Plan festgeschrieben hatten, kochte und sagte dann, er müsse dringend weg, zu einer Veranstaltung, zu einer Diskussion, zu einem Meeting. Er zog sich seine Lederjacke an und verschwand, und wir saßen da und sollten essen, was er gekocht hatte. Es war deutlich, er konnte unsere Nähe nicht mehr ertragen. Einmal sagte er schon im Weggehen: Übrigens, ich wäre gern Lehrer geworden.

Wir, Lena, Brigitte, Reiner und ich, saßen am Küchentisch und redeten über die technischen Möglichkeiten, einzubrechen. Jeder konnte eine Geschichte dazu beitragen, jeder hatte eine neue Theorie, wann es gewesen sein konnte, wann die Wohnung leer gewesen war, Montag nachmittags, da waren doch alle in der Uni. Meistens. Thomas, du warst dann aber da, nicht. Reiner sah mich an. Klar, irgendwann war immer einmal einer allein in der Wohnung, und manchmal war eben auch niemand in der Wohnung.

299

Zwei Monate nach seiner Anhörung zog Aschenberger aus und nach Hamburg. Als er packte, schenkte er mir die Eisler-Platte *Vierzehn Arten, den Regen zu beschreiben*. Ich war glücklich, denn das hieß doch, er verdächtigte mich nicht.

Ja, das gab's wirklich.

Wir hatten den Tisch gedeckt und uns auf die Bank gesetzt, zogen uns einen fetten Joint rein. Iris verfolgte im Garten die Nacktschnecken.

Sag mal, alter Schwede, fragte Krause, wie bist du an diese Frau gekommen, ich meine, die wachsen doch nicht irgendwo auf Bäumen. Oder? Wie kommt man da ran? In unserem Alter? Und wenn, wo?

Ein Vorteil des Berufs, man lernt viele Menschen kennen.

Die Norwegerin brachte den Streuselkuchen heraus, stellte das Blech auf den Tisch. Ein Tisch für den Nachmittagskaffee im Garten gedeckt, Kuchen, Tassen mit Goldrand – eine meiner ersten Erinnerungen. Im Garten ist ein langer Tisch gedeckt, gedeckt mit einem weißen Tischtuch, Teller und Tassen mit Goldrand. Die Erwachsenen sitzen und reden, die Warnung meiner Mutter vor den Wespen, die sich auf den mit Zucker bestreuten Streuselkuchen setzen.

Natürlich wollte Krause wissen, warum ich mich für Aschenberger interessierte, und als ich ihm von der Siegessäule und dem Engel und dem Plastiksprengstoff erzählte, sagte er nur: Nein auch. Wenn ich nun dieses Schweizer Bumserbuch gehabt und ihm verkauft hätte, dann wären die hier mit Maschinenpistolen vorgefahren.

Ich frage mich, wie er auf mich gekommen ist.

Vielleicht fand er schon damals deine Beerdigungsrede

auf den Wissmann gut. Wen hast du beerdigt, wollte Iris wissen.

Krause erzählte von dem Denkmal, ein Gouverneur in Deutsch-Ostafrika, ein sogenannter Afrikaforscher, das hieß, einer, der mit dem Gewehr forschte. Und den Schwarzen deutsche Mores lehren wollte, nicht mit Zukkerbrot, sondern mit der Peitsche. Wir haben diesen Bronze-Wissmann damals umgerissen, in Hamburg, vor der Universität.

Der stand mit Tropenhelm und Uniform auf einem Sockel. Unter ihm ein Askari, ein schwarzer Soldat, der einen sterbenden Löwen mit der deutschen Fahne zudeckte. Das Bild des deutschen Kolonialherren. Thomas hat damals die Rede gehalten, sehr witzig. Thomas konnte gut reden. Dann wurde Wissmann mit einem Seil umgerissen. Polizei kam, nahm einige der Studenten fest. Die Zeitungen schäumten: studentisches Pack, Kulturbarbaren, irrenärztlich untersuchen lassen. Das Denkmalamt hat Wissmann wieder aufgestellt. Wir haben ihn wieder umgerissen. So wäre das weitergegangen, hätten das Denkmalamt und die Univerwaltung nicht resigniert. Einige bekamen eine Anzeige wegen Sachbeschädigung, Erregung öffentlichen Ärgernisses. Wir waren unserer Zeit voraus. Jetzt will doch keiner mehr an die glorreiche deutsche Kolonialzeit erinnert werden. Heute würden sie das Denkmal von Amts wegen abtragen lassen, still und heimlich.

So ändern sich die Zeiten. Und die moralischen Wertungen.

Und Aschenberger war dabei?

Hat sogar mitgezogen.

Ich konnte mich nicht mehr daran erinnern, daß Aschenberger dabeigewesen war. Und, sehr verehrte

Trauergemeinde, ich konnte mich auch nicht erinnern, daß Krause mitgemacht hatte, an andere ja, Edmond zum Beispiel und Conny, der das Seil besorgt und dem Bronze-Wissmann um die Brust gelegt hatte.

Wissmann kam und bracht nach Afrika
des Guten viel aus deutschen Landen
Pünktlichkeit und Prügel und Hurra
schlug so die kleinen Negerlein in Banden

Lina brachte Schlagsahne, die muß man zu dem trokkenen Kuchen essen, sonst staubt es aus den Ohren, sagte sie.

Die Kollegen hier, sagte Krause, sind freundlich und hilfsbereit. Früher war er in Regensburg, hatte dort Deutsch und Geschichte unterrichtet, war dann an eine deutsche Auslandsschule gegangen, nach Mexiko, sechs Jahre, und war später, man muß das, sehr verehrte Trauergemeinde, hervorheben, freiwillig in den Osten gegangen, in die tiefste Provinz, hierher, nach Anklam, allein der Name, Kleinstadt am Unterlauf der Peene gelegen, 53 Grad nördlicher Breite, 13 Grad östlicher Länge, 16 500 Einwohner. 30 % Arbeitslose.

Hab doch immer den realen Sozialismus verteidigt, sagte Krause, das ist jetzt so was wie eine Korrektur, nein, Buße, um vor Ort die Vorurteile abzubauen, alte wie neue, positive wie negative.

Iris kam mit der Blechdose zurück, fragte die Norwegerin, wohin mit diesem grünen Schleim?

Hätte nicht gedacht, daß du Nacktschnecken so ohne weiteres anfassen kannst.

Tja, sagte sie, aber killen, das bring ich nicht.

Sie ging zum Gartenzaun. Krause starrte ihr auf die Beine. Gut so, sagte er, und es war nicht deutlich, was er meinte, so wie sie ging, ihre Beine, ihre Erscheinung, oder aber, daß sie die Schnecken einfach über den Zaun in Nachbars Garten warf. Ein Jungnazi, hatte Krause uns vorher erzählt.

Und, wie geht es mit euch, fragte er.

Du meinst wegen der zeitlichen Differenz zwischen ihr und mir? Ich vermute mal, es ist die Distanz – die schätzt sie, alles ist leicht, weil unverbindlich, keine Ansprüche, keine Forderungen nach Nähe, keiner, der sie verfolgt, belämmert, bequatscht, sondern einer, der sie einfach läßt.

Verstehe.

Später, auf dem Nachhauseweg, als wir das Verdeck zuklappen mußten, weil es kühl wurde, sagte sie, deprimierend, dieser Osten.

Nein, deprimierend ist nur der Wunsch, immer mehr zu haben, und je mehr man hat, desto weniger ist man man selbst, und das gilt genauso für den Westen.

Versteh ich nicht.

Warum nicht Wünsche, die sich auf einen selbst richten, auf die Veränderung dessen, was man ist, was man sein und nicht nur, was man haben könnte. Und auch die Dinge könnten andere werden, nicht der Verachtung preisgegeben, wenn sie beschädigt werden, sondern es müßte ihre Würde mit dem Gebrauch wachsen, durch Bewährung, nicht die Anhäufung von Dingen, sondern deren Genuß, deren Pflege, es würde heißen: Die Dinge in ihrer Tiefe erleben.

Nein auch, rief Iris, und der Porsche kreischte auf. Meine Güte, das hört sich an wie, ich weiß nicht wie. Warum soll es nicht Wechsel, Wandel geben, Neues, anderes. Nicht immer den Bratenrock, von der Hochzeit bis zum Grab.

Ich rede nicht von Veränderung, sondern vom Verschleiß. Alter wäre nicht ein Mangel, sondern ein Vorzug, das Gebrauchte wäre das Schöne, nicht das neu Glänzende, ein gemeinsames Altern mit den Dingen, nicht mit vielen Dingen, sondern nur mit wenigen, den dann vertrauten, den auserwählten. Kein Wettbewerb im Verbrauch der Dinge und des Lebens.

Auf einer der Karteikarten, die ich aus dem Dreck geklaubt habe, hat Aschenberger geschrieben: Wer die Mentalitätsgeschichte der Bundesrepublik verstehen will, der muß bloß die Werbeslogans von VW studieren.

Gott, sagte Iris und zog den Porsche durch die Kurven, vorbei an den weißgestrichenen Stämmen der Alleebäume, ein weißes Gatter in der Dunkelheit. Hätte ich nie gedacht, an dir ist ein Wanderprediger verlorengegangen, mit langem weißem Bart.

Weißt du was, Konfuzius, der ja einen langen Bart hatte, sagt: Der Meister fing Fische mit der Angel, nicht aber mit dem Netz. Er schoß Vögel, jedoch nicht, wenn sie sich bereits niedergelassen hatten.

Was hat das mit dem Bart zu tun?

Nichts, aber mit dem Warenfetischismus. Ihr schießt auf alles, was sitzt, und ihr benutzt Schleppnetze, mit den kleinsten nur denkbaren Maschen.

Wer ist ihr?

Nicht du, vielleicht, nicht mit den ganz kleinen Maschen, du beleuchtest das nur.

Und dann begann ein Streit, der sich gut zwanzig Kilometer hinzog, wobei ich mich über mich selbst wunderte, mit welcher Hartnäckigkeit ich stritt, kindisch fand ich das und konnte es doch nicht lassen. Wir kamen durch Gransee, wo wir uns das Königin-Luise-Denkmal ansehen wollten. Im Schein der Straßenbeleuchtung sah ich ihr Gesicht, hart der Mund, so schmal, das ist das Erstaunliche, daß sie plötzlich kühl und zugleich verbissen aussehen kann. Sie warf mir vor: Selbstgerechtigkeit, was ja stimmt, Selbstgefälligkeit, was auch stimmt, und das alles nur, weil ich in einer leeren Wohnung wohne, weil ich nur ein paar Sachen habe und weil ich ihr immer mit der Lebenserfahrung kommen kann. Es ist auch schwer, dagegen zu argumentieren, wenn man einmal eine Gesellschaftsordnung zerlegen wollte, um eine neue, bessere wieder aufzubauen. Die bestehende Gesellschaft ist nicht die beste, die ihr entgegengesetzte auch nicht, und die gute künftige hat sich nie beweisen müssen.

Am Ortsausgang fuhr sie an den Straßenrand und begann zu weinen. Weinte und sagte, tut mir leid. Sie legte den Kopf an meine Schulter und weinte. Ihr Gesicht war naß. Auch das ist, verehrte Trauergemeinde, ein Vorteil des Alters, man kann vergleichen, man kann Ähnlichkeiten und Unähnlichkeiten feststellen, man kann Strukturen im Chaos erkennen, zugegeben, die Linien dieser Strukturen lösen sich bei näherem Hinsehen wieder auf, aber immerhin kann man vergleichen, so wie Iris weint, dieses Herausschießen der Tränen, sie weint, wenn sie sich freut, sie weint, wenn sie traurig ist, sie beschenkt mich mit dieser Tränenflüssigkeit wie keine Frau zuvor. Mein Hemd war naß an der Schulter.

Es tut mir leid, sagte sie.
Was? Es soll dir nichts leid tun.
Sie ist mit ihren Tränen so freigebig, während ich so knauserig bin mit dem, was ich ihr sage, zögerlich mit den Worten und den Steigerungen, die sich dann doch, fast gegen meinen Willen, aus dem Mund drängten: Sehr, sehr, sehr.

Sie fuhr nicht mehr so konzentriert, hielt meine Hand. Die Straße war asphaltiert und verbreitert worden. Der Wagen röhrte gequält, aber sie schaltete nicht, hielt weiter meine Hand. Auf der linken Straßenseite waren alle Bäume abgesägt, eine halbseitig amputierte Chaussee. Das Licht der Scheinwerfer wurde rechts von dem weißen Stammgatter reflektiert, links streifte es über Äcker und Felder. Wir fuhren eine Weile Hand in Hand, und der Motor begann zu bocken. Dann tauchte vorn etwas Dunkles, Schwarzes, Massiges auf, lag quer zur Straße und halb in den Graben gerutscht. Was war das?

Ein riesiges Tier? Auf der Hinfahrt die Lamas. Jetzt ein Elefant? Iris fuhr langsam heran, wir stiegen aus. Es war ein großer Mähdrescher, der in den Graben gefahren war, schief nach vorne gestürzt, stand er da, der Rüssel hing wie zum Saufen im Wasser. Der Fahrer saß weit oben, auf einem kleinen Sitz und war nach vorn gesunken. Ich stieg zu dem Mann hoch, sah aber sofort, er war nicht verletzt, der schlief, der war betrunken. Iris rief über ihr Handy die Polizei an, während ich versuchte, den Mann wachzurütteln. Er gab wie ein Taucher einen Rülpser von sich und mit ihm Fuselgestank. Er grunzte, rutschte noch weiter über das Lenkrad, die Backe an eine der Speichen gedrückt, die Arme baumelten. Iris stellte sich mit einer Taschenlampe neben den Traktor, gab Lichtzeichen, wenn ein Auto auftauchte, meist in rasender Fahrt näher kam, kurz bremste, manche fragten, ob sie helfen könnten, andere fragten Iris, was sie koste, doch als sie sahen, daß es ein Unfall war, starteten sie durch. Als ich Iris ablösen wollte, weil die Polizei nicht kam, sagte sie, du, wie du aussiehst, auf keinen Fall. Erst später fiel mir auf, ich hatte schwarze Hosen, ein schwarzes T-Shirt und ein schwarzes Leinenjackett an, während ihr heller Rock, ihre Turnschuhe, ihre Haare leuchteten. Sie wollte vermeiden, daß ich von einem der Besoffenen umgefahren wurde. Ein BMW aus Hannover hielt kurz. Im Wagen saßen zwei junge Männer, sie glotzten, Techno dröhnte, der Fahrer rief, ihr Ossis solltet weniger saufen. Sie lachten, fuhren weiter.

Idiot! Es dauerte fast eine halbe Stunde, bis die Polizei kam.

Endlich, gegen eins, konnten wir weiterfahren.

Komm zu mir, auf mein japanisches Lager.

Aber Iris wollte nicht, und so gingen wir wieder ins *Kempinski.* Der Nachtportier, ein Mann in meinem Alter, blickte kurz zu Iris und dann zu mir, mit einem einvernehmlichen Lächeln, einem Blick, der sagte, sehr verehrte Trauergemeinde, was danach kommt, das wissen wir nicht, vielleicht Nektar und Ambrosia, vielleicht liegen wir mit Löwen und Lämmern zusammen in leuchtenden Wiesen, wobei wir immer daran denken sollten, daß im himmlischen Paradies nur die Langweiler säßen, die wirklich spannenden Leute hingegen wären in der Hölle versammelt. Vielleicht gibt es den gerechten Ausgleich, das Jüngste Gericht, meinetwegen auch Wiederbegegnungen, vielleicht eine transversale Liebe, eine alles umspannende Harmonie, aber das wissen wir auch, Himmlisches Jerusalem oder Sphärenharmonie, es wird nicht diese feinen Reizungen der Nerven geben, nicht den Blutstau, nicht diesen heißen Strahl, der herausschießt, mit gut zwei Millionen Welten.

Im Zimmer sagte sie, nein, kein Licht. Sie zog sich aus, fast keusch, diesmal erst die Schuhe, setzte sich aufs Bett, zog das T-Shirt aus, drehte mir dabei aber den Rücken zu, dann den Rock, den Slip, sie legte sich aufs Bett, zog schnell die Decke über sich. Ihren Herzschlag spürte ich erst in der Handfläche, dann auf meiner Brust. Hätte ich denn mein Herz rechts, was ja vorkommen soll, es wäre ein alles durchdringender Doppelschlag gewesen.

Ja. Ja. Ja.

Es gab Anzeichen.

Zum Frühstücken sind wir ins *Café Rost* gegangen, saßen draußen auf dem Gehweg, im Schatten. Iris trank Milchkaffee, hatte die Sonnenbrille aufgesetzt, die ihre lichtempfindlichen Augen schützen sollte, und wieder einmal sah sie unbewegt, ja kühl aus, auch ohne ihre Lippen zusammenzukneifen, aber gerade dieses distanziert Entspannte, dieses Blicklose gab ihr das Aussehen einer interesselosen Schönen, und das machte sie so begehrenswert.

Ben kommt nachher aus Stuttgart zurück.

Ja, sagte ich.

Ich fühle mich. Ich weiß nicht. Es ist nicht fair, was ich mache.

Den Begriff der Fairneß gibt es in der Liebe nicht. Fair kann man nur unter Gegnern sein, und Ben ist nicht dein Gegner. Höchstens meiner. Wir stellen die Natur auf den Kopf. Er, der junge kräftige Leitlöwe, wird von mir, einem Alttier, dem schon einige Zähne fehlen, in seiner Stellung bedrängt.

Sie sah mich hinter ihrer dunklen Brille an, kühl, und dann sagte sie: So ein Quatsch. Wir sind doch nicht auf der freien Wildbahn.

Doch.

Sie blickte zur Straße, auf der nichts zu sehen war, ein paar geparkte Autos, ein alter Mann, der einen fetten Hund hinter sich her zog. Der Mann hatte karierte Hausschuhe an den Füßen. Vielleicht irrte er durch die Straßen, und der müde alte Hund hatte auch schon den Weg nach Hause vergessen.

Ich müßte es ihm sagen, ich müßte ihm von uns erzählen. Er müßte entscheiden können, ob er das aushalten will oder nicht.

Laß es, wie es ist. Man soll nicht eingreifen. Das ist doch auch die Theorie von Ben. Ein Informationsüberschuß, der alles egalisiert, einebnet, in Gleichzeitigkeit verwandelt, so kommt kein Widerspruch auf, bildet sich kein Antagonismus, kein Haupt-, kein daraus ableitbarer Nebenwiderspruch, hätten wir damals gesagt. Eingreifen ist zwecklos. Die Zukunft, sagt er, ist in der Gleichzeitigkeit zum Stillstand gekommen. Überall ist etwas zur gleichen Zeit, ganz Verschiedenes, ganz Ähnliches, du kannst es sofort erfahren, die Datenautobahn, im Fernsehen siehst du Leute, die verhungern, und wenig später den Prinzen Ernst August und seine Monacotussi bei ihrer Millionenhochzeit. Die schöne Grace Kelly, was hat die für strunzdumme Kinder bekommen, die Töchter lassen sich von jedem gerade erreichbaren Schnellbootfahrer oder Leibwächter aufs Kreuz legen, der Sohn kann nicht zwei und zwei zusammenzählen, und jetzt gehört zur Familie auch noch seine alkoholische Hoheit, der Welfenprinz. Das sagt Ben.

So wohlfeil ist Kritik heute. Alles relativiert sich, alles wird kleingemahlen, alles wird zur Anekdote, die Verhungernden, die Verfressenen. Ich weiß nicht, wo er das gelernt hat, vielleicht ist er selbst darauf gekommen, jedenfalls hat er nicht so unrecht.

Ich muß gehen, sagte sie und stand abrupt auf. Sie verabschiedete sich mit einem flüchtigen Wangenkuß. Ich setzte mich wieder an meinen leergetrunkenen Cappuccino und sah ihr nach, wie sie in dem kurzen Rock, den Turnschuhen wegging. Ihre Kosmetikmutter hatte sie zum Ballett geschickt, was geblieben ist, ist dieser genau bemessene Schritt, nicht zu weit, nicht zu klein, sie geht aus den Hüften, die Knie durchgedrückt, die Haltung gerade. Und auch daran dachte ich, wie zärtlich sie ist und wie sie mich eben dadurch zu der zärtlichen Wahrnehmung ihres Körpers und meines Körpers bringt und ihr nachblickend mir das einfällt: Hin und wieder in der Stadt, wenn wir zusammen gehen und sie Schuhe mit hohen Absätzen trägt, schert sie plötzlich aus, läßt mich überrascht stocken, geht seitwärts über einen Bordstein, jedesmal, wenn ein Eisenrost im Boden eingelassen ist. Soviel zur Ästhetik des Gehens, was an der Vermeidung von Eisenrosten abzulesen ist.

Ist gut, das macht nichts, hat sie mehrmals gesagt, wir machen doch keinen Leistungssport, aber ihr war anzumerken, wie sehr sie das beschäftigte, weil sie glaubte, es beschäftige mich. Ja. Und recht hat sie. Ich hätte ihr nachrufen können, ja, das Versagen wird sich häufen, nicht gerade mit jeder vergehenden Woche, aber mit jedem Jahr, verstehst du, ich arbeite zwar an mir, und wenn ich mich beschreiben müßte, würde ich mich als äußerst gestreßt bezeichnen, gerade im Bett gefährdet, und zwar durch dich, obwohl das der einzige lustvolle Tod wäre, hörst du, was du nicht weißt, daß ich, seit wir uns kennen, täglich zwei weichgekochte Bioeier esse, daß ich, treffen wir uns nachmittags im Zoo, vorher sechs Austern im *Kaufhaus des Westens* schlürfe, der Mann mit der weißen Plustermütze und der weißen Schürze grüßt mich inzwischen wie einen alten Bekannten, fragt, einmal wie immer, und redet mir meine Bedenken aus, jetzt, in den Monaten ohne r Austern zu essen. Die Austern sind okay. Das sind Befürchtungen aus der Zeit Ludwigs XIV., als die Austern von La Rochelle nach Versailles gebracht wurden, nachts durch eine Husarenstafette, eingepackt in Algen und

Meertang. Er zieht sich den Kettenhandschuh über die Rechte – er ist Linkshänder –, nimmt das Austernmesser, knackt die Schale auf, die palmenlippige, legt sie auf das Eis des Tellers, so liegen sie, in ihrem Kalkbett, zart, lebend, beträufelt mit Zitrone, zieht ein leiser Schauder über ihr durchsichtiges Leben. Wissen Sie, daß, als Ludwig XIV. starb und man ihm die Schuhe auszog, der linke Fuß schon verfault war. Ich weiß nicht, ob er die Geschichten, die er mir jedesmal erzählt, auch den anderen Leuten erzählt, oder nur mir, von dem er annehmen darf, ich sei hart im Nehmen. Weil ich solche Geschichten aus beruflichen Gründen sammle. Er hat durch einen Zufall von meiner Tätigkeit gehört. Vor ein paar Wochen, kurz nachdem ich Iris kennengelernt hatte, saß ein Austernschlürfer da und sagte Hallo zu mir. Ich hab Sie gehört. Sie haben auf der Beerdigung von einem Kollegen gesprochen. Ein Wirtschaftsprüfer, erinnern Sie sich? Er hob das Champagnerglas. Haben Sie gut gemacht. Prost! Er zwang mich, mit ihm anzustoßen. Wir saßen auf den Barhockern, die zum Essen nicht sonderlich geeignet sind, man soll ja schnell aufstehen und weitergehen – selbst am Barhocker kann man die Logik des Kapitals ablesen –, Barhocker werden erst dann etwas bequemer, wenn man sich beim Trinken mit den Armen aufstützen kann. So saß ich mit durchgedrücktem Kreuz und mußte nochmals mit dem Mann anstoßen. Und nochmals. Wie lächerlich, sagte ich mir, wie lächerlich du dasitzt, die Austern ißt, die dir, wenn du ehrlich bist, schon längst nicht mehr schmecken, genaugenommen nie geschmeckt haben, die sich zudem nur in mühsam zurückzuhaltenden Blähungen verdauen ließen, dieses reine Eiweiß. Um am späten Nachmittag Iris am Steinbockgehege zu treffen. Hör mal, sag ich, ich bin keine achtzehn. Dann lacht sie und sagt: Das ist keine Frage des Alters, mein Lieber, sondern der Hormonproduktion.

Nicht nur. Einen Moment zögerte ich, ob ich ihr sagen sollte, schon, aber was nutzt es, wenn etwas anderes nicht stimmt. Genauso hatte er gesagt, da stimmt etwas nicht. Die Blutwerte. Er tastete, dieses Gefühl, Harndrang, ein stechend drückender Schmerz. Eine Verhärtung, sagte er. Wir müssen eine Stanzbiopsie machen, rektal. Am besten gleich. Morgen früh. Unmöglich. Keine Zeit, ich muß erst jemanden unter die Erde bringen. Mach es bald, sagte er, das muß alles nichts bedeuten, aber ich würde es bald machen. Entweder du kommst noch mal her oder läßt es in Berlin machen. Am besten in Berlin, sagte ich. Ich merkte, wie sehr ihm daran gelegen war, daß ich bald, nein, sofort, zum Arzt ging. Er suchte in seinem elektronischen Timer: Warte, der Kollege, hier, Ahornstraße, der ist gut. Er schrieb mir den Namen und die Adresse auf. Geh hin!

Irgendwann in den letzten beiden Wochen begann es, daß Iris mich hin und wieder ganz unvermittelt am Arm faßte und mich ansah, ernst, forschend, sich auch nicht durch eine witzige Bemerkung abbringen ließ.

Für mich ist das ganz ernst, hörst du.

Ich hatte am Steinbockgehege auf sie gewartet. Es war kühl, und im Wind war hin und wieder ein feiner Sprühregen. Ich sah schon von weitem an ihrem Gang, daß sie wieder die schwarzen Flügel gestreift hatten, langsamer ging sie, ihre Schultern waren ein wenig nach vorn gezogen, als fröstle sie. Sie wollte heute nicht in die Grotte.

Wir saßen auf der Bank, vor uns ein Uferstück, dichter Pflanzenwuchs, großblättrig, gefächert, ein schuppiger

Stamm, daran faserige Schmarotzer, daneben Schachtelhalm, Lianen, wie aus dem Amazonas ausgeschnitten, hinter dem Glas modriges Wasser, darin ein mächtiger Fisch, der Arapaima, großschuppig, silbrig grün glänzend in dunkler Schlammnähe, im etwas helleren Licht kupfriggolden, ein flacher Kopf, ein breites welsartiges Maul mit Unterbiß, Glotzaugen, vorn kleine Seitenflossen, der gesamte schwere Leib geht in Rücken- und Bauchflossen über, ein kleiner, fast zierlicher Flossenschwanz ist nochmals deutlich abgeteilt, langsam glitt der Fisch am Glas vorbei, so nah und doch so fern, so fraglos für sich, in einer vorzeitlichen Ruhe, eine Begegnung mit dem Mesozoikum.

Sie saß und betrachtete den Fisch. Ihr Gesicht zeigte eine offene Verletzbarkeit, so flächig wirkte es. Und ihre Narbe an der Schläfe leuchtete rot, und die Zacken waren deutlicher zu sehen als sonst. Sie saß da, lehnte sich ein wenig an, begann unvermittelt zu weinen, ein so ganz anderes Weinen, als wenn sie aus Enttäuschung oder aber aus Glück weint, jetzt flossen die Tränen aus ihr heraus, ohne jede Bewegung im Körper, im Gesicht, die Augen schwammen in dieser reinen Feuchtigkeit, ruhig, blicklos, nein, nicht blicklos, ein Blick, der nach innen geht, aber nicht registrierend, das ist es, weder nach außen noch nach innen registrierend.

Was ist?

Ich weiß nicht. Wenn es dich nicht stört, laß uns einfach sitzen.

Ich versuchte, ihre Aufmerksamkeit auf das gegenüberliegende belebte Aquarium der Äquatorialfische zu lenken, ein Ausschnitt der Karibik, ein Stück Korallenriff, das klare Wasser von leuchtender Farbigkeit durchschwommen, dieses wie Neonlicht strahlende Blau und

Gelb des Palettenseebaders, oder dieser stets leicht geneigt schwimmende Hut Napoleons, ins Violett spielend, dem ein Zoologe oder vielleicht auch nur ein kreolischer Fischer, auf jeden Fall ein Dichter, diesen Namen gegeben hat: Franzosen-Kaiserfisch.

Ihre Angst, ob sie das Bühnenbild zum *Tasso* schafft, ob es tatsächlich so wird, wie sie sich das vorstellt, ob der Grundeinfall mit der großen Treppe tatsächlich so gut ist, wie sie dachte, und alles trägt.

Der ist gut, sagte ich. Sehr gut sogar. Hat der Regisseur etwas kritisiert?

Nein, nein, überhaupt nicht. Nein. Das ist es nicht. Ich vermisse dich, morgens, abends, nachts. Ich will dir nah sein, zusammensein, nicht nur in diesen gehetzten Treffen. Einfach so, wie jetzt, und sie sah blicklos zu dem Aquarium hinüber, in dieses traumhaft farbige Gewimmel.

Ich hatte am Morgen Thomson getroffen und mit ihm die Beerdigung besprochen. Der Sohn hatte für Aschenberger eine Bestattung der B-Klasse bestellt, also recht ordentlich, die Sargträger tragen schwarze Dreispitze und schwarze talarartige Mäntel. Die Halle im Stubenrauch-Friedhof ist sowieso nur klein. Der Sohn rechnet mit höchstens zwanzig Leuten. Immerhin hat der Sohn nicht geknapst, hast ja selbst gesehen, wie der Vater gelebt hat, danach wäre Sozialhilfebeerdigung fällig. Oder gleich in die Dose. Das war Thomsons Zukunftsangst, diese anonymen Beerdigungen, dieser Verfall der Bestattungskultur, das Verbrennen, und dann in eine kleine, schnell rostende Dose, die einfach zu vielen anderen Dosen in die Erde gesteckt wurde. Was für ein Selbsthaß, wenn man sich derart aus der Erinnerung herausreißen will, sich selbst möglichst schnell vergessen machen will. Ein Nichts sein, sagte Thomson. Erinnerung und Gedenken, dazu gehört doch immer auch, daß man den Beruf nennt, was die Leute gemacht haben, ihr Leben. Meinem Einwand, daß die Leute heute immer öfter die Berufe wechseln, wechseln müssen, daß man dann eine lange Aufzählung hätte, begegnete er: Warum nicht? Die Grabsteine der Kapitäne und Steuerleute auf der Insel Föhr erzählen ganze Lebensgeschichten. Er dachte dabei wahrscheinlich auch an die Steinmetze, deren Geschäfte ebenfalls durch diese anonyme Begräbnisform litten. Nein, sagte er, wenigstens das, Jahreszahlen, Geburts- und Todesdatum gehören auf einen Stein.

Mir ist das erst später aufgefallen, das Datum. Das Datum, das er für die Sprengung vorgesehen hatte, war der Tag, als die Regierung von Bonn nach Berlin zog, der Tag, an dem im Fernsehen der Bericht aus Bonn zum Bericht aus Berlin umbenannt werden sollte. Die Berliner Republik, auch wenn alle betonen, es ändere nichts, absolut nichts. Und doch wird etwas grundsätzlich anderes beginnen.
An dem Tag wollte er den Engel sprengen.

Heiß war es an dem Abend, weit über 30 Grad. Tausend Container waren angekommen. Die Akten aus Bonn. Die Pendler kamen, Beamte entstiegen einer Maschine. Die Lufthansa setzte Sonderflüge ein. Die Spedition Hasenkamp sponsert die Zeitangabe im Jazzradio. Ich hörte Keith Jarretts *La Scala*, den ich in den vergangenen Wochen wieder und immer wieder gehört habe, ohne daß ich etwas über ihn schreiben wollte. Ich saß auf der kleinen Terrasse und rauchte eine Montecristo. Geschenk eines

Tabakhändlers, dessen Vater ich vor vier Monaten begraben hatte. Das heißt, nach der Rede kam eine Frau auf mich zu, energisch drängte sie sich an den Trauernden vorbei, verkniffen der Mund. Sie fixierte mich. Einen Moment hatte ich die Befürchtung, sie könnte tätlich werden, mir eine runterhauen, dann sagte sie: Was Sie da erzählt haben, das ist völlig daneben. Von wegen, war immer für seine Familie, für die Angestellten da. Hilfsbereit. Großzügig. Da kann ich nur lachen. Das war ein Geizkragen, ein widerlicher Geizkragen. Und sie wurde immer lauter. Was das Geld anging, was die Gefühle anging, ein Krämer. Das Geschrei der Frau wurde langsam geschäftsschädigend: So, wie Sie ihn dargestellt haben, das ist einfach lächerlich. Fürsorglich. Daß ich nicht lache. Ich versuchte, die Frau zu beruhigen, sagte, ich hätte mich ganz auf die Informationen seines Sohnes gestützt, der muß es doch wohl wissen.

Da lachte sie und sagte, da muß ich aber lachen. Ich bin die Tochter. Mich hätten Sie mal fragen müssen. Klar, mein Bruder, der hat alles an Land gezogen, das Geschäft, das Haus, alles. Das Geld sowieso. Aber ich werde klagen, verstehen Sie!

Später kam der Sohn, sagte, tut mir leid, daß sich meine Schwester auf Sie gestürzt hat. Und nach dem Essen schenkte er mir eine Kiste kubanischer Zigarren.

Schwalben zuckten vorbei, Wolken, blauweiß, türmten sich, der erste ferne Donner. Der Gesang der Amseln war verstummt. Ich merkte es erst nach einem Moment, ein plötzliches Schweigen, dann setzte das Prasseln des Regens ein, das zu einem Rauschen wurde, ein Rauschen im Laub der Bäume, entfernt ein Wetterleuchten, und nach einem Augenblick nachrollend der Donner. Die *Vierzehn Arten, den Regen zu beschreiben.*

Trauer? Nichts Sentimentales, nichts Verschwiemeltes, nichts nur Gefühliges, Gefühle ja, aber Reduktion, Strenge, ein schwarzer Flügelschlag, Verknappung, Genauigkeit, und vor allem Empörung, der Tod, der Engel, nicht der vergoldete, der dunkle, schwarzflügelige, dessen Musik, das sind sie, die *Vierzehn Arten, den Regen zu beschreiben.*

Die kennst du? hatte Nilgün gesagt, das war das erste Mal, daß sie mich kurz und flüchtig am Oberarm berührte, das erste Mal, daß sie mich ansah, ja, wie, als sehe sie durch mich hindurch, und tatsächlich war es denn auch der Moment, in dem ich für sie eine Tiefenschärfe bekam, für sie ein Fenster öffnete, stell ich mir vor. Davor war ich für sie der Resignierte, der Zyniker, der Trostlose, der daraus einen Beruf gemacht hatte. Und dann erwähne ich Eisler und die *Vierzehn Arten, den Regen zu beschreiben,* und man wird berührt, angefaßt, und jede nur wünschenswerte Nähe ist da, eine Nähe, die Iris irritiert, eifersüchtig macht, wobei es Gemeinsamkeiten sind, die sich aus langer Lektüre, aus Arbeit in Zirkeln erschließen, die nur wenige kennen, das ist der Rest der klandestinen Arbeit. Ich will das gar nicht mystifizieren, jede Gruppe hat dieses Erlebnis, auch ehemalige Salemschüler, aber es ist eben doch ein Unterschied, ob man einer Gruppe angehört, die sich über das Geld und den Einfluß ihrer Väter definiert, oder einer, deren Mitglieder verfolgt, gefoltert und geächtet werden. Es sind die Themen, die Probleme, die Personen, über die ich mit Nilgün rede, die bewirken, daß sich Iris ausgeschlossen fühlt: das Problem der Vierten Internationale in der Einschätzung der Landwirtschaftsfrage in China, Frantz Fanons Forderung, die meist an schönen Palmenküsten gelegenen, zutiefst korrumpierten Hauptstädte in die Landesmitte zu verlegen, was in Brasilien geschah, wo aber dennoch die Diplomaten, wann immer sie können, ihren Hintern wieder an den Strand von Copacabana pflanzen. Nur daß Nilgün noch im Zustand der Empörung lebt, während ich mich an meine Empörung erinnern muß, indem ich nach Situationen und Themen von damals suche. Nilgün und ich, wir waren beide in Brasilia, haben die Architektur von Oscar Niemeyer bewundert, und sie schwärmt davon, während ich mich entsinne, was alles gesperrt werden mußte, da dieser so fortschrittliche Baustoff Beton, mit dem alles formbar war, inzwischen vor sich hin bröselte. Zwei verschiedene Blicke auf denselben Gegenstand, und keiner ist falsch.

Wie ändert man diesen täglichen ökonomischen Massenmord?

Ben sagt: Genau.

Wieso Ben mit einem Mal? War er überhaupt dabei?

Doch. Ben sagt: Nilgün hat recht.

Was?

Nilgün sah ihn nur kurz an, mit diesem Empörungsblick – und man könnte Nilgüns Engagement am Beispiel ihrer Augen beschreiben, dieses Glitzern, das ich mir einmal von einem Mediziner erklären lassen muß, Nilgün, diese elegante, ja so aufreizend gekleidete Nilgün führte wieder einmal ihre These aus, es gebe einen ganz selbstverständlich akzeptierten, weil ökonomisch begründeten Massenmord in der Dritten Welt. Das Boot ist voll, alles Quatsch. Wir sitzen in einem Luxusdampfer und dampfen an denen vorbei, die im Meer ersaufen. Buchstäblich. Aber wer will teilen. Willst du auf deinen Porsche verzichten, verzichten auf, sagen wir mal, fünf Jahre Urlaub, fünf Auslandsreisen?

War das so abwegig, wie Iris fand, und einfach am

wirklichen Problem vorbeiargumentiert? Ausgleich meint doch nicht allgemeine Verarmung.

Das nicht, ich lauf ja auch nicht in Sack und Asche rum. Aber der moralische Imperativ heute ist: konsumieren und profitieren und bloß nicht moralisieren.

Ach. Herrje. Ja. Ja.

Kann Bekanntes nicht empörend sein?

Wie lange habe ich nicht mehr diskutiert, dachte ich, ich konnte mich nicht entsinnen. Es war bei Freunden, bei Edmond, bei Krause, ja bei mir selbst, immer nur das einverständliche Nicken gewesen.

Später sagte Iris zu mir: Das überrascht mich, wenn du dich erregst, dann, wenn du mit den Händen herumfuchtelst, dann habe ich eine Ahnung, wie du früher warst, aber zugleich, sagte sie, bin ich jedesmal ausgeschlossen. Und dann, glaube nicht, daß ich das nicht sehe, all diese Hinweise, Blicke, und neuerdings dieses Angetatsche von der Nilgün.

Ich war so gemein zu sagen, wieso, das ist einfach eine ganz andere Körpersprache, ein wahrscheinlich kulturell bedingter Unterschied in der Kommunikation. Bei uns heißt es immer, halt die Hände still, jedenfalls bin ich so aufgewachsen. Und achte mal drauf, Nilgün faßt auch Ben an.

Ich bin nicht blöd, das ist ein ziemlicher Unterschied. Dir legt sie die Hand auf den Arm oder sogar auf den Oberschenkel.

Wie sich das anhört – Oberschenkel.

Stimmt doch, und zwar immer dann, wenn sie dir recht gibt, wenn sie Übereinstimmung belohnt, Anerkennung ausdrückt. Und du. Du legst ihr dann auch noch die Hand auf den Unterarm. Ihr sitzt immer so, daß ihr euch anfaßt. Ständig.

Und Ben?

Bei Ben. Dem tätschelt sie mal kurz den Arm, wenn er was sagt, was ihr nicht paßt. Und da komm mir nicht mit kulturellen Unterschieden.

Ich glaube, Nilgün hätte sich gut mit Aschenberger verstanden, versuchte ich dem Gespräch eine andere Wendung zu geben.

Glaub ich nicht, die sucht Mobilisierungsopfer. Besonders so gut vorgebildete wie dich. Paß auf, bald setzt sie dir einen netten Illegalen in die Wohnung, dafür zieht Nilgün den Rock auch schon mal etwas höher. Und dein Aschenberger, der hatte doch einen Hau, und zwar einen schweren.

Aber, verehrte Trauergemeinde, ist das nicht hoffnungsvoll, jemand, der nicht die Börsenkurse studiert, sondern die Börse abschaffen will. Es gibt einen Zentralcomputer für die internationale Börse, der steht irgendwo im Belgischen, erzählte Nilgün, den zu sprengen, das sei ihr Traum. Dann würde der Kapitalismus implodieren, ähnlich wie die sozialistischen Länder und doch ganz anders. Aber. Er ist so gut gesichert und bewacht, daß kein Rankommen ist. Sollte aber das Ziel für jeden guten Anarchisten sein.

Plötzlich hantieren alle mit Sprengstoff, zumindest in den Tagträumen.

Kindisch das Ganze. Erwachsen hingegen ist, findet Iris, daß Nilgün in der Gemeinschaftspraxis, in der sie arbeitet, Illegale behandelt, kostenlos, nicht gerade Kronen macht oder Brücken, aber doch die Löcher in den Zähnen füllt. Nilgün hat nie darüber gesprochen.

Eine Karteikarte aus Aschenbergers Wohnkeller, von Hand und gut leserlich geschrieben:

Skins, die Obdachlose und Behinderte totprügeln, setzen auf eigene Faust um, was das System zwar nicht ausspricht, aber aus seiner Logik verlangt, alles Überflüssige, Unrentable zu tilgen.

Sag mal, das ist doch wahnhaft.

Mag sein. Ich lese nur vor. Eine andere Karteikarte: Dieses Naturgegebene, diese Meteorologie, deren Bedeutung immer wächst, Berichte, Vorschauen, genaue Animationen, dynamische Jungs, die auf den Landkarten herumfuhrwerken, Wolken verschieben, Sonne blitzen lassen, Gewitter ankündigen, sie sind der ideologische Ausdruck der Naturgegebenheit aller Dinge, auch der sozialen. Gerade das Wissen, das Abnicken aller Probleme, Hungersnöte, Emigranten, die ersticken, ertrinken, all das als naturgegeben erfahren zu lassen, diese Bedeutung der Wettervorhersage ist Ausdruck der gesellschaftlichen Ideologie heute.

Und eine andere Karteikarte: Faschismus als Mauer, als Abwehr, nicht expansiv, sondern salvierend. Die Interessen damals: Mit dem Karabiner zehn Untermenschen bei der Arbeit bewachen. Das Herrenvolk, wie doof auch immer, arbeitet nicht, schießt allenfalls bei Fluchtversuch. Morgen: Grenzen bewachen, Schußwaffengebrauch beim unberechtigten Eindringen.

Das ist ein Wahnsystem, aufgebaut auf Realitätspartikeln.

Nein. Ich habe ein Jahr Marktforschung gemacht. Habe Leute angesprochen, mit Fragebögen in der Hand, und habe sie über ihre Kosmetikgewohnheiten befragt, zum Beispiel Cremes, es war eine Pharmafirma, und, ein Zufall, sie gehörte zu dem Konzern, der die kleine Bohnerwachsfirma meines Onkels aufgekauft hatte. Wobei gesagt sein muß, der Onkel hat für seine Klitsche eine ordentliche Summe bekommen. Also, ich stand auf der

Straße, auf dem Jungfernstieg, hatte eine Mappe mit einem Fragebogen in der Hand und sprach Vorbeigehende an: Entschuldigung, haben Sie einen Moment Zeit, und dann, weil die meisten denken, man will ihnen etwas verhökern, mußte man immer sofort betonen, es sei kein Verkaufsgespräch. Es handelt sich um eine Befragung, und als kleine Gegengabe bekommen Sie eine Warenprobe. Alles unverbindlich. Sie werden nicht weiter behelligt. Was nicht stimmte, denn die Leute wurden, gaben sie ihre Adresse an, später gezielt mit Werbematerial bombardiert. Adrett mußte man aussehen, im Sommer in Jackett und Hose, allerdings keine Krawatte, damit man nicht mit einem dieser Missionare aus Salt Lake City verwechselt wurde. Dann ging man in ein angemietetes Büro, wie in ein Bordell, nett eingerichtet ist es, wenn auch sachlich, auch eine Couch gibt es, aber keine zum Ausziehen, sondern eine braune Ledercouch, braune Ledersessel, einen Tisch, dort bekam der Proband erst einmal ein Set mit Cremes, für die Dame oder für den Herrn, wobei es darauf ankam, diesen Weg von unten, also von der Straße nach oben ins Büro mit Reden zu überbrücken, die Gesellschaft ist durch und durch rhetorisch, weil die mündigen Bürger ständig überredet werden müssen, also mußte man sich etwas einfallen lassen, denn es kam immer wieder vor, daß einige Leute es sich plötzlich anders überlegten und weggingen, ja wegliefen, andere hingegen lechzten danach, ihre Meinung zu sagen, im festen Glauben, den Markt zu beinflussen, das waren die, die darauf warteten, angesprochen zu werden, die stehenblieben – ich habe die nach einiger Zeit mit sicherem Blick erkannt und immer gemieden, weil sie einem die Zeit stahlen, weil sie, kaum saßen sie, kaum hatten sie ihr Creme-Set bekommen, loslegten und erzählten, wann welche Creme, welches After-Shave, Pre-Shave, welche Hydrocreme sie auftrugen, welche sie gut, welche sie nicht so gut fanden und welche von den Cremes, After-Shaves, Hydrocremes bei ihnen zu Migräne, Hefepilzen, Gichtanfällen geführt hatte, kaum daß man ihnen noch die ausgearbeiteten Fragen stellen konnte.

Ich wohnte damals in Norderstedt, einem Vorort von Hamburg. Eine dieser Schlafstädte, wie man sie überall in der Nähe großer Städte findet, Reihenhäuser, Einkaufszentren, in den schmalen Gärten Wäschespinnen. In einem der Reihenhäuser wohnten wir, Lena und ich. Die Miete war niedrig. Und entsprach dem, was wir mit Gelegenheitsarbeiten verdienten. Lena arbeitete als Aushilfe in einem Reisebüro, ich als Marktforscher, was eben nichts anderes war, als geschickt Leute abzuschleppen und Kreuzchen zu machen: Cremen Sie sich a) morgens b) abends oder c) mittags. Morgens. Gut. Welche Körperteile cremen Sie sich besonders ein? a) die Hände b) die Unterarme c) die Ellenbogen. Immer die Hände, sehen Sie mal, das sind die Flecken, ich vermute diese Flecken, also diese Veränderung der Haut, nicht, die Altersflecken, die kommen von dieser Creme. Und soll ich Ihnen mal sagen, was einer Nachbarin passiert ist?

Abends war ich von dieser Marktforschung, wie es so hochtrabend hieß, derartig fertig, daß ich mich vor den Fernseher setzte und dort zusammen mit Lena sitzen blieb bis Mitternacht, dann gingen wir ins Bett, manchmal, aber nur noch hin und wieder, schliefen wir miteinander. Es war die Zeit, in der wir auch noch Außenbeziehungen hatten. Das Wort Außenbeziehung, es muß, sehr verehrte Trauergemeinde, vor dem Vergessen gerettet werden.

Und was wolltest du erzählen?

Ich dachte einen Augenblick unter dem erwartungsvollen Blick von Iris nach. Was wollte ich denn eigentlich sagen? Richtig – etwas zum Wahnsystem.
Ich verliere mich.

Auf der Straße, auf dieser aschfarbenen, so planen Fläche, breitet sich noch immer die Flüssigkeit aus, langsam, sehr langsam schiebt sie sich flächig vor, ist am Rand ein wenig hochgewellt, dort glänzend schiebt das Leuchten Staub vor sich her, dieses Leuchten, das schon an Helligkeit, an Glanz verliert und ein wenig eindunkelt, matt wird, eine stetige Bewegung, vergleichbar dem langsamen Steigen des Wassers im Watt, wo eben noch Schlick und Sand zu sehen waren, breitet sich kaum merkbar, doch stetig Wasser aus.

Die Pferde gingen – wir hatten uns verspätet – durch die steigende Flut, und schon mußte ich die Beine anziehen, sah, wie die im Wagen liegenden Säcke mit den Brotlaiben naß wurden, ringsum ein Graugrün, kaum bewegt, bis zum Grau des Horizonts. Vor mir saß der Bauer und weinte leise. Erst als die Pferde die Insel erreicht hatten und aus dem Wasser stiegen, ließ er die Peitsche knallen, brachte die Pferde in Trab. Hielt vor einem Haus, wischte sich mit dem Handrücken die Augen und ließ mich absteigen, ohne ein Wort zu sagen.

Café Rost, etwas abgedunkelt, wie ich es seit einigen Jahren schätze, draußen regnete es ab und zu, unberechenbar, es war kalt und schwül zugleich.
Iris wollte wissen, was ich früher, als Kind, hatte werden wollen. Das Tun, bei dem man nicht hofft, es möge schnell zu Ende sein, sondern ganz im Gegenteil, es möge dauern, nie ein Ende geben.

Mit sechs Jahren Lokomotivführer, mit zehn Afrikareisender. Berufe, die heute keiner mehr anstrebt. Die Lokomotiven haben ihr dampfendes, zischendes Geheimnis verloren, das war ja das Überwältigende, man sah die Mechanik, wie sie wirkt, man sah Kraftübertragung, Gelenke, Kolben, ein Schieben, Stampfen, Drehen, ein ölglänzendes Gleiten. Das war Mechanik, die anschaulich wurde, wie das schwarze Gesicht des Heizers, der vom Tender Kohlen mit der Schippe holte und in den Kessel feuerte. Ich bin als Kind einmal auf einer Lokomotive gefahren. Das ist für Iris fast die Steinzeit. Das gehörte mit zur Gemeinschaftskunde, Besuch einer Fischfabrik, Besuch eines Wasserwerks, Besuch eines Stellwerks mit einer Fahrt auf der Lok. Jeweils drei Schüler durften ein Stück mitfahren, hin und zurück. Es war ein überwältigendes Erlebnis, die Hebel, die bedient wurden, die Kohlen, die vom Tender in das Feuerloch geschaufelt wurden, das Pfeifen mit der Dampfpfeife, die einen langen grauen Schweif hinter sich her zog. Dagegen sehen die Triebköpfe der Züge heute so aus, wie sie heißen, man könnte auch in einem Auto sitzen, wobei man darin wenigstens noch am Steuerrad drehen kann. Afrikareisender? Willste den Nachbarn treffen, wie im letzten Jahr, und dann noch vom selben Tourismusunternehmen. Allenfalls gibt es ästhetische Gründe, eine Fotosafari, oder, für die Feineren, die Reise nach Mali, um dort handgewebte Tücher zu kaufen oder die gelbbraune Lehmarchitektur zu fotografieren. Für die Abenteurer gibt es in Borneo die eigens ausgesuchten Pfade durch den Dschungel, und damit es nicht gefährlich wird, hat jeder für den Fall, daß er sich verläuft, ein Handy bei sich.
Und Revolutionär?
Kein Berufsziel. Nie gewesen.

Der Blick verändert, Blick auf die Schrift, Blick auf Fotos, das Foto, das die nackten verletzten Kinder zeigt, die aus einem brennenden Dorf laufen, darunter das Mädchen, schreiend, die Arme, der Körper vom Napalm verbrannt, ein Foto, das sagt: Du mußt dich ändern. Nicht nur nachdenken, nicht nur kritisieren. Dann das erregende Geräusch splitternder Scheiben vom Amerikahaus, von einer Bank, einem dieser Edelgeschäfte, und niemand, der plündert. Eine Aktion gegen den schönen Schein der Warenwelt, gegen das Geld, das Unglück, die Erniedrigung, auch die Selbsterniedrigung. Das unterschied den Autonomen vom Mob.

Je länger ich, sagt Iris, über diesen Aschenberger nachdenke, desto mehr gefällt mir seine Kompromißlosigkeit. Und plötzlich will sie genau wissen, wie es dazu kam, daß ich Beerdigungsredner wurde. Fragt hartnäckig nach. Vermutet ein spektakuläres Ereignis in meinem Leben, etwas Politisches. Wie wird man so was?

Schon Ben hatte mich das gefragt, vor ein paar Tagen, nein, länger, vor gut zwei Wochen, am *Schleusenkrug*, vor Iris und Nilgün, er fragte, wie bist du dazu gekommen, Trauerreden zu halten.

Wie bist du Controller geworden? Gott, sagte er und lächelte ein wenig überlegen, mit einem Betriebswirtschaftsstudium ist das recht naheliegend.

Siehst du, sagte ich, so ist das mit einem Philosophiestudium eben auch.

Da lachte er noch. Aber nun sag mir nicht, daß alle Philosophiestudenten Beerdigungsredner werden.

Auch nicht alle Betriebswirte werden später Controller, und so gut wie kein Philosophiestudent. Du, Ben, könntest als diplomierter Betriebswirt auch Beerdigungsredner werden, und in gewisser Weise bist du es ja auch, wenn Abteilungen geschlossen, Leute entlassen werden, nicht aber ich Controller. Was soviel sagt, es ist das letzte, was ich werden könnte, beim Kontrollieren – non potentia erigendi.

Ben mag nicht reden, nicht öffentlich, sagte Iris, sie sagte das durchaus nicht herabwürdigend, sondern eher, um diese jetzt doch spürbar aufkommende Spannung zwischen mir und Ben zu mildern.

Stimmt, sagte Ben. Das sei auch der Grund, warum es ihn so grauste vor dieser Rede.

Welche Rede?

Er müsse eine Geburtstagsrede halten, zum Fünfzigsten seines Bereichsleiters.

Wenn du willst, schreibe ich sie dir. Reden kann man ja ablesen.

Ben bekam einen weichen Zug um den Mund, er war gerührt, auch das ein angenehmer Zug an ihm, daß er seine Dankbarkeit zeigt und damit auch, daß er in dieser Beißgesellschaft durchaus Hilfe braucht. Mensch, das wäre, das wäre wahnsinnig nett.

Ein Blatt Papier. Gut. Versteht er Humor? Ja. Gut. Los, was mag er, ich meine, sein Hobby, außer die Gewinne hochzupuschen. Theater. Geht gern mit seiner Frau ins Theater. Ben nickte. Die Frau, wie sieht die aus? Gut erhaltene Mittvierzigerin, blond. Alle Ehefrauen der oberen Manager sind blond, und wenn nicht, dann lassen sie sich färben. Schon die erfolgreichen Mammutjäger bekamen in der ausgehenden Eiszeit als Trophäe blonde Frauen, verstehst du. Und er? Beschreib ihn. Groß, sehr groß, wenig Haare. Was heißt wenig Haare? Glatze? Ja, Glatze. Gut. Paß auf, wie das so geht mit den Beerdigungs-, den Hochzeits-, den Geburtstagsreden. Wir schreiben mal hin: blonde Frau, Theater, Glatze. Also mit dem Blond der Frau kann man nur etwas anfangen, wenn alle anwesenden Frauen blond sind, sonst verärgert man die, die nicht blond sind. Also bleibt die Glatze, das Theater und das Alter, klar. Mit Firma und so mach nichts, das ist immer sterbenslangweilig.

Ich kann doch nicht über die Glatze reden.

Doch, natürlich, man kann über alles reden, gerade darüber, was vielen peinlich ist. Du weißt, wie Aischylos gestorben ist? Nein. Er wurde von einer Schildkröte erschlagen. Was? Ja, und das ging so. Aischylos ging in Gela gern in die Natur, morgens, wenn es noch nicht so heiß war. Er ging dann immer ohne Helm, was, wie wir noch sehen werden, ein Fehler war. Er saß am Ufer und blickte auf das Meer. In dem Moment kam ein Adler vorbeigeflogen, der eine Schildkröte in den Klauen trug. Er sah unter sich den kahlen Schädel des Aischylos in der Sonne glänzen und hielt den für einen Stein, ließ die Schildkröte fallen, um deren Panzer zu knacken. So starb Aischylos.

Was hat das mit dem Geburtstag zu tun?

Sein Geburtstag, du fängst so an: Meine sehr verehrten Damen und Herren, als Immanuel Kant fünfzig wurde, da wurde er in einer Feier der Königsberger Universität als der ehrwürdige Greis gefeiert. So ändern sich die Zeiten. Heute bedeutet fünfzig nur eine Dekade, wie vierzig. Mit Fünfzig kann man nicht mehr die hundert Meter in 11 Sekunden laufen, aber wer will das noch, wenn er dafür seine Leute hat, zu denen ich als Controller ja auch zähle, was ich allerdings schon längst nicht mehr schaffe, und so weiter.

Und wie komm ich zu Aischylos, ich meine die Glatze, ohne den zu verletzen?

Das ist Ben, und darum muß ich sagen, ich mag ihn,

sehr verehrte Trauergemeinde, vielleicht haben Sie einen falschen Eindruck bekommen, ich habe, wenn ich von Ben sprach, ihn immer wieder ein wenig kleingemacht, was einen selbst, also auch mich, kleinmacht, aber es soll im Fall Ben ja keine Beerdigungsrede sein. Tatsächlich ist Ben für sein Alter, für seinen Beruf, ein ungewöhnlich reflektierter Mensch, mit einem empfindlichen Bewußtsein für das, was richtig und was nicht richtig ist, er besitzt einen untrüglichen Blick für Übertreibungen und für das, was fair ist, auch wenn er damit ein wenig langweilt.

Du kannst die Geschichte mit der Schildkröte später, am Tisch, beim Essen erzählen.

So waren wir von der Frage abgekommen, wie ich Trauerredner wurde.

Iris ist hartnäckiger, denn sie vermutet einen dramatischen Knick in meiner Biographie, und jetzt im *Rost*, in dem künstlichen Licht, das diesen Regen vergessen macht, fragt Iris abermals, läßt nicht locker.

Ganz einfach. Ein Gemüsehändler hat mich gebeten.

Ein Gemüsehändler?

Ja. So war es. Einer der wenigen deutschen Gemüsehändler hier in Berlin. Die anderen Geschäfte werden längst von Kurden, Türken und Griechen betrieben, und zu Recht, die Leute verstehen einfach mehr von Gemüse und Obst. Die meisten kommen vom väterlichen Bauernhof, wissen, wie und wo man Tomaten pflanzt und wo den Lauch, die Zwiebeln. Herr Dinkhoff war einer der letzten. Er hatte als Kind im Schrebergarten seiner Eltern geholfen, hatte eine Gärtnerlehre gemacht und schließlich im Park von Sanssouci gearbeitet. Wurde im Krieg eingezogen, kam in Gefangenschaft, und als er entlassen wurde, war der Park von Sanssouci sozialistisch.

Wenig später geriet er in den Verdacht der Staatsfeindlichkeit. Er hatte sich dafür eingesetzt, einzelne Kirschbäume in den Park zu pflanzen, einmal wegen der weißen Blüte im Frühling, um das Grün aufzuhellen, zum anderen, weil Friedrich der Große Kirschen besonders gern mochte. Wieso der Große, hatte ihn ein linientreues Parteimitglied gefragt, und er, Dinkhoff, hatte gesagt, er fände ihn nicht wegen der gewonnenen Schlachten groß, sondern wegen dieses Parks, weil er Feigenbäume am Südhang des Schlosses hatte pflanzen lassen. Es sei für ihn als Gärtner immer etwas Besonderes, hier die Äste zu beschneiden, im Herbst zu ernten und im Winter abzudecken, um die Feigen im Frühjahr nach den letzten Frostnächten wieder aufzudecken, das Stroh abzunehmen und darauf zu warten, daß sich diese kleinen Scheinfrüchte bildeten, die allerdings nie ganz reif wurden.

Am nächsten Morgen wurde er verhaftet, verhört, man warf ihm vor, monarchistisches Gedankengut propagiert zu haben. Also gleich um zwei geschichtliche Epochen zurückgefallen zu sein. Er versuchte zu erklären, daß er sich für den Anbau von Feigen ausgesprochen und nicht die Monarchie verherrlicht habe. Am Abend wurde er wieder entlassen, mit der Auflage, sich täglich bei der Polizei zu melden. Am übernächsten Tag floh er nach West-Berlin. Er wurde als Gärtner im Charlottenburger Park angestellt, lernte beim Beschneiden der Hecken eine Frau kennen, die als Telefonistin arbeitete. Nach drei Monaten heirateten sie. Die Frischvermählten zogen in das Schrebergartenhäuschen der Brauteltern, und da es eine Zeit des Mangels war, bauten sie in dem Garten Kohl, Karotten, Lauch und Zwiebeln an. Er tat das als gelernter Gärtner mit so viel Erfolg, daß die Ernten den Eigenbedarf überstiegen und sie das Gemüse verkaufen konnten, zunächst an einem Stand, dann pachteten sie ein Geschäft, so war er Gemüsehändler geworden.

Der Alte, der mit seinem Sohn zusammen den Laden betrieb, hatte mir die Geschichte mehrmals erzählt, stückchenweise, beim Abwiegen, Einpacken von Gurken, Karotten oder Kartoffeln. Wie konnte dieser Mann von den verschiedenen Kartoffelsorten schwärmen, als ich ihm davon erzählte, daß ich einmal nachts an einem Imbißstand einen Mann kennengelernt hatte, der über die Kartoffel schreiben wollte. Dinkhoff kam richtig ins Schwärmen, erzählte von so seltenen Sorten wie der blauen Maus, die er noch vor zehn Jahren in seinem Schrebergarten angebaut hatte, eine Kartoffel mit einer fast blauen Schale, im Geschmack dem schwarzen Trüffel vergleichbar, oder von dieser roten Kartoffel, die er mir zum Probieren empfahl. Ich hörte mir das geduldig und voller Bewunderung an, dieser Enthusiasmus für Grünzeug, ja, sehr verehrte Trauergemeinde, und noch etwas war ungewöhnlich, der Sohn war stolz auf seinen Vater, stolz, wie der diesen Laden aufgebaut hatte. Und dann eines Tages, als ich wieder meine Äpfel, meine Karotten, meine Zwiebeln kaufen wollte, da weinte der Sohn und sagte, sein Vater sei gestorben. Und nachdem er sich wieder gefaßt hatte, sagte er, er sei hilflos, niemand von ihnen sei in der Kirche. Wie beerdigt man jemanden, der nicht in der Kirche ist. Jeder hat doch ein Recht auf eine anständige Beerdigung, ich meine würdig, zumal sein Vater, der sich so hochgearbeitet, die Familie durch diese schlechten Zeiten gebracht habe. Und dann rückte er damit heraus, könnten Sie nicht, ich meine, Sie kannten ihn doch, könnten Sie nicht ein paar Worte sagen.

Ich dachte nach, sagte schließlich: Gut, mach ich.

Sehr verehrte Trauergemeinde, so ist es gekommen. Ich

war damals bei der Stadtreinigung. Das ist kein Witz. Bei den Stadtwerken. Der Müllabfuhr. Presseabteilung. Ich hatte den Job bekommen und führte Leute durch die Stadtwerke, durch die Müllsammelstellen, die Müllsortieranlagen, die Müllverbrennungsanlage, über die Mülldeponie.

Da steht der Engel. Er steht da, glänzend, er leuchtet, der Verkehr dreht sich um ihn herum, blau, weiß, gelb, alles glänzt, der Engel steht. In der Linken den Stab, darin das Eiserne Kreuz, in der Rechten den Lorbeerkranz, Heil dir im Siegerkranz, Bratkartoffel mit Heringsschwanz, und auf dem Helm, diesem Helm, der wie ein Pißpott aussieht, da sitzt ein Adler, sieht aus wie ne Saatkrähe, dabei ist er durchaus realistisch gestaltet, bis in die einzelnen Federn hinein. An der Planung und an den Entwürfen haben sich königliche Beamte beteiligt, und so ist diese Säule denn auch geworden. Ein Triumph des königlichen Beamtentums. Die Viktoria, der Siegesengel, ein Zwitter zwischen Mann und Frau. Die letzte Entscheidung fällte der König. Mensch, den Engel sieht doch keiner mehr. Eben darum, man soll ihn sehen, verstehst du, sehen als Ruine, als zerborstenes Teil, ein Verschönerungsprogramm, so wie auch die Kaiser-Wilhelm-Gedächtniskirche durch ihre Zerstörung verschönert wurde. Gut, dann laß das Ding nachts anleuchten, ich habe eine Freundin, die macht Lichtinstallationen. Das ist Reklame, nein, das ist zu glatt. Du warst da immer so kompromißlerisch, nie entschieden, deiner Zeit voraus, denn das, mein Lieber, ist heute das kleinste gemeinsame Vielfache: Luuuuuust.

Why don't you save me.
Ich verliere mich.

Die Rede. Richtig. Stichworte. Das sagte Grünspan, machen Sie sich Stichworte. Bauen Sie die Rede auf. Stellen Sie sich vor, Sie seien Architekt. Also, dachte ich, hat mich doch mein Vater eingeholt. Das Konstruktive muß betont werden. Der Eingang muß sogleich gefunden werden, denn das Gebäude muß gut ausgeleuchtet sein, klare Umrisse, keine Schnörkel, kein Barock, einfache klare Linien.

Also: Jemand, der Ihnen sehr nahe war, ist gestorben, und damit kommt das, was wir alle wissen, der Abschied. Ein endgültiger Abschied. Endgültig insofern, als wir von nun an nichts mehr von dem anderen erfahren, nichts mehr fragen, nichts mehr korrigieren können. Nichts ist mehr einholbar. Verstehen Sie die Bedeutung von einholbar? Das Leben kommt an seine endgültige Grenze, sein Ende, wird damit erst Leben. All das Blabla. Nicht von dem, der uns verlassen hat, nicht von uns, die verlassen wurden. Das ist das Unfaßbare. Wir können immer noch etwas an dem Bild, an seinem Leben, seinem Handeln korrigieren, bekommen neue Dinge erzählt, sehen manches anders, aber der gegangen ist, kann nichts von sich verändern. Das ist das Fürchterliche. Ein Leben, das ganz alltäglich ist, wird damit ganz einmalig. Und so weiter, und so weiter. Erst durch den Tod. Erst, daß wir sterben müssen und sterben werden, macht etwas Unwiederbringliches aus unserem Leben. Ja. Ja. Alles geschenkt. Nein, eben nicht. Das eben nicht. In dem Fall nicht. Hier wollte jemand mit einer Bombe zum Nachdenken aufrufen. Er wollte die Menschen aufwecken aus ihrem Warenschlaf. Ein anderer poliert die Äpfel, damit sie für den Verkauf recht nett aussehen, zum Anbeißen. Ist das ein Beitrag zur Geschichte, zur Veränderung der Menschheit, zu mehr Freiheit, Gleichheit, Brüderlichkeit? Nein, sagen

Sie, natürlich nicht, allenfalls Alltagsästhetik. Und mit Gewalt ist noch nie etwas verändert worden. Sagen Sie das nicht. Am Anfang waren es zwei Schüsse aus der Pistole eines bosnischen Studenten, das war am 28.6.1914, und vier Jahre später waren 8,5 Millionen tot. Es kommt eben immer darauf an, wann und wo geschossen wird.

Ich will Ihnen etwas erzählen von der Freundlichkeit dieses Mannes, der seinen Beruf gefunden hatte. Er konnte Gemüse auswählen und Obst. Er hatte einen Blick für den Geschmack, einen Griff für den Reifegrad. Suchen Sie das heute einmal in einem der Supermärkte, jemand, der Sie beraten kann, der den Pfirsich anfaßt, sagt, das ist der Rote Ingelheimer, ein Zufallssämling aus dem Jahr 1950. Sehen Sie, er ist klein bis mittelgroß, hellgelblich, die Sonnenseite gerötet, hier, und nur schwach behaart. Diesen müssen Sie noch einen Tag liegen lassen, und den, ja, den können Sie heute essen. Lassen Sie ihn in der Sonne liegen oder nehmen Sie ihn in die Hand. Der Pfirsich muß warm gegessen werden, handwarm, dann entfaltet sich sein Geschmack richtig. Dann werden Sie nach dem Biß, fest, knackig, dies schmecken: Süße, mit einem leichten fruchtig-säuerlichen Stich. Er schneidet mir einen Schnitz ab, sich selbst auch einen, gibt einem wartenden Kind einen und sagt: Na?

Er hatte einen Sinn für Schönheit. Er stapelte das Obst nach Farbe und Größe in Pyramiden, fein abgestuft die Äpfel, die Birnen, Orangen und Zitronen, so, wie ich es nicht einmal bei den Türken gesehen habe, die ebenfalls Apfel für Apfel polieren.

Er hat mir, wenn ich zu ihm kam, die Äpfel ausgesucht, er hat mir gesagt, sehen Sie diesen Apfel, wie sieht er aus, wie Plastik, künstlich, ein Rot, die Schale dick und glatt, riechen Sie? Nichts. Er riecht nach nichts, beißen Sie hinein, dann werden Sie diesen eigentümlichen Geschmack feststellen, Schimmel, es ist der Kühlhausschimmel, der sich unter der Schale im Apfelkern bildet. Ein Apfel aus Neuseeland. Und jetzt probieren Sie diesen Apfel, sehen Sie, dort, die dunkle, ja schwarze Stelle, dort ist er von einem Ast berieben worden, hier hat eine Wespe versucht, ihre Eier abzulegen, ist aber gestört worden, probieren Sie, dieses Säuerliche, Apfelmäßige, das ist ein Apfel, der noch alle Grundstoffe hat, wissen Sie, ich glaube, diese ganzen Allergien kommen daher, weil wir Äpfel aus Neuseeland, Birnen aus Kalifornien und Kiwis aus Israel essen, überzüchtete Sorten, die nur schön sein sollen, süß, haltbar für den Transport, alles andere ist dann egal.

Sehr geehrte Trauergemeinde, ich möchte diesen Mann und sein Lebenswerk ehren, unspektakulär, wie es war. Wie wir von seinem Sohn wissen, der sein Geschäft, sein Werk fortsetzen wird, in Berlin wurde er geboren, erhielt dort die Ausbildung zum Gärtner in den Parks von Sanssouci, geflohen in den westlichen Teil der Stadt, zog in einem Schrebergarten Gemüse, eröffnete einen Obststand, dann ein Obstgeschäft. Ein Ratgeber für alles Grünzeug und alle Früchte. Lassen Sie uns aufstehen und seiner gedenken.

Innere Abteilung, meldete sich eine Frauenstimme. Ich hatte einige Minuten warten müssen, bis man ihn geholt hatte: Ja. Hallo.

Tut mir leid, daß ich Sie bei der Arbeit störe. Ich konnte Sie zu Hause nicht erreichen.

Ja, ich hab diese Woche Nachtdienst.

Ich hab noch ein paar Fragen. Ich kannte Ihren Vater. Vom Studium. Und nach einer kleinen Pause fügte ich hinzu, auch von der politischen Arbeit.

Ach.
Ich habe ihn dann aus den Augen verloren. Was er in den letzten Jahren getan hat, habe ich inzwischen gelesen. Aber davor? Ich muß in der Rede ja auch ein paar familiäre Dinge erwähnen.
Da ist nicht viel zu erzählen. Er hat geheiratet, erst mich, dann meine Schwester gezeugt, hat sein Geld als Korrektor bei einem Verlag verdient, dann einige Jahre als Redakteur in so einer kleinen linken Zeitung gearbeitet, bis die einging. Dann zog er nach Berlin und machte Stadtführungen.
Das weiß ich ungefähr. Mich interessiert, wie war er, als Vater.
Ich hörte das Lachen, das mich an ihn erinnerte, dieses helle Lachen, das in einen tiefen Schnaufer eintauchte und verstummte. Wir wurden nicht geprügelt, mußten nicht die Befreiungsbewegungen auswendig lernen. Das nicht. Das heißt, er hat uns mit Brecht vollgestopft, überhaupt mit linker Literatur. Bei den Schularbeiten half er, aber so angespannt. Man merkte ihm die Mühe an, die es ihn kostete, geduldig zu erscheinen. Denken Sie bitte nicht, daß ich ihn schlechtmachen will, aber er konnte einfach nicht mit Kindern, sie waren für ihn keine Gesprächspartner. Er gab sich Mühe, aber das merkte man ihm eben an. Er lebte auf, wenn er diskutieren konnte, Rede und Widerrede, ganz erstaunlich, unbeschreiblich. Dann ging es um Widersprüche, um Strukturen, Zusammenhänge, dann war er so etwas von präsent, füllte den Raum aus. Aber so die Alltagsnöte. Nein. Die große Gerechtigkeit, ja, Fortschritt, Aufklärung. Ich habe ihn zuletzt vor drei Monaten in Berlin besucht. Ich wollte ihm sagen, daß ich demnächst heirate. Ach, hat er gesagt, was macht sie denn. Auch Ärztin. Orthopädin. Ah, gut, und dann hat er

mir eine halbe Stunde einen Vortrag gehalten über die Remilitarisierung der Bundesrepublik. Das Streben nach der Weltmacht. Wie denn das? Über Europa. Zwei Versuche hat es schon gegeben. Warum, habe ich gesagt, warum denn, wer hat hier in Deutschland ein Interesse daran, wieder Weltmacht zu werden? Geschäfte wollen die machen, mehr nicht. Nein, die wollen mehr. Er hat das hergeleitet aus der Geschichte, aus der Mentalität, aus der Notwendigkeit, Märkte für die Exportindustrie der Bundesrepublik zu erobern, abzusichern. Die USA und Deutschland, das sind die wahren Konkurrenten. Nein, was er alles anführte. Ein ganz geschlossenes Beziehungssystem, ein Wahnsystem. Und irgendwann, zwischendurch, hat er einmal gefragt, wie es meiner Mutter und meiner Schwester geht. Da konnte ich nur gut sagen.

Und Ihre Mutter, also seine Frau, kommt sie zur Beerdigung?

Natürlich. Er muß früher anders gewesen sein. Nicht so verbiestert, so versteinert. Sie war begeistert von ihm. Diese Unbedingtheit. Die hat ihr gefallen. Diese Unbeirrbarkeit. Das war ungewöhnlich. Geld interessierte ihn nicht, Karriere auch nicht. Es war die Sache. Der Kampf. Aber dann hat er sich immer mehr eingegraben. Moment. Ja ich komm gleich.

Und die Trennung von Ihrer Mutter, wie war das – ich muß ja eine Vorstellung bekommen.

Von meiner Mutter? Meine Mutter ist Ärztin, hat übrigens die Familie ernährt. Nicht, weil mein Vater ein Faulpelz war, im Gegenteil. Er war von einem enormen Fleiß. Zu fleißig. Die beiden haben sich auseinandergelebt, wie man so sagt. Meine Mutter hat einen Kollegen kennengelernt, vor acht Jahren. Sie hat sich von meinem Vater getrennt. Und es hatte den Anschein, als hätte sie das weit mehr mitgenommen als ihn. Aber dann, ein halbes Jahr später, mußte er ins Krankenhaus, ein Magengeschwür. Man kann ihm eigentlich nichts nachsagen, mal abgesehen davon, daß er nicht präsent war.

Was er gelesen hat, habe ich gesehen, aber was machte er sonst, reiste er, welche Musik hörte er?

Ich glaube, keine. Nein, kann mich nicht entsinnen. Hatte doch nicht mal einen CD-Player. Nein, und reisen auch nicht. Nein. Nichts. Nur Politik, sonst nichts, Geschichte natürlich. Er hatte sich richtig eingebunkert, und die Welt funktionierte nach seinem abstrakten System. Er bekam immer recht. Ein Beziehungswahn. Das beste ist, glaube ich, Sie sagen etwas über Stadtführung, da war er wirklich gut, oder davon, wie Sie ihn kannten. Was hat er denn damals an Musik gehört?

Beatles, Rolling Stones, Hanns Eisler, Jazz.

Tatsächlich?

Ja, wir haben einmal sogar zusammen Orgel gespielt.

Was?

Ja. Während einer Unibesetzung. In der Münchner Uni gibt es eine Orgel, riesig. Wir haben nebeneinander gesessen und die Internationale gespielt.

Der konnte doch gar nicht spielen.

Doch, an dem Tag konnte er spielen, wir saßen nebeneinander, und ich habe ihn jedesmal angestoßen, mit dem Ellenbogen, hatte ihm vorher gezeigt, welche Tasten er greifen muß. War manchmal sehr polyphon, und dennoch kam die Melodie, der Gesang durch. Völker hört die Signale. Wir hatten einiges getrunken, und der Spaß war groß.

Erzählen Sie doch das auf der Beerdigung.

Vielleicht. Ja. Vielleicht sollte ich das. Hat er bei Ihrem letzten Besuch die Siegessäule erwähnt?

Siegessäule? Die in Berlin? Nein. Entschuldigung. Ich muß weg. Muß auf die Station. Ich komme am Tag vor der Beerdigung nach Berlin. Vielleicht treffen wir uns, dann können wir den Ablauf besprechen. Und dann können Sie mir ja auch noch ein bißchen von ihm erzählen.
Wo sollen wir uns treffen?
Im Hotel *Unter den Linden,* da haben wir uns manchmal verabredet. Ich mochte ihn nicht in seiner Büchergruft treffen. Ein Hotel aus DDR-Zeiten. Da hat er mich immer hinbestellt. Das mochte er. So ein Nostalgieschuppen. Kennen Sie das?
Ja, Kreuzung Friedrichstraße–Unter den Linden.

Ich will unbedingt deine Rede auf diesen Aschenberger hören.
Bisher habe ich Iris davon abhalten können, zu einer der Beerdigungen zu kommen. Eine genügt vollauf. Seither fand ich jedesmal eine Ausrede. Auch Beerdigungsreden wiederholen sich, strukturell, da Komik, Ironie, Witz und doppelte Bedeutung verboten sind. Nur Ernst, Reflexion und nochmals Ernst. Monotoner Ernst. Das habe ich ihr nicht gesagt, sondern, bitte nicht, du würdest mich stören.
Dann zieh ich mir eben Hosen an.
Nein, im Ernst, habe ich dann gesagt, das ist so eine Gelegenheitsrede, verstehst du, eine Rede aus der Mappe. Ich sag dir Bescheid, wenn es einen ungewöhnlichen Fall gibt.
Aschenberger, ist das keiner?
Vielleicht hätte ich gar nicht von Aschenberger erzählen sollen, hätte sagen sollen, das ist einer dieser Fremdenführer, einer, der die Leute durch Berlin lotst, nichts

Besonderes. Aber so habe ich ihre Neugierde geweckt, durch meine Schwäche, ja Schwäche, ihr immer mehr und mehr zu erzählen, so kennt sie sich genauestens aus, bis hin zu diesem in einem gefütterten Versandbeutel verpackten Plastikteil mit der Aufschrift: Explosiv.

Schwachsinn, hatte sie damals gesagt, und jetzt redet sie von der Radikalität, der Unbedingtheit, die ihr imponieren. Die Helga unter der Iris kam zum Vorschein.

Ich werde kommen, egal, ob du das willst oder nicht, ich werde dasitzen. Ich komme, setze mich in die letzte Reihe, ganz in Schwarz und dezent, aber ich werde dasein. Morgen bin ich auf dem Friedhof, das mußt du wissen.

Das ist nicht einfach nur die Neugierde auf meine Rede, sondern auf das, was ich mit ihm noch gemeinsam haben könnte. Sie hat auch Krause gefragt, ob er wisse, was Aschenberger in der Zwischenzeit gemacht habe. Nein. Der fragte dann zurück, ob sie ihn denn gekannt habe, natürlich nicht von damals, fügte er schnell hinzu.

Das ist das Unvorstellbare, dieses Nichtvorhandensein zu einer Zeit, in der man selbst gegessen, geschlafen, gestritten hat. Das heißt, als wir vor dem Betrieb standen und Flugblätter verteilten, ging sie noch in den Waldorf-Kindergarten, den hielten ihre Eltern für sozial angesagt.

Sie hatte mir von einem Traum erzählt. Wann war das? Vor zwei, drei Wochen. Sie hatte geträumt, Zwillinge geboren zu haben. Sie hatte nicht gemerkt, wie die Kinder aus ihr herausgeglitten waren. Nur das, sie hatte einen enormen Bauch, und dann, plötzlich, war ein Kind da, und noch etwas regte sich unter der Bettdecke. Sie bekam einen Schreck und dachte, das darf doch nicht ersticken, und tatsächlich war da noch ein zweites Kind. Beide waren erstaunlich rund, sahen so gar nicht verschrumpelt aus, das eine Kind hielt die Augen offen, das andere geschlossen. Wie schön, habe sie mit dem ganzen Körper gedacht.

Wir hatten uns im Zoo vor dem Bärenzwinger verabredet, und ich kam mit fast einer halben Stunde Verspätung von dem Sprengmeister.

Das Büro lag in einem Gebäude aus den fünfziger Jahren – der Entwurf hätte von meinem Vater stammen können. Das Gebäude war eine einzige Aufforderung zum Abriß. Das Firmenemblem zeigte eine Bombe mit drei stilisierten Flammen, die eine Explosion andeuten sollten. Darunter stand in roter Fließschrift: *Sprengungen und Rückbauten.* Ich war mit dem Fahrstuhl in den dritten Stock gefahren, ging zur Anmeldung, in der eine ältere Frau saß. Einen Moment bitte, ich sage Herrn Pechmann Bescheid.

Was für ein Name, dachte ich, bei diesem Beruf. An den Wänden hingen Fotografien, auf denen jeweils in Fünferserien nebeneinander die Sprengungen von Bauten zu sehen waren. Es waren Schwarzweißfotos mit einem eigentümlichen ästhetischen Reiz, insbesondere eine Serie, in der die Sprengung eines Schornsteins festgehalten war. Auf dem ersten Foto steht er noch, scheint sogar noch in Betrieb, denn oben kommt ein graues Rauchwölkchen heraus, aber zugleich entdeckt man im oberen Drittel einen zarten, weißgrauen Wolkenkranz, so, als gebe es hier im Schornstein eine undichte Stelle, aus der Rauch entweicht. Auf dem zweiten Foto hat sich das obere Drittel des Schornsteins leicht angehoben, ist dabei ein wenig nach rechts gekippt, während nun in der Mitte und am Fuß des Schornsteins diese kleinen Wolkenkränze zu sehen sind. Auf dem dritten Foto sieht man den Schornstein säuberlich in drei Teile zerlegt fallen. Das obere, schmalere Teil fällt schräggekippt, einzelne Ziegelsteine lösen sich heraus, die zwei anderen Teile sind schon nach links geneigt, während unten am Boden des Sockels eine größere Sprengwolke sichtbar wird. Das vierte Bild zeigt den Aufprall des obersten Schornsteinteils, ein aufstaubender Ziegelhaufen, auf den gerade der zweite Teil fällt, der dritte ist stark gekippt, am Sockel fliegen Ziegel hoch. Das fünfte Foto zeigt einen Ziegelhaufen. Der Staub hat sich schon gelegt. Ich kann nichts anderes sagen, als daß ich in dem Moment einfach Lust verspürte, ein vergleichbares Gebäudeteil zu sprengen. Lust an der Vorbereitung und Durchführung, dem Knall, dem Rauschen, Prasseln, der Staubwolke, die hochsteigt.

Ähnlich, jeweils in fünf Fotos, sind die Sprengungen verschiedener Gebäude, einer Fabrikhalle, eines Förderturms, eines Wohnhauses dokumentiert. Und jedesmal ist am Ende ein triumphaler Schutthaufen zu sehen. Die Sekretärin kam zurück und brachte mich in das Büro von Herrn Pechmann, der, wie ich dann am Türschild lesen konnte, Bechmann hieß. Herr Bechmann stand auf, ein grazilär Mann mit einer Stupsnase, einem schmalen Mund, darüber ein Schnurrbart, grau, die linke Seite nikotingelb gefärbt. Ein wenig enttäuschend sah er aus, ich hatte mir den Sprengmeister groß, massig, ja bullig vorgestellt, so, als müsse sein Körper zu diesem Beruf passen.

Bechmann bot mir einen Sessel an, setzte sich hinter einen leeren Schreibtisch, faltete die Hände, als wolle er ein Gebet sprechen. Womit kann ich Ihnen helfen?

Ich sagte sofort, es ginge nicht um einen Rückbau oder um eine Sprengung, was ihn sichtlich enttäuschte, er nahm die betenden Hände vom Tisch und ließ sich in dem Kippsessel zurückfallen.

Ich sagte, ich bräuchte einige Auskünfte, ich sei Beerdigungsredner und müsse eine Rede auf einen Sprengmeister halten.

Ein, er stockte, ein Arbeitsunfall? Und seine Hände schlossen sich auf dem Schreibtisch wieder zum Gebet.

Nein, ein Herzschlag.

Also doch ein Arbeitsunfall. Bei der Anstrengung, diesem unglaublichen seelischen Druck, den der Beruf mit sich bringt, glauben Sie mir, sagte er. Er wollte sofort wissen, welcher Kollege das sei. Offensichtlich kannte man sich in Sprengmeisterkreisen.

Er heißt Janssen, ein Däne.

Sie reden Dänisch?

Nein, er gehörte der deutschsprachigen Minderheit in Apenrade an.

Wahrscheinlich viel Munition noch an den Küsten, in Dänemark, immer noch, sagte Herr Bechmann. Und dann fragte ich ihn aus, über Blindgänger, über Granaten, arbeitete mich langsam vor zu den zivilen Sprengungen, sagte, diese Fotos im Vorzimmer, die den Schornstein zeigen, sehr beeindruckend. Sauber, wie der zerlegt wurde. War das Ihre Arbeit?

Ja. Bei Wanne-Eickel. Sechzig Meter hoch. Mußte auf einen Raum von maximal dreitausend Quadratmeter fallen. Früher waren Sprengungen an der Tagesordnung, aber jetzt, leider, da ist die Öffentlichkeit mobilisiert, Krach, nicht wahr, überhaupt Sprengstoff, Sie verstehen, außerdem ist das Abtragen durch Gerätschaften von oben leichter, Rückbau nennt sich das heute, nett was, dagegen früher: Bumm, und wir haben die Häuser säuberlich zusammengefaltet am Boden gehabt, nicht mal einen Riß im

Nachbarhaus, das war Feinmechanik, verstehen Sie, pyromane Feinstmechanik, Sie müssen natürlich genaue Kenntnisse von der Statik und dem Material haben, ich hab noch bei Leuten mit Kriegserfahrung gelernt, einfach unglaublich, haben phantastische Sachen gemacht, in Rußland, mein ich, beim Rückzug, Bahnbrücken, Häuserblocks, mit Stafettenwirkung, Staudämme, einfach sagenhaft, bumm und weg. Die Jungs hatten was drauf, glaubt man kaum, einfach Praxis, ist in diesem Geschäft das A und O. Ich komm ja mehr von der Theorie, hab Hoch- und Tiefbau studiert, wollte aber nie bauen, nein, ich habe, wenn ich ehrlich bin, schon als Kind die Strandburgen nur gebaut, um sie dann zu zerschmeißen, sie einzustampfen. Ist ne Frage der Berufung. Er hielt inne, folgte meinem Blick zu einem Foto an der Wand, das einen Bunker zeigte, bei dem sich die obere Platte, offensichtlich eine meterdicke Betonplatte, etwas angehoben hat, denn rundherum steht ein schwarzgrauer Dampf, wie bei einem Deckel, der vom kochenden Wasser kurz vom Topf hochgedrückt wird.

Ja. Das ist der U-Boot-Bunker in Hamburg. Wurde von den Tommys gesprengt. Aber die Betondecke war so massiv, daß sie sich nur wenige Zentimer hob und dann einknickte. Hat das Dynamit nicht ausgereicht. Hat damals der Tommy gemacht. Pfusch. Keine Rußlanderfahrungen. Oder, na ja, zivile Rücksichtnahmen. Is ja immer ein Abwägen, zwischen Zuviel und Zuwenig. Zuviel, da ist die Nachbarschaft wegrasiert. Und zuwenig, dann haben Sie nur so einen Knick in der Decke. Und es kommt auf den Sprengstoff an, natürlich, sagte er.

Das war der Moment, da konnte ich ihn fragen, nannte den Namen, der auf dem Plastikpäckchen stand, nannte das Fabrikat und fragte, ob dieser Sprengstoff sehr stoßempfindlich sei.

Nee, nich so, is ne gute Qualität, ziemlich neu auf dem Markt. Kommt aus dem Osten. Rußland. Da sind die immer noch klasse, die Russen, das und die Raumfahrt. Nee, der ist ziemlich sicher. Muß elektrisch gezündet werden, also mit einem kräftigen elektrischen Stoß. Was er wieder mit den Händen verdeutlichte, die zusammengepreßten Fingerspitzen schnellten nach vorn und dann auseinander. Aber dennoch, rumwerfen sollte man damit natürlich nicht, sonst macht es doch mal bumm. Er legte die Hände wieder gefaltet auf den Schreibtisch.

Könnte man die, dieses Plastikteil, wie sagt man dazu?

Sprengmasse.

Also, die Sprengmasse auch mit einem Batteriewecker zünden?

Er dachte nach. Na ja. Nein – oder es müßte einer mit stärkeren Batterien sein.

Ich merkte ihm an, wie er zu grübeln begann, wie sich seine Aufmerksamkeit von außen nach innen richtete, als suche er etwas. Ich dachte, es ist Zeit, ihm die Frage zu stellen. Würden davon, ich mein nur theoretisch, also würden davon 300 Gramm ausreichen, einen, sagen wir mal, einen Fabrikschornstein in die Luft zu sprengen?

Einen Fabrikschornstein? 300 Gramm? Er stockte, sah mich plötzlich mißtrauisch an, sagte, sonderbar, vor ein paar Wochen war schon mal jemand da, der danach gefragt hat. Wie kommen Sie überhaupt darauf?

Nur so, ich habe Fachliteratur gelesen.

Sind Sie Journalist?

Nein. Beerdigungsredner. Hier.

Ich zeigte ihm meinen Berufsausweis. Mitglied der Freien Beerdigungsredner e. V. Deutschland.

Aber der Mann blieb mißtrauisch, wurde einsilbig, sagte nur noch, weiß nicht, kenn ich nicht, kann ich nicht sagen, das alles in einem distanzierten Tonfall, er erzählte nicht mehr von Punktsprengungen, und schon gar nicht mehr schwärmte er von den guten alten Zeiten, in denen man nicht Rückbau betrieb, sondern einfach bumm machte, und weg war das Objekt. Objektbeseitigung nannte er das.

Der Mann sprach einen gepflegten Berliner Dialekt, ähnlich wie Benda.

Wer ist denn das, fragte Iris.

War mal Innenminister, vor deiner Ankunft hier auf Erden.

Wenn ich auf unseren Altersunterschied anspiele, sagt sie ungeduldig: Oh, nein auch. Was ich mag, besonders dieses langgezogene ei, das sie so empört modulieren kann. Darum hatte der so einen dicken elektrischen Wecker.

Wer?

Aschenberger. Man kann das Zeug tatsächlich mit einem elektrischen Wecker zünden. Es war dem wirklich Ernst damit.

Das Zeug muß weg.

Ja, wahrscheinlich, ja. Soll ich sagen, sehr verehrte Trauergemeinde, wir haben uns heute versammelt, um jemanden zu beerdigen, der durchgeknallt war. Der typische Fanatiker, Sie entsinnen sich der Fotos von diesem Studentenrevoluzzer, dem Rudi Dutschke, ein Karikaturist zeichnete ihn, wie er auf dem Kopf steht und die Welt umgedreht sieht, wie der aussah, fanatisch, unheimlich, stechende Augen, dann trug der Typ auch noch selbstgestrickte Pullover, abgelatschte Schuhe, die ihm, als ihn ein ordnungsliebender Junge in den Kopf schoß, sofort von den Füßen flogen, so einen wie den Dutschke müssen wir uns auch bei diesem Durchgeknallten vorstellen, abgetragenes Billigjackett, schäbige Hosen, einer dieser finsteren Konsumverweigerer.

Hör auf!

Sehr geehrte Trauergemeinde, der Mann, der dort liegt, war nicht erwachsen geworden. Der Mann konnte sich erregen, ärgern über Dinge, die uns ganz egal sind, von denen wir nur hören und lesen. Gut, wir wissen, die Dinge sind nicht schön, ja, schön ist genau das richtige Wort, diese Leute, die immer irgendwo Hände entgegenstrecken, weil gerade mal eine Maschine der UNO gelandet ist und Weizen verteilt wird, oder die Leute, die durch Wasser waten und dabei ihre Habseligkeiten herausfischen, oder die Schwarzen, die von einer Bande, die sich Befreiungsbewegung nennt, erschossen werden, nur weil sie einen anderen Dialekt sprechen, in Liberia, Äthiopien oder sonstwo, aber wer von uns würde darum auf seinen Urlaub in Frankreich oder Italien verzichten, auf seinen guten Rotwein, auf seinen Armani-Anzug, ich rede nicht von den Sozialhilfeempfängern, von denen wir ja wissen, daß es unter ihnen jede Menge Drückeberger gibt. Die halten mal die Klappe, die machen sich mal ganz klein, wenn sie nicht gerade schwarzarbeiten. Und dann, ja, das muß kommen, verehrte Trauergemeinde, Haiti, Nigeria, Bangladesh, Tausende, die sterben, Unterernährung oder erschossen, zu Tode gefoltert, kennen wir doch, wissen wir alles, das hat einen Bart, der durch jeden Marmortisch wächst. Worthülsen. Ändern, sagt Ben, kann sich alles nur durch eine vernünftige sachbezogene Politik, das weiß jeder. Wir sind doch nicht mehr in der Singout-Bewegung.

Aber, liebe Trauergemeinde, könnte es sein, einmal ganz hypothetisch, also könnte es sein, daß einer von dem blutigen Rigorismus seiner Jugend im Alter, und mit

Mitte Fünfzig dürfen wir von Alter reden, wieder erfaßt wird, sich an die Strenge des Urteilens erinnert, sich der Unbedingtheit des einmal Erkannten wieder verschreibt, keine Abschwächungen und kein bequemes Einerseits-Andererseits duldet, das jede zur Tat zwingende Entscheidung im vorhinein zersetzt? Sentimental, sagen Sie. Vielleicht. Vielleicht ist das ein Gefühl, das ausgetrieben wird, Teil eines allumfassenden Lean-Konzepts, das sich ja nicht nur im Wirtschaftlichen zeigt, wo alles verknappt, verschlankt wird, sondern auch im Ästhetischen durch die Reduktion von Bedeutung und im Moralischen durch Abbau von Peinlichkeit, damit so die Distanz des Genießens möglich wird. Thomson sagt, in den letzten Jahren kommen immer mehr Hinterbliebene und verlangen einen Redner, der Tränen vermeidet, bieten dafür sogar ein Sonderhonorar.

Das meint doch, machen Sie es mal nett.

Sie hatte aufgehört zu weinen, wischte sich die vom Lidstrich verschmierten Augen. Aus diesen Tränen, aus dieser Feuchtigkeit, mit der sie so freigebig umgeht, kam dieser Blick, leuchtend. Und noch was. Ich glaube, ich bin schwanger.

Mir fiel ihr Zwillingstraum ein.

Rot ist eine subversive Farbe.
Wieso?
Es läßt sich nicht fotokopieren.
Ach herrje, lachte sie, inzwischen längst.

Über der Stadt lagen die Wolken, die CO_2-Werte waren gestiegen, der Smog drückte in die Straßen und Plätze, die Asthmatiker keuchten, Hunde hechelten, Jogger liefen über die Kieswege, überall dieses Braun, ein aufgelöstes, böses Braun, das sich aus der Erde zu wühlen schien. Dunkel, du, sagte der Engel, hast dich gedrückt, mein Lieber, du, sagte der Engel, wirst nicht erhoben, du, sagte der Engel, bist immer den Weg gegangen, der dir lag, anders als er, der den Weg der Empörung ging, der nein sagte, sich ganz ausgesetzt hat, du hast auf die leichte, die ganz bequeme Art, wenn du ehrlich bist, das nie riskiert, bist immer dieser peinlich Berührte gewesen, der Distanz wahrt, ein bißchen protestiert, aber eben immer nur ein bißchen, hast dich nie wirklich ausgesetzt, und im Alter diese interessante ironische Melancholie. Meine Güte, was bist du für ein Weichei. Nee, denk an ihn, der in seinem Eisfach liegt und auf dich wartet, und du wirst etwas sagen, lau wird es sein, nicht die Empörung, mit der er mir an den Kragen gehen wollte, siehst du, er glaubte, alle könnten gerettet werden.

Hast du dich eigentlich einmal geschämt, das meint, tief und gründlich, so, daß es dich angekotzt hat, verstehst du. Bist doch ziemlich heruntergekommen, du. Sagst: Kann doch nicht über die Toten schimpfen. Warum eigentlich nicht? Nie, nie hast du diese Rede gehalten, eine Haßrede, verstehst du, die Haßrede auf Herrn Ebeling etwa. Warum auch? Ein Menschenfreund zu Hause, ja, aber kaum in der Firma ein Leuteschinder, nicht etwa, weil er Sadist war, nein, weil er so sein mußte, hätte doch auch seinen Job verloren, rationalisierte die Arbeitsplätze weg, ruck, zuck, kann gar nicht anders, kein schlechtes Gewissen, wie, wo denn, mußte er doch machen, da es alle tun, hat in diesem Betrieb, der Autoelektronik herstellt, die Geschäftsführung übernommen und setzt sofort dreihundert Leute auf die Straße. Rationalisieren. Verschlanken. Seine Frau hat betont, wie sozial er eingestellt war, der Verstorbene, weil er ihr mehrmals gesagt hat, wie hart ihn diese Kündigungswelle ankam, nachts, als er nicht einschlafen konnte, wie er nachdachte darüber, die Entlassungen sozial verträglich zu gestalten, wie er verhandelt hat, mit der Kommune, Steuergelder lockermachen wollte, aber die wollten nicht, mauerten, was blieb übrig, es mußte sein, rationell mußte es sein, sonst kam womöglich noch die Firma ins Schlingern, und die Preise waren vom Autokonzern mal wieder gedrückt worden, also andere Vorgabezeiten, also Leute entlassen, was ganz und gar Normales. Weltfern und kindisch, dagegen anzugehen. Sachzwänge. Hast du gesagt, dieser Antreiber, Halsabschneider hat Hunderte ins Unglück gestürzt, gerade ältere Arbeitnehmer, müßten doch, sagt Aschenberger, Arbeitskraftgeber heißen, ökonomisch exakt, erinnerst du dich noch? Also nix gesagt, hast so geschönt, auch wenn es manchmal Entscheidungen gab, die hart waren, hatte Ebeling immer wieder auch Bedenken, ja diese Bedenken begleiteten seine Arbeit, das Wohl seiner Mitarbeiter. Mensch, Scheiße hast du geredet, denk mal, was du noch vor dreißig Jahren gesagt hast.

Oder hast du mal davon geredet, was die Frau dir alles von ihrem Mann erzählt hat, sie, die stumm neben ihm her lebte, sie hätte ihn am liebsten vergiftet, vom Balkon gestoßen, wie er in der Wohnung rumschlurfte, wie er endlos auf dem Klosett hockte und so gräßlich stank, ja, sein Verdauungstrakt verwandelte alles in einen unbeschreiblichen Gestank, wie er abends vor der Glotze hockte, wie er von der Firma redete, weil er nicht aufstieg in der Firma, immer der kleine Sachbearbeiter blieb, wie er am Wochenende mit der Angel loszog, dasaß und fischte, hättest du gesagt, welche Gelüste der hatte, wie der sich vorstellte, seinem Abteilungsleiter den Doppelhaken aus dem Maul zu ziehen oder mit der Fischzange den Kopf abzuknipsen, dieses Zappeln, das ist das Leben, ein glitschiges Zappeln, aber kalt, und zack, eins auf den Kopf, zack, rin in den Eimer. Zu Hause auskippen. Diese Weißfische darf man nicht wieder reinwerfen. Rin in den Müll. Und dann ist der Mann am Ende, wie der stirbt, wie der daliegt, wie sie den windeln müssen, wie der stinkt, so stinkt Aas, wie der ächzt, weil nichts, gar nichts mehr anschlägt, wie der daliegt, dieser Angler, dieser Schlurfer, dieser Stinker. Und wie sie ihn ansieht, wenn er nach Hause kommt, sich die Krätze geärgert hat, und die Frau sitzt da mit einem Gesicht, daß er am liebsten gleich wieder rausgehen würde, sie schminkt sich nicht mehr, allenfalls, wenn sie eingeladen sind, dann steht sie im Badezimmer, und er sieht durch die halboffene Tür, wie sie an ihrem Gesicht arbeitet, so als gelte es allen zu gefallen, allen, nur nicht ihm. Er nimmt die Zeitung und geht aufs Klo. Dort sitzt er, es ist warm, und er muß auf nichts und niemanden Rücksicht nehmen, er sitzt und liest, und hin und wieder nimmt er einen Schluck aus der Bierflasche. Kommt er raus, muß sie, bevor sie ins Klo geht, mindestens eine halbe Stunde warten, sonst wird ihr schlecht. Sie kann ihn nicht mehr riechen.

Hast du gesagt, wie die gestrandet sind, die Entwürfe, die Träume, die kühnen Vorsätze, wie das alles geschreddert wurde? Und warum? Nein, dann sag es, das Grauen ist nie vorgekommen. Nicht das große, nicht das kleine. Kein Unterschied zu denen, die alles herausputzen, die Werbetexter, Graphiker, Lichtdesigner, all die Beleuchter, Kabelträger, die an diesem Schein arbeiten. Deine Reden sind am Ende die schöne Verpackung des Schreckens, der Verzweiflung, des Sinnlosen. Ja, und dann das allerletzte, die Geschichte mit dem Hund. Sehr verehrte Trauergemeinde, warum nicht? Auch ein Hund ist eine Kreatur. Ich kann ja nicht sagen, es sei Gottes Kreatur, ich darf das gar nicht sagen, aus beruflichen Gründen. Denn dafür ist die Konkurrenz zuständig. Aber doch ein lebendiges Wesen. Und ein Tier kann jemandem ans Herz wachsen. Wie der Kanarienvogel. Sie muß lange mit sich gekämpft haben, was sie mit dem Vogel tun soll. Sie kennt niemanden, dem sie den Vogel geben könnte, und der Mann im Zoogeschäft wollte ihn nicht einmal geschenkt zurücknehmen – dürfen wir gar nicht, hat er gesagt. Sie hat lange hin und her überlegt. Gas hatte sie nicht, nur Rohypnol. Das hatte sie von der letzten Operation aufbewahrt, hatte sie sich weiter verschreiben lassen. Das war kein Problem, die Frau war ja schon 79 und hatte Schmerzen. So hat sie die Tabletten gesammelt, vier Monate lang. Dann hat sie eine halbe Tablette im Wasser des Trinkschälchens aufgelöst, die anderen schüttete sie in ein großen Glas. Es war ein schöner Tag. Anfang April, nachmittags, die Sonne schien, draußen sangen die Amseln. Hansi machte, hörte er die Vögel, jedesmal Pumpversuche, als wolle er losfliegen. Sie hatte gehört, daß Kanarienvögel von den Spatzen totgepickt werden. Eine Art von Neid auf das bunte Gefieder, dachte sie und stellte das Wasser und die Körner in den Bauer. Die Sachbearbeiterin bei der Sozialhilfe hatte ihr gesagt, der Zuschuß für die Miete müsse gekürzt werden. Der Kaffee war durchgelaufen. Einen Moment fragte sie sich, ob das gut sei, jetzt Kaffee zu trinken. Aber sie mochte den Geruch, das war, was sie als gemütlich empfand, nachmittags der Kaffee, koffeinfrei, das konnte nicht schaden.

Hansi saß oben auf dem Küchenschrank, flötete. Hansi, rief sie, komm. Er flog in den Bauer. Sie saß und beobachtete ihn. Er trank wie immer, aber dann schien es ihr, als hielte er inne. Ja, als zögere er, so als überlege er, ob er weitertrinken solle. Komm, trink schön, sagte sie. Dann hüpfte er zu den Körnern, pickte, streckte langsam die Flügel aus, als wolle er hochfliegen, und fiel um. Sie deckte den Bauer zu, wie sie es jede Nacht tat, nahm das große Wasserglas und trank es im Stehen aus, dann legte sie sich ins Bett und deckte sich zu.

Sozialkitsch, sentimental, sagen Sie.

Fast alle Todesfälle, die von der Stütze unter die Erde gebracht werden, sind solche Kitschfälle, nicht mit Kanarienvogel, nein, gehen Sie in die Krankenhäuser, in die Sterbetrakte, wo die Leute liegen, allein, denen gerade noch mal die bosnische Putzfrau kurz die Hand drückt, weil die da vor sich hin sterben, allein, und auf dem Nachttisch eine gräßliche Porzellanpuppe oder ein Stofftier. Oder lassen Sie sich von Thomson einmal erzählen, was er so erlebt, wenn er Bereitschaftsdienst hat, zweiter Stock, zweite Tür links, eine Frau seit zwei Monaten im Bett. Kripo war schon da, begleiten Sie doch mal Thomson in die Wohnung, ziehen Sie sich Gummihandschuhe über, den Mundschutz, innen mit Mentholpaste eingerieben, dennoch ein Geruch, Sie werden ihn nie wieder vergessen, nie, auch nicht die Fliegen und nicht die Maden. Dann sagen Sie ruhig: Sozialkitsch.

Komm, Mensch, geh mir von der Hacke, sagt der Engel.

Ich, sage ich, habe über sie geredet. Ohne Honorar. Ich greife jedes Jahr einen Todesfall ohne Anhang heraus. Sozialfälle. Zu dem Begräbnis der Frau mit dem Kanarienvogel war nur Thomson gekommen, der und die beiden Männer, die den Sarg auf dem Wagen gefahren hatten, haben zugehört.

Wollen wir dir mal glauben, du hast es getan, nicht nur,

um dich gut zu fühlen, haste ja auch nicht weitererzählt, auch nicht deiner jungen Freundin, gut, aber das andere haste auch nicht erzählt, wie du buchstäblich auf den Hund gekommen bist.

Ich brauchte Geld, dringend.

Nein, mein Lieber, so dringend war das nicht, es war das hohe, das sehr hohe Honorar. Klar, Geld braucht man immer, aber so dringend war das nicht, du hast das mitgenommen. Es war wirklich viel.

Es war einmal eine Frau, eine Frau, die überall herumhetzte, um den Erdball hetzte, immer auf der Suche, ja nach was? Erfüllung der Wünsche. Welcher Wünsche? Lebendigkeit. Genuß. Freude. Freude am Genuß, am Genießen, und genießen, wirklich genießen kann man nur das, von dem man weiß, dieses Genießen ist die Ausnahme, nicht jeder kann es, das wissen wir, und eben das gehört für die, die Genuß suchen, mit zum Genuß, daß nur wenige in diesen Genuß kommen und sie zu den wenigen gehören. Das Erlesene ist sein Wesensmerkmal. Verstehen Sie? Der höchste Genuß sind darum die wunderschönen Models, diejenigen, die man in Zeitungen, Zeitschriften des Lifestyles sehen kann. Es gibt Leute, ich sage Leute, die zahlen 30 000 Mchen, um einmal mit Naomi Campbell in einer Bar aufzutauchen, um dort mit ihr beim Essen gesehen zu werden. Und diese schwarze Schönheit muß dafür nicht mal die Dose frei machen. Na und? Da soll doch so ein Miesepeter wie dieser Aschenberger, sagen Sie, nicht mit der alten Rentnerin kommen, die eine Rente von 700 Mark hat, allein die kleine Wohnung kostet 600. Da kann doch Naomi nix dafür. Ja doch. Das ist Agitprop. Der Genuß, auf Eröffnungen zu sein, in Bayreuth, Salzburg, Leute treffen, die wichtig sind. Zu Hause warten keine Kinder, leider. Darum also der Hund. Der Hund, ein wunderbares Tier. Sennenhund, sagte sie, ein Berner Sennenhund. Wenn er ihr die Schnauze zwischen die Beine steckte, nein auch, dabei dieser treue Blick. Natürlich kommt da keine Trauergemeinde, nur ein paar Freunde, es sind Freunde, die das Tier mochten, der Gärtner, die Innenarchitektin, eine Fotografin. Wir wollten ihn nicht zum Tierarzt bringen, der den Körper nimmt, in eine Wanne schmeißt, in der schon eingeschläferte Katzen, Meerschweinchen, Kaninchen liegen, die dann zur Abdeckerei gefahren werden, nein, er heißt, müssen Sie wissen, Burschi. Nein, der Burschi soll auf keinen Fall in die Abdeckerei, wir wollen ihn im Garten bestatten, wir haben einen großen Garten, Sie werden sehen, über einen Hektar, ein paar Eichen stehen darin und eine wunderbare Linde, er soll in der Nähe dieser Linde liegen. Sie heißen doch Linde, Thomas Linde, hübsch. Die Linde ist doch der Lebensbaum. Das ist zwar nicht erlaubt, Tiere dieser Größe im Garten zu begraben, aber wir tun es doch. Das Grab ist ausgehoben worden, ausreichend tief für einen Körper, der einen Meter Länge hat, und in einer eigens angefertigten kleinen Holzkiste. Wenn Sie einfach ein paar Worte sagen, wir haben Sie reden hören, bei einem Kollegen meines Mannes, der an einem Herzinfarkt gestorben war. Das hat uns so gut gefallen. Also ein paar Worte. 5000 Mark, wenn Ihnen das recht ist.

Fast hätte ich gesagt, natürlich ist mir das recht, sehr recht sogar. Ich habe gezögert. Du hast nicht gezögert. Was ist dabei? Nix. Oder? Literaturkritiker, die für Werbeagenturen arbeiten, Dichter, die Autofirmen beraten, warum dann nicht eine Rede auf einen freundlichen Sennenhund halten? Nein, ich habe nicht gezögert. 5000 Mark. Die Bank hatte wieder einmal mein Konto gesperrt. Drei Monatsmieten im Rückstand. Du hast zu dir gesagt, ich bin auf den Hund gekommen. Parallelbiographien, Burschi und Bello. Erzählt hast du es niemandem, nicht den Kollegen, nicht deiner Mutter, nicht Lena und schon gar nicht, ganz und gar nicht, deiner jungen, hochbeinigen, ein wenig aufgehellten Freundin mit ihren lichtempfindlichen Augen.

Warum dieses Verheimlichen? Was ist dabei, eine Rede auf einen Hund zu halten? Es ist eine Kreatur.

Ja. Die Rede war nicht schlecht. Die Leute waren zum Kotzen, die Hundebesitzer. In einer hochkonzentrierten Form all die Typen, die du früher als Trüffelschweine bezeichnet hast. Und du? Du hast von dem Begleiter des Menschen geredet, der nichts anderes will als seine Nähe, nichts fordert, allenfalls das Futter oder ein Streicheln, der sich einfach grundsätzlich und immer freut, wenn du wiederkommst, das ist es, das tiefe Geheimnis, man wird erwartet, man wird freudig erwartet, egal welche Schweinereien man gerade begangen hat.

Die Rede war nicht schlecht.

Nein. Die netten Leute standen da, und Frauchen begann zu schlucken, dann zu schluchzen, sie weinte, und hier paßt das, wie ein Schloßhund, ihr netter Mann legte den Arm um ihre Schulter. Der Gärtner ließ gemeinsam mit dem Neffen den kleinen Holzsarg in die ausgehobene Grube hinab. Schaufelte das Hundegrab zu. Die versammelte Trauergemeinde ging ins Haus, in dieses von der Innenarchitektin eingerichtete Haus, und es gab einen Imbiß. Dazu einen Chardonnay.

Haß.

Ja, Haß.

Wo ist denn der geblieben, sag mal, dieser heilige Zorn? Diese Ungeduld? Gibt's das noch?

Ja doch, da sitzt einer mit dem Rücken an der Wand,

kein alter Kader, sondern einer, der sich mit Burgund und Bordeaux ne goldene Nase verdient hat, und jetzt sagt: Honecker ist mir lieber als diese Bande. Was? Hör mal! Doch. Lieber als die Bande. Und mit der Bande meint er all seine lieben Nachbarn in dem Villenviertel, die Kaufleute, Boutiquenbesitzer, die kleinen und die großen Importeure. Die mästen sich an der Not, der Armut der Menschen. Haß? Honecker war ein kleiner, mieser Bürokrat, aber er wollte den Sozialismus verteidigen. Zugegeben, ein etwas deformierter Sozialismus. Alle sollten gleich sein. Gleich, wie vor dem Tod. Alle sollten die gleiche Chance haben. Aber wie kriegt man das zusammen: Gleichheit und Freiheit. Das ist dieser nicht auflösbare Widerspruch. So wie die netten Christen ihren Widerspruch haben: Entweder es gibt einen gütigen Gott, der aber nicht allmächtig ist, oder einen allmächtigen Gott, der nicht gütig ist, weil er das Leid, dieses unerträgliche, zum Himmel schreiende Leid duldet. Der das sagt, ist nicht etwa Aschenberger, sondern der das sagt, ist unser angesoffener Freund Edmond. Dir geht's doch gut? Mir geht es beschissen. Wieso? Sieh mich an. So versinkt man in der vergoldeten Scheiße. Ich ersticke, sagt er und schlägt wieder mit dem Kopf gegen die Wand. Bomm, macht es und nochmals bomm. Bomm. Bomm.

Wo bist du gelandet?

Ich muß mich konzentrieren, zusammenreißen, nicht abstürzen, fest, fest, fest.

Du wirst auf der Beerdigung nicht von dem reden, woran er zuletzt gearbeitet hat, was ihn umgetrieben, was ihn beschäftigt hat, du wirst nicht vor seinem Sohn, dem netten Arzt aus Köln, der dir ja das Geld geben muß, das Plastikteil hochhalten und sagen, seht her, sehr verehrte Trauergemeinde, das wollte er, der Verstorbene, er wollte mit dieser Plastikmasse den Siegesengel in dieser Stadt, die als Symbol der freien Welt gilt, in die Luft sprengen. Eine Touristenattraktion. Ein Zufall hat uns das Denkmal erhalten, ein kleiner, alles entscheidender Zufall. Sonst wäre er gefallen, gestürzt, hört mein Klagelied: Ich, der Engel, zeige euch, wohin es führt, Krieg löst alles, Krieg bewegt alles, ach, es war ein Grenadier, an den Düppeler Schanzen, ein Däne, der stand dort und sollte verteidigen, was sie sein Vadderland nannten, Bauernsohn aus Dänemark, der die Pferde anschirrte auf dem Hof, der pflügte, der mähte, die Strohballen hochwarf, hoch in die Scheune, und jetzt dastand und mit dem Gewehr auf die Preußen schießen sollte, und da kam der Soldat mit der Pikkelhaube, und als der Däne sagte, hier nicht durch, du, das ist das Vadderland, da hat der ihn am Hals gepackt und gewürgt, ach und das Gesicht war verzerrt, hat mir den Kehlkopf eingedrückt.

Er steht an der Balustrade und blickt über den Tiergarten, die Bäume im dreckigen Grün.

Of the two dreams, night and day,
What lover, what dreamer, would choose
The one obscured by sleep?

Schon wieder ein Ami, der da unten herumkriecht, mir unter den Rock glotzt, die Hacke bewundert, aber nein, auch kein Engländer, das ist dieser Beerdigungsredner, der schon dreimal da war, so hörte ich den Engel reden, ja, ganz deutlich sagte er, deine Wünsche kenn ich, mein Lieber, sagt der Engel und redet berlinerisch, manchmal ganz dicke, manchmal gepflegt, so nach Dahlem klingend. Dir Aas kenn ick, geh mir von der Hacke.

Du willst dich nur interessant machen, gibst dich so illusionslos, aber bist tatsächlich so was von sentimental. Ja. Es gab einmal einen Mann, der wollte alles ändern, vor allem sich selbst. Er wollte mutig sein. Er wollte nicht mehr lügen. Nicht mehr andere, noch sich selbst belügen. Er wollte, das war sein innigster Wunsch, größer werden, nicht körperlich, nein, er hatte eine gute Größe, er wollte offen sein für alle, fragend sich verhalten, weniger Antworten, mehr Fragen, er wollte die Dinge neu benennen. Das hast du doch auch versucht. Das Rot neu sehen. Rot sehen. Die Farbe Rot. Du trägst Schwarz, aber sammelst alles über die Farbe Rot. Eine der Urfarben. Eine Farbempfindung, hervorgerufen durch Licht mit Wellenlängen von etwa 590 nm bis zum langwelligen Ende des Spektrums, etwa 750 nm. Rot wie Blut. Der Osten ist rot. Hieß es. Der rote Faden aber findet sich in dem englischen Tauwerk, an ihm entlang werden Seile geschlagen. Die Decks der englischen Kriegsmarine waren rot gestrichen, so sollte in der Schlacht den Seesoldaten der Schreck beim Anblick des Bluts genommen werden. Farben, die den Charakteren zugeordnet werden. Blau der Geist. Rot die Leidenschaft. Und so haben auch die Parteien die Farben okkupiert. In Manövern siegt die blaue Partei immer über Rot. Die Blauen gibt es in der deutschen Parteienlandschaft nicht, allzu naheliegend wäre das Wortspiel: Die sind blau. Aber es gibt die Grünen, die Roten, die Schwarzen. Eine Zeitlang wurde von den Liberalen versucht, die Farbe Gelb für sich zu okkupieren, der Außenminister Genscher spannte sich einen gelben Pullover über den Bauch. Kükengelb. Sind das Zufälle? Ist, wer Braun als Farbe wählt, nur zufällig auf diese Farbe gestoßen, weil nun gerade einmal der Stoff zuhanden war? Oder gibt es doch tiefere Verbindungen, Neigungen, charakterliche Korrespondenzen? Wird dem Braun auf der Wahrnehmungsebene des Geruchs nicht das Modrige, Muffige, Bratige zugeschrieben? Das braune Haus. Das braune Hemd. Kackbraun.

So wie die Schwarzen nicht schwarz sind. Auch besteht beim Schwarz als Programm ein grundsätzlicher Widerspruch, schwarz können die Klerikalen sein, Katholiken, Konservativen, es können aber auch die Autonomen sein, die Anarchisten. Rot die Farbe des Aufruhrs, Farbe der Freiheit. Farbe der Erweiterung, Farbe der Revolution, in der reinen Form, an ihrem Anfang, Wunsch nach einer anderen, weit radikaleren Sinnenhaftigkeit – der Anspruch auf ein sinnerfülltes Leben. Der Augenblick des Aufstands, der Revolte, der Revolution, bevor sie in den neuen Macht- und Herrschaftszwängen des Parteiapparats erstarrte, aber davor, in diesem transistorischen Moment, als der Krieg beendet war, der Zar vertrieben, die Betriebe von Arbeitern besetzt worden waren, stieg in Leningrad ein Arbeiter auf den höchsten Fabrikschornstein, stand oben mit zwei roten Signalfahnen und dirigierte die Fabriksirenen der Stadt, die normalerweise zur Arbeit riefen, zu einem Konzert: die Internationale.

Ich verliere mich.

Ich wollte davon reden, wie der Mann von der Frau nicht lassen konnte, ohne sich das eingestehen zu wollen. Eine Frau, die Licht verkaufte und sich Iris nannte, der Regenbogen, die Götterbotin.

Der zweite, wirkliche Prometheus, sagte sie, ist ein Bastler, ein Schweizer, Ami Argand, der hat 1780 eine kleine Kupferschale voll Öl mit einen Glaszylinder auf einem Kupferstutzen zusammenmontiert. In den Stutzen steckte er einen Docht. Dadurch konnte die Sauerstoffzufuhr geregelt werden. So ist das erste künstliche Licht entstanden. Unvorstellbar für uns heute, sagte sie, was das bedeutete. Durch diese Öllampe konnte man die Helligkeit regulieren, und vor allem war von nun an ein ruhiges Lesen, Rechnen und Zeichnen möglich. Man muß versuchen, sich das vorzustellen: Bis dahin gab es nur unruhiges Licht in der Dunkelheit, die Flammen des Feuers, des Kienspans, der Kerze wurden vom Wind, vom Zug ständig bewegt, ein sachtes Flackern und Zucken. Die Schatten an den Wänden, das waren die höchst realen Geister. Weißt du, wann ich aufmerkte, wann dieser Moment war, daß ich dich anders sah?

Zerbricht die Lampe, liegt im Staub das Licht?

Ja. Da war schon alles deutlich. Ich meine vorher. Es war in deiner Rede. Ich hatte gedacht, es wird fürchterlich. Jemand redet von den kleinen Freuden im Leben, jung Gestorbene sind die Lieblinge der Götter und so einen Quatsch. Und dann kommst du und erzählst etwas von Tränen und Untröstlichkeit. Du weißt, wie leicht ich weine, und da war es, als wenn du zu mir reden würdest. Und dann das Licht, mir war, als hätte ich lange auf dich gewartet und ausgerechnet auf der Beerdigung dich getroffen.

Hier, spür mich, da, ja, sieh mich an, ja.

Sie kann die Knie bis auf Kinnhöhe anziehen, mühelos.

Ich hatte den Plan von Aschenberger mitgenommen. Eine Skizze, nein, eine exakte Zeichnung, wie von einem Architekten, mit Meter- und Zentimeterangaben. In dem Längs- und Querschnitt waren die Stellen eingezeichnet, wo der Sprengstoff angebracht werden sollte, an jeder der abgeteilten Säulentrommeln. Sie sagen, der Mann gehört ins Gefängnis? Vorbeugehaft. Ich will zu seiner Verteidigung sagen, er hatte einen detaillierten Plan ausgearbeitet. Niemand sollte zu Schaden kommen.

Er kann, das will ich Ihnen, verehrte Trauergemeinde, ausdrücklich versichern, das alles nicht so leicht genommen haben, wie sich das jetzt verkürzt anhört. Aber er wollte dieses Zeichen. Ein Zeichen setzen. Aschenberger wollte keinen Menschen gefährden. Gewalt gegen Sachen, nicht gegen Menschen. Er hat viel über den Mann gesammelt, der schon 1921 die Säule in die Luft sprengen wollte und den er als seinen Vorgänger verstand.

Ja, ich liebe dich, habe ich zu ihr gesagt. Wie schwer dieser Satz sich ausspricht, wie unvorstellbar schwer, wenn man ihn nicht mit dieser jugendlichen Ahnungslosigkeit ausspricht, mit dem Elan, der noch entdecken will und kann. Ich lauschte ihm nach. Ich bin sicher, ja, sagte ich. Da lagen wir in dem Hotelbett nebeneinander, und ich schmeckte ihre Tränen, eine salzige Flut. Sie überschüttet mich.

Ich verliere mich.

Ich bin in der Säule, eine schmale Wendeltreppe, die zu dem Engel hochführt. Die Steinstufen sind in den vergangenen Jahrzehnten ausgetreten und die Wände mit Graffiti bedeckt worden, Namen, Liebeserklärungen, Jahreszahlen, Daten, Herzen, die von stilisierten Pfeilen durchbohrt sind, russische Inschriften, nach der Eroberung 1945, Geschlechtsteile, männliche wie weibliche, ein McKilroy zeigt seine Nase und das Anarcho-Zeichen. Und dann, tatsächlich, dieses kleine rechteckige Loch, genau dort, wo es im Plan von Aschenberger eingezeichnet ist, so groß, daß bequem eine Zigarettenschachtel hineinpaßt. Zwei weitere finden sich jeweils bei einem der Säulenabsätze. Die beiden oberen Löcher sehen wie neu aus, das untere müßte alt sein.

Hätte Aschenberger hier in der Wendeltreppe unbemerkt zwei Löcher herausmeißeln können? Unten sitzt die Kassiererin, die das Hämmern hätte hören müssen. Auch der Verkehrslärm hätte das nicht überdecken können. Schon gar nicht im Sommer, wenn hier die Touristen aus Niedersachsen und die Dänen hochsteigen, hin und wieder einmal ein Amerikaner, ein Japaner.

Ich verliere mich.

Nein, Aschenberger könnte allenfalls im Winter, möglichst bei nebligem Wetter, wenn nur wenige Besucher hier hochsteigen, diese Löcher hineingeschlagen haben. Aber dann, als ich oben stand unter der Hacke des Engels, kam mir der Verdacht, daß er sich hier vielleicht einmal hatte einschließen lassen. Und tatsächlich, als ich unten fragte, hieß es, daß vor einigen Wochen ein Mann über Nacht hier eingesperrt worden sei.

Eine merkwürdige Geschichte, sagte die Kassiererin, sie sei wie jeden Abend, nachdem sie unten den Zugang abgeschlossen habe, hochgestiegen, das gehöre mit zu ihren Aufgaben, sei also hochgestiegen und einmal um die Säule herumgegangen, dann wieder hinuntergestiegen. Habe unten im Schauraum nachgesehen, auch in die Ecke unter der Wendeltreppe, habe dann sorgfältig abgeschlossen und sei nach Hause gefahren. Am nächsten Morgen, sie hatte eben die Rolle mit den Eintrittskarten bereitgelegt, hörte sie Schritte von oben. Sie erschrak gewaltig, denn da kam ein Mann herunter, in einem hellen, fast weißen Mantel, grauhaarig, sah aus wie ein Engel, ja, wie ein alter Engel. Ging ganz ruhig vorbei, sagte guten Morgen. Woher kommen Sie? Von oben. Aber wieso? Macht nichts. Und dann ging er raus. Der muß da oben übernachtet haben, unter freiem Himmel. Kann mir nur vorstellen, daß der, als ich oben um den Sockel rumging, wie beim Versteckspielen vor mir hergegangen ist. Kann doch nicht vom Himmel gefallen sein.

Das war Mitte Juni, eine dieser warmen Nächte.

Ich verliere mich.

Der stand da, immer mit Blick nach Westen, und bei Sonnenuntergang, als von unten die Kassiererin kam, ist er einfach einmal vor ihr um den Sockel gegangen.

Wußte ick: Ist wieder so ein Fanatiker. Seh ick schon an der Figur. Son sehniger, langer Dünner. Sind immer die Dünnen. Und in den Augen dieser Anarcho-Glanz. Und dann begann's, ein Picken und Pochen, dachte, der will mir den Sockel unterm Hintern wegmeißeln, dachte, gleich kipp ich weg. Zweimal in der Säule dieses Klopfen, dieses Graben, Hämmern. Dachte, der meißelt der Germania da unten das Gesicht ab, zerhackt die Generäle. Aber nee. Der sah nach mehr aus, der wollte Feuerwerk. Ein Pyromane. Du nicht, mein Lieber, hast nicht das Zeug dazu, nix Radikales. Hast dich so recht und schlecht durchgeschlagen. Du nicht, der andere hatte das Zeug zu ner großen Tat. Der ja. Aber ich verliere mich.

Wie, frage ich mich, hätte er die Plastikmasse in drei Sprengsätze teilen wollen? Kann man die Sprengstoffmasse einfach in drei Teile zerschneiden, ohne dabei selbst in die Luft zu fliegen? Schließlich muß man mit einem Messer oder einer Schere arbeiten. Es ist doch immer wieder erstaunlich, wie viele dieser Sprengstoffattentäter Opfer ihrer Profession werden, also als Amateure abtreten.

Hallo, hören Sie mich?

Why don't you save me.

Ja. Das hört sich so verdruckst an. Auch für mich.

Hat schon mal einen Verrückten gegeben, nach dem Ersten Weltkrieg, 1921, Tatsache, wollte mir einer an die

Flügel, kam hoch, ich hörte ihn murmeln, stieg und stieg, war noch jung, hatte so einen kratzenden, umgeschneiderten Uniformrock an, sah schlecht aus, so was von ungesund, richtig traurig, stieg zu mir hoch und murmelte: Tut mir leid, du glänzt so schön, aber du mußt fallen, mußt fallen, weil du so glänzt. Ein Zeichen, verstehst du, es muß ein Zeichen geben, Engel stehen nicht für den Sieg. Engel sollen für die stehen, die ich eingesammelt habe, die Teile, die Zerfetzten, die Verstümmelten, die Zerrissenen. – Du hast wohl einen Piep. Was hab ich mit denen zu tun? – Du stehst für die hier, darum mußt du fallen. Trauer, Trauer. Trauer. Du mußt stürzen. Der hatte doch einen Piep, der nannte sich Pazifist, und was hat er im Rucksack, Sprengstoff, steigt da einer mit einem Rucksack zu mir hoch und murmelt: Tut mir leid. Er war morgens aufgestanden, wohnte zur Untermiete mit Blick in einen Hof, in dem Hof stand ein Birnbaum, der war kahl, ratzekahl, war Januar, und kalt und grau, es roch nach Kohlenheizung, und durch das Grau bohrten Krähen ihren Weg. Er blickte hinaus. Er legte das Geld auf den Tisch, 26 Mark, die Miete für den angebrochenen Monat. In der Küche hörte er die Wirtin mit den Schüsseln klappern. Er blickte nochmals hinaus, in diesen Hof, in den er die letzten zwei Jahre geblickt hatte, ein Fenster nach Nordosten. Nur im Sommer, im Juni, fiel die Sonne frühmorgens schräg an die linke Wand, einen Monat lang, da saß er manchmal bei offenem Fenster und hielt das Gesicht in die Sonne. Das würde er vermissen. Er saß und las Landauer. Was für ein schöner Satz: *Es ist etwas anderes, ob ich das Krähen nachahme oder Kikeriki sage.* Landauer, Jude und Pazifist, hatten sie in München totgetreten, die Rechten, in der Gefängniszelle totgetreten. Wie eine Kakerlake, haben sie später gesagt. Daran dachte er, als er mit dem Rucksack hochstieg. Er war in der Anarchistensektion Berlin Ost, hatte mit Mühsam diskutiert, in einer Kneipe, vegetarisches Essen, Apfelsaft, kein Bier. Die Bedeutung der Tat. Kein Besitz, keine Macht. Nichts an der Tat darf ein kleinliches Eigeninteresse haben. Nicht nach Geltung, nicht nach Belohnung schielen. Bereicherung sowieso nicht. Im Interesse der Allgemeinheit, auch wenn die eine solche Tat nicht versteht. Die Tat des einzelnen. Keine Organisation. Die Kommunisten? Da ist immer Macht im Spiel. Leitung. Anleitung.

Er war frühmorgens aufgestanden, hatte sich rasiert, sorgfältiger als sonst, hatte das Hemd angezogen, das er gestern gebügelt hatte, ein Hemd, das immer noch gut aussah, hatte sich die Jacke angezogen, den Mantel, einen grauen, kratzigen Mantel, und hatte zu der Wirtin gesagt: Auf Wiedersehen.
 Wann kommen Sie denn heute abend?
 Weiß noch nicht.
 Er nahm den Rucksack und ging die Treppe hinunter. Arbeitslos seit drei Jahren. Hin und wieder konnte er in einer Reinigung aushelfen. Das kam, weil er zwei Jahre Chemie studiert hatte, bis er eingezogen wurde. Er weigerte sich, eine Waffe in die Hand zu nehmen, sagte, er sei Pazifist. Daraufhin wurde er zu einer Sanitätsabteilung an die Westfront, in die Nähe von Verdun kommandiert. Er dachte, er könnte Verwundeten helfen, sah sich schon Verletzte aus dem Feuer tragen. Menschenleben retten. Wenigstens das, in diesem Irrsinn. Er bekam eine weiße Armbinde mit einem roten Kreuz darauf und ein paar dikke Gummihandschuhe. Dann wurde er an die Front gefahren. Die deutschen Truppen hatten nach tagelangem

Trommelfeuer in einem Sturmangriff den vorderen Schützengraben der Franzosen überrannt und einen Geländegewinn von vierhundert Metern erkämpft. Ein Pour le mérite und zwanzig EK I wurden verteilt. Seine Aufgabe war es, Leichen zusammenzutragen, auf Pferdewagen zu legen. Die Wagen fuhren zu den Massengräbern. Wenn möglich, sollte die Identität der Toten festgestellt werden. Aber bloß wenige Leichen waren zu erkennen, meist waren es nur Körperteile, abgetrennte Arme, Beine, aufgerissene Torsi, zerschmetterte Köpfe, herausgerissene Lungen lagen wie Lappen am Boden. Hier hatte die schwere Artillerie einen Schützengraben umgepflügt. Einige der Leichenteile waren angefressen von streunenden Hunden, von Ratten, und schon in Verwesung übergegangen, eine glibbernde, glitschige Masse. Die ersten Wochen hatte er sich immer wieder erbrechen müssen. Andere, die schon länger dabei waren, hatten ihm gesagt, daß sich auch das gibt, man gewöhnt sich daran, an den Aasgeruch, an diese glitschigen, angefressenen Teile, an alles. An dem Frontabschnitt herrschte jetzt Ruhe. Es war nichts mehr zu tun, bis zum nächsten Sturmangriff, entweder vom französischen Feind oder von der eigenen Truppe, bis zum nächsten Trommelfeuer, dann Sperrfeuer, Maschinengewehrfeuer, Gewehrfeuer, Bajonettangriff, Handgranaten, dann lagen wieder die Leichen da, Fleischteile, Arme, Beine, Hände, unverständlich für jeden, der den Körper kennt, ganz umschlossen, in einer so sinnvollen Weise, außen und innen getrennt, eine dünne Haut, die Erkennen erst möglich macht. Krieg, das sei eine Sünde gegen das Erkennen. Erkennen? Ja, das Selbsterkennen und damit die Selbstachtung. Er machte so sonderbare Bemerkungen, daß man ihn untersuchen ließ. Ein Stabsarzt konstatierte: überempfindliche Nerven. Tatsächlich wurde er nach drei Monaten aus der Gruppe herausgenommen, arbeitete in einem Lazarettzug. Holte die Pißflaschen und die Bettpfannen, ging damit zur Toilette, kippte die Scheiße in das Rohr, auf die vorbeiflitzenden Schwellen. Er fuhr mehr als ein Jahr zwischen der Front und den Heimatlazaretten hin und her, manchmal nach Hannover, manchmal nach Frankfurt, manchmal nach Hamburg. Das waren die ganz schweren Fälle, Menschen, die man nicht mehr unter die Menschen gehen lassen konnte, denen Teile des Kopfs weggeschossen waren, Menschen ohne Gesicht, sie lagen in den Doppelstockbetten wie Mumien. Am 9. November 1918 kam er in Hamburg Hauptbahnhof an. Ein Marinesoldat, den Karabiner mit dem Kolben nach oben, also gegen die Vorschrift über die Schulter getragen, sagte zu ihm: Für dich gibt's keinen Nachschub mehr. Der Krieg ist aus.

Es soll keinen Nachschub geben, keine Menschen, denen Glieder abgerissen werden, keine Splitter in den Knochen, Lungendurchschüsse, Streifschüsse. Er sagte, nie wieder. Er machte seine Arbeit noch zwei Wochen, dann wurde er entlassen, fuhr nach Berlin, arbeitete als Bürobote und dann, er hatte ja ein paar Semester Chemie studiert, in einer Reinigung. Und dort, in der Reinigung, tauchten immer mehr Uniformen auf. Kamen Offiziere, denen sie während der Revolution die Achselstücke abgerissen hatten, und ließen sich die in der Schneiderei wieder annähen. An den Uniformen die Eisernen Kreuze, Verwundetenabzeichen, Hohenzollersche Hausorden. Das ging also weiter, das kam wieder hoch, machte sich breit.

Was hab ich damit zu tun?

Die Kerle haben dich doch aufgestellt. Viktoria! Genau dafür, Blut und Eisen, genau dafür. Es steht die Wacht am Rhein, lieb Vaterland, magst ruhig sein.

Er dachte, er müsse ein Zeichen setzen.
Stellen Sie sich das vor, ein Verrückter, sagt in der Vernehmung, daß diese ganze Tradition nicht gebrochen sei, sagt, daß es Kriegstreiberei gibt, wir haben ja die Unterlagen, der Mann ist nicht klar im Kopf, der hat einen Sprung in der Schüssel, der geht los mit einer selbstgebastelten Bombe und will die Siegessäule samt Engel in die Luft sprengen. Und das Beste, warten Sie, das Beste kommt noch, das Ding geht nicht los. Der hat die Erklärung abgegeben, und das Ding geht nicht los, da merkt man, es reicht bei solchen Sachen eben nicht aus, ein paar Semester Chemie studiert zu haben, war eben kein Frontsoldat gewesen, so ein Friedensapostel, menschelt herum, verstehen Sie, geht hin, will ein Zeichen setzen, und das Ding explodiert gar nicht. Hätte er sich wenigstens selbst mit in die Luft gesprengt, immerhin, alle Achtung, aber so, nix. Hat denn auch nur drei Jahre bekommen.
Ich verliere mich.

Ich liebe dich.
Was sagst du?
Iris sah mich an, schob mich dabei mit der rechten Hand auf Armlänge weg, wie um mich distanzierter, also genauer zu betrachten. Weißt du, daß du dich verändert hast, in den letzten Tagen.
Wie?
Man sieht es an deinen Augen, ja, manchmal hörst du nicht zu. Und du redest anders, du gestikulierst anders, du rauchst mehr, und vor allem schneller, du behältst die Zigarette im Mund. Nie hast du früher mit der Zigarette im Mund geredet und dir dann Tabakkrümel von den Lippen gepult.
Warum erzählst du mir das?

Du bist mit den Gedanken woanders.
Recht hatte Iris.
Wo warst du eben?
Ich hab an Edmond gedacht, Edmond auf seiner Matratze. Und an ihn.
Hör mal. Nimm mich mit.
Ja.
Es war kurz vor Weihnachten, zwei Tage vor Heiligabend. Ich war frühmorgens um 5 Uhr aufgestanden und zum Landgericht gefahren, um mich dort anzustellen, denn es war nur eine begrenzte Zahl an Zuhörern zugelassen. Als ich mit einem Taxi vorfuhr, standen schon sechs Leute da. Hin und wieder fuhr ein Bus, ein Auto, aber noch war kein Fußgänger zu sehen. Es war kalt und feucht, und feine Eiskristalle schwebten zur Erde. Wir warteten bis kurz nach acht vor einer Seitentür des Haupteingangs. Es hatte sich inzwischen eine lange Schlange gebildet. Ich stand weit vorn, und um mich herum diskutierten die Wartenden den Prozeßverlauf der vergangenen Tage und Wochen. Es gab offensichtlich Leute, deren Freizeitvergnügen es war, Prozesse zu besuchen. Ein Gastwirt, der wie der alte Hölderlin aussah, war vom ersten Tag an dabeigewesen, zeigte sich als Kenner anderer Prozesse, die er in den letzten zwanzig Jahren verfolgt hatte, kannte aus anderen Verhandlungen den vorsitzenden Richter, den Staatsanwalt, die Verteidiger. Ein Mann, der unter Logorrhöe litt, redete, redete, was der Angeklagte gesagt hat, wann sein Verteidiger eingegriffen hat, gab Einschätzungen zu den Anträgen der Anwälte und des Staatsanwalts und des Nebenklägers, der zwei Opfer vertrat. Ich stand und fror.

Dann endlich wurde die Tür geöffnet. Die Zuschauer durften das Gerichtsgebäude betreten, mußten durch eine

Schleuse gehen, wurden mit Detektoren nach Waffen abgesucht. Ich mußte die Schuhe ausziehen, weil die Nägel, die es genaugenommen in diesen Schuhen nicht geben sollte, ein Fiepen ausgelöst hatten. Die Schuhe wurden durchleuchtet. Kugelschreiber mußten abgegeben werden. Dann durfte man ins Treppenhaus, das zum Saaleingang hinaufführte. Dicht gedrängt standen die Wartenden, und auf eine kaum merkbare Weise war ich zurückgefallen, war nicht mehr vorn, sondern in der Mitte, da sich in einer zähen, beständigen Bewegung andere vorgedrängt hatten. Von weit oben hörte ich die dröhnenden Einschätzungen des Prozeßbeobachters. Die wiederholten sich, er suchte sich dafür immer neue Opfer. Dann gab es Leute von einem Honecker-Solidaritätskomitee und die alten Genossen, die über den Einfluß westlicher Geheimdienste diskutierten. Neben mir stand eine alte Frau, die früher Lehrerin gewesen war. Deren Tochter war über Ungarn in den Westen geflohen. Die Frau hatte nach einem Jahr einen Antrag gestellt, um nach Hamburg ausreisen zu können. Sie war sofort aus dem Schuldienst entlassen worden. Wurde von der Stasi verhört. Arbeitete als Packerin in einer Fabrik. Nachbarn und Bekannte grüßten sie nicht mehr. Andere suchten ihre Nähe, stellten dann aber merkwürdige Fragen. Sie wollte zu ihrer Tochter, wollte sie besuchen, wenigstens das. Sie hatte versucht, über einen ihr empfohlenen Mittelsmann einen Paß zu bekommen. Der Mann war Stasispitzel, und sie wurde wegen versuchter Republikflucht verhaftet, angeklagt und mußte ins Gefängnis. Jahrelang hatte sie nur diesen einen Wunsch, ihre Tochter wiederzusehen, und als sie dann, am 9. November 1989, hörte, man könne ausreisen, ist sie am nächsten Tag mit der Bahn von Königs Wusterhausen nach Berlin und über die Grenze nach Westberlin gefahren. Bahnhof Zoo, dort wartete ihre Tochter auf sie.

Und heute bin ich gekommen, um die zu sehen. Ich will die einfach mal sehen, ja, mehr nicht, sagte sie, nicht aus Rache, nicht aus Triumph, sondern einfach nur mal sehen, besonders den Honecker. Ich wollte die sehen, die mein Leben zerstört haben. Kannte die ja nur von Fotos, kannte die aus dem Fernsehen. Ich war nämlich gern Lehrerin, müssen Sie wissen.

Na und, fragte Edmond, hast du ihr erzählt, wie du den realen Sozialismus verteidigt hast, wie du gesagt hast, Fehler, klar, aber wie könnte das anders sein, ein Staat mit diesen Startschwierigkeiten, zerstört, vom Bruderland demontiert, das seinerseits von den Nazis demontiert worden war. Hast du ihr gesagt, daß du, trotz ihres Leidens, geglaubt hast, das sei die Gesellschaft, der die Zukunft gehört, weil die Produktivkräfte sich jetzt frei entfalten konnten, weil sie nicht mehr der zerstörerischen Logik des Kapitals unterworfen waren.

Nein. Ich hätte ihr von meinen Kopfschmerzen erzählen müssen. Du weißt, in der Partei hieß es, wenn jemand kritische Fragen zur Parteipolitik hatte, der hat Bauchschmerzen. Nicht Kopfschmerzen, gedacht wird doch mit dem Kopf, nein, in der kommunistischen Partei hieß es Bauchschmerzen, so als ob alle nur mit dem Bauch denken. Ich bekam Kopfschmerzen. Ich litt bis dahin ganz selten unter Kopfweh, aber an dem Morgen, in dem Treppenhaus begannen diese Kopfschmerzen, rasende Schmerzen. Ich dachte, das kommt von der drängenden Enge auf der Treppe, von dem Geruch nach Bohnerwachs, wenn es denn Bohnerwachs war.

Und ich dachte, das ist der Unterschied zu den heutigen Schulen, die riechen nicht mehr nach Bohnerwachs.

Wann, dachte ich, hast du, ich meinte mich, zum letzten Mal jemanden bohnern sehen. Das war früher eine Schwerstarbeit mit diesen Bohnerwagen, eisendick. Und ich sah die Frau neben mir und dachte: Über die, genau über diese Frau hast du hinweggesehen. Das Wort Klassenfeind. Das Argument: Kritik nützt nur dem Klassenfeind. Und dann wurde der Saal geöffnet, ein großer holzverkleideter Saal, dunkel, ja düster, in diesem Saal waren schon in der Kaiserzeit die Leute abgeurteilt worden, danach in der Weimarer Republik, in der Nazizeit, nun in der Bundesrepublik. Das, was in den Zeitungskommentaren geschichtsträchtig genannt wurde. Und ich sah die Leute, die einmal das gewollt hatten: eine Gesellschaft, in der die Ausbeutung des Menschen durch den Menschen abgeschafft werden sollte – langfristig. Eine klassenlose Gesellschaft.

Daß ich nicht lache, sagte Edmond, Klassen. Und er lachte. Lachte. Ein Wort aus der Steinzeit. Klassenkampf. Mensch hör mal, da denkst du doch an Mammutjagd. Heute konkurriert jeder mit jedem, und zwar international.

Hier nimm das Taschentuch. Blutest ja.

Macht nix, sie soll es sehen. Sie.

Ich kam in den Saal, setzte mich, bekam einen Platz in der letzten Reihe. Die Angeklagten wurden hereingeführt, alte Männer, für die war das Wirklichkeit: Klassenkampf. Diktatur des Proletariats. Die fühlten sich im Recht, hatten ja einmal, einige sogar zweimal, gegen die Mehrheit des Volkes recht gehabt, zweimal vor den Kriegen. Die hatten in den KZs und in Zuchthäusern gesessen. Da saß der ehemalige Staatsratsvorsitzende, ein alter Mann in einem blaugrauen Anzug, sah aus wie ein Beamter oder ein Rentner, und ich dachte, der Mann hat den

Faschismus im Gefängnis überlebt, war an diesem Leid nicht schuldig geworden, hatte gegen die Mehrheit widerstanden, dann aber, vielleicht aus dieser Erfahrung heraus, einmal zu einer kleinen zähen Minderheit gehört zu haben, die richtig gehandelt hatte, geglaubt, daß Mehrheiten nicht zählen, da sie nur naheliegende, auf den Tag gerichtete Interessen verfolgen. Für eine grundsätzliche, revolutionäre Veränderung einer Gesellschaft aber eine lange Zeit nötig ist, die auch mit Verzicht und Einschränkungen verbunden sein muß. Mit Verzicht und Einschränkungen haben die Kader, wie auch er, nicht leben wollen, haben sich mit Westklamotten eingedeckt und in ihren spießigen Datschen den guten Scotch getrunken, ließen sich von ihren Volksgenossen – ganz feudal – die Sauen vor die Flinte treiben. Der neue Mensch. Ich hörte seine Stimme, kurze Antworten, etwas genuschelt, verschliert, abgeschliffen, wie alles, sie haben zuletzt so undeutlich gesprochen, weil sie die Wirklichkeit undeutlich sahen, sie nuschelten. Und ich hörte den Anwalt der Nebenkläger, der für eine weitere Verhandlungsfähigkeit des Angeklagten plädierte und dann ausführlich über dessen bösartigen Tumor redete, wie schnell der in der Leber wachse und wann der Leberausgang erreicht sei, aber bis dahin könne der ehemalige Staatsratsvorsitzende seinem Prozeß folgen. Es wurde über seinen Tod gesprochen, seinen baldigen, und nur der Zeitraum war strittig, drei Monate, vielleicht sechs Monate. Und Honecker saß da, unbewegt, hörte, wie viele Wochen ihm die medizinischen Gutachter noch einräumten. Dann wurde die Verhandlung routinemäßig unterbrochen. Man konnte hinausgehen.

Alles Hund, sagte Edmond, die schönen Träume, was?

Nein, nicht alles Hund. Hab ich nicht gedacht. War ja ein Teil von mir, wie gesagt, war mein Leben, auch wenn ich schon lange nicht mehr dabei war. Von der Fahne – und das meinte die rote – gegangen, wie das mal einer der Proleten nannte, die immer voll Verachtung von den Intellektuellen – den Intelellen – sprachen, die können überall ihre Kenntnisse anbieten, egal in welchem System.

Iris hört das, hört es wie eine Nachricht aus fernen Zeiten, ich hätte auch über die Christenverfolgung reden können. Was sie nicht verstehen kann, diesen Grad der Selbstverleugnung, ja Selbstbestrafung. Es ist auch schwer, das zu verstehen, mir heute selbst verständlich zu machen. Es war der Wunsch nach der reinen, gerechten Gesellschaft, nach Gleichheit und Brüderlichkeit, nicht dieser wölfische Egoismus, eine Opposition gegen diese Vernichtungslogik, die in allem und überall steckt. Damals dachte ich: Du mußt etwas tun, einfach so, dieses Wort tun, sich einsetzen, ohne den rechnenden Gedanken auf Nutzen. Und jetzt saß ich neben dieser alten Frau, deren Leben zerstört worden war, im Namen von mehr Gleichheit und Gerechtigkeit. Meine Kopfschmerzen waren unerträglich geworden.

Ich ging hinaus. Ich dachte, draußen, in der jetzt durchsonnten Kälte, würden die quälenden Kopfschmerzen nachlassen. Aber er blieb, dieser wahnsinnige Schmerz, der sich vom Nacken hochschob, über den Hinterkopf, zuweilen so stark, daß sich mir die Haare sträubten. Zugleich war mir schlecht. Ich war kurz davor, mich zu übergeben. Ich ging in ein Restaurant und bat um ein Glas Wasser. Die Bedienung sah mich an und fragte, ist Ihnen schlecht? Sehen ganz blaß aus. Ja. Sie brachte mir ein Glas Wasser, einfaches Berliner Leitungswasser. Sie brachte mir ein Aspirin. Ich trank das Wasser und schluckte die Tablette. Stand auf, bedankte mich, legte einen Zehnmarkschein hin und ging hinaus, ging durch die Straßen, und langsam, ganz langsam, mit dem Nachlassen der Schmerzen und dem Nachlassen des Übelkeitsgefühls, wurde mir klar, das war für mich die Ablösung, erst jetzt, gute zehn Jahre, nachdem ich mein Parteibuch nicht turnusmäßig umgetauscht hatte, also ausgetreten war, hatte ich mich endgültig verabschiedet. Etwas war zu Ende gegangen, etwas Neues würde beginnen. Aber seitdem kamen die Kopfschmerzen immer wieder, ein-, zweimal im Jahr, rasende, jedes Nachdenken ausschließende Migräneanfälle. Und jedesmal wieder ist es die quälende Erinnerung an diesen Prozeßtag.

Edmond schüttelte den Kopf. Du bist spät dran, alter Schwede. Hängt wohl mit deinem Beruf zusammen. Wenn du für Aschenberger redest, mußt du auch für mich reden, hörst du.
 Dieses Scheißleben, das kann doch nicht alles sein.
 Ich dachte, sagte ich zu Iris, es sei besser für ihn, wenn ich ginge. Und ich bin gegangen, ich bin leise hinunter- und hinausgegangen.
 Liberté. Égalité. Fraternité.
 Das hast du gerufen? Tatsächlich?
 Nein er. Von oben.
 Aber du hast gesagt, du hast das gerufen. Sie legte mir den Arm um die Schulter. Damals.
 Ja. Das habe ich gerufen. Im Saal. Edmond saß auch im Saal. Im großen Hörsaal der Sorbonne. Ich hatte einfach Glück. Studierte ausgerechnet im Frühjahr 68 in Paris. Demonstrationen, brennende Polizeiautos, streikende Arbeiter von Renault. Unter dem Pflaster liegt der Strand. Da habe ich einmal eine Solidaritätsadresse vorgelesen. Ich hatte mir ein paar Stichworte aufgeschrieben, weil ich nervös war, nervös, weil ich noch nie vor so

vielen Menschen gesprochen hatte. Es waren zwei- oder dreitausend Menschen versammelt, sie saßen dicht gedrängt, auch auf den Stufen, auf der Empore. Es war nicht der Tag, an dem Sartre redete, es war einer dieser normalen Besetzer-Tage.

In wessen Namen hast du geredet?

In meinem. Das war damals so, man sagte: Les camarades allemands. Danach kam eine Französin auf mich zu, mit einem so offenen Lachen, ja offen, sie hatte die Augenbrauen hochgezogen, als sei sie erstaunt, mich zu treffen, und an einem Schneidezahn hatte sie eine weiß blitzende Färbung. Sie trug einen schwarzen, engen Rollkragenpullover, längsgerippt, so daß ihr großer runder Busen noch runder erschien, so rund, so weit oben ansetzend wie aus den Prospekten der Schönheitschirurgen. Sie hatte in Heidelberg studiert und lud mich zu sich ein. So einfach, so unbekümmert einfach war das damals. Wir sind zu ihr gegangen, nachts, durch die noch immer sonnenwarmen Straßen, umarmt, haben uns immer wieder geküßt und dann in ihrer kleinen Mansardenwohnung gegessen, Wein getrunken. Es war so, wie ich es mir vorgestellt hatte, meinem Wunsch, in Paris an der Sorbonne zu studieren, lag eigentlich der bewegende, tieferliegende Wunsch zugrunde, mit einem Mädchen zusammenzusein wie diesem, in einem engen, schwarzen Pullover, den sie sich über den Kopf zog. Ihr Bett war 80 Zentimeter schmal. So etwas war früher möglich, auch das Schlafen, ein Schlafen nur unterbrochen, wenn sie mich wieder zu sich ließ, unter traumschwerem Geflüster. Vier Tage und drei Nächte waren wir zusammen. Wir haben tagsüber die Sitzungen besucht, sind am späten Nachmittag zu ihr gegangen und erst am nächsten Morgen wieder aufgebrochen, in ein Café, haben Milchkaffee getrunken, ein Baguette gegessen, sind dann wieder zu den Streiksitzungen gegangen, aber viel haben wir nicht mehr mitbekommen, nichts von den dramatischen Straßenschlachten. Einmal standen wir vor Renault, wo gestreikt wurde. Es war so ganz anders als das, was ich dann jahrelang erleben sollte, später, als wir vor dieser Elektrofabrik in München versuchten, die Zeitung an den Mann zu bringen. Ich dachte dann oft an das Fabriktor von Renault, Hunderte von Arbeitern, die es besetzt hielten. Kapellen spielten, Blasmusik, aber auch ein Quartett, sehr verehrte Trauergemeinde, Sie werden es nicht glauben, es gab ein Quartett, das Schönberg spielte und Eisler, vor dem Fabriktor von Renault. Ich behaupte nicht, daß sich die Arbeiter um das Schönberg-Quartett drängten, die standen vor einem Akkordeon-Orchester, das aus Liège angereist war, dreißig Mann, die Tanzmusik spielten, aber auch die Internationale. Es stand alles in Frage, und das war wie ein Fest. Als ich am dritten Tag nach Hause ging, um mich zu rasieren, die Wäsche zu wechseln, klingelte es.

Weißt du, worin der Reiz der Revolutionen liegt, hatte Edmond gefragt, ihr Anfang, ihr Beginn geht stets mit Promiskuität einher, sieh dir die Französische Revolution an, mal abgesehen von dem Finsterling Robespierre, die russische, die kubanische, nur die deutsche nicht, die ostdeutsche nicht, da kam der kleinbürgerliche Mief, Funktionäre, die ihre Frauen heimlich betrogen und sich beim Bier miese Witze erzählten, dagegen Che oder Fidel, die Frauen standen doch Schlange, jeder Revolutionär zwei, nein drei Frauen.

Komm, das ist Stammtisch.

Nee. Nix. Die Wahrheit. Gab ja auch Frauen mit zwei, drei Männern. Aber der Normalfall waren die Machos. Ich will dir sagen, wie schnell die Revolution verkommt.

Und zwar durch die Lust an Macht, und das heißt: Fettlebe, heißt: Privilegien. Ich war in Nicaragua, zu einer Zeit, als viele freiwillig Kaffee pflücken gingen. Irgendeine Solidaritätskampagne: Milchkühe für Nicaragua. Dafür wurde in evangelischen Kirchen in Norddeutschland gesammelt. So was gab's, lach nicht, im Ernst. Internationale Solidarität. Weg. Alles weg. Also irgend etwas wurde gefeiert. Tag der Revolution oder Tag der Volksbildung, ich weiß nicht, was. Ein Fest. Hunderte von Gästen, vor allem aus dem Ausland. Eines der vielen Feste. Tag des Buchs oder sonstwas. Die Leute drängten sich im Freien. Es wurde Rum getrunken und getanzt. Und in der Mitte des Geländes gab es ein Podest, durch eine Kordel abgetrennt. Dort saßen die Comandantes. Einer der Comandantes war dieser Borge, Innenminister, also Polizeiminister, sah aus wie ein Frosch, Borge. Der Frosch sitzt mit zwei blonden Studentinnen zusammen, Sandalettas wurden sie genannt, Solidarität auch mit diesem verkommenen Sack. Die Sandalettas machen die Beine breit. Solidarität. Ich saß da und sah, wie der seinen Nica libre trank, mit den beiden Mädchen, klasse sag ich dir, wahrscheinlich Skandinavierinnen oder Nordamerikanerinnen, und vor allem jung. Dieses Froschmaul sitzt da, die Arme aufgestützt, trinkt seinen Nica libre, und hin und wieder begrapscht er die Mädchen. Da kommt einer der revolutionären Leibwächter zu mir und sagt: Verschwinden Sie. Und weil ich fragte: Por qué, wurde der gleich rabiat. Fragen war verboten. Mußte aufstehen von dem Mäuerchen. Schubste mich weg. Fragen war Majestätsbeleidigung. Den Hintern auf die zehn Meter weiter von Borge entfernte Mauer zu setzen ebenfalls. So früh sind die Revolutionäre verkommen. Hatten Macht, und Macht macht geil. Und für diese Säcke haben wir uns den Hintern aufgerissen. Ausgerechnet der, der hat immer die große Klappe gehabt, der radikalste, später, als die abgewählt wurden, hat er Geschäfte gemacht. Ein mieser kleiner Kapitalist. Klein wie er war, häßlich wie ein Frosch. Hatte aber ein paar Jahre seinen Spaß gehabt. Der Berufsrevolutionär. Mußte nie zahlen. Beine breit aus Solidarität.

Wenn du das alles so früh gesehen hast, warum hast du dann das Riesentransparent durch die Straße getragen. 1. Mai. Arbeiterkampftag. Revolution. Stilisierte aufgehende Sonne. Rot.

Ich hab es ja selbst getragen. Nicht tragen lassen. Und ich hab keine Sandalettas belästigt, hatte ja Vera. Verdammt.

Bomm, machte es, und er schlug wieder den Kopf gegen die Wand.

Wo bin ich?

Es klingelte.

Richtig. Es klingelte. Zwei Männer standen vor der Tür. Ich hatte mich eben fertig rasiert, noch den Schaum im Gesicht. Politische Polizei. Der eine Polizist las mir die Anweisung des Präfekten vor. Ich wurde ausgewiesen. Im Hintergrund meine französische Wirtin, entsetzt, verängstigt stand sie da und beobachtete, wie ihr sympathischer deutscher Untermieter abgeführt wurde. Hatte sie monatelang einen Rädelsführer in der Wohnung gehabt? Sie fuhren mich in einem Polizeiwagen zum Bahnhof. Zwei Stunden saß ich dort in einem Arrestraum. Dann kam ein Polizist in Uniform, ein freundlicher junger Mann, fast schüchtern, er brachte mich zum Zug, führte mich in ein Abteil. Er schloß mit einem Vierkantschlüssel von innen die Abteiltür ab, steckte sich den Schlüssel in die Uniformtasche. Er setzte sich mir gegenüber hin.

Und was dann?

Nichts. Wir haben uns unterhalten. Sein Vater war früher Radrennen gefahren, kein Star, war immer der Zieher, der für die Vorderen spurte, die mitziehen mußte, ist viermal die Tour de France gefahren. Er erzählte mir von den Etappen, den Rädern, Gangschaltungen, sogar von Ventilen. Er war selbst auch gefahren, hatte aufgegeben, es fehlte ihm der Biß, wie er sagte, war dann Polizist geworden. Da brauchte er ihn doch auch, den Biß, als Polizist. Schon, aber darum war er auch ungeeignet für die Einsatzpolizei. Die prügelten kräftig, waren unserer deutschen Polizei voraus, jedenfalls damals. Wurden SS-Gaullisten genannt. Trugen Helme und Gasmasken, waren an Armen und Beinen geschient und gepolstert, blaue Overalls, der Arbeitsanzug fürs Prügeln. Zu der Zeit konnte man bei uns in Deutschland den Polizisten noch ihre weißen Uniformmützen wegnehmen. In der Wohngemeinschaft hatten wir eine auf dem Küchenschrank liegen. Verzweifelt hatte der Polizist nach der Mütze gegriffen, die schnell von Hand zu Hand weiterwanderte. Ich fragte den Franzosen, ob er Schach spielen könne. Ja. Ich hatte ein Schachspiel nach Paris mitgenommen, weil ich die romantische Vorstellung hatte, in einem der Cafés für Geld Schach zu spielen. Ich hatte das in einem 50er-Jahre-Film gesehen, ein Anarchist – war es Gérard Philipe? –, der unrasiert und schwarz gekleidet in einem Café Schach spielt, bevor er in eine mörderische Geschichte verwickelt wird. Ich mußte schnell feststellen, daß ich den Leuten hätte Geld geben müssen. Die meisten waren bessere Spieler als ich, und alle hätten gern für Geld gespielt. Ich hatte es in den ersten zwei Wochen ein paarmal versucht, in den darauffolgenden Monaten nicht mehr, bis jetzt, auf der Fahrt durch die Champagne, bis nach Strasbourg. Der Polizist spielte nicht schlecht.

Vous êtes un révolutionnaire professionnel.

Es war das einzige Mal, daß mich jemand Berufsrevolutionär nannte, sogar mit einer gewissen Bewunderung, und das von einem Polizisten, dem natürlichen Gegner, wie er wohl selbst glaubte. Wenn ich zur Toilette ging, begleitete er mich dorthin und wartete vor der Tür. Ein ausdrücklicher Befehl, wie er mir erklärte. Ich war, während ich pinkelte, mächtig stolz. Dachte an Lenin und seinen versiegelten Waggon.

Glücklich?

Nein, das war ich, als ich mit Edmond im großen Hörsaal saß. Willst du was sagen? Nein, sag du etwas. Dein Französisch ist besser. Ja, damals war mein Französisch besser.

Und natürlich später, ja später, mit diesem Mädchen in dem schwarzen Rollkragenpullover.

Il se leva, donna la lumière qui la gifla en plein visage.

Die Deponie liegt weit draußen vor der Stadt. Lastwagen fahren langsam die Serpentinen hoch, sie kommen von den städtischen Müllsammelstellen. Wind geht, und der Wind riecht nach Brand, beißend, und nach etwas anderem, etwas schwer Bestimmbarem, so wie früher brennendes Bakelit gerochen hat, ja, das kommt dem am nächsten, diesem Geruch. Papier und Plastiktüten treiben über die Fläche, in der Luft die Möwenfahnen. Die Laster kippen den Müll ab, Raupenfahrzeuge verteilen ihn. Der Müll hier ist schon von anderem getrennt worden. Dennoch finden sich überall Blechdosen, Essensreste, Plastikflaschen, dort das blaue Glas einer Parfümflasche, sogar mit einer Flüssigkeit, man ist geneigt, den Flakon aufzuheben, daran zu riechen, besser nicht, denn auf der einen Seite klebt etwas Verbandmull, gelblich angetrocknet. Ein abgebrochenes Kinderwagenrad, Teile eines Sonnenschirms, und wieder diese abgebundenen Müllsäcke, mit Essensresten, Hühnerknochen, Kartoffelschalen, ein elektrischer Wecker, Batterien, Batterien, die hier nicht hergehören, aber sie liegen in dem Plastiksack, der ein wenig beschlagen ist mit Kondenswasser, dennoch sieht man deutlich die beiden Batterien. Dort leuchtet etwas rot, etwas, das die Aufmerksamkeit, meine Aufmerksamkeit, auf sich zieht, wie immer, eine kleine ovale, rote Dose aus Plastik, wahrscheinlich eine Seifendose. Ich war hierhergefahren, wo ich früher manchmal Delegationen geführt habe, aus Südkorea, Frankreich, Rußland. Ich war hergekommen, wo ich schon seit Jahren nicht mehr gewesen war. Es war der Wunsch, das zu sehen, über diese Halde zu gehen, dieser Anblick, der immer etwas Beruhigendes gehabt hat, sonderbarerweise war nichts Ekelhaftes, nichts Abstoßendes daran. Viertausend Tonnen Müll fallen täglich in Berlin an, werden zusammengetragen von den netten Müllmännern, die morgens an der Haustür klingeln, wenn Sie die Mülleimer nicht vor dem Haus haben, die dann die Mülleimer durch das Haus tragen, in den Müllheber einhängen, der kippt den Eimer in den Wagen, und wenn viele Eimer abgekippt waren, dann fährt der Wagen zu einer der Sammelstellen, wird dort entladen, der Müll von Großlastern weitertransportiert, kommt in die Verbrennungsanlagen oder auf die Müllkippen, die Vereinigung der Stadt hat gerade bei der Müllabfuhr ganz erstaunlich gut funktioniert, meine sehr verehrten Damen und Herren.

Natürlich gab es Unterschiede, im Osten haben sie die Zeitungen sorgfältig auf Kante gestapelt, gebündelt und mit Band verschnürt. Im Westen einfach in die Papiertonne gekippt. Abfall, das, was die Gesellschaft hinterläßt, sagt uns immer etwas über die Gesellschaft. Erfahrene Müllkutscher können am Müll sofort sehen, ob in dem Haus eine ökologisch engagierte Familie wohnt oder eine wurschtige, die können Ihnen anhand der Tüten, in denen der Müll verpackt ist, sagen, was die essen, und Bourdieu könnte sein Diagramm der feinen Unterschiede danach erstellen. Hier das goldene Papier der Butter St. Pierre aus der Bretagne, dort das weiße Pergament der Butter aus dem Billigangebot von Aldi. Mehr noch, der Müllkutscher sieht, was da weggeworfen wird, die Reste des Bratens, halbvolle Joghurtbecher. Ja, was wird konsumiert, was wird weggeworfen. Halbverbrauchtes, Angebrauchtes. Ungebrauchtes.

Mein Französisch brachte mir den Job.

Elle pleurait, de toutes ses larmes, sans pouvoir se retenir.

Sag mal, du spielst doch nicht mit dem Gedanken?

Iris sah mich dabei so an, daß ich an meine Mutter denken mußte.

Manchmal ja, um ehrlich zu sein, aber ich sagte: Nein. Du kannst also ganz beruhigt sein. Ich werde das Zeug im Wannsee versenken.

Sie sagte nichts, nickte nur.

Ich war schon froh, daß sie mir das überhaupt zutraute.

Was ich ihr nicht erzählte, ist, daß ich ihn besucht habe. Ich ließ, was ich sonst nie getan habe, meine Verbindungen spielen. Ein Anruf genügte.

Natürlich, sagte Herr Wendland, geht klar.

Ich nahm mir ein Taxi, fuhr zu dem Gebäude, wahrscheinlich Anfang der sechziger Jahre gebaut, aus Ziegelsteinen, kleine weißgerahmte Fenster. Ich nannte dem Pförtner meinen Namen. Wendland kam, sagte hallo. Wir fuhren mit dem Fahrstuhl in das Untergeschoß. Der Gang war mit einem grauen Kunststoffbelag ausgelegt, die Wände weiß gekachelt, eine metallverkleidete Tür, die Wendland mittels eines elektronischen Schlüssels öffnete, ein Raum vielleicht 25 Meter lang, eine Längsseite mit Stahlblech verkleidet, und darin in drei Reihen übereinander angeordnet mit Metalltüren verschlossene Fächer. Ich trat in diesen mit weißem Neonlicht ausgeleuchteten Raum, ein gnadenloses Licht, in dem, so schien es, nichts verborgen bleiben konnte. Kühl war es hier, dennoch lag ein süßlich schwerer, mit Formalin vermischter Geruch in der Luft. Wendland sah auf einen Zettel, dann öffnete er die Metalltür mit der Nummer 19 und zog fast mühelos und von einem eisigen Hauch begleitet eine wannenförmige Bahre aus dem Fach, darauf der Körper, nackt, und das war der erste Schreck, eine mit groben Stichen vernähte Naht über den Bauch. Er war obduziert worden. Seine Hände lagen so gleichgültig auf dem Körper, sein Gesicht grau mit grauem Bartwuchs, grau das Haar, verrutscht, eine Perücke, er trug eine Perücke, aber dann, mit einem tiefen Schreck, sah ich, daß ihm der Schädel aufgesägt worden war und man ihm die Kopfhaut zurück auf die Schädeldecke gelegt hatte. Die Augen, geschlossen, waren eingesunken, violett umrandet, schmal sah er aus und so, als fröre er, lag da in dieser eisigen Verlorenheit, mit einem einzigen unstillbaren Wunsch nach Wärme. Es war ein schrecklicher Gedanke, daß mit dem Tod der Schmerz kein Ende findet, der Schmerz das für immer und ewig bleibende Gefühl war, dieses ausgesetzte Frieren, die Erinnerung an die Wunde, die das Leben war. Etwas Kindliches war in dem Gesicht, etwas Trotziges und doch zugleich auch Trostsuchendes. Ich dachte an Edmond, der sich den Kopf an der Wand blutig schlug. Dieses Scheißleben, das kann doch nicht alles sein.

Kannten Sie ihn, fragte Wendland.

Ja, sagte ich, von früher.

Schwarzhandel. Schwarzfahrer. Schwarzseher. Schwarz wie die Nacht. Schwarz wie der Tod. Aber Schwarz muß nicht die Farbe der Trauer sein. In Indien ist es Weiß. Die Rückkehr in das alles in sich bergende Dunkel, schönes Schwarz, ohne das es kein alles überstrahlendes, alles durchstrahlendes Licht gäbe.

Licht!

Sie steht im Zuschauerraum, ziemlich genau in der Mitte, auf der weißen Bühne ein schräger, fast über die ganze Breite reichender Stufenaufbau, gute sieben Meter hoch, weiß und leer, darauf ohne Requisiten die Schauspieler, in Zweier-, Dreiergruppen, in Rokoko-Kostümen. Sie gibt wie ein Dirigent die Einsätze, die Scheinwerfer von unten, weiß, siebzehn Stufen sind es, vom Licht schraffiert, eine Schraffur, die sich je nach der Scheinwerfereinstellung ändert. Mehr, ruft sie, mehr Licht! Von oben! Mehr, winkt sie, mehr! Scheinwerfer drei und vier, noch mehr! Alles ist jetzt in ein weißes Licht getaucht. Die Schauspieler werfen Schatten, noch mehr, und jetzt senkrecht, von oben. Die Schatten der Schauspieler verschwinden, sie sehen aus wie Porzellanfiguren, nein wie Engel, Engel ohne Flügel. Jetzt zwei Paare, rechts das eine, links das andere. Rechts Rotfilter! Mehr Rot, noch mehr Rot! Links Blaufilter! Dann läßt sie die Filter tauschen. Jetzt ist die linke Seite der Treppe rot, rechts blau, das will sich austauschen, so sehr ist dieses Farbspektrum im Kopf festgesehen, das ergibt eine, jedenfalls für mich, irritierende Spannung. Und jetzt von unten ein weißer Scheinwerfer weniger! Und an dieser Stelle taucht die Schraffur der Treppe auf, dort, wo das Paar steht. Eine Himmelsleiter. Iris steht da, in ihrer schwarzen weiten Seidenhose, in ihrer Seidenbluse, mit den grau-weißen Tuschzeichnungen von Vivienne Tam, Grau steht für Überwindung, habe ich ihr gesagt, Grau ist die Farbe des Schattens, Übergang von Schwarz ins Weiße, es ist die Farbe der Auferstehung. Ich sehe sie, wie sie dasteht, diese Angewohnheit, sich das Haar hinter das rechte Ohr zu streichen, von wo es mit der ersten Kopfbewegung wieder herüberfällt, und ist sie unzufrieden, denkt sie nach, dann schüttelt sie sich dieses volle Haar, als wolle sie einen Vorhang zuziehen, ins Gesicht. Ein energisches Kopfschütteln, das beides, Ungeduld und Ablehnung, und darum auch Neuanfang bedeutet.

Nein, sagt sie, der Scheinwerfer drei und vier, beide, beide müssen weiter nach rechts versetzt werden, noch weiter, da, da.

Sie kam, setzte sich neben mich. Wie findest du das?
Toll.
Nein, noch nicht. Noch nicht ganz. Nein, es ist noch nicht gut.
Diese Stufen, eine Himmelsleiter aus Licht.
Einen Moment sieht sie mich überrascht an. Gut. Ja.

Die Siegessäule wird sehr fremd aussehen, in Weiß getaucht, ein gnadenloses Weiß, nichts Farbiges, ein Neonweiß, stell ich mir vor, das alles kalt zeigt, die eingelagerten, vergoldeten Kanonen, schattenlos, das ist wichtig, Schatten vertuschen. Und in die ausgeleuchteten Kannelüren werden schwarze Textstreifen projiziert. Ich habe die Textteile schon herausgesucht: Blut und Eisen. Wir

Deutschen fürchten Gott und sonst nichts auf der Welt. Am deutschen Wesen soll die Welt genesen. Arbeit macht frei.

Love me or leave me.

Was?

Das sang es aus den Lautsprechern.

Welchen?

Gestern, gestern, nachts, im Auto, als wir von Cottbus zurückfuhren. Zweimal wollte sie etwas sagen, zweimal, denke ich heute, gab es ein Zögern, dieses Unausgesprochene, das, was sie mir heute gesagt hat, aber sie wollte warten, warten, bis sie mit Ben gesprochen hat, denke ich. Wir fuhren, und ich hatte den Wunsch, die Nacht über mit ihr zusammenzubleiben. Ja, der Wunsch, mit ihr zusammenzubleiben. Ich hätte es ihr sagen sollen. Schwieg aber. Es ist besser, dachte ich, erst die Rede zu schreiben.

Die Rede mußte geschrieben werden.

Auf der Straße, auf dieser grauen, so planen Fläche breitet sich der feuchte Fleck nicht weiter aus, er hat seine endgültige Form erreicht, nicht groß, an einer Stelle, vielleicht aufgrund einer Bodenunebenheit, schön gerundet, in der Nähe des Körpers leuchtet auch jetzt noch ein wenig von diesem frischen, wunderbaren Rot, wie Lack, das aber schnell in Braunrot übergeht, an Glanz verliert, matt und stumpf wird, nicht vom Staub, vom Grau des Asphalts, sondern aus sich heraus – so scheint es – seine Leuchtkraft verliert.

Verehrte Trauergemeinde, zu reden ist über einen Mann, der einmal Aschenberger hieß, der, als er heiratete, den Namen seiner Frau annahm, Lüders, um zu zeigen, daß man, wenn man etwas ändern will, vor allem sich selbst ändern muß, sogar seinen Namen. Das ist das Erstaunliche, jemand, der keinen Besitz will, keine Immobilie, kein Auto, jemand, der versucht, so zu leben, daß, wenn alle so lebten, eine friedliche, auf Gleichheit, Freiheit und Brüderlichkeit ausgerichtete Gesellschaft entstünde, jemand, der nur das hat, was er braucht, jemand, der versucht, nicht zu lügen, jemand, der will, daß der Mensch dem anderen hilft, keine Ausbeutung, keine Gewalt, jedenfalls keine Gewalt gegen Menschen will. Aber wie ist das mit der Gewalt gegen Sachen? Da muß er, verehrte Trauergemeinde, einen Wandel durchlaufen haben, einen Wandel, den wir in seinen Aufzeichnungen nur bruchstückhaft verfolgen können. Er wollte aufrütteln, mit Gewalt, mit einer gewaltsamen symbolischen Tat. Und wogegen? Gegen Unrecht. Gegen Erniedrigung und vor allem gegen die unerträgliche Gleichgültigkeit. Dieser Mann war Kommunist, organisiert in einer kleinen Kaderpartei, und er wurde Anarchist, ein Weg, der meist in umgekehrter Richtung verläuft. Er wurde Anarchist, dürfen wir sagen und müssen betonen, ein radikaler, ganz dem pazifistischen Gedanken verschriebener Anarchist, der dann zu der Überzeugung kam, mit Sprengstoff gegen ein Symbol vorgehen zu müssen. Symbol meint ja, daß ein Einzelnes für ein Allgemeines steht. Das Erkennungszeichen. Des Sieges. Die Siegessäule mit dem Siegesengel. Das ist ja nicht der David von Michelangelo, den er in die Luft sprengen wollte. Der David, der steht für die Kleinen gegen die Mächtigen, der steht dafür, wie man sich wehrt durch Können, durch Eleganz, durch Intelligenz. Ballistik ist die ästhetische, die berechenbare Kriegskunst. Die Artilleristen waren die Intellektuellen unter den Offizieren. Zum Reiten braucht man nur einen festen Schenkelschluß. Es ist ulkig, dieses Teil, entschuldigen Sie das

Umgangssprachliche, ulkig und Teil, aber es sieht so aus, wie die Worte klingen, und es wäre auch mein Wunsch gewesen, diese Säule, die eher an einen Fabrikschlot erinnert, in die Luft zu sprengen, aber, das ist das Aber, das mir immer wieder in den Weg kommt, nein, es ist wie eine angezogene Handbremse, nie hätte ich es getan. Gewünscht ja, aber nicht getan. Von dem, über den ich jetzt rede, wird man nicht sagen können, daß er ein sonderlich mutiges Leben geführt hat, er war Betrachter, wenn man so will, Chronist, gewinnt jedoch nicht auch der Chronist allein durch seine Tätigkeit dem Leben Sinn ab? Auch da, wo es so sinnlos schien? Selbst dem, der es gelebt hat? Dafür wurde er bezahlt, als ein Hagiograph des Alltagslebens. Er wollte einmal verändern, sich und die Verhältnisse, in denen die Leute lebten. Dann wäre auch ein anderes Reden möglich gewesen. Aber so können wir nur sagen, er hat den Menschen nicht geschadet, er hat nicht gerade gelogen, aber doch ein wenig geschönt, er hatte eine Frau, von der er sich trennte, eine freundliche Frau, die nicht alt werden mochte, eine Frau, die weit heroischer war als er und noch immer ist, denn sie hat den aussichtslosesten aller Kämpfe auf sich genommen, den Kampf gegen das Alter. Und er hatte eine Freundin, eine Geliebte, die Licht verkaufte, eine geschäftstüchtige, schöne junge Frau, die manchmal ganz anders reagierte, als er erwartete. Warum sich die Frau in diesen mehr als zwanzig Jahre älteren Mann verliebte, das müßten wir sie fragen. Vielleicht das Vaterbild, vielleicht Neugier, vielleicht stimmte die physikalische Wellenlänge der beiden Körper überein, vielleicht sein Beruf. Er war ja nicht nur Totenredner, sondern auch Revolutionär, ein wenig, so wie man in Deutschland Revolutionär sein kann, und vor allem – er war Sinnsucher. Hat er Sinn gefunden? Er hat gegrübelt, einmal tagelang. Er saß an einem Hotelfenster und sah auf einen fernen Berg in Sizilien und stellte sich sonderbare Fragen. Ein Sinnsucher ohne Antwort, so müssen wir wohl sagen. Ein Elfenbeinzahn liegt auf seinem Schreibtisch. Ein Walzahn. Vielleicht war es das, was sie neugierig machte. Was ist das, wenn man liebt? Wie kommt so etwas in die Welt, die Gestalt, der Blick, die Neigung des Kopfes, der Körper, die Haut, die Stimme, die Ahnung eines Lebens, Fragen. Erlösung.

Wie bitte?

Entschuldigung. Ich verliere mich. Ich wollte von dem Zahn erzählen, den der Mann auf seinem Tisch liegen hatte, den auch die junge Frau sah. Ein Walfischzahn. Pottwale haben Zähne. 52 Elfenbeinzähne. Und im letzten Jahrhundert, als die Wale noch von Segelschiffen gesucht und von Ruderbooten gejagt, mit Handharpunen erlegt wurden, haben die Walfänger, die drei, vier Jahre auf See waren, die Zähne poliert und mit Segelnadeln kleine Zeichnungen eingeritzt: Liebeserklärungen mit den Porträts ihrer Frauen, Landschaften ihrer Heimat, und immer wieder Schiffe.

Sein Wunsch war, einmal einen Wal zu sehen. Wie Jonas, der sich weigerte, herumzumoralisieren, nein sagte zu einem Auftrag von Gott, auf ein Schiff flüchtete, Gott jedoch schickte einen Sturm, der ihn, Jonas, treffen sollte, darum warfen ihn die Seeleute über Bord, er wurde von einem Wal geschluckt und nach drei Tagen wieder an Land gespuckt. Ich bestieg ein Boot. Ein Boot wie eine schwarze Wurst, schwarz auch der Aufbau, in dem der Bootsführer stand. Ein Mann mit dunklen Haaren, zu einem Zopf zusammengebunden. Ein Röhren, der Bug des Boots hob sich aus dem Wasser, den Wellen. Wir sind zu viert, so fliegen wir über das Wasser, das Wasser, der

Bug eine Gischtfahne, eine sanfte Dünung, fern am Horizont das Ufer, hügelig, grün, dunkelgrün, im Strom treiben Algenstränge, Möwenschwärme über uns, weit in den Strom, der hier schon offenes Meer ist, nur fern noch ein Strich das Ufer. Naß von der Gischt, die Schuhe durchnäßt, die Hosen, trotz des gelben Ölzeugs. Der Bootsführer stellt den Motor ab, der Bug sinkt herunter, langsam in die Dünung. Der Bootsführer steigt auf den Wulst, blickt hinaus, die Hand schattet die Augen ab, so blickt er über den Strom, über dieses bewegte Hellgrün, und dann, plötzlich, die Gischtfahne, neben dem Boot steigt die Gischtfahne auf, mit einem kleinen Regenbogen, und ich rieche den Atem der See, Salz, Tang, und ein dunkler Rücken schiebt sich aus dem Wasser, buckelt auf, taucht, buckelt nochmals auf, Möwen sind darüber, und nochmals wölbt sich der dunkle Rücken auf, kürzer jetzt, und taucht, taucht in diese Tiefe, in dieses Dunkel, dem Krill entgegen, um nach langen, langen Minuten wieder hochzukommen, Luft abzublasen und Luft zu schöpfen, um in die Tiefe zurückzukehren, sie weiden wie Kühe in der Vertikalen, und diese Vorstellung, in ihm geborgen zu sein, Geborgenheit, Wärme, Atem, wie Jonas, das ist die Schöpfung, wir sind die Hirten, wir sind aufgerufen.

Da kam der erste Schluchzer. Sehr verehrte Trauergemeinde, das ist mein Schluchzer, entschuldigen Sie, nie soll man selbst weinen, ich weiß, schon gar nicht schluchzen, darum will ich, der Fassung wegen, schnell einfügen, was noch zu sehen war von unserem kleinen wulstförmigen schwarzen Boot aus: Zwei Ausflugsschiffe näherten sich, Schiffe speziell für Betrachter gebaut, mit einem dem Rammsporn römischer Galeeren ähnlichen Bugspriet, auf dem die Neugierigen dicht gedrängt standen und ins Wasser starrten, während die quäkende Lautspre-

cherstimme einer Frau von den Walen redete, auch dem Beluga, den wir später sahen, in Rudeln, der jedoch, wird er tot an Land gespült, speziell entsorgt werden muß, so vollgestopft ist er mit Quecksilber.
Ich verliere mich.
Iß nur ordentlich.
Erlösung.
Wer?
Dieser da, schau, der Engel dort.
Schwebt er?
Ja doch. Dieses kleine Wölkchen unter den Füßen. Der geht auf einer Wolke. Der schwebt ja. Er schwebt, da, er hebt ab, er fliegt, endlich fliege ich, sagt er. Gold-Else haben sie mich genannt, dick und unförmig, gelacht haben sie über mich, so pummelig, und jetzt, seht, ich fliege, endlich, staunt, freut euch, welch ein Augenblick, endlich, endlich seiner Bestimmung nachzukommen, sieh, er schwebt, fliegt, neigt sich, jetzt, neigt den Kopf nach unten, dorthin, wo die Kanonen eingelagert sind, die vergoldeten Kränze, Heil dir im Siegerkranz, da staubt es heraus, ringförmig, kleine Wolken an der ersten Trommelreihe, auch an der zweiten, und unten ganz deutlich ein grauweißer Wolkenkranz, die vergoldeten Kanonen, die einmal den Dänen, den Österreichern, den Franzosen gehört haben, Sieg, Sieg, Viktoria, hurra, in den Staub mit allen Feinden Brandenburgs, der fliegt ja, der Engel, will er sich die Stadt von oben ansehen, die Wolken, und das, was jetzt hochschießt, Steinbrocken, vergoldete Kanonen, die fliegen um ihn herum, und der Engel in horizontaler Lage dreht sich langsam, mit leichter Rückenlage – da –, ein goldener Flügel hat sich gelöst, der Engel stürzt, mit dem Kopf voran, während zwei Säulenteile wegbrechen, der Däne, der arme Däne, dem der pickelhäubige Preuße

an den Kragen geht, den er würgt, nein, nicht mehr, der kann ihn nicht mehr würgen, alles stürzt, dieser Lärm, ein Sausen, Reißen, Zischen, Flügelschlag, ich fliege, endlich, Lösung, immer dieses Voranschreiten, Erlösung, endlich, Gegenwart, Sturz, Allgegenwart, Gewölk, sanftes Grau und darüber das Licht.

Licht.

Uwe Timm im dtv

»Als Stilist und Erzähler sucht Uwe Timm
in Deutschland seinesgleichen.«
Christian Kracht in ›Tempo‹

Heißer Sommer
Roman
ISBN 3-423-12547-0

Johannisnacht
Roman
ISBN 3-423-12592-6

»Ein witzig-liebevoller Roman über das Chaos nach dem Fall der Mauer.« (Wolfgang Seibel)

Der Schlangenbaum
Roman
ISBN 3-423-12643-4

Morenga
Roman
ISBN 3-423-12725-2

Kerbels Flucht
Roman
ISBN 3-423-12765-1

Römische Aufzeichnungen
ISBN 3-423-12766-X

Die Entdeckung der Currywurst · Novelle
ISBN 3-423-12839-9
und dtv großdruck
ISBN 3-423-25227-8

»Eine ebenso groteske wie rührende Liebesgeschichte ...«
(Detlef Grumbach)

Nicht morgen, nicht gestern
Erzählungen
ISBN 3-423-12891-7

Kopfjäger
Roman
ISBN 3-423-12937-9

Der Mann auf dem Hochrad
Roman
ISBN 3-423-12965-4

Rot
Roman
ISBN 3-423-13125-X

»Einer der schönsten, spannendsten und ernsthaftesten Romane der vergangenen Jahre.« (Matthias Altenburg)

Am Beispiel meines Bruders
ISBN 3-423-13316-3

Eine typische deutsche Familiengeschichte.

Uwe Timm Lesebuch
Die Stimme beim Schreiben
Hg. v. Martin Hielscher
ISBN 3-423-13317-1

Martin Hielscher
Uwe Timm
dtv portrait
ISBN 3-423-31081-2

Bitte besuchen Sie uns im Internet: www.dtv.de

Gert Hofmann im dtv

»Er ist ein Humorist des Schreckens und unermüdlicher
Erfinder stets neuer, stets verblüffender und verblüffend
einleuchtender Erzählperspektiven.«
Frankfurter Allgemeine Zeitung

Die kleine Stechardin
Roman
ISBN 3-423-08480-4

Georg Christoph Lichtenberg
und seine Liebe zu einem
Blumenmädchen.

Der Kinoerzähler
Roman
ISBN 3-423-11626-9

»Mein Großvater war der
Kinoerzähler von Limbach.«
Bis der Tonfilm Karl Hofmann
arbeitslos macht.

Auf dem Turm
Roman
ISBN 3-423-11763-X

In einem kleinen sizilianischen
Dorf wird die Ehe eines deutschen Urlauberpaares auf eine
harte Probe gestellt.

Gespräch über Balzacs Pferd
Vier Novellen
ISBN 3-423-11925-X

Unerhörte Begebenheiten aus
dem Leben von vier außergewöhnlichen Dichtern: Jakob
Michael Reinhold Lenz,
Giacomo Casanova, Honoré
de Balzac und Robert Walser.

Der Blindensturz
Roman
ISBN 3-423-11992-6

Die Geschichte der Entstehung
eines Bildes.

Das Glück
Roman
ISBN 3-423-12050-9

Wenn Eltern sich trennen...
»Ein schöner, durch seine
Sprache einnehmender
Roman.« (Frankfurter
Allgemeine Zeitung)

Vor der Regenzeit
Roman
ISBN 3-423-12085-1

Ein Deutscher in Südamerika,
das »bizarre Psychogramm
eines ehemaligen Wehrmachtsobersten«. (Die Zeit)

Veilchenfeld
Roman
ISBN 3-423-12269-2

1938 in der Nähe von Chemnitz: Ein jüdischer Professor
wird in den Tod getrieben.
Und alle Wohlanständigen
machen sich mitschuldig.

Bitte besuchen Sie uns im Internet: www.dtv.de

Christian Kracht im dtv

»Christian Kracht ist ein ästhetischer Fundamentalist.«
Gustav Seibt in der ›Süddeutschen Zeitung‹

1979
Roman
ISBN 3-423-**13078**-4

Iran am Vorabend der Revolution. Ein junger Innenarchitekt und sein kranker Freund reisen als Angehörige einer internationalen Partyszene durch das Land. In Teheran werden die Panzer des Schahs aufgefahren ... Christian Krachts gefeierte Selbstauslöschungsphantasie.

Faserland
Roman
ISBN 3-423-**12982**-4

Einmal durch die Republik, von Sylt bis an den Bodensee. »Einer der wichtigsten Texte der deutschen Literatur der 90er Jahre.« (Florian Illies in der ›FAZ‹)

Der gelbe Bleistift
Erzählungen
ISBN 3-423-**12963**-8

Auf Reisen durch das neue Asien. »Endlich! Das Buch für alle, die schon alles gesehen und alles getrunken haben, aber lechzen nach Stil, Esprit, Dekadenz, Hybris und einem sanften Touch von politisch korrektem Kolonialherrentum. Ein literarischer Sundowner. Cheers im Reisfeld!« (Harald Schmidt)

Christian Kracht und
Eckhart Nickel
Ferien für immer
Die angenehmsten Orte
der Welt
ISBN 3-423-**12881**-X

Die Welt ist entdeckt. Aber das Fernweh bleibt. Christian Kracht und Eckhart Nickel haben sich aufgemacht, für uns die angenehmsten Orte der Welt zu suchen.

Christian Kracht (Hrsg.)
Mesopotamia
Ein Avant-Pop-Reader
Mit Fotos des Herausgebers
ISBN 3-423-**12916**-6

Wie sieht es denn hier aus? Und wie wird es weitergehen? Werden wir alle in den Tropen leben? Brauchen wir überhaupt Häuser? Oder leben wir schon längst in Flughäfen? Siebzehn junge Autoren geben Antwort.

Bitte besuchen Sie uns im Internet: www.dtv.de

dtv
Berlin in der Literatur

»Ein Ort für Zufälle.«
Ingeborg Bachmann

Horst Bosetzky, Jan Eik
Das Berlin-Lexikon
ISBN 3-423-20545-8

Alfred Döblin
Berlin Alexanderplatz
Die Geschichte vom
Franz Biberkopf
ISBN 3-423-12868-2

Bianca Döring
Little Alien
Roman
ISBN 3-423-24220-5

Julia Franck
Liebediener
Roman
ISBN 3-423-12904-2

Günter Grass
Ein weites Feld
Roman
ISBN 3-423-12447-4

Erich Kästner
Fabian
Die Geschichte eines Moralisten
ISBN 3-423-11006-6

Michael Kleeberg
Ein Garten im Norden
Roman
ISBN 3-423-12890-9

Ulrich Peltzer
Stefan Martinez
Roman
ISBN 3-423-12789-9

Hans Sahl
Memoiren eines Moralisten
ISBN 3-423-11935-7

Jochen Schmidt
Triumphgemüse
Geschichten
ISBN 3-423-13007-5

Angelika Schrobsdorff
»Du bist nicht so wie andre Mütter«
Die Geschichte einer leidenschaftlichen Frau
ISBN 3-423-11916-0

Barbara Sichtermann
Vicky Victory
Roman
ISBN 3-423-08388-3

Uwe Timm
Johannisnacht
Roman
ISBN 3-423-12592-6
Rot
Roman
ISBN 3-423-13125-X

Bitte besuchen Sie uns im Internet: www.dtv.de